NICOLA MARTIN

THE ISLAND
AUF DER FLUCHT

THRILLER

AUS DEM ENGLISCHEN VON
BENJAMIN MILDNER

TROPEN

Tropen
www.tropen.de
J. G. Cotta'sche Buchhandlung Nachfolger GmbH
Rotebühlstr. 77, 70178 Stuttgart
info@klett-cotta.de

Die Originalausgabe erschien unter dem Titel »The Getaway« im Verlag
Bloomsbury Publishing Plc, London
© 2024 by Nicola Martin
Für die deutsche Ausgabe
© 2025 by J. G. Cotta'sche Buchhandlung Nachfolger GmbH, gegr. 1659, Stuttgart
Alle deutschsprachigen Rechte sowie die Nutzung des Werkes für Text und
Data Mining i. S. v. § 44 b UrhG vorbehalten
Cover: Zero-Media.net, München
unter Verwendung der Daten des Originalverlags
Gesetzt von C.H.Beck.Media.Solutions, Nördlingen
Gedruckt und gebunden von CPI – Clausen & Bosse, Leck
ISBN 978-3-608-50276-3
E-Book ISBN 978-3-608-12391-3

1

Bei der Überfahrt auf die Insel stieß ich mit den Knien gegen Champagnerkisten und Kühlboxen mit schwarzen Trüffeln. Eine Importlieferung wie jede andere.

Ich hatte drei Flüge und zwei Fähren gebraucht, um diese abgelegene Karibikinsel zu erreichen. Während der zweiunddreißigstündigen Reise hatte ich kein Auge zugetan, aber mittlerweile hatte sich meine Erschöpfung in eine nervöse Wachsamkeit verwandelt. Ich lehnte am Bug und versuchte die ersten Details meines neuen Zuhauses auszumachen. Dabei musste ich gegen die frühe Morgensonne anblinzeln, die von dem wolkenlosen Himmel strahlte.

Keeper Island war ein Smaragd, der aus dieser Entfernung so klein war, dass er in meine Hand zu passen schien. In der Mitte der Insel ragte ein grün bewaldeter Gipfel auf. Beim Näherkommen erblickte ich einen Sandstrand, Palmen winkten mir zu.

Dies würde mein sicherer Hafen sein. Mein Zufluchtsort.

Gedankenverloren berührte ich meinen Wangenknochen, schaute dann auf meine Fingernägel. Immer wieder musste ich sie kontrollieren, stellte mir vor, es befände sich Blut darunter. Nein. Sie waren sauber. Alles war in Ordnung.

Wir näherten uns einem langen Holzsteg, aber der Steuermann machte keine Anstalten, das Tempo zu drosseln. Er erzählte lebhaft irgendeine Anekdote (»... und sie sagte, du bist verdammt ungehobelt, du bist krank, Mann!«). Die anderen drei Passagiere waren muskulöse Männer, und vermutlich allesamt Jungferninsulaner. Sie waren höflich gewesen, als sie mir an Bord geholfen hatten, aber ihr Gesichtsausdruck hatte etwas Verhaltenes.

Meine Hände klammerten sich an die salzig-klebrige Brüstung. Der Pier schien auf uns zuzurasen. Der Skipper legte den Rückwärtsgang ein und das Heckwasser rauschte. Während meine Begleiter entspannt die Balance hielten, stolperte ich gegen die Reling. Einer von ihnen stieß ein paar Fender vom Boot, und wir prallten gegen die Seite des Piers.

Sobald das Motorboot festgemacht war, begannen die Männer mit dem Abladen der Waren. Sie hoben meinen überfüllten lilafarbenen Koffer heraus und rollten ihn zusammen mit dem Brie und dem Blauflossenthunfisch zu einer Reihe wartender Golfwagen. »Ist schon gut, das ist nicht nötig«, rief ich ihnen hinterher, aber der Koffer war schon weg.

Der Skipper reichte mir die Hand, um mir vom Boot zu helfen. Er hatte federndes Haar und verschlafene Augen.

»Danke.« Ich kletterte an Land. »Wissen Sie, wo ich Moxham finden kann?«

Mike Moxham. Mein neuer Chef. Der Grund, warum ich hier war – in mehr als einer Hinsicht.

»Er ist hier irgendwo.« Der Steuermann hievte eine Kiste vom Boden und joggte dann seinen Begleitern hinterher.

Reflexartig wollte ich auch mithelfen, aber von den Vorräten stand nichts mehr auf dem Pier. Auch die Männer waren verschwunden, Gott weiß wohin. Ich war allein. Als ich mich zu der Nachbarinsel umschaute, war ich überrascht, wie weit entfernt sie schien. Ein Rumpeln und Platschen draußen auf dem Wasser erregte meine Aufmerksamkeit. Fünfzig Meter vom Ufer entfernt hüpften zwei rote Jetskis über die Wellen. Es sah nach Spaß aus. Bestimmt erfrischend, an einem so heißen Tag wie heute.

Der Jetlag machte sich bemerkbar. Ich brauchte eine Dusche, eine Mahlzeit, ein Bett, eine Gehirntransplantation. Ich hoffte, diese Insel würde wenigstens ein Käsesandwich für mich in petto haben. Ich schlurfte über die abgenutzten Holzbretter des Piers ins Landesinnere zu einem gepflasterten Weg, der von Palmen und stacheligem grünem Laub gesäumt war.

»Hallo, hallo!«, ertönte eine Stimme.

Ein weiterer Golfwagen war eingetroffen. Eine schlanke Frau in einem rosa geblümten Maxikleid, glamourös und doch dezent, glitt aus dem Gefährt und schwebte zu mir herüber. Ich war todmüde, schenkte ihr aber mein engagiertestes Service-Lächeln. Sie schien direkt der Keeper-Island-Broschüre entstiegen zu sein, ihr langes schwarzes Haar fiel an ihr hinab wie Seide, und ihre Lippen waren korallenrot. Vermutlich war sie eine von denen, die Tausende von Dollar pro Nacht bezahlten, um sich auf dieser Privatinsel verwöhnen zu lassen.

»Du bist Lola«, sagte sie.

»Ähm, das sagt man mir nach, ja.«

»Ich bin Fizzy.« Sie gab mir kraftlos die Hand, fast so, als wollte sie mich nicht berühren. »Ich bringe dich zu deiner Unterkunft.«

Sie war also gar kein Gast. Bei genauerem Hinsehen entdeckte ich ein Funkgerät an ihrem Gürtel, zusammen mit einem dicken Schlüsselbund. Aus dem Funkgerät ertönten entfernte Stimmen, die Lautstärke war niedrig eingestellt.

»Ich hatte Moxham erwartet?«, sagte ich.

»Der ist total beschäftigt, so wie immer.«

Sie öffnete eine Kühlbox hinten auf dem Golfbuggy und reichte mir ein zusammengerolltes Handtuch. Es war eiskalt und roch nach Eukalyptus. Dankbar fuhr ich mir damit übers Gesicht, rieb mir den Schweiß ab, und bereute es sofort, als mein Daumen meinen Wangenknochen berührte. Der Concealer, den ich vor einer Stunde aufgetragen hatte, war jetzt vermutlich weg und alle Welt konnte den blauen Fleck darunter sehen.

Als Fizzys Blick über mein Gesicht huschte, versuchte ich sie mit einem Lächeln abzulenken. »Danke.«

»Weißt du, das ist eine ziemliche Überraschung.« Sie hatte den unbestimmbaren Akzent einer Jetsetterin, mit eingestreuten Vokalen, die amerikanisch klangen. Manchmal klang auch mein Akzent ganz ähnlich, aber meistens konnte man meine Heimat London immer noch heraushören.

»Moxham hat mir erst vor einer Stunde gesagt, dass du kommst«, sagte sie. »Ich wusste gar nicht, dass wir eine stellvertretende Managerin brauchen.«

Ich versuchte, nicht zusammenzuzucken. »War wahrscheinlich eine kurzfristige Entscheidung.« Ich fühlte mich matt, und das lag nicht nur am Jetlag.

»Mox, ich hab' eine Scheißangst.«

»Showgirl ...«

Vor zwei Nächten hatte ich zusammengekauert auf dem Badezimmerboden gelegen, das Telefon am Ohr, und um Hilfe gefleht.

»Du musst das in Ordnung bringen, Mox. Du bist doch ein verdammter Problemlöser, also lös das Problem.«

»Wie wäre es mit einem neuen Job? Einem Neuanfang.«

»Wo?«

»Im Paradies.«

Draußen auf dem Wasser war wieder ein aufheulender Motor zu hören. Die Jetskis waren zurück, diesmal näher am Ufer.

»In unser aller Namen heiße ich dich herzlich willkommen.« Es klang nicht ehrlich. Fizzy wirkte, als hätte sie so oft eine aufgesetzte Stimme benutzt, dass sie die Fähigkeit verloren hatte, normal zu sprechen. Das brachte das Hotelgewerbe mit sich.

»Danke«, sagte ich noch einmal, aber mein Blick war auf die Jetski-Fahrer geheftet. Zwei Männer, beide mit freiem Oberkörper. Einer war dunkelhaarig, einer rothaarig. Sie machten Kunststücke. Der eine fuhr eine scharfe Linkskurve, dann nach rechts, wie ein Cowboy auf einem bockenden Wildpferd. Der andere Mann lehnte sich nach hinten und zog die Nase des Jetskis hoch, sodass eine weiße Wasserfontäne vom Heck aufstieß wie von einem Raketenschiff.

Eine Sekunde lang war der Anblick beeindruckend. Dann wurde es verhängnisvoll. Der Jetski verwandelte sich in ein Feuerrad aus Wasser, geriet außer Kontrolle, und der dunkelhaarige Mann wurde von seinem Ross geschleudert und schlug mit einem Platschen im Wasser auf.

»Oh, mein Gott!«

Der Motor ging aus, aber der Jetski drehte sich weiter. Der Mann war immer noch nicht wieder aufgetaucht.

»Scheiße, geht es denen gut?« Instinktiv machte ich einen Schritt auf das Ufer zu. Erst jetzt bemerkte ich, dass keiner der Männer eine Rettungsweste trug.

In der letzten Woche hatte es zu viel Tod gegeben, ich konnte nicht noch mehr davon ertragen.

»Die machen doch nur Spaß.« Fizzy schaute nicht mal hin, sie war damit beschäftigt, mein zusammengeknülltes Handtuch zu verstauen.

Ein mir nur allzu vertrautes Hyänenlachen wehte über das Wasser zu mir. Dieses Lachen hätte ich überall erkannt. Moxham. Er war aufgetaucht und schwamm entspannt eine Runde um seinen Jetski, der auf der Seite im Wasser lag.

Ich presse die Lippen zusammen und atmete scharf durch die Nase aus. Natürlich ging es ihm gut. Er sollte nicht wissen, dass er mir einen Schrecken eingejagt hatte, also winkte ich, aber entweder sah er mich nicht oder er ignorierte mich. Sekunden später war Moxham wieder auf den Jetski geklettert, und er und der andere Mann fuhren aus meinem Sichtfeld.

»Du und Moxham kennt euch?«, fragte Fizzy.

»Wir haben früher zusammengearbeitet. Bis er hierhergekommen ist, um das Resort hier zu leiten.«

»Dann weißt du vermutlich schon alles über Keeper Island?«

»Ein wenig.«

Wer würde sich diesen Namen nicht merken, auch wenn die wenigsten ihn auf einer Karte hätten finden können?

Die Privatinsel, Teil der Britischen Jungferninseln, gehörte dem Milliardär Kip Clement, der hier seit den Neunzigern lebte. In meiner Kindheit und Jugend hatten Fotos von ihm und seiner Frau ganze Magazinseiten gefüllt. *Unser luxuriöses Leben in den Tropen.*

Als jemand, der im Hotelgewerbe zu Geld gekommen war, hatte Kip natürlich nicht widerstehen können, sein Zuhause in ein exklusives Resort zu verwandeln – eine Insel, auf der zu jeder Zeit eine Handvoll Gäste lebte sowie das Personal, das sich um jeden ihrer Wünsche kümmerte.

»Ich bin Kips Assistentin«, sagte Fizzy in einem Tonfall, der normalerweise für *Ich bin mit der Königsfamilie verwandt* reserviert war. »Ist gar nicht so leicht, wie es aussieht, einen so großen Mann wie ihn zu bändigen.«

»Ich wette, du weißt, wo seine Leichen vergraben sind.«

»Ha«, sagte sie, anstatt zu lachen. »Also dann, rein mit dir.« Sie deutete auf den Golfwagen. An ihren Handgelenken trug sie jeweils ein halbes Dutzend Armreifen, die bei jeder Bewegung klirrten. Zusammen mit den Schlüsseln an ihrer Taille erinnerte mich das Geräusch an eine Gefängniswärterin.

»In der ersten Nacht auf Keeper«, sagte sie, während sie sich auf dem Fahrersitz niederließ, »verwöhnen wir unsere neuen Angestellten mit der Rockstar-Behandlung. Aufenthalt in einer Villa, alles wie bei einem Gast.«

»Hauptsache, es gibt eine Toilette«, sagte ich.

Fizzy runzelte die Stirn; das war nicht die richtige Entgegnung gewesen. »Kip möchte, dass jeder das Ethos dieses Ortes versteht. Luxuriös, aber entspannt. Wie ein Model, das so umwerfend ist, dass es sich nicht anstrengen muss.« Sie zupfte an ihren Wangen, um ein Facelifting anzudeuten. »Ich wünschte, bei mir wäre das so.«

Zuvor hätte ich Fizzy etwa auf mein Alter geschätzt, jetzt aber bemerkte ich die Lachfalten um ihre Augen. Vielleicht um die vierzig, jeden Schönheitsfehler gekonnt mit Make-up übertüncht. Ich rieb mir mein eigenes Gesicht und zuckte zusammen, als ich an den Bluterguss kam.

Durch eine seltsame Wendung des Schicksals hatte ich meinen dreißigsten Geburtstag verpasst. Das Datum war durch Zeitzonenverschiebungen und verspätete Flüge verschluckt worden. Ich war im Alter von neunundzwanzig Jahren in Hongkong aufgebrochen, jetzt war ich dreißig Jahre und einen Tag alt.

»Ja, es ist ein Urlaubsort«, sagte Fizzy, »aber es ist unser kleines Zuhause fern von zu Hause.«

Wir rasten mit dem Golfwagen über einen gepflasterten Weg, der an der Küste entlangführte. Ein Teil des Waldes im Landesinneren war abgeholzt worden, und als ich mich nach rechts drehte, sah ich Tennisplätze und ein Putting Green, perfekt und künstlich eingebettet in die chaotische Natur.

»Wie lange bist du schon auf der Insel?«, fragte ich Fizzy.

»Ohhh ...« Sie hielt inne und dachte nach. »Fünfzehn Jahre schon, ich Arme. Ich rechne ständig damit, dass mir jemand sagt, die Welt sei untergegangen und wir hätten es gar nicht bemerkt, hier draußen im Paradies.« Ihre Finger zuckten bei dem Wort Paradies, ihre Brauen wölbten sich. »Das Schlimmste, was dir hier passieren kann, ist Langeweile.«

Nach der Woche, die hinter mir lag, klang Langeweile himmlisch.

Aus der entgegengesetzten Richtung näherte sich ein anderer Golfbuggy. Der Fahrer trat auf die Bremse und bedeutete Fizzy, es ihm gleichzutun.

»Es gibt ein Problem«, sagte er. Es war der Typ mit dem federnden Haar, der mich auf die Insel gebracht hatte. Fizzy stellte ihn als Reggie vor, aber er grüßte mich nur nebenbei.

»Bei den Vorräten war kein Beluga-Kaviar dabei«, sagte er und zupfte an seinem Schnurrbart-Flaum, sichtlich erregt.

»Schhh... Scheibenkleister«, sagte Fizzy. »Hast du sie angerufen?«

»Sie sagen, morgen.«

»Das ist zu spät. Frag sie, ob sie ihn mit dem Jet nach Beef Island bringen können.«

»Ja, okay, ja.« Reggie sah erleichtert aus. Sein Golfwagen machte einen Satz und er war wieder weg.

»Wir haben heute Abend eine Party«, sagte Fizzy zu mir. »Wenn es keinen Kaviar gibt, ist die Hölle los.«

Ich nickte und versuchte, meine Verwunderung zu überspielen, was mir wahrscheinlich nicht gelang. Na klar, absolut normal, Kaviar extra mit einem Privatjet abzuholen, weil man ihn für eine Party braucht. Schweigend fuhren wir weiter. Der Felsvorsprung zu meiner Linken wich weißem Sand, der menschenleer war, bis auf einen gebückten Mann. Es dauerte ein paar Sekunden, bis ich begriff, was er da tat: Er harkte den Sand in gleichmäßigen Bögen, um Fußspuren zu beseitigen und ihn wieder makellos zu machen, bevor die Gäste den Tag begannen.

»Was ich noch fragen wollte«, meldete sich Fizzy zu Wort, »woher kommst du? Ich vermute, aus England?«

»Ursprünglich, ja, aber ich war die letzten Jahre in Hongkong.«

»Wir haben zurzeit einen Gast bei uns, Eddie Yiu. Macht irgendetwas unheimlich Faszinierendes mit Finanzen in HK. Ihr beide müsst euch mal vernetzen.«

Ich nickte unverbindlich. Ich hatte keine Lust, mit einem wildfremden Menschen über »HK« zu plaudern.

Bevor ich ins Taxi zum Flughafen gestiegen war, hatte ich meinem Freund Nathan einen Zettel dagelassen, auf dem stand, dass ich für ein paar Tage verreisen würde – Kurzurlaub in Vietnam. Diese Lüge würde bald auffliegen. Wenn der Mietvertrag meiner Wohnung Ende des Monats auslief, würde dieser weiße Schuhkarton in Wan Chai nicht mehr mir gehören. Mein Namensschild vom Hotel würde in den Müll wandern, meine Büroschubladen vom Hausmeister ausgeräumt werden. Ich überlegte, was ich dort vergessen hatte: Kokosnussbonbons und einen halbgelesenen Krimi. Ich würde wohl nie herausfinden, wie er ausging.

Ich verspürte ein plötzliches Bedauern. Ich hatte meine Kollegen im Clement-Hotel in Hongkong im Stich gelassen. Nathan würde wahrscheinlich gegen eine Wand boxen, wenn er merkte, dass ich für immer weg war. Der Gedanke daran jagte mir einen Schauer über den Rücken, trotz der Hitze.

Während Fizzy weiter von all den »unheimlich faszinierenden« Milliardären schwärmte, die auf der Insel wohnten, konzentrierte ich mich darauf, tief durchzuatmen. Wir fuhren weiter, vorbei an etwas, das wie der Hauptkomplex aussah: schräge, über den Strand ragende Strohdächer und ein künstlicher Pool, der ins Meer überzugehen schien. Keine zehn Minuten später standen wir vor einem weißen Kubus auf den Felsen über dem Meer.

»Du wirst in der Queen-Conch-Villa schlafen.« Fizzy brachte den Buggy sanft zum Stehen. »Eine meiner Lieblingsvillen, direkt neben Kip. Du bist bestimmt völlig erschöpft nach der langen Reise in der Holzklasse. Komm heute Abend zur Party. Die Vollmondpartys auf Keeper Island sind absolut einzigartig.«

Ich dankte ihr und schlurfte in das Fünf-Sterne-Haus, das für einen Tag meines sein würde. Es war klimatisiert, kühl und duftete nach Jasmin. Von außen betrachtet hatte ich hier einen Traumjob ergattert. Solange alles, was in Hongkong geschehen war, in der Vergangenheit blieb, war ich hier sicher.

2

Ich war so erschöpft, dass ich mich auch mit einer tröpfelnden Dusche und einem Schlafsack auf dem Boden zufriedengegeben hätte. Die Queen-Conch-Villa war jedoch der pure Luxus.

Alles war in blassen Sand- und Steintönen gehalten und mit geschwungenen Kanten versehen, fast so, als ob scharfe Ecken unschicklich wären. Die Ausstattung war dezent, aber ich hatte genug Erfahrung in diesem Bereich, um den Wert jedes Gegenstandes in der Villa sofort zu erkennen. Im Bad gab es italienischen Marmor, im Wohnzimmer skandinavische Designerstühle, überall maßgefertigte Leuchten aus schimmerndem Glas, die von der Decke herunterzuperlen schienen.

Nach einer langen, heißen Dusche ließ ich mich auf eines der weißen Sofas fallen und schaufelte mir Iberico-Schinken in den Mund, als wäre es ein Big Mac. Ich hatte den Zimmerservice über das hauseigene Tablet bestellt, und die Geschwindigkeit, mit der er gekommen war, ließ mich vermuten, dass die Insel entweder zu viel Personal hatte oder mit militärischer Präzision geführt wurde.

Am Vormittag klopfte es leise an der Tür. Ich riss den Kopf hoch. Moxham?

»Herein!« Ich stapfte zur Tür und spürte in meinem Körper die Schmerzen jeder einzelnen Stunde meiner Langstreckenreise.

Als ich die Tür aufmachte, erblickte ich eine kleine, kurvige Frau mit dunkler Haut. Als sie sich mir als Masseurin vorstellte, stieß ich ein dankbares Wimmern aus. »Ja, bitte.«

Sie lächelte schief und begann, ihren Tisch aufzubauen. Ich machte ihr Komplimente für ihre herabbaumelnden, wie Vögel geformten Ohrringe, aber sie schien nicht in der Stimmung für Smalltalk zu sein, also ging ich ins Badezimmer, um mich auszuziehen.

Wenige Minuten später lag ich auf dem Rücken, schloss die Augen und atmete den Lavendelduft des Aroma-Öls ein. In dem Moment, als die Frau ihre Daumen in meine Schultern grub, begann ich zu weinen, und konnte dann nicht mehr aufhören. Ich weinte um Nathan, um alles, was ich verloren hatte. Ich weinte, weil ich jetzt in Sicherheit zu sein glaubte. Im Paradies würde ich vielleicht sicher sein.

Die Masseurin tat zunächst so, als würde sie es nicht bemerken, aber als mein ganzer Körper von Schluchzern geschüttelt wurde, konnte sie es nicht mehr ignorieren. Sie zog das Laken ein Stück über mich und murmelte: »Möchten Sie, dass ich Sie allein lasse?«

»Ja«, stammelte ich, ohne sie anzuschauen.

Als sie weg war, versuchte ich mich zu beruhigen, indem ich im Geiste eine Liste der seltsamsten Gäste aufstellte, denen ich im Laufe meiner Karriere begegnet war. Verrotztes Weinen schaffte es da nicht mal unter die Top 100. Ich tröstete mich mit den Erinnerungen an Gäste, die ihren Zwergpudel als ihren Sohn bezeichneten und rund um die Uhr eine Hundebetreuerin brauchten. Mit etwas Glück hatte die Masseurin auch schon ganz andere Dinge als meine Heulerei gerade erlebt. Aber leider war ich kein Gast, und ich würde sie irgendwann wiedersehen müssen.

Ich ging hinaus auf die Veranda, um den Kopf freizubekommen. Die Sonne näherte sich ihrem Höhepunkt, aber vom Wasser her wehte eine starke Brise. Die riesige Veranda, die über die felsige Küste hinausragte, war größer als meine alte Wohnung. Es gab eine Außendusche, ein paar Hängematten und einen Whirlpool.

Ich blickte über die Brüstung in die Tiefe. Fünf Meter unter mir erstreckte sich ein Felsvorsprung bis hinaus ins Meer. Als ich angekommen war, musste gerade Ebbe gewesen sein, aber jetzt stieg der Meeresspiegel. Bei Flut würde unter der Veranda nichts als Wasser zu sehen sein.

Dann sah ich sie. Auf den Felsen lag eine Frau. Sie klammerte sich dort verzweifelt fest.

Grundgütiger ...

Was hatte sie da draußen zu suchen? Sie würde ertrinken.

Ich war schon kurz davor, über das Geländer zu springen und ihr zu Hilfe zu eilen, doch als ich blinzelte, klärte sich die Szene von selbst auf.

Die Frau war eine Statue, alabasterfarben. Sie lag auf den Felsen, den Rücken gekrümmt, den Kopf zurückgeworfen, orgasmisch. Wenn die Flut käme, würden die Wellen über sie hereinbrechen. Verstört ließ ich das Geländer los und drehte mich um. Ich wollte nicht zusehen, wie das Meer sich auf sie stürzte.

Mein Plan war gewesen, vor der Party noch ein paar Stunden zu schlafen, aber ich war hellwach. Es war mir unangenehm, Resortgast zu spielen und nichts zu tun. Ich wollte da raus und sehen, wie die Arbeit auf Keeper Island wirklich aussah. Und außerdem wollte ich Moxham finden.

Er war der einzige Mensch auf der Welt, mit dem ich über die vergangenen Ereignisse sprechen konnte. *Alles ist in Ordnung.* Ich wiederholte die Worte immer wieder, aber ich war mir nicht sicher, ob ich sie glauben würde, solange ich sie nicht von Moxham gehört hatte.

~

»Hallo?« Als ich das Restaurant betrat, war niemand zu sehen. Es war ein balinesisch inspiriertes Gebäude, ganz aus natürlichem Holz und Bambus, mit Belüftungsöffnungen in den Seiten, durch die eine laue Brise wehte. Ich schlenderte in die benachbarte Küche, in der es nach Knoblauch und etwas Fleischigem roch, das in einer Pfanne brutzelte.

»Entschuldigung?« Die einzige Person, die ich sehen konnte, war ein muskulöser Mann mit einem Kurzhaarschnitt, der Kopfhörer trug und dessen Arme bis zu den Ellbogen in seifigem Geschirr steckten.

Ich war zu Fuß die Küstenstraße zurückgelaufen, über die ich mit Fizzy zur Villa gekommen war. Ein zehnminütiger Spaziergang hatte mich zum Hauptkomplex des Resorts geführt, der mit Swimmingpools und Tiki-Bars ausgestattet war.

Auf dem Weg dorthin hatte ich einen Golfwagen angehalten, dessen Fahrerin von einem riesigen Wäschestapel halb verdeckt wurde. Sie hieß Shirley und gab mir munter Auskunft, als ich fragte, wo ich Moxham finden könne.

»Er bringt mir manchmal mittags Kuchen mit«, ein kurzes Lächeln war in ihrem Gesicht aufgeblitzt.

»Er hört sich gerne den Klatsch und Tratsch an. Aber heute habe ich ihn noch nicht gesehen. Muss wohl mit der Party beschäftigt sein.«

Ich hatte das Gefühl gehabt, sie aufzuhalten, und als sie mir gesagt hatte, ich solle mit dem Chefkoch sprechen, hatte ich sie nicht nach weiteren Einzelheiten gefragt.

Ich machte einen weiteren Schritt hinein in die Küche. »Entschuldigung«, sagte ich noch einmal, und dieses Mal schaute der Tellerwäscher auf. Bevor er etwas sagen konnte, brach am anderen Ende des Raumes ein Tumult aus.

»Ich kann nicht! Ich kann nicht! Ich kann einfach nicht!«

Eine schrille weibliche Stimme. Der Geschirrspüler bewegte sich nicht, aber ich wurde instinktiv in Richtung des Tumults gezogen.

Die Küche war ein großzügig bemessener Raum, mit riesigen glänzenden Flächen aus Edelstahl. Ich ging vorbei an Gestellen mit mindestens hundert winzigen Marmeladentörtchen, die dort gerade abkühlten.

»Er ist widerlich. Ich hör' auf, ich hör' auf, ich hör' auf!«

Eine junge Frau lag auf dem Boden, ihr blondes Haar verdeckte das Gesicht, die Sonnenbrille saß schief auf dem Kopf. Sie versuchte, noch etwas zu sagen, aber es kamen nur stöhnende Laute aus ihr heraus, als wäre sie tödlich verletzt.

»Was ist hier los?«, fragte ich.

Zwei Männer in weißen Kochuniformen standen über ihr.

»Sie hat einen schlechten Tag«, sagte einer von ihnen.

Es war eine so absurde Untertreibung, und dann noch vorgetragen mit einem völlig ausdruckslosen französischen Akzent, dass ich fast gelacht hätte, aber sein Gesicht blieb ernst. Das Erste, was mir an ihm auffiel, waren seine perfekt gewölbten Augenbrauen. Sie passten zum Rest seines guten Aussehens: olivfarbene Haut und kastanienbraunes Haar.

Er musterte mich eingehend. »Und du bist ...«

Bevor ich die Villa verlassen hatte, war ich in die Uniform geschlüpft, die man mir bereitgelegt hatte. Schwarze Shorts und weißes T-Shirt mit einem kleinen Schlüssel-Logo.

»Die neue stellvertretende Managerin.«

»Richtig, Moxham hat dich heute Morgen erwähnt.« Der andere Mann, dünn wie eine Bohnenstange, mit einem Kopftuch, das sein schwarzes Haar zusammenhielt, schaute mich mit zusammengekniffenen Augen an. »Lola. London.« Seine Finger zeigten wie Pistolen auf mich. »Nachwuchshotelkauffrau des Jahres, aber nicht wirklich Nachwuchs.« Sein Akzent war südafrikanisch.

Sie hatten mich gegoogelt. Hätte ich an ihrer Stelle auch gemacht. Ich lächelte unschuldig. »Das bin ich.«

»Hobbys: Wandern und Squash. Fußfetisch. Vielleicht habe ich den letzten Teil auch nur erfunden.« Der südafrikanische Kopftuchmann grinste.

Wenn ein Fußfetisch das Schlimmste war, was sie sich über mich vorstellen konnten, dann Gott sei Dank.

»Schön, dich kennenzulernen, Lola.« Der Bilderbuchkoch trocknete seine Hände an einem Geschirrtuch ab und gab mir mit einem ahnungsvollen Gesichtsausdruck die Hand. Er stellte sich als Guillaume vor. Der Bandana-Mann hieß Tyson.

»Wir haben hier ein kleines Problem«, sagte Guillaume. »Entschuldige uns.«

Wie auf Kommando stieß die Frau am Boden einen weiteren, schrecklich leidenden Schrei aus. »Das ist es nicht wert! Kein Geld der Welt ist es wert, dieses ...«

Trotz all ihrer Bemühungen waren die Männer absolut nutzlos. Ich hockte mich hin und berührte die Frau sanft am Arm. »Komm, lass dir mal vom Boden aufhelfen, Herzchen.« Ich sah zu Tyson auf. »Hol ihr einen Stuhl und ein Glas Wasser.«

»Kaffee«, schniefte sie, »mit Hafermilch.«

Ich unterdrückte ein Lächeln. Offensichtlich stand sie nicht wirklich an der Schwelle zum Tod.

»Hol ihr einen Kaffee.«

Im Laufe der nächsten zehn Minuten kam Tessa (Irin, einundzwanzig, einfache Herkunft, Möchtegern-Model-Influencerin, seit Kurzem Hostess auf Keeper Island – »Ich höre auf!«) allmählich hinter ihrem Haarvorhang hervor und erzählte ihre Geschichte.

Tobias Ford, ein Tech-Bro mit einer Milliarde auf der Bank und einer launischen Trophäen-Freundin im Schlepptau, war vor zwei Tagen angekommen. Die beiden waren schon ein paar Monate zuvor auf der Insel gewesen und ihr Ruf eilte ihnen voraus. Tyson hatte sie »Der Wichser und die Wichserin von und zu Silly-Cone Valley« getauft. Tessa und die beiden anderen Hostessen, Maria und Alex, hatten Strohhalme gezogen, wer in die Ford-Villa würde einziehen müssen. »Ich hab' verloren«, sagte sie und ihre Unterlippe bebte.

Während ihres Aufenthalts in den letzten achtundvierzig Stunden hatten sich Ford und seine Freundin Carolina über das Wi-Fi beschwert (nicht schnell genug), sie hatten sich über die Golfwagen beschwert (nicht schnell genug), sie hatten sich über die Faultiere beschwert (nicht freundlich genug) ...

»Es gibt hier Faultiere?«, fragte ich.

Guillaume nickte.

... Sie hatten sich über die Küche beschwert (er: nicht gehoben genug, sie: zu gehoben). Vor einer Stunde hatten sie sich über das Team vom Wassersportbereich beschwert.

»Der Mann war mit dem Jetski unterwegs und sie wusste nicht, wohin mit sich« – Tessa nahm einen Schluck von ihrem Kaffee – »also haben wir ihr ein Paddelbrett besorgt. Dann kommt er zurück und kriegt einen Anfall, weil die Jungs sie im Bikini gesehen haben. Ich meine, sie haben geguckt. Sie haben eben aufgepasst, dass sie nicht ertrinkt, weil sie immer wieder reingefallen ist.«

Tessa, jetzt auf einem herbeigeholten Restaurantstuhl, saß nach vorne geneigt, immer noch den Tränen nahe. Ich streichelte ihren Rücken in langsamen Kreisen. Es war erleichternd, wieder bei der Arbeit zu sein, sich auf eine Katastrophe konzentrieren zu können, die so leicht zu beheben war.

Eine kleine Menschenmenge hatte sich versammelt, Küchenhilfen und ein paar Kellner, die aus dem Restaurant herübergekommen waren, aber Guillaume scheuchte sie weg. »Das Mittagessen kocht sich nicht von selbst!« Sein Tonfall klang falsch, nicht sarkastisch genug, nur unfreundlich, aber seine Ansage hatte die gewünschte Wirkung. Die Menge zerstreute sich. Guillaume seufzte. »Dieser Hühnerstall«, sagte er leise.

Tyson knallte eine Pfanne auf den Herd und begann, demonstrativ etwas darin zu flambieren. »Soll sie eben ertrinken, dann werden sie schon sehen.« Er sprach laut, um über das Brutzeln hinweg gehört zu werden.

»Ja, ich wünschte, sie hätten sie ertrinken lassen«, sagte Tessa. »Er hat mich angeschrien und gesagt, ich sei ein nutzloses Miststück.« Sie vergrub das Gesicht in den Händen. »Mein Kopf ist völlig durcheinander, ich kann das alles nicht mehr. Ich bin um fünf Uhr wachgeworden, weil sie versucht haben, eine Banane im Klo runterzuspülen. Dieser Job ist das Allerletzte.«

»Wie bist du mit Ford auseinandergegangen?«, fragte ich.

»Er wollte mit dem Manager sprechen.«

Guillaume nickte. »Wir sollten auf Moxham warten. Er wird wissen, was zu tun ist.«

»Ich habe ihn angefunkt, aber er ist nirgendwo zu finden«, sagte Tessa.

Reflexartig zupfte ich an meinem Ohrläppchen. »Wir müssen nicht auf ihn warten.«

Tessas und mein Blick begegneten sich. Ihre Augen waren von einem verwaschenen Grau, ihre Wimpern blass.

»Wenn du morgen kündigen willst«, sagte ich, »dann kündigst du. Aber jetzt bringen wir die Sache in Ordnung. Du wirst den Jungs vom Wassersportbereich sagen, sie sollen sich entschuldigen.«

Tyson stotterte. »Was?«

»Die haben wahrscheinlich etwas geglotzt. Und selbst wenn nicht, Ford ist verärgert. Und wenn man verärgert ist, kriegt man eine Entschuldigung.«

Ich stand auf und schnippte mit den Fingern. »Wir lockern es etwas auf, falls ihr sein Wutanfall peinlich ist. Wir verbinden den Jungs die Augen und schreiben ihnen mit Filzstift ›Tut uns leid‹ auf die Stirn. Sie sollen es ein bisschen übertreiben. Dann bringst du ihnen eine Magnumflasche Champagner, zusammen mit – Guillaume, was ist dein Lieblingsdessert? Irgendwas mit Schokolade.«

Guillaume murmelte, der Konditor habe letzte Woche gekündigt und er sei mit dem Essen für den »Hühnerstall« überfordert, aber vielleicht – *vielleicht* – könne er, wenn er sich richtig ins Zeug lege, eine dreilagige Ganache-Torte machen.

»Okay.« Ich klatschte in die Hände. »Also, wir haben einen Plan.«

»Findest du wirklich, ich sollte das alles tun?« Tessa umklammerte ihre Kaffeetasse wie einen Stressball.

»Ja« – ich entriss ihr die Tasse und stellte sie auf den Tresen – »und in ein paar Tagen reisen sie ab und geben dir ein fettes Trinkgeld, weil du so wunderbar und verständnisvoll gewesen bist.«

»Okay.« Tessa setzte ihre Sonnenbrille auf. Ich bemerkte, dass es eine Cartier-Sonnenbrille war. Sie musste gutes Trinkgeld bekommen, wenn sie sich die leisten konnte. Vielleicht waren die Gäste auf Keeper Island doch nicht ganz so miserabel.

Sie stand auf und ich schob sie zur Tür. »Du wirst das großartig machen. Einfach immer lächeln.«

Tyson kratzte sich am Kinn. »Scheiße, mein einziger Vorschlag wäre gewesen, den Strom in seiner Villa zu kappen. Um mal zu sehen, wie ihm das Paradies ohne Klimaanlage gefällt.«

»Wir sind hier, um Probleme zu lösen, nicht, um neue zu schaffen«, sagte ich.

Guillaume, dessen Stirnrunzeln auch gut in ein düsteres Editorial-Fotoshooting gepasst hätte, schnauzte Tyson an, dass er sich wieder an die Arbeit machen solle.

»Tut mir leid, dass ich euch noch mehr Stress bringe«, sagte ich zu ihm.

Er zuckte mit den Schultern und starrte in die Ferne. »So ist eben der Job.«

Ich schluckte ein Lachen runter. »Irgendeine Idee, wo ich Moxham finden kann?«

»Schon im Kontrollzentrum nachgesehen?«

~

Ich hätte es Moxham gegenüber niemals zugegeben, weil er auch so schon selbstgefällig genug war, aber alles, was ich wusste, hatte ich von ihm gelernt. Schon nach ein paar Monaten unserer Zusammenarbeit hatten wir einen Geheimcode entwickelt. In brenzligen Situationen im Hotel zog ich mir einmal am Ohrläppchen. Das bedeutete: »*Dieser Gast ist besonders furchtbar.*« Er schaute mich dann an und zog zweimal an seinem Ohrläppchen, was bedeutete: »*Ich weiß, die können sich alle mal ficken.*«

Mox ließ sich seine Gereiztheit nie anmerken. Selbst die unmöglichsten Gäste wusste er zu bezaubern. Auch an den stressigsten Tagen konnte er noch lachen. Wir hielten uns gegenseitig mit Galgenhumor bei Laune, taten so, als würden wir Zyanid in den Champagner von X schütten oder einen Toaster in den Whirlpool von Y werfen.

Trotz allem freute ich mich also darauf, wieder mit Moxham zusammenzuarbeiten. Doch ich konnte ihn beim besten Willen nicht ausfindig machen. Er war nicht im Kontrollzentrum – einer unansehnlichen Ansammlung von Gebäuden auf der Nordseite der Insel, die für die Gäste nicht einsehbar war und zu der die Wäscherei, die Entsalzungsanlage und die Klärgrube gehörten.

Auf dem Rückweg, als ich an den Gästevillen vorbeikam, sah ich jemanden, der gerade an dem schlanken Stamm einer Kokospalme hinaufkletterte und dann mit einer Machete Kokosnüsse abschnitt. Aber es war nicht Moxham.

Er war auch nicht am Hauptstrand, wo eine kleine Armee von Hotelangestellten Tiki-Fackeln anzündete und riesige Spaliere aus weißen Rosen aufstellte, von denen rote Farbe tropfte.

Irgendwann, als die Schatten länger wurden und sich mein Jetlag allmählich wieder meldete, stapfte ich zur Queen-Conch-Villa, um mich für die Party umzuziehen.

~

Die Sonne ging früh unter, so nahe am Äquator. Von der Veranda der Villa aus bot sich ein spektakuläres Bild: Orange- und Rottöne spiegelten sich im Wasser. Die Marmorstatue war in den Wellen verschwunden. In der Ferne ertönten Steel Drums.

Nach dem ganzen Umhergelaufe am Nachmittag war ich verschwitzt. Mein Blick fiel auf den Whirlpool. Ein Bad würde mir guttun. Was hatte Fizzy gesagt? Ich soll mich »wie ein Gast fühlen«. Ein letztes bisschen Luxus würde nicht schaden. Die Blubberblasen fühlten sich himmlisch an, als ich in das sprudelnde Wasser glitt.

~

Ich musste eingenickt sein.

Verschlafen setzte mich auf. Das Wasser spritzte, als ich nach dem Keramikrand griff. Meine Mutter war immer abergläubisch gewesen, wenn es ums Ertrinken in der Badewanne ging.

Die Musik war jetzt lauter und hallte über das Meer. Ein Schrei ließ mir die Nackenhaare zu Berge stehen, doch er löste sich in Gelächter auf. Es war nur die Party. Die Veranda war dunkel, aber am Rand meines Sichtfeldes tanzten Lichter.

»Lola.«

Ich schaute mich um, unsicher, ob ich mir die Stimme nur eingebildet hatte.

Mir war mulmig. Das Wasser war kalt geworden, die Oberfläche glatt, und ich war splitternackt.

»Lola ...«

Meine Fingerknöchel am Rand des Whirlpools wurden weiß.

Eine Gestalt trat zögerlich aus der Dunkelheit.

3

»Du hast mich zu Tode erschreckt.« Ich lächelte erleichtert.

»Dich erschreckt doch nichts, Showgirl.«

Moxham sank neben dem Whirlpool auf die Knie. Er gab sich keine Mühe, die Augen abzuwenden. Wahrscheinlich hatte er mich schon mal nackt gesehen – beim Nacktbaden im Hotelpool nach Feierabend –, aber es brachte ein Gefühl der Verletzlichkeit mit sich.

»Wie bist du hier reingekommen?« Mein Verstand war vom Schlaf noch getrübt. Ich hatte die Tür zur Villa verschlossen (oder?). Moxham musste einen Generalschlüssel haben. »Wie spät ist es?«

»Zehn, noch früh am Abend.« Als er mit den Schultern zuckte, purzelte ihm ein Zylinder vom Kopf. Er fuhr sich mit der Hand durch das braune Haar, sodass es sich aufrichtete. »Schön, dich zu sehen, Kleines.« In der anderen Hand hielt er eine offene Flasche Champagner. Er bot mir einen Schluck an, aber ich schüttelte den Kopf.

»Ist ganz schön lange her.« Ich neckte ihn. »Du bist alt geworden.«

Er schnaubte. Ich überlegte, ob ich ihn anweisen sollte, sich umzudrehen, und etwas Aufhebens darum veranstalten, meine Kleider von der Veranda zu holen, wo ich sie abgelegt hatte. Das würde allerdings meine Unsicherheit offenbaren, während ich eigentlich gelassen wirken wollte.

»Weißt du, ich habe mir heute eine Blase gelaufen, als ich dich gesucht habe«, sagte ich. »Wo warst du denn?«

Ich tastete nach dem Bedienfeld des Whirlpools und brachte das Wasser wieder zum Leben. Von den schäumenden Blasen wurde ich zumindest teilweise bedeckt.

Er lächelte. »Genau wie in alten Zeiten, oder? Ich hänge irgendwo rum und du machst die Arbeit.« Moxham ließ einen Arm über den Rand des Whirlpools hängen. Sein Atem roch nach saurem Wein und Zigaretten. Er trug einen zerknitterten babyblauen Leinenblazer, darunter ein Hemd.

Ich lachte. Moxham und ich hatten uns nie verstellen müssen, wenn wir zusammen waren, und das war angenehm.

»Was ist los?«, fragte ich.

»Viel.« Er unterstrich das Wort, indem er mit der Flasche gegen den Whirlpool klopfte. »Eine Menge ist los. Ich habe dich vermisst. Ich brauche deine Hilfe.«

Meine Heiterkeit verflog. Ich schüttelte den Kopf.

»Ein bisschen Taschengeld dazuverdienen?«, fragte er.

»Ich will das nicht.«

Er tauchte eine Hand unter die Wasseroberfläche. Mein ganzer Körper spannte sich an.

»Natürlich tust du das«, sagte er, wirbelte mit seinen Fingern herum und spritzte spielerisch mit dem Wasser.

»Tu ich nicht.«

Ich spritzte zurück, aber es war nicht spielerisch, sondern so aggressiv, dass der Ärmel seines Jacketts durchnässt wurde. Mein Standpunkt wurde deutlich. Er nahm seine Hand aus dem Wasser.

»Du und ich, wir sind Realisten. Und das Realste, was es gibt«, er rieb seine Finger aneinander und ließ die Tropfen fliegen, »ist hartes, kaltes Geld, Showgirl.«

Sein Spitzname für mich – aus einem Barry-Manilow-Song – hatte mich sonst immer zum Lachen gebracht, heute aber nervte er mich.

»Was hast du diesmal ausgeheckt?« Ich versuchte, unbeschwert zu klingen, aber die Worte kamen hart rüber.

»Mir sitzt der Teufel im Nacken«, murmelte er.

Schweißperlen traten mir auf die Stirn, als sich das Wasser im Whirlpool allmählich aufheizte. »Was?«

Er antwortete nicht, nahm nur einen tiefen Schluck aus der Champagnerflasche. »Was ist in Hongkong passiert?«, fragte er schließlich.

Eigentlich hatte ich ihm mein Herz ausschütten wollen, aber Moxhams Nihilismus rieb mich völlig auf. Meine Geschichte kam in gestelzten, unvollständigen Sätzen raus. Schließlich versank ich in Schweigen. In der Ferne waren Trommeln zu hören; in der Nähe nur das aufgewühlte Wasser.

»Du hast es vermasselt, hab' ich recht?«, sagte Moxham.

Seine Worte waren wie ein Schlag ins Gesicht. Keinerlei Bestärkung. Kein Versuch, mich zu trösten. Hinter meinen Augen baute sich Druck auf.

»Trotzdem« – er lachte, dieses unverwechselbare Hyänenkläffen – »jetzt bist du hier. Aus der Schusslinie. Könnte sich als nützlich erweisen.«

Ich wusste nicht, was ich darauf erwidern sollte. Ich musste mich anstrengen, nicht zu weinen.

Mühsam erhob er sich, wankend, und beugte sich hinab, um seinen Zylinder aufzuheben.

»Na los, zieh dich an, komm zur Party. Und komm nicht zu spät, wir haben noch zu tun.«

Moxham verschwand in der Dunkelheit. Laut fiel die Glastür hinter ihm zu.

~

Eine Stunde später war ich Alice im Wunderland. Barfuß lief ich im Sand an einem handgemalten Holzschild mit der Aufschrift

Wir sind alle verrückt hier vorbei. Irgendjemand hatte mir ein glitzerndes schwarzes Kleid in meiner Villa dagelassen, zusammen mit meiner Arbeitsuniform. Der Saum war zu lang und ich stolperte mehr als einmal beinah darüber.

Im Clement Hongkong hatte ich hin und wieder Themenpartys organisiert, aber nie so aufwendige wie diese. Zusätzlich zu den bemalten Rosen von vorhin gab es einen märchenhaften Baum aus echtem Holz, dessen Stamm an der Basis abgesägt war und an dessen Ästen riesige Taschenuhren an Ketten hingen. Vor dem dunklen, sich kräuselnden karibischen Meer und dem im Vollmond leuchtenden Sand wirkte das alles noch seltsamer.

Ein paar Dutzend Leute tummelten sich am Hauptstrand, tranken, lachten und versuchten, zu der Musik des DJs zu tanzen. Alle waren formell gekleidet, deshalb war es schwer, zwischen den Gästen und dem Personal zu unterscheiden.

»Hallo, Herzchen!« Fizzy winkte mir über die Köpfe hinweg zu. Aus mir unerfindlichen Gründen hatte sie eine Plastikkrone auf dem Kopf. Sie stürzte herbei, um mir Luftküsse zu geben, und stellte mich dann einer Gruppe von irgendwelchen Neureichen vor.

Neben einem Gewürzmagnaten und einem TV-Manager war auch ein englischer Fußballspieler anwesend. Eine modisch gekleidete Italienerin, Erbin eines Drogerie-Vermögens, flirtete ausgiebig mit ihm, während seine Frau direkt danebenstand. Vielleicht hatte sie, wie wir anderen auch, von seiner außerehelichen Affäre gehört, von der in allen Zeitungen die Rede gewesen war. Keiner der Gäste interessierte sich sonderlich für mich, und ich war erleichtert, als ein stürmischer Deutscher zu mir sagte: »Einen Drink, bitte, Schätzchen!«

Er bedankte sich herzlich (»Danke, merci, thank you!«), als wäre ich eine hilfsbereite Freundin. Eine Freundin, die dafür bezahlt wurde, hier zu sein. Eine Freundin, die einem immer nachschenkte. Dann ignorierte er mich wieder.

Ich schlenderte zum Büfett hinüber, das zwar schon etwas abgepflückt aussah, auf dem es aber immer noch reichlich gab; sicherlich mehr als jemals gegessen werden würde. Mir kam der vage Gedanke, dass ich eine örtliche Wohltätigkeitsorganisation ausfindig und etwas vom überschüssigen Essen spenden sollte. Ich war nicht hungrig, aber der Jetlag machte mich schwindelig, also beschloss ich, etwas zu essen, um nicht irgendwann zusammenzuklappen.

Guillaume hatte eine Art Gourmet-Teeparty erschaffen. Es gab die Törtchen, die ich in der Küche gesehen hatte (Erdbeermarmelade mit einem Schuss Rum), daneben kleine Räucherlachssandwiches, Earl-Grey-Shortbread und Mini-Zitronenbaiserkuchen.

Ich sah mich in der Menge um. Ich hatte erwartet, den berühmten Kip Clement zu sehen, aber ich hörte jemanden sagen, er sei wegen Kopfschmerzen früh zu Bett gegangen.

An der Tiki-Bar schnappte ich mir eine der Mini-Glasflaschen mit der Aufschrift *Trink mich*. Der darin enthaltene Tequila mit Hibiskus ließ mich zwar weder wachsen noch schrumpfen, aber er war köstlich. Ich trank ihn aus, bevor ich darüber nachdenken konnte, ob ich während der Arbeit Alkohol trinken sollte.

Moxhams Worte von vorhin gingen mir nicht mehr aus dem Kopf. Was hatte er vor? War es dumm von mir gewesen, nach Keeper Island zu kommen? Oder machte ich mir zu viele Gedanken? Wie auch immer, ich wollte unser Gespräch noch vernünftig zu Ende bringen.

Ich wandte mich an Fizzy. »Hast du Moxham gesehen?«

»Nein.« Ihre Stimme klang etwas schnippisch, was sie jedoch mit einem Lächeln versüßte. »Aber du musst unbedingt Eddie kennenlernen.« Sie schob mich in die Richtung eines Mannes, der von Kopf bis Fuß in etwas gekleidet war, das wie brandneue Freizeitkleidung aussah. »Großes Tier in Hongkong«, sagte sie mit gedämpfter Stimme, bevor sie uns einander vorstellte.

Eddie Yiu setzte ein breites, gebleichtes Lächeln auf, das sich nicht in seinen Augen widerspiegelte. »Ah, ein bekanntes Gesicht«, sagte er mit amerikanischem Akzent.

Ich runzelte die Stirn, konnte ihn aber nicht einordnen. War er vielleicht ein Gast im Clement Hongkong gewesen? Eddie Yiu war ein paar Zentimeter größer als ich, aufgepumpt mit Muskeln, die sich langsam in Fett verwandelten. Bevor ich fragen konnte, was er damit meinte, begann er mir eine lange, langweilige Geschichte zu erzählen über »seine Auszeit« und die spirituelle Suche, die er gerade hinter sich gebracht hatte. (Ich vermutete, dass es um Ayahuasca und die Wüste ging.)

Fizzy schwebte davon und ich saß mit Eddie fest. Er schien als Einziger unter diesen ganzen Superreichen Interesse an mir zu haben. Vor allem, weil er mich mit der Subtilität eines Mannes anbaggerte, der noch nie das Wort »Nein« gehört hatte.

Unweit von uns spielten zwei Frauen in juwelenbesetzten Kleidern mit Plastikflamingos Krocket. Ich schaute ihnen nebenbei zu, während Eddie gerade eine Anekdote über eine Großwildjagd zum Besten gab, auf der er vor Kurzem gewesen war (»Ich hab' da ein richtig fettes Biest erlegt«). Beim Sprechen rollte ein Tropfen irgendeiner Flüssigkeit – Wein? Tinte? Blut? – seinen Arm hinunter und landete im Sand.

Bevor ich herausfinden konnte, ob ich es mir eingebildet hatte, hörte ich das Klirren von Glas. Eine der Krocket-Frauen hatte ihren Flamingo so heftig geschwungen, dass sie ihrer Begleiterin die Champagnerflöte aus der Hand geschlagen hatte.

»Ich muss das wegmachen«, sagte ich zu Eddie. »Das ist wirklich gefährlich.« Das war keine Lüge. Zerbrochenes Glas war der heimliche Ripper der Badeorte.

Ohne Eddies Antwort abzuwarten, huschte ich davon.

Ich ging den Strand hinauf und den gepflasterten Weg entlang, der zum Restaurant mit seinem balinesischen Strohdach führte. Ich nahm an, dass sich nie mehr als zwanzig Gäste gleichzeitig auf der Insel aufhielten – oft wahrscheinlich sogar weit weniger –, aber das Restaurant war groß genug, um doppelt so viele Gäste zu beherbergen. Es schien ein weiterer Beweis dafür zu sein, dass Keeper Island kein normaler Urlaubsort war und wie ein Königsschloss betrieben wurde.

Da alle Gäste am Strand waren, war das Restaurant dunkel und die Lüftungsöffnungen geschlossen. Die Tür war zu. Ich scheiterte bereits jetzt an meiner neuen Aufgabe, weil ich nicht wusste, wo ich etwas so Einfaches wie eine Kehrschaufel und einen Handfeger herbekommen sollte.

Niemand war in der Nähe, aber irgendwo in der Ferne hörte ich Rap-Musik – ein Kontrast zu dem Electro-Pop, den der DJ am Strand spielte. Ich ging einen mit Farnen gesäumten Weg entlang, der seitlich an dem Restaurant vorbeiführte.

Ein leises Stöhnen erfüllte die Luft, wie von einem wilden Tier. Was war das? Als ich um die Ecke ging, kam ich zu einem der Gästepools, der von einer Terrasse umgeben war. Gestreifte Liegestühle waren mit Tellern und halbleeren Gläsern übersät. Cannabisgeruch juckte in meiner Nase.

Jetzt sah ich die »wilden Tiere«. Ein paar Jungs rangen miteinander. Einer von ihnen trug ein Hasenkostüm.

»Er hat mir in die Eier getreten!«, rief der Hase mit einem vertrauten südafrikanischen Akzent. »Du dreckiger Bastard.«

»Ich hab' nie gesagt, dass es keine Regeln gibt«, war die Antwort. Amerikanisch.

Die darum versammelte Menge brach in einen Streit darüber aus, wer recht hatte und wer nicht. Ich hatte das Gefühl, dass vom Ausgang des Ringkampfes eine Menge Geld abhing. Alle hier waren Angestellte. Sie hatten sich davongeschlichen, um sich in den Gästeanlagen auszubreiten, was zu trinken, was zu rauchen, sich vor der Arbeit zu drücken und sich außer Hörweite über die Gäste zu beschweren.

Das erinnerte mich an meine Aufgabe. »Ich muss ein paar zerbrochene Gläser auffegen«, sagte ich, obwohl alle gerade damit beschäftigt waren, Wetten aufzugeben. Ich hatte gehofft, Moxham hier zu finden, aber als ich mich umschaute, war er nirgendwo zu sehen. Also ging ich den Weg wieder zurück.

»Bist du die Neue?«, sagte eine Stimme.

Als ich mich umdrehte, erkannte ich die Masseurin, die vorhin in meine Villa gekommen war. Am Morgen hatte ich sie schwer einschätzen können, aber jetzt hatte sie ein gummiartiges Grinsen im Gesicht, ihre dunkle Haut war schweißnass.

»Du weißt nicht, worauf du dich hier eingelassen hast.« Sie brach in Kichern aus.

»Was meinst du damit?« Ich nahm an, dass sie damit lange Arbeitstage und eine beschissene Bezahlung meinte, aber ihr Lachen hatte etwas Beunruhigendes an sich.

»Komm, trink einen mit uns.« Sie stürzte auf mich zu, wich nur knapp einem Farn aus und legte mir eine Hand auf die Schulter. Ihre umherbaumelnden Ohrringe waren rote Vögel mit offenen Mäulern, die auf und ab hüpften, während sie vergeblich versuchte, gerade zu stehen.

Jetzt, wo sie direkt vor mir stand, konnte ich ihren Schnapsatem riechen. »Klingt gut«, sagte ich, »aber ich muss noch ein paar Scherben am Strand auffegen.«

Sie starrte an mir vorbei und hörte mir nicht zu, also sagte ich laut: »Sag mal, hast du Moxham gesehen?«

»Ja.« Etwas blitzte in ihren Augen auf. »Ich hab' ihn gesehen.«

Sie ließ mich los, machte einen Schritt nach vorne und brach dann in schallendes Gelächter aus.

»Geht es dir gut?«

Ihre Beine knickten ein. Sie krachte in einen Farn neben uns.

»Scheiße!« Ich versuchte, sie aufzufangen, aber sie lag schon auf dem Boden.

Ich kniete mich neben ihr hin. Ich wusste ihren Namen nicht. »Hey! Kannst du mich hören?«, rief ich.

Sie antwortete nicht.

4

Ich schüttelte sie, aber es nützte nichts.

Wie viel hatte sie getrunken? Atmete sie noch?

»Hilfe! Ich brauche Hilfe«, rief ich, aber der Ringkampf war wieder aufgenommen worden. Die Menschen johlten und buhten.

Ich legte meine Finger an ihren Hals und fühlte ihren Puls. Da stöhnte sie auf und drehte sich um. An ihren Zöpfen hingen Blätter, an ihrem weißen T-Shirt klebte Erde.

»Bist du okay?«, fragte ich.

Ihr Gesicht wirkte schlaff, wie bei einer Seekranken, aber wenigstens atmete sie noch.

»Ich will ... Ich will ...« Sie lallte, als würde sie Elvis imitieren.

»Ooh, Mann!« Ein Mann kniete sich neben mir hin. »Die Party ist vorbei.« Seine Stimme war fröhlich, und der karibische Dialekt dehnte die Worte wie Kaugummi. »Unsere Aschenputtel muss zu ihrer Kutsche.«

Als er die Frau unter den Achseln hochhob, erkannte ich, dass es Reggie war, der Bootsführer. Er nickte mir zu.

»Alles gut, die wird schon wieder.«

Die Frau erwachte bereits wieder zum Leben. Sie wehrte Reggies Hilfe ab. Erst als sie wieder wankend auf den Beinen stand, ließ sie sich von ihm stützen, und sie gingen fort.

Ich schaute ihnen hinterher. Ich hatte das alles schon tausendmal gesehen – Leute, die betrunken und durcheinander waren und Gefahr liefen, sich ernsthaft zu verletzen –, aber nach der

Woche, die hinter mir lag, war es schwer, die Situation mit Humor zu nehmen.

Der Hase (Tyson) half mir, eine Kehrschaufel und einen Handfeger zu holen. Als ich zurück zum Strand ging, kam mir die offizielle Party dort im Vergleich zu der, die ich gerade hinter mir gelassen hatte, ziemlich nüchtern vor.

Einige der Gäste schienen zu Bett gegangen zu sein, darunter auch Eddie, Gott sei Dank. Die verbliebenen Gäste hatten sich zu einem Kartenspiel zusammengetan. Ein muskulöser Mann mit zerknittertem blondem Haar lag mit hochgelegten Füßen da, als gehöre ihm der ganze Ort. Er rief mir zu: »Lust auf ein Spielchen?«, aber ich winkte ihm mit dem Handfeger. »Ein anderes Mal!«

Ich war gerade mit dem Beseitigen der Glasscherben fertig, als Moxham endlich auftauchte. Er schaute den Spielern in die Karten und tat so, als sei das hier eine Party zu seinen Ehren. Ich sah, wie der blonde Mann finster dreinblickte und etwas vor sich hin murmelte. Vielleicht hatte er ein schlechtes Blatt.

Es musste kurz vor Mitternacht sein. Ich unterdrückte ein Gähnen. Die Queen-Conch-Villa erwartete mich. Doch bevor ich die Nachtruhe einläutete, wollte ich noch etwas mit Moxham klären.

»Mox, lass uns kurz reden.« Ich schob mich dicht an ihn ran.

»Willst du was trinken? Du solltest was trinken.« Er hielt immer noch die Champagnerflasche in der Hand, vielleicht war es auch eine neue. Sein Alkoholpegel machte es mir leicht, ihn vom Kartenspiel wegzuführen. Zwanzig Meter weiter stand eine hölzerne, türkisfarbene Strandhütte. Ich ging hinein, und er folgte mir. Sein Telefon piepte, als er sich auf einen der gepolsterten Sitze sinken ließ.

»Verdammte Scheiße, diese Leute könnten nicht mal ein Besäufnis in einer Brauerei organisieren.« Er strich unbeholfen auf seinem Telefon herum. »Dieses dumme Miststück. Kriegt nichts ohne mich hin.«

Ich wurde stutzig. Wer war dieses dumme Miststück? »Hör mir

mal kurz zu.« Ich schnipste mit den Fingern vor seinem Gesicht und er schaute mich an.

»Showgirrrl ... endlich bist du hier. Mein Ass im Ärmel. Du bist gut in solchen Dingen.« Er griff nach mir und zog zweimal an meinem Ohrläppchen. »Ein kleines Flüstern ins Ohr ... und alle Geheimnisse kommen heraus. Scheiße, er hat Geheimnisse, die dir die Haare zu Berge stehen lassen würden.«

»Wer?«

Ohne zu antworten, richtete er sich auf und machte ein paar Schritte nach vorn, als wolle er weggehen. Ich versperrte ihm den Ausgang, machte mich so breit wie möglich in dem Türrahmen der Strandhütte.

»Hör zu, das hier muss ein Neuanfang für mich werden.«

»Natürlich, natürlich«, murmelte er und schaute wieder auf sein Handy.

Ich nahm es ihm aus der Hand. »Keine krummen Sachen, ich mein's ernst.«

Er stieß sein Hyänenlachen aus. »Aber ich habe da grad einen schönen großen Fisch an der Angel.«

Ich schüttelte den Kopf. »Nein.«

»Großer Fisch. Reicht für uns beide. Manchmal sträubt sich das Biest ein bisschen. Aber am Ende werden sie immer ruhig. Mir sind fast die Augen aus dem Kopf gefallen, als ich es gehört hab'. Ertrunken, am Arsch. Das ist nicht die ganze Geschichte, können sie mir nicht erzählen. Verstehen die das nicht? Das ist jetzt meine Insel.«

»Mox, du redest wirres Zeug.«

Zum ersten Mal fragte ich mich, ob vielleicht gar nicht Betrunkenheit sein Problem war, sondern wirklicher Wahnsinn.

Da piepte sein Telefon erneut. Ich hielt es immer noch in der Hand. Automatisch blickten meine Augen auf die neue Nachricht auf dem Display.

Es tut mir leid. Ich möchte ...

Bevor ich den Rest der Nachricht lesen konnte, hatte Moxham mir das Telefon aus der Hand gerissen. Sein Gesicht hatte einen Gollum-artigen Schimmer, als er die Nachricht las.

»Herrjemine! Herrjemine!«, sagte er.

»Was?«

Irgendwann hatte er im Laufe des Abends seinen Zylinder verloren, aber er setzte trotzdem eine imaginäre Mütze auf. »Herrjemine! Ich werde mich sicher verspäten.«

Es dauerte eine Sekunde, bis ich begriff, dass er das Kaninchen aus *Alice im Wunderland* zitiert hatte. Moxham schob mich zur Seite und verschwand aus der Strandhütte.

»Mox, bitte ...«

»Was auch immer du tust, Lola, vertraue diesen Leuten nicht.«

Er grinste noch immer, aber jede Leichtigkeit war aus seiner Stimme verschwunden.

»Warum nicht?«

Meine Nägel gruben sich in meine Handflächen. Diesen Leuten? Wem? Meinen neuen Kollegen? Den Gästen?

Moxham rannte davon, aber er wandte sich im Laufen um und rief: »Das sind alles Verräter, du wirst schon sehen.«

In der Strandhütte roch es noch immer nach Zigaretten und Schweiß. Ich wusste nicht, wovon Moxham geschwafelt hatte, aber mir wurde jetzt eine größere Sache klar. Es war ein Fehler gewesen, hierherzukommen. Es war ein Fehler gewesen, Moxham zu vertrauen.

Ich ließ mich auf den Sessel fallen und kämpfte gegen eine Welle der Verzweiflung an. Meine Augenlider fielen langsam zu, als mich ein Schrei von draußen wieder aufschrecken ließ. Durch die offene Tür konnte ich jemanden den Strand entlanglaufen sehen. Es war zu dunkel, um viel von der Person zu erkennen, aber sie war groß und rannte, als ob sie gejagt wurde.

Es vergingen noch ein paar Minuten, bis ich die Kraft hatte, mich aus der Strandhütte zu schleppen.

Bumm.

Eine Explosion zerriss den Himmel. Ich brauchte eine Sekunde, um zu begreifen, dass es nur ein Feuerwerk war und nicht das Ende der Welt.

~

Das Bett, in dem ich am nächsten Morgen aufwachte, fühlte sich an wie eine Wolke. Ich verkroch mich unter den Laken aus ägyptischer Baumwolle und war versucht, wieder wegzudösen.

Ich hatte letzte Nacht unruhig geschlafen. Irgendwann war ich sicher gewesen, wach zu sein, und hatte ein fernes Licht auf dem Wasser gesehen, das zu hell war, um die Spiegelung des Mondes zu sein. Vielleicht war es ein Traum gewesen.

Widerstrebend warf ich die Decke zurück. Ende der Schlafenszeit. In meinem Kopf schrieb ich bereits eine To-do-Liste. Es war mein erster richtiger Tag auf der neuen Arbeit und Punkt eins auf der Tagesordnung war, mit meinem Chef zu sprechen. Sicherlich würde ich nüchtern ein normales Gespräch mit Moxham führen können.

Es war noch früh, nicht mal sieben Uhr, und ich hatte einen Bärenhunger. Über das Villa-eigene Tablet bestellte ich Frühstück, obwohl ich mich unwohl dabei fühlte, mich immer noch wie ein Gast aufzuführen. Ich bekam frischen Kaffee, Rührei, knusprigen Speck und Pfannkuchen mit Ahornsirup an die Tür geliefert. Dazu eine Papayahälfte, in die ein Blattmuster geschnitzt worden war.

Nach dem Frühstück duschte ich mich und zog meine Uniform an. In dem großen Bad neben dem Schlafzimmer betrachtete ich mich im Spiegel und arrangierte mein dichtes, dunkles Haar. Damals in Hongkong war Nathan gerne mit seinen Händen durch mein Haar gefahren, wenn wir im Bett lagen, hatte verträumt damit gespielt. Ich fummelte eine Nagelschere aus der Schale auf dem Tresen und zögerte, als ich eine Haarsträhne herauszog. Ich musste an Nathans warme braune Augen und sein breites Lächeln denken.

Schnipp.

Ich schnitt, bis das Becken voll war und mir die Haare nur noch bis zum Kinn fielen. Wegen der Nagelschere waren meine Schnitte zackig gewesen und meine Haarspitzen bildeten jetzt eine Art Treppe. Aber das war mir egal. Die Frau, die mich im Spiegel anschaute, sah anders aus, und das gefiel mir.

Neuer Job. Neues Leben. Ein ganz neuer Mensch.

Ich goss mir noch eine Tasse Kaffee aus der Cafetière ein und schlenderte auf die Veranda, um einen letzten Moment der Ruhe zu genießen, bevor ich mit der Arbeit begann. Gegen die klimatisierte Luft in der Villa wirkte die heiße Sonne belebend. Ich lehnte mich an das Geländer und atmete den salzigen Geruch des Meeres ein.

Heute Morgen waren nur der Kopf und die Schultern der Alabasterstatue zu sehen. Eine weitere Welle schwappte über das Gesicht der Frau. Was für eine bizarre Statue. Aber wenn ich eines über reiche Leute wusste, dann, dass die meisten von ihnen vollkommen seltsam waren.

Ich hatte mich schon halb weggedreht, als ich es sah. Etwas Rotes im Wasser.

Die Statue blutete.

Ich stellte mich auf die Zehenspitzen und streckte mich über das Geländer. Nein, ich hatte es mir nicht eingebildet. Die Felsen waren mit Blut besprizt.

Eine Welle krachte. Eine Stoffpuppe wirbelte in der Strömung umher.

Noch eine Welle. Mehr Blut.

Der Mann trieb mit dem Gesicht nach oben im Wasser, seine Augen waren leer, er hatte einen Stich oder Striemen auf seiner

Wange. Sein Haaransatz war blutverklebt. Die Jacke war nassdunkel und ebenfalls voller Blut, aber ich konnte erkennen, dass sie einmal babyblau gewesen war.

   Moxham.

5

Ich rannte aus der Villa.

Tot? War er tot?

So viel Blut.

Hastig blickte ich nach links und rechts. Stachelige Büsche, größer als ich, säumten den Weg. Wo zum Teufel sollte ich hinlaufen?

»Hilfe«, keuchte ich, obwohl mich niemand hören konnte. »Hilft mir jemand, bitte!«

Sollte ich ins Wasser springen? Versuchen, ihn zu retten?

Nein, die Felsen. Wenn er überhaupt noch am Leben war.

Die Erinnerung an seine leeren Augen waberte in meinen Gedanken umher und ließ mich stolpern.

Er war tot.

Mir drehte sich der Magen um. Ich hatte den Tod mit nach Keeper Island gebracht. Es war meine Schuld. Alles, was ich anfasste, ging kaputt.

Was sollte ich tun? Den Notruf wählen? Wie war überhaupt die Notrufnummer auf den Jungferninseln?

Ich lachte, es war ein schriller, hilfloser Laut. Ich hatte kein Telefon dabei. Ich hatte keine Freunde auf der Insel. Ich kannte niemanden.

Moxhams Abschiedsworte fielen mir wieder ein. *Das sind alles Verräter.*

In der Ferne konnte ich die Nachbarvilla sehen, aber ich wusste nicht, wie ich dort hinkommen sollte. Ich hörte ein Geräusch. *Quietsch-quietsch-quietsch-quietsch.*

Die Spitze meines Zehs blieb an einem gezackten Stein am Wegesrand hängen. Ich stieß einen Schrei aus. Meine Beine knickten ein und ich schlug mit den Knien auf dem Boden auf.

»Verdammt, hilf mir doch jemand!«, schrie ich in den Himmel.

Ein Mann näherte sich. Mein Blick war von Tränen getrübt, aber ich erkannte seine große, schlanke Gestalt, seine perfekte Glatze.

»Was ist los, schönes Mädchen?«

~

Ich lag auf einem gestreiften Liegestuhl, eine Kaschmirdecke von Hermès über mich ausgebreitet. Kip hatte mir eine Glasflasche mit Wasser gebracht, eiskalt aus dem Kühlschrank, aber jedes Mal, wenn ich daran nippte, stellte ich mir vor, im kalten Wasser zu ertrinken. Ich konnte nicht aufhören zu zittern.

Christopher »Kip« Clement, Hotelmagnat und Nummer vierundvierzig auf der Forbes-Liste, saß auf der Kante meiner Sonnenliege und spielte für mich das Kindermädchen.

»Was für ein furchtbarer Schock«, sagte er.

»Ja.«

»Erst mal tief durchatmen.«

Kip hatte mich mit einem Golfbuggy zum Hauptkomplex gefahren. Wir saßen im Innenhof, den ich vage von der Mitarbeiterparty gestern Abend wiedererkannte, obwohl er jetzt sauber gefegt war. Ein paar Meter weiter schimmerte das helle Blau eines ovalen Swimmingpools in der Morgensonne. Alles war zu makellos; es fühlte sich unecht an.

Ich hatte erwartet, dass Kip alles über Moxham würde wissen wollen, aber stattdessen unterhielten wir uns über meine Familie in London.

»Erzählen Sie mir von Flora«, sagte er.

»Ich mache mir Sorgen, dass sie mir zu ähnlich ist«, sagte ich über meine Nichte.

»Das ist sicher nichts Schlimmes.« In Kips Sportsonnenbrille spiegelte sich mein aschfahles Gesicht, aber seine vornehme Stimme hatte etwas Beruhigendes.

»Ich war früher ziemlich wild.«

Kip gluckste. Ich schätzte ihn auf sechzig, aber sein lässiges Lächeln und sein eitles Auftreten ließen ihn jünger erscheinen. Er rieb sich den Nacken und betastete einen gelblichen Bluterguss oberhalb seines Schlüsselbeins. »Solche kenne ich.«

Ein schlaksiger, dunkelhaariger Mann kam mit gesenktem Kopf zu uns. »Die Polizei ist hier«, sagte er mit gedämpfter Stimme zu Kip.

Kip tätschelte meinen Arm und stand auf. Ich musste mir auf die Lippe beißen, um nicht nach seiner Hand zu greifen und zu schreien: *Bitte bleiben Sie hier!*

»Bin gleich wieder da.«

Ich sah ihm nach und fühlte mich im Stich gelassen. Ich zog die marineblaue Kaschmirdecke bis zum Hals hoch und ließ meinen Blick in die Ferne schweifen. Ich wollte meine Schwester anrufen, eine vertraute Stimme hören, aber ich hatte kein Telefon.

Gott, all das Blut. So viel Blut.

War es schnell gegangen? Hatte er gelitten?

»Guten Morgen.«

Ich schreckte auf. »Hallo.«

Ein anderer Mann, nicht Kip, aber vielleicht im gleichen Alter wie er, kam langsam auf mich zu. Er trug eine Ledertasche und stützte sich auf einen Gehstock.

»Ich bin Doktor Clarence Jeston, aber alle hier nennen mich Doc.«

Er nahm seinen Filzhut ab und setzte sich in den Liegestuhl neben mir.

Ich war so durcheinander, dass ich vergaß, Smalltalk zu machen, und ihn stattdessen einfach nur anstarrte.

Seine Hand schwebte über meiner. »Darf ich?«

»Okay.« Ich musste unwillkürlich lachen, denn es klang, als würde er mich zum Tanzen auffordern.

Er nahm mein Handgelenk zwischen seine Finger und fühlte meinen Puls. Über die nächsten zehn Minuten prüfte er alle meine Vitalfunktionen. Er hob die Augenbrauen, als er meine geprellten Knie sah. »Da sind wir ein bisschen gestürzt, was?«

Er hatte eine Baritonstimme, und tiefe Lachfalten zeichneten sich in seiner dunkelbraunen Haut ab.

Ich nickte zittrig. Er kramte in seiner Tasche und holte einen roten Lutscher hervor.

»Ich habe früher in der Pädiatrie gearbeitet, aber meines Wissens freut sich jeder über eine Süßigkeit.« In Docs Stimme lag eine britische Eitelkeit, die den karibischen Akzent überlagerte.

Ich packte den Lutscher nicht aus, aber ich bemühte mich, sein Lächeln zu erwidern.

»Wissen Sie, was passiert ist?«, fragte ich.

»Unschöne Sache.« Doc streckte sich auf seiner Sonnenliege aus. »Ich habe mir den armen Kerl angeschaut. Glücklicherweise war ich gerade auf der Insel, um mich um einen der Gäste zu kümmern. *Un*glücklicherweise bin ich zu spät bei Mr Moxham gewesen. Ich habe das Nötige getan und den Totenschein ausgefüllt.«

»Er war ...« Ich war erschrocken, wie sauber die ganze Sache schon abgeschlossen war.

»Ein Freund von Ihnen?«

»Ja.«

»Das tut mir leid. Wirklich eine Tragödie.«

Ich fummelte an der Decke herum. Gerade hatte ich noch fürchterlich gefroren, jetzt war mir viel zu heiß. Die Sonne brannte auf uns herab, irgendwo in der Nähe hörte ich das Summen einer

Mücke. Wir waren so nah am Restaurant, dass ich einen ständigen Strom von Gästen erwartet hätte, aber es war niemand da.

»Wie ist er gestorben?«, fragte ich.

»Trauma durch stumpfe Gewalteinwirkung. Es wird spekuliert, dass es ein Jetski-Unfall gewesen ist. Wahrscheinlich ist er gegen die Felsen geprallt.«

Mein Magen knurrte. Ein Unfall?

»Die Polizei ist hier?«, fragte ich.

»Sie sind vor ein paar Minuten gekommen.«

Ich richtete mich auf. »Ich sollte mit ihnen sprechen. Ihnen sagen, dass ...«

Was wollte ich ihnen sagen? Dass sich irgendwas an der Sache falsch für mich anfühlte? Dass Moxham ein Betrüger war und gehofft hatte, mich zu seiner Komplizin zu machen, was auch immer er vorgehabt hatte? Sollte ich ihnen erzählen, was alles in Hongkong geschehen war?

Nein, es wäre nicht klug, mit der Polizei zu sprechen.

»Ich bin sicher, dass sie Sie anrufen werden, wenn nötig«, sagte Doc.

Er faltete ein paar Sekunden lang seine Handflächen zum Gebet. Ich fragte mich, bei wie vielen Todesfällen er schon anwesend gewesen war, wie viele Menschen ins Paradies fuhren und in einer Kiste nach Hause kamen.

~

Am Ende sprach ich nicht mit der Polizei. Vielleicht, weil ich neu war, vielleicht, weil sie davon ausgingen, dass ich Moxham nicht gekannt hatte, vielleicht wegen was auch immer Kip ihnen gesagt hatte.

Von Weitem sah ich allerdings die Gruppe von Polizeibeamten in identischen grauen und schwarzen Uniformen vor der Queen-Conch-Villa stehen, als Doc und ich in einem Golfbuggy vorbeifuhren. Wir drehten eine Runde im Norden der Insel und bogen ins Landesinnere ab, vorbei an der Klärgrube und dem Kontrollzentrum. Ein grüner Wald – Doc nannte ihn »den Busch« – zog vorbei, begleitet vom Gezwitscher und Pfeifen der Vögel.

Als wir eine Waldlichtung erreichten, hielt Doc an und brachte den Buggy zum Stehen. Die Fahrt vom Hauptkomplex hatte weniger als zehn Minuten gedauert, aber wir befanden uns jetzt in einer völlig anderen Welt. Die Gebäude hier waren klein, schäbig und aus Beton, ein halbes Dutzend von ihnen stand um eine Art behelfsmäßigen Dorfplatz herum verstreut. Obwohl der Busch zurückgeschnitten worden war, um diese Lichtung zu schaffen, schien es, als würde er sich den Ort allmählich zurückerobern.

Überhängende Bäume machten das Licht hier trübe. Wenn ich hätte raten müssen, hätte ich vermutet, dass die meisten Gäste keine Ahnung von der Existenz dieses Personaldorfes hatten. Die Angestellten waren gesichtslose Statisten; sobald wir aus dem Blickfeld verschwunden waren, hörten wir auf zu existieren.

»Was trägst du denn da für einen dummen Gesichtsausdruck mit dir rum?«, ertönte eine Stimme.

»Es gab einen Todesfall, mein Junge.«

Eine Gruppe von Menschen lehnte an einem Gebäude, aus dem Rauch aufstieg. Aus einem offenen Fenster dröhnte eine gutgelaunte Soca-Melodie, während aus einem anderen ein Hip-Hop-Beat dröhnte.

Ich rutschte aus dem Golfwagen. Ich erwartete, dass Doc mir folgen würde, aber er winkte nur und manövrierte den Buggy über den Weg zurück, den wir gekommen waren. Dachte er, dass ich eine Ahnung hatte, wo ich hinmusste? Auf Keeper Island schienen das irgendwie alle zu glauben.

Es gab keine Wegweiser. Entweder man kannte den Weg oder man gehörte nicht hierher.

Ein paar Köpfe drehten sich nach mir um, als ich über die Lichtung stolperte. Im Landesinneren war es stickig, die Meeresbrise fehlte hier. Insekten krabbelten an meinen nackten Beinen hoch und meine Knie pochten an der Stelle, wo ich hingefallen war.

»Der Boss. Der Boss ist verdammt noch mal tot.«

Reggie hatte das gesagt. Sein federndes Haar war schweißnass. Der Geruch von Gras kitzelte in meiner Kehle, als er eine Rauchwolke auspustete.

»Kip Clement ist dein Boss, und glaub mir, er lebt noch«, sagte eine Frau, deren braune Augen zu meinen aufblitzten. Es war die Masseurin, die gestern Abend auf der Party kollabiert war. Sie trug ein sauberes weißes T-Shirt und Jeans und hatte ihre Zöpfe ordentlich auf dem Kopf geflochten. Sie änderte ihren Tonfall und glättete ihren Akzent. »Guten Morgen.«

»Guten Morgen«, sagte ich.

»Ich bin Diara«, sagte sie und gab mir einen kräftigen Händedruck. Als sie meine Hand schüttelte, hüpften ihre Ohrringe – ein Paar goldene Blätter – auf und ab.

Es war schwer, diese quirlige, direkte Frau in Einklang zu bringen mit dem Mädchen, das in der Nacht zuvor betrunken zusammengebrochen war. Es erschien mir taktlos, den Zwischenfall anzusprechen. Außerdem wollte ich ja auch nicht darüber reden, wie ich mich in ein wehleidiges Rotzmonster verwandelt hatte, als sie mich massiert hatte. Es war besser, so zu tun, als wäre dies unser erstes Treffen.

»Oh, hey, da ist ja Lo-la«, sagte Reggie, »da hast du dir ja einen guten Tag ausgesucht, um zu uns zu kommen.« Er bot mir seinen Joint an, aber Diara entriss ihn ihm und warf ihn auf den Boden.

»An die Arbeit«, sagte sie.

Reggie ignorierte sie und starrte auf den Boden, als wollte er seinen Joint wieder aufheben. »Ich wusste, es würde ein richtig beschissener Tag werden, als die tote Kuh angespült wurde.«

»Tote Kuh?«, fragte ich.

»Der ganze Windy Beach hat gestunken ... diese Augen ... ganz weiß und starr.« Er erschauderte. »Unglück kommt immer dreifach.« Sein Akzent war anders als der von Diara. Jamaikanisch, vielleicht.

»Eine tote Kuh ist einfach eine tote Kuh«, sagte Diara. »Du wirst sie verbrennen und dann wird es sein, als wäre es nie passiert.«

Als sie meine Verwirrung bemerkte, erklärte sie mir, dass am Windy Beach eine Kuh angespült worden war, vermutlich von einem Frachtschiff, das Vieh geladen hatte.

Ich hörte ein Knistern und das Funkgerät an Diaras Hüfte erwachte zum Leben, mit einem unmittelbaren Echo von dem an Reggies Gürtel.

»Hier Diara, ich höre«, sagte Diara in ihr Mikrofon und rollte dabei ein wenig mit den Augen.

Sie drehte an der Lautstärke des Radios und sagte zu Reggie: »Shirley sagt, jemand hat ihre Putzmittel durcheinandergebracht. Ich weiß nicht, warum heute alle die Fähigkeit verloren haben, sich um ihren eigenen Scheiß zu kümmern.«

»Und drei«, murmelte Reggie düster.

Diara gab ihm einen leichten Schubs. »Geh die Kuh verbrennen.«

Er schlenderte davon und rief über seine Schulter: »Bis später.«

»Ich glaube, ich sollte hier irgendwo ein Zimmer haben«, sagte ich zu Diara und schaute mich um.

Durch eine offene Tür konnte ich ein paar Leute sehen, die auf einem verblassten orangefarbenen Sofa herumlungerten, in etwas, das wie ein Aufenthaltsraum in einem Studentenwohnheim aussah.

»Du ziehst bei mir mit ein.« Diara bedeutete mir, ihr zu folgen, und schritt zu einem Betongebäude, das mit einer Terrasse überdacht war. »*Home, sweet home.*«

Über dem hölzernen Geländer hingen Badeanzüge und Bikinis zum Trocknen. Es gab auch Flaggen: den Union Jack und das Wappen der Jungferninseln, daneben Jamaika, die Philippinen und Südafrika. Ich stieg ein paar Stufen hinauf, und die Bretter knarrten unter unseren Füßen wie in einem Spukhaus. Die Tür, deren schwarze Farbe allmählich abblätterte, war nicht verschlossen.

»Die Toilette ist hinten.« Diara ging voraus durch einen düsteren Korridor. »Küche gegenüber, ist aber nur ein Wasserkocher und eine Kochplatte.«

Draußen ertönte ein Kreischen. Ich fuhr auf, aber Diara reagierte überhaupt nicht. Sie drückte sich mit der Schulter gegen die Tür zu ihrer Rechten. In dem Zimmer bissen sich apricotfarbene Wände mit einem Boden aus Terrakottafliesen. Der Raum war mit zwei Einzelbetten und heruntergekommenen Holzmöbeln eingerichtet. Mein lilafarbener Koffer stand am Ende eines der Betten geparkt; er schien wie Lassie nach Hause gewandert zu sein.

»Schön hier«, sagte ich ausdruckslos.

Diara schnaubte, obwohl ich das nicht sarkastisch gemeint hatte. Ich hatte schon Schlimmeres erlebt. Meiner Erfahrung nach waren die Unterkünfte des Personals umso dreckiger, je nobler das Resort war.

»Das letzte Mädchen hat es nur einen Monat hier ausgehalten«, sagte sie.

»Was ist mit ihr passiert?«

»Sie haben die Leiche nie gefunden.«

Das Entsetzen musste mir aus dem Gesicht gesprungen sein, denn Diara lächelte matt.

»Ich mach' nur Spaß.« Sie beugte sich vor und klopfte mir auf die Schulter. »Sie ist zurück nach Idaho oder wo auch immer sie herkam.«

Ich lachte erleichtert.

Ich setzte mich auf das Bett, das meins zu sein schien, denn das andere war nicht gemacht, Laken und Klamotten lagen zerknüllt darauf. Diara blieb stehen. Sie holte einen Schlüsselbund aus der Kommode und warf ihn mir zu. »Das ist deiner.«

Mit uns beiden im Zimmer war es so eng wie in einem Schrank. Selbst als Diara den Ventilator anschaltete, blieb es stickig.

Diaras Seite des Zimmers war mit Bleistiftskizzen (ihren eigenen?) tapeziert, während über meinem Bett nur ein hässliches Gemälde hing. Zwei weiße Männer an Bord eines Schiffes, von denen einer durch ein Fernrohr zu uns herausschaute.

»Was sagen die Leute über ...« Ich zögerte. »... über Moxham?«

»Wir haben gesehen, wie sie den Jetski aus dem Wasser gezogen haben, oder was davon übrig war. Jetzt sitzen alle herum und weinen, oder rauchen, oder verplempern einfach ihre Zeit. Wozu soll das gut sein?«

Diara wickelte sich einen Seidenschal um den Hals. Es erschien mir unpassend bei dem Wetter, aber sie trug auch Jeans, also machte ihr die Hitze offensichtlich nicht so zu schaffen wie mir.

»Wir sind hier zum Arbeiten, also arbeiten wir«, sagte sie.

Ich wünschte, ich könnte so pragmatisch sein. »Weißt du, ich habe ihn gefunden«, sagte ich mit leiser Stimme. »Auf den Felsen.«

Ihr Gesichtsausdruck wurde weicher. »Geht's dir gut?«

Ich hatte Mühe, überhaupt etwas zu fühlen. »Keine Ahnung.«

Diara zögerte. »Brauchst du irgendwas? Ich muss zurück zum Spa, aber ich kann jemanden vorbeischicken. Für Essen oder so.«

»Vielleicht sollte ich mich ein bisschen hinlegen.«

»Ich schaue später nach dir.«

Ich hätte weinen können über die Güte in ihrer Stimme, aber meine Augen waren trocken und juckten. Ich hätte eigentlich trauern sollen, aber ich erwartete immer noch, dass Moxham seinen Kopf zur Tür reinsteckte. (»Hey hey, Bock auf 'nen Drink?«) Jedes Mal, wenn ich ihn mir vorstellte, sah ich den Blutschaum um seinen schlaffen Körper.

Diara stand an der Tür. Ich musste ihr eine letzte Frage stellen.

»Ist es wirklich ein Unfall gewesen?«, fragte ich.

»Ja.« Diaras Akzent zog das Wort in die Länge. »Es war ein Unfall.«

Sie wandte sich ab, ihre Blattohrringe hüpften, ihre Stimme wurde leiser.

»Und wenn es kein Unfall war«, sagte sie, »dann werden sie es trotzdem als Unfall bezeichnen.«

Bevor ich etwas entgegnen konnte, war sie schon aus dem Zimmer verschwunden. Die Tür fiel hinter ihr ins Schloss.

6

In meinem Traum schwamm ich im Meer, aber das Wasser hatte sich in Blut verwandelt. Moxhams Körper trieb auf mich zu, wie ein aufgeblähter Seestern in einer durchnässten babyblauen Jacke. Er hatte einen Stich auf der Wange. Von irgendwo hörte ich das *Bzzzzzzzzzz* eines Insekts. Ich versuchte wegzuschwimmen, aber heißes Blut spritzte in meinen Mund.

Die Leiche öffnete die Augen.

Ich hatte mich geirrt.

Es war nicht Moxham. Es war Nathan.

Schweißgebadet wachte ich auf. Das Zimmer war dunkel. Wie spät war es?

Ich tastete nach der Nachttischlampe und zuckte zusammen, als sie das gesamte Zimmer erhellte. Ich befürchtete, Diara würde aufwachen, aber als ich zu ihrem Bett hinüberschaute, war es leer.

Draußen ertönte ein Kreischen. Mein Körper verkrampfte sich. Ich hatte es schon früher gehört, aber jetzt klang es wie ein ersticktes Hahnenkrähen. Auf der Insel musste es wilde Hühner geben. Keine Monster, die mich verfolgten, nur Hähne mit einer kaputten inneren Uhr.

Ich drückte mein Gesicht in das Kissen. Es roch nach Plastikblumen. Ich wünschte mich zurück nach Hause.

Ich stellte mir vor, wie Nathan in seiner Wohnung auf und ab ging. Sein kurzes schwarzes Haar wäre plattgedrückt, weil er sich zwanghaft mit den Händen durch die Haare fuhr. Er wäre unrasiert, und an seinem Kinn wären Stoppeln zu sehen, die ihn noch mehr wie ein Model aussehen lassen würden.

In Wirklichkeit war seine Hand vermutlich immer noch zu verletzt fürs Boxen, aber ich stellte ihn mir in einer Jogginghose vor, gerade nach Hause gekommen vom Training. In meiner Vorstellung schlang ich meine Arme um ihn und atmete seinen Duft ein. Moschus und Kiefernharz. Ich war genauso groß wie er, aber er bestand nur aus Muskeln. Eine tätowierte Welle verlief quer über seine Brust.

Mein erster Eindruck von ihm war der eines breitschultrigen, großkotzigen Sicherheitsmanns gewesen, dessen Körperbau durch eine kugelsichere Weste noch verstärkt wurde. In Hongkong hatte es ein hohes Sicherheitsbedürfnis gegeben, wegen der Proteste gegen die Regierung waren alle ziemlich nervös. Gott bewahre, dass etwas so Banales wie die Demokratie die Touristen an einem friedlichen Aufenthalt hinderte.

Aber im Gegensatz zu den anderen Sicherheitsleuten des Hotels, die immer wie harte Kerle mit einem finsteren Blick umhergelaufen waren, hatte Nathan gelächelt.

»Guten Morgen, meine Schöne«, hatte er gesagt, als er mich zum ersten Mal getroffen und mir die Tür der Hotellobby aufgehalten hatte. Der einzige Hinweis auf seine kantonesische Herkunft war sein abgehacktes Englisch gewesen.

Wie hätte ich damals wissen können, wozu er fähig war?

Ich erwiderte sein Lächeln, ohne ihn direkt anzuschauen, und blieb ihm eine Entgegnung schuldig. Tut mir leid, Kumpel, kein Interesse. Ich schritt über den weitläufigen, grau schimmernden Marmor der Eingangshalle, vorbei an den Wänden, die mit riesigen chinesischen Seidengemälden von Reihern und Kirschblüten behängt waren.

Nathan war zu jung für mich, zu gutaussehend. Ich mochte Männer mit Ecken und Kanten, mit Narben, äußeren und inneren.

(Das ist der Grund, warum du allein bist.)

Aber Nathan war hartnäckig, er war immer da, immer mit einem Lächeln auf den Lippen.

»Zieh eine Karte«, sagte er ein paar Wochen später zu mir und hielt mir ein aufgefächertes Kartenspiel ins Gesicht.

»Nein.«

Ich war, in hochhackigen Schuhen und schwarzem Rock, auf dem Weg irgendwohin oder auf dem Rückweg irgendwoher; immer beschäftigt. Ich hatte keine Zeit für Zaubertricks.

»Willst du nicht verzaubert werden?«, fragte er.

Ich lachte mehr, als mir lieb war. »Nein.«

»Ich glaube doch.« Seine Grübchen vertieften sich. »Insgeheim.«

Hier, jetzt, in dem kleinen, beengten Raum auf Keeper Island, verzerrte sich sein Lächeln in meiner Erinnerung in ein spöttisches Grinsen.

Ich stand auf und öffnete meinen Koffer. Wie im Wahn hatte ich ihn gepackt, alles war durcheinander. Mein Telefon war auf der Reise ausgegangen, irgendwo in der Nähe von San Juan, und es war eine Erleichterung gewesen, nicht mehr ständig daraufschauen zu müssen. Jetzt kramte ich nach meinem Ladegerät.

Ein paar Minuten später erschienen auf dem Bildschirm die Nachrichten der letzten Tage. Die meisten waren von Nathan.

Es tut mir leid, okay? Ich hätte es dir sagen sollen.
Lass uns reden. Heute Abend?
Ich weiß, dass du nicht in Vietnam bist. Wo bist du?
Ich habe im Hotel nachgefragt, niemand weiß, wo du bist.
Sag mir, ob alles ok ist. Bitte.
Wo bist du???

Ich beugte mich vor. Die letzte Nachricht drückte schwer auf meine Brust.

Egal, wohin du abgehauen bist, ich werde dich finden.

Mein Daumen tippte auf den Bildschirm. Blockieren. Nathan verschwand.

Es gab weitere besorgte Nachrichten von Freunden aus Hongkong. Wenn ich ihnen sagen würde, wo ich war, würde Nathan es herausfinden. Selbst wenn ich ihnen eine »*Alles okay, keine Sorge*«-Nachricht schickte, bestand die Gefahr, dass Nathan den Standort der Nachricht würde zurückverfolgen können.

Ich war auf die andere Seite der Erdkugel abgehauen. Nathan konnte mich hier unmöglich finden. Trotzdem wurde ich das Gefühl nicht los, dass mir jemand auflauerte. Wie hatte Moxham es genannt? Den Teufel im Nacken.

Löschen, löschen, löschen. Ich verwandelte Hongkong in ein schwarzes Loch. Jeder Freund, jeder Kollege, jeder Bekannte – weg.

Meine Augen fühlten sich heiß an, aber ich würde nicht weinen.

Durch meinen Vernichtungsfeldzug war Moxham jetzt die letzte Person, die mir eine Nachricht geschickt hatte. Am Tag meiner Ankunft hatte er mir ein *Herr der Ringe*-Meme geschickt. *Man geht nicht einfach nach Keeper Island.*

Einsamkeit machte sich in mir breit. Ich war immer stolz darauf gewesen, ohne irgendjemandes Hilfe zurechtzukommen, aber jetzt fühlte ich mich wie allein auf dem Meer. Ich berechnete den Zeitunterschied – London war mir vier Stunden voraus – und scrollte durch mein Telefon, bis ich meine Schwester fand.

»Hallo.« Die Stimme am anderen Ende klang dumpf.

»Allie!«

»Ich heiße *Flora*.« Sie sprach ihren Namen mit Nachdruck aus und ich stellte mir vor, wie sich ihr kleiner Mund zu einem Schmollmund verzog.

»Hi, Liebes. Was machst du so?«

Meine sechsjährige Nichte erzählte mir von einem geplanten Ausflug an den Fluss, um dort die Enten zu füttern. Nicht mit Brot, weil das »ihnen den Magen verdirbt«, sie brachten ihnen stattdessen Grünkohl und Kürbiskerne. Anscheinend waren das ziemlich bourgeoise Vögel.

Wäre Flora jetzt bei mir gewesen, hätte sie sich wie ein Hündchen auf das Bett geworfen, ich hätte mein Gesicht in ihre dunklen Locken gesteckt und ihr Babyshampoo gerochen. Ich hatte es so deutlich in der Nase, als wäre sie tatsächlich hier.

»Im Park gibt es eine freche Taube«, sagte sie, »die heißt Charlie und hat nur ein Auge«.

Eine andere Stimme kam ans Telefon. »Wo bist du gewesen?«, fragte Allie. »Ich hab' versucht, dich zu erreichen.«

»Tut mir leid, ich war auf Reisen.«

»Oh. Machst du Urlaub?«

Ich rieb mir mit einer Hand übers Gesicht. Meine Haut war fettig von Schweiß, mein Wangenknochen pochte noch immer.

»Nein, ich ... ich habe einen neuen Job. Neuer Kontinent.«

Ein Teil von mir wollte Allie alles erzählen, über Nathan, über Moxham. Ich wollte von ihr mit netten Phrasen besänftigt werden, auch wenn sie nicht wahr waren.

»Ich dachte, du mochtest Hongkong«, sagte Allie. Selbst aus viertausend Meilen Entfernung konnte ich die Nervosität in ihrer Stimme hören.

»Hab' ich auch.«

Ich stellte mir vor, wie sie über die knarrenden Fußböden durch die Wohnung lief. Ihr wildes Haar – das gleiche Dunkelbraun wie bei mir – zerzaust, die Wangen rot. Aß sie genug? Ich versuchte, sie mir mollig vorzustellen, aber die Sorge nagte an mir. Ich erinnerte mich noch daran, wie ihre Rippen hervorgestanden, wie wächsern ihre olivfarbene Haut ausgesehen hatte. Ich verdrängte das Bild.

»Dieser neue Job ist eine Riesenchance.« Ich versuchte, möglichst enthusiastisch zu klingen. »Ein wirklich erstklassiges Resort. Karibische Insel. Es ist wunderschön.«

Ich fabulierte für Allie meine schönste Postkartenlüge zusammen. Natürlich konnte ich ihr nicht die Wahrheit erzählen. Ich war die große Schwester. Ich musste sie beschützen.

»Wow«, sagte sie und ihre Stimme entspannte sich. »Lolo, das ist so cool.«

»Erzähl mir, was bei dir so los ist.«

»Heute Morgen war ein Schmetterling bei uns im Flur.«

Ich musste unwillkürlich lächeln. »Ach, echt?«

»Ich glaube, das ist ein Zeichen.«

»Klar, ein Zeichen dafür, dass du ein Fenster offen gelassen hast.«

»So einen habe ich noch nie gesehen. Ich werde ihn malen.«

Ich ließ ihre Stimme auf mich einprasseln, ihre verhaspelten Worte, ihre Überbegeisterung, die mein Herz erfüllte. Meine Schwester und ich hätten unterschiedlicher nicht sein können. Verschiedene Mütter, verschiedene Erziehungsstile, verschiedene Lebensauffassungen. Aber ich liebte sie wahnsinnig.

Allie war nur ein Jahr jünger als ich, aber ich hatte sie erst mit neun Jahren kennengelernt. Das war das Jahr gewesen, in dem der Anruf gekommen war. Ich hatte abgenommen. »Ich weiß, wer du bist«, hatte die Stimme gesagt, »du bist eine Schlampe, genau wie deine Mutter. Hol sie ans Telefon. Hol sie ans Telefon!«

Mein Vater hatte reinen Tisch gemacht. Oder er war erwischt worden. So oder so, seine *Richtige Frau* hatte das mit uns herausgekriegt. Mum war überglücklich, und ich wurde das Gefühl nicht los, dass sie immer ein Hintertürchen für ihn offen gelassen hatte. Mum dachte, Dad würde sich von der anderen Frau scheiden lassen und wir würden ihn ganz für uns haben. Das Gegenteil war der Fall. Er beschloss, mit der *Richtigen Frau* an der Beziehung zu arbeiten und meine Mutter, die Geliebte, abzuschießen.

Nach diesem Telefonat gab es eine seltsame Phase der Entspannung, in der alles offen lag und Dad zum ersten Mal ein Interesse daran zeigte, ein Vater für mich zu sein. Er nahm uns auf Samstagsausflüge mit, mich und seine *richtigen* Kinder. Ich hatte zwei Brüder, sie waren schlaksig, älter als ich und misstrauisch mir gegenüber. Sie wollten beide zur Royal Air Force gehen, warum auch immer. Vielleicht wollten sie einfach nur weg. Und dann war da noch Allie. Sie war kleiner als ich, zierlich, mit großen Augen. Ihre Mutter muss genauso schön sein, dachte ich damals, obwohl ich seine *Richtige Frau* nie kennengelernt habe.

Eines Samstags ließ Allie ihren Teddybären von einer Rolltreppe fallen. Ein Teddybär? In diesem Alter? Ich hätte sie eigentlich auslachen müssen, aber stattdessen rannte ich runter und holte ihn ihr zurück. Ich wollte nicht, dass sie weinte.

In diesem *entspannten Jahr* gingen wir Schlittschuhlaufen, ins Aquarium, zum Bowling. Ich begann Sätze gerne mit »Meine Schwester ...«. Ich sagte es in der Schule, wenn ich mit Freundinnen redete, manchmal auch im Gespräch mit irgendwelchen anderen Leuten. Einmal sagte ich es zu Hause, und meine Mutter lachte spöttisch. »Sie ist nicht deine Schwester.«

Kurze Zeit später war die Entspannungspolitik wieder beendet gewesen.

Ich schlurfte wie ein Zombie durch mein Zimmer und schaltete den Deckenventilator ein, aber die Luft um mich herum fühlte sich trotzdem noch schwer an.

Allie unterbrach plötzlich ihre Geschichte über den Schmetterling. »Flora, nein!«

Im Hintergrund hörte ich Floras Stimme. »Ich füttere die Enten!«

»Du verschüttest alles.« Sie stritten sich. »Schatz, gib mir die Müslipackung. Du kannst das nicht machen. Wir sind drinnen, mein Herz.« Und dann zu mir: »Tut mir leid, ich glaub', ich muss aufhören.«

»Wo ist Charlotte? Kann sie nicht helfen?«

»Charlotte konnte heute nicht kommen.«

Ich trommelte mit den Fingern auf meinem Oberschenkel und schimpfte im Geiste mit Charlotte. Ich zahlte ihr weit mehr als das übliche Honorar, weil Flora sie so mochte. Was machte sie, schwänzte sie die Arbeit?

Moment. Scheiße. Hatte ich sie diesen Monat bezahlt?

Nein. Bei dem ganzen Chaos hatte ich vergessen, die Überweisung zu machen.

»Oh Gott, Allie, es tut mir leid. Ich kümmere mich darum.«

»Keine Sorge, du musst nicht.«

»Ich kümmere mich darum. Ich möchte sichergehen, dass es dir gut geht, dass du die richtige Behandlung bekommst und alles.«

»Kunst ist meine Behandlung.«

»Ja, aber du gehst schon noch zu Rowan, oder?«

»Mmm.« Sie klang distanziert; ich hörte ein *Schnipp-Schnipp-Schnipp*, als ob sie an etwas herumfummelte. Schließlich redete sie wieder. »Warum hast du den Job gewechselt?«

»Es ist eine bessere Stelle. Du und Flora könnt mich besuchen, wenn ich mich eingelebt habe. Es wird euch gefallen.«

Im Hintergrund trällerte Flora vor sich hin. Es war irgendein Disney-Song.

»Tut mir leid, Lolo, ich muss aufhören, ich habe gesagt, wir gehen in den Park.« Sie legte auf, bevor ich mich verabschieden konnte – vielleicht weil sie es eilig hatte, vielleicht weil sie verärgert war, ich wusste es nicht.

Als ich in meinen späten Teenagerjahren ins Ausland gezogen war, hatte ich schon bald den Kontakt zu meinen Eltern verloren. Meine Mutter hatte einen neuen Typen geheiratet. Ich hatte ihn ein paarmal getroffen, und er war eine absolute Schlaftablette gewesen. Mein Vater hatte sich letztendlich von der *Richtigen Frau* scheiden lassen, sich aber nie für irgendwas entschuldigt. Ein Narzisst, wie er im Buche stand. Zuletzt hatte ich gehört, dass er in Dubai lebte. Meine Familie bestand nur noch aus Allie und Flora, sonst gab es niemanden. Bei dem Gedanken, dass ihnen etwas Schlimmes zustoßen könnte, zog sich alles in mir zusammen.

Ich konnte nicht glauben, dass ich vergessen hatte, die Babysitterin zu bezahlen. Ich tippte auf die Online-Banking-App und überwies Charlottes Gehalt von meinem Sparkonto. Es war nicht gerade billig, Allies Therapie zu bezahlen, Floras Montessori-Schule zu bezahlen, ihre Wohnung in London zu bezahlen, die mit dem »tollen Licht« und dem Zimmer für ein Atelier. Diese ganzen Ausgaben strapazierten meinen Geldbeutel, aber sie hielten Allies Leben im Gleichgewicht. Ich erinnerte mich nur zu gut daran, wie ihr Leben ohne jegliche Stabilität ausgesehen hatte.

Vielleicht sollte ich nach London zurückkehren, um mich selbst um Allie zu kümmern? Der Gedanke erfüllte mich mit Unbehagen. London hatte sich für mich nie wie zu Hause angefühlt. Es war auch – und dieser Gedanke nagte an mir wie ein Fingernagel, der über meinen Rücken kratzte – der erste Ort, an dem Nathan nach mir suchen würde.

Graues Licht drang in den Raum. Bald würde die Dämmerung einsetzen. Zeit, an die Arbeit zu gehen. Aber worin bestand meine Arbeit, jetzt, wo Moxham nicht mehr da war? Wer war mein Chef?

Ich hatte die ganze Nacht und den Großteil des gestrigen Tages geschlafen, aber meine Glieder schmerzten noch immer vor Müdigkeit. Ich legte mich hin und schloss die Augen, drauf und dran, wieder einzuschlafen. Wieder krähte ein Hahn.

Als ich die Augen erneut öffnete, sah ich, wie sich etwas bewegte.

Mit einem Aufschrei sprang ich zurück und fiel halb vom Bett.

Eine Ratte! Es war eine Ratte.

Konnten Ratten wirklich so klettern?

Ich schnappte mir einen meiner Schuhe als Waffe und sah währenddessen, dass das Ding, das an der Wand hochkroch, gar keine Ratte war.

Es war eine Eidechse, grünlich-braun gesprenkelt. Der Kamm auf ihrem Rücken und ihre flinken Füße erinnerten mich an einen kleinen Dinosaurier. Obwohl sie nicht länger als eine Handspanne war, glaubte ich ein bösartiges Glitzern in ihren Knopfaugen zu sehen.

Ich schlug mit meinem Schuh gegen die Wand. Das hässliche Gemälde mit den Männern auf dem Boot rutschte zur Seite.

Zack.

Beim zweiten Schlag verstand die Eidechse meine Botschaft. Sie huschte die Wand hinunter und verschwand hinter der Kommode. Jetzt, wo ich darüber nachdachte, war die Vorstellung einer versteckten Eidechse in meinem Zimmer noch beunruhigender als die einer sichtbaren Eidechse.

Ich wollte gerade die Möbel verrücken, um sie zu suchen, als ich es auf einmal sah.

Oben auf dem Bilderrahmen war ein winziges Objektiv angebracht.

Ich stellte mich auf die Zehenspitzen – die Eidechse war vergessen – und griff nach der fingernagelgroßen Kamera. Ein Kabel löste sich und ein Akkupack baumelte herab.

Eine Kamera. In meinem Zimmer. Über meinem Bett.

Ich hatte schon in Hotels gearbeitet, in denen man sich kaum bewegen konnte, ohne gegen eine Überwachungskamera zu stoßen, aber diese Kameras waren fest installiert und gut sichtbar gewesen. Diese hier war versteckt. Hätte ich nicht gegen die Wand gehauen und damit das Gemälde verrückt, hätte ich sie nie gefunden. Die ganze Sache schrie geradezu nach Moxham.

»Du Arschloch«, sagte ich laut. *Du spionierst mir hinterher?*

Ich wollte ihn ohrfeigen – aber er war ja tot.

Ich untersuchte die kleine Kamera. Mit dem Daumennagel drückte ich gegen den Speicherkartenslot und eine Micro-SD-Karte sprang heraus.

Es dauerte ein paar Minuten, bis ich meinen Laptop aus dem Koffer geholt und hochgefahren hatte. Ich setzte mich im Schneidersitz auf das Bett und steckte die SD-Karte in den Kartenleser des Laptops. Die Videodateien stammten nur aus den letzten drei Tagen. Moxham musste die Kamera kurz vor meiner Ankunft installiert haben.

Ich wählte die letzte Datei aus und spielte sie ab. Das Video zeigte das leere Zimmer, mein Bett war gemacht. Ich klickte mich wahllos durchs Video. Diara erschien und verschwand wieder. Mit einem Schock sah ich mich plötzlich selbst, wie ich auf diesem Bett Platz nahm.

Was für ein widerliches Schwein. Moxham hatte mich im Auge behalten wollen. Er hatte Dinge sammeln wollen, um sie gegen mich in der Hand zu haben. Wenn er mich heimlich gefilmt hatte, dann vielleicht auch andere Leute. Hatte Moxham auf diese Weise seine Angestellten kontrolliert?

Ich zog die SD-Karte aus meinem Laptop und atmete tief durch. Ich war paranoid. Moxham war ein Meister im Streichespielen. »Willst du was Lustiges sehen?«, hatte er mich mal gefragt und mir sein Handy unter die Nase gehalten. Es war ein Video von mir gewesen, wie ich mit offenem Mund schnarchte. Kichernd hatte er mir erzählt, wie er sich in mein Zimmer geschlichen hatte, als ich betrunken gewesen war.

Die Spionage-Kamera könnte ein letzter Streich von ihm gewesen sein. Wenn er noch gelebt hätte, dann hätte er darüber sicher nur gelacht.

Ich packte die Klamotten aus meinem Koffer in eine leere Schublade. Dabei steckte ich die Kamera und die SD-Karte in eine Socke und schloss die Schublade wieder.

Ich musste an die Arbeit, Geld verdienen. Die Vergangenheit hinter mir lassen.

7

Ford und Carolina, der Wichser und die Wichserin von und zu Silly-Cone Valley, waren jetzt mein Problem. Tessa, ihre Hostess, hatte zwar nicht gekündigt, aber sie war jetzt »krank«. Die beiden anderen Hostessen, Maria und Alex, machten sich ebenfalls rar. Ich stellte fest, dass das gesamte Personal immer noch so unruhig war wie gestern. (»Wir müssen doch jetzt nicht wirklich arbeiten, oder? Wo doch der Chef tot ist?«)

Über mein brandneues Handfunkgerät war ich nun mit allen Angestellten von Keeper Island verbunden. Ich erfuhr, dass Fords und Carolinas Beschwerden noch mal mehr geworden waren. Guillaumes Michelin-Stern-Essen, das aus den besten Zutaten der Welt zubereitet wurde, war Saufraß. Und auch sonst war nichts an dieser paradiesischen Insel gut.

Es gibt nicht genug Handtücher.
Der Strand ist zu windig.
Wo sind die frischen Blumen?
Das Meer ist zu stürmisch.
Ups, die Vase liegt zersplittert auf dem Boden.

Am Nachmittag kroch ich gerade auf Händen und Knien unter dem Bett in der Mangroven-Villa herum, um einen Ohrring zu suchen, den Carolina verlegt hatte.

»Sie brauchen nicht weiter zu suchen.« Ford kam ins Zimmer geschritten. »Es hat sich herausgestellt, dass er die ganze Zeit an ihrem Ohr hing.«

Ich kam unter dem Bett hervorgekrochen, schrie innerlich kurz auf und schenkte ihm dann mein bezauberndstes Lächeln. »Das sind ja fantastische Neuigkeiten.«

Trotz der Hitze (über die er sich beklagt hatte) trug Ford einen gelben Kapuzenpulli und Armeekleidung, die seinen dürren Körper unter sich zu erdrücken schien. Er sah mich mit glänzenden Augen an und strich sich mit der Hand über sein kurz geschnittenes rotes Haar.

»Noch eine Kleinigkeit«, sagte er. »Ich möchte gerne einen Heiratsantrag machen.«

Ich unterdrückte den Wunsch, einen Scherz zu machen. *Aber wir haben uns doch gerade erst kennengelernt! Was für ein Wirbelwind der Gefühle. Ja, ja, tausendmal ja!*

»Ausgezeichnet«, sagte ich. »Ich werde den Dom Pérignon bereitstellen lassen. Ich habe gehört, Carolina mag besonders den 2006er Rosé.«

»Ja. Ich brauche auch noch ein paar andere Dinge. Rote Rosen, am besten zwei Dutzend, und einen Ring.«

»Sie haben noch keinen Ring?«

»Wofür halten Sie mich? Für einen Idioten, der den Ehering seiner Großmutter in einem Samtbeutel mit sich rumträgt, zusammen mit seinen verschrumpelten Eiern? Nein, ich habe keinen Ring. Sie können selbst einen aussuchen.«

Was für eine schöne, romantische Geste, eine Fremde den Verlobungsring für die Geliebte aussuchen zu lassen.

»Überhaupt kein Problem.«

»Ach, und ich brauche ein Plüsch-Einhorn. So eine Art Kuscheltier. Caro ist verrückt nach diesen Dingern.«

»In Ordnung.«

Völlig normales Geschenk für eine erwachsene Frau. Und natürlich auch etwas, das ich ohne Weiteres auf einer einsamen Insel mitten im Ozean besorgen konnte.

Vielleicht bemerkte Ford, dass sich mein Gesicht verzogen hatte, denn er beugte sich vor und drückte meine Schulter. Er roch nach billigem »Ocean Splash«-Körperspray.

»Ich brauche diese Sachen ja nicht sofort«, sagte er. »So ein Arschloch bin ich nun auch nicht. Morgen reicht.«

Wir waren nicht in London oder Hongkong, wo ich im Handumdrehen Gewächshausblumen kaufen oder 500 000 Dollar für einen Diamantring ausgeben konnte. Ich war neu in diesem Teil der Welt, und soweit ich das beurteilen konnte, bestanden die Jungferninseln aus kleinen Örtchen, die von normalen Menschen bewohnt wurden.

»Ach, und wenn ich noch einen Hunderter drauflege, könnten Sie sich einen professionellen Haarschnitt zulegen, Schätzchen? Sie sehen aus wie eine Vogelscheuche.«

Mein falsches Lächeln drohte mein Gesicht zu zerreißen. Ich ratterte alle Standardfloskeln herunter – ja, Sir, natürlich, Sir, gerne, Sir – und verließ die Villa wie benommen. Ich konnte mir vorstellen, dass diese Leute Moxham in den Wahnsinn getrieben hatten.

~

Es mag unglaublich klingen, aber es war nicht mein Kindheitstraum, irgendwann einmal die Launen von Milliardären zu bedienen.

Mit achtzehn Jahren bekam ich einen Studienplatz für Physiotherapie. Kaum war ich in das Studentenwohnheim eingezogen, fingen die Probleme an. Mein Vater hatte versprochen, für alles zu bezahlen. Er hat nichts bezahlt. Also tat ich, was jeder tun würde. Ich beantragte eine Kreditkarte. Mein Antrag wurde abgelehnt. Es stellte sich heraus, dass mein Vater auf meinen Namen Kreditkarten beantragt und Kredite aufgenommen und nicht zurückgezahlt hatte. Als ich ihn anrief, entschuldigte er sich und sagte, er würde sich darum kümmern. Tat er nicht. Ich lieh mir Geld von

Freunden, nahm Kurzzeitkredite auf, um bis Weihnachten durchzukommen. An Weihnachten sagte mir mein Vater, ich sei verwöhnt und solle lernen, auf mich selbst aufzupassen. Später fand ich im Internet den Begriff »finanzieller Missbrauch« neben dem Bild einer verzweifelt aussehenden Frau in einer grünen Wolljacke. Ich schloss den Tab, ohne den Artikel gelesen zu haben.

Ich war von meinen Freundinnen zu einem Trip nach Spanien eingeladen worden. Obwohl ich es mir nicht leisten konnte, wollte ich weg. Ich lernte dort einige Frauen kennen, die als Promoterinnen arbeiteten, das sah nach leicht verdientem Geld aus. Meine Freundinnen kehrten nach London zurück, ich blieb in Spanien. Was hatte ich denn davon, zurückzugehen, wenn ich überall immer nur rausgeworfen wurde?

Das Leben einer Promoterin war nicht so glamourös, wie es anfangs geschienen hatte. Das Geld floss nicht so üppig wie versprochen und die Wohngemeinschaft war ein geradezu gefährlicher Ort. Aber die Getränke waren gratis, das Wetter war gut und die Strände waren schön.

Ich lebte von einem Tag zum nächsten; ich musste nicht über die Vergangenheit oder die Zukunft nachdenken. Ich schloss mich einem Netzwerk von nomadisch lebenden jungen Frauen an, die das Land wechselten so wie andere ihre Kleidung. Eine Zeit lang arbeitete ich als Reiseleiterin und Stewardess auf einer Superyacht. Ich machte in Villen sauber, schob Nachtschichten an Rezeptionen, übte mein falsches Lächeln als Hostess.

Wenn ich etwas gut konnte, dann war es die Arbeit im Gastgewerbe. Ford und Carolina würden mich nicht kleinkriegen. Ich würde sie mit Anmut umsorgen; ich würde diesen Job hervorragend machen.

Als ich die Mangroven-Villa verließ, holte ich sofort mein Handy aus der Tasche. In den letzten Jahren hatte ich mir ein Netzwerk von High-End-Lieferanten aufgebaut, die fast alles besorgen konnten – wenn auch zum entsprechenden Preis.

Moxham hätte gewusst, wie man damit umgeht. Er hätte sich zweimal am Ohrläppchen gezupft, aber ihm wäre eine Lösung eingefallen. Er musste doch eine eigene Kontaktliste hier auf den Jungferninseln haben. Einer seiner Lieferanten würde wissen, wo man so ein gottverdammtes Plüsch-Einhorn herbekam.

~

Knirschend ging ich den weißen Muschelpfad entlang, die Steine und Kiesel am Rand erinnerten an einen Zen-Garten. Guillaume hatte mir gesagt, dass ich Fizzy hier finden würde, hinter der rosafarbenen Tür. Das Büro und der angrenzende Lagerraum befanden sich in der Nähe der Restaurantküche, dezent abgeschirmt von den Blicken der vorbeischlendernden Gäste.

»Klopf, klopf.« Ich spähte durch die offene Tür. »Hallo?«

Anstelle von Fizzy saß Kip dort, dessen große Gestalt in einem Schreibtischstuhl zusammengesackt war. Er schielte auf den Bildschirm seines Laptops, aber als er mich sah, klappte er den Deckel zu. »Hallo!«

»Sir, ich suche Fizzy.«

Er machte ein gespielt trauriges Gesicht. »Ach, niemand will mit dem alten Kipster reden.«

Ich lachte und trat in das kleine Büro. Der Terrakottaboden erinnerte mich an mein Zimmer in dem Personaldorf. Es gab zwei Schreibtische. Der, an dem Kip saß, war mit zerkauten Kugelschreibern und halb zerdrückten Coladosen übersät. Gegenüber stand der andere Schreibtisch, auf dem eine strikte Ordnung aus pinken, grünen und gelben Post-its herrschte. Ein gesprenkelter rosafarbener Kristall von der Größe einer Faust thronte neben einer Grünlilie.

»Ich versuche, mir einen Überblick zu verschaffen«, sagte ich, »im Hinblick auf die Arbeit.«

Innerhalb eines Moments verwandelte sich Kips Gesichtsausdruck von cartoonhafter Traurigkeit in Freude. »Sie sind doch das entzückende Mädchen aus Manchester, nicht wahr? Große Nummer im Immobiliengeschäft. Richtig auf Zack.«

»Ich bin Lola, die neue stellvertretende Managerin.« *Erinnern Sie sich? Gestern? Die Leiche?*

Kip runzelte die Stirn. »Ja, natürlich«, sagte er und ein Ausdruck der Bestürzung huschte über sein Gesicht. »Natürlich erinnere ich mich, so senil bin ich noch nicht.«

Ich wusste nicht, was ich erwidern sollte, also ging ich um die Schreibtische herum und ließ mich auf den Stuhl fallen, der Fizzys sein musste. An der Wand hingen eine Reihe von Motivationssprüchen. Kursive Schriftarten, pastellfarbener Hintergrund. *Freundlichkeit kostet nichts. Ein Lächeln kann die Welt verändern. Vergiss nicht das »Ich« in Rücksicht.*

Ich räusperte mich. »Hat die Polizei etwas gesagt?«

»Die Polizei?«

»Haben sie herausgefunden, was passiert ist, also, im Detail?«

»Es war ein Unfall, meine Liebe.«

Ich fragte mich, wie das System in diesem verschlafenen karibischen Land funktionierte. Technisch gesehen war Keeper Island eine Privatinsel, was Kip eine gewisse Kontrolle ermöglichen musste. Diaras Kommentar kam mir wieder in den Sinn: *Wenn es kein Unfall war, dann werden sie es trotzdem als Unfall bezeichnen.* Wer waren »sie«?

»Es wird doch sicher eine Untersuchung geben?«, sagte ich. »Es wundert mich eigentlich, dass Sie keinen privaten Sicherheitsdienst haben.«

Ich hatte schon fast erwartet, dass Kip ständig von einer Gruppe bewaffneter Männer mit dunklen Anzügen umringt sein würde.

»Nein, nein, ich konnte es noch nie leiden, wenn Leute um mich rumschwirren. Aber schauen Sie sich doch um, wo wir hier sind«, er gestikulierte, allerdings in Richtung einer leeren Wand. »Hier draußen gab es noch nie Ärger.«

»Verstehe, aber jetzt ist da dieses Problem mit ...«

Kip sah mich an, als würde er nicht verstehen, was ich meinte.

»Wir sind hier eine Familie«, sagte er und lächelte etwas verschmitzt, wie ein Großvater, der an Weihnachten einen Toast ausspricht. »Also regeln wir die Dinge auch wie eine Familie.«

Bevor ich mir über diese Aussage den Kopf zerbrechen konnte, hörte ich draußen das Knirschen von Schritten. Fizzy erschien in der Tür, eine weiße Rauchfahne hinter sich herziehend, während sie ein glimmendes Blätterbündel durch die Luft schwenkte wie einen überdimensionalen Joint.

»Diese junge Dame arbeitet für uns, wusstest du das?«, sagte Kip zu Fizzy.

Sie schaute mich misstrauisch an, als könnte sie mich nicht richtig einordnen. »Ziemlich ungünstiger Augenblick, um sich in den Kampf zu stürzen.«

Ich lachte unbeholfen. »Daran bin ich gewöhnt. Ständiges Chaos.«

»Hrm.«

Sie schwenkte ihre Arme ein weiteres Mal, mit klappernden Armreifen, und trieb damit noch mehr Rauch durch den Raum. Ich hatte gesehen, wie Allie ein paarmal auf diese Weise Salbei eingesetzt hatte; anscheinend war er gut für die seelische Reinigung, was auch immer das bedeutete.

»Ich fungiere gerne als kommissarische Managerin«, sagte ich. »Ich kümmere mich schon, wirklich. Ich brauche nur Zugang zu Moxhams technischen Geräten und schon kann ich loslegen.«

»In Ordnung.« Fizzy runzelte die Stirn.

Erst jetzt fiel mir auf, dass ich noch an ihrem Schreibtisch saß, also stand ich auf. Sie ging an mir vorbei und ließ den Salbei in eine blassrosa Keramikschale fallen. Als sie sich setzte und ihre Haare glattstrich, errötete ich. Vielleicht geschah es unbewusst. Ford mochte ein Arschloch sein, aber er hatte recht, ich konnte wirklich einen Friseur gebrauchen.

»Das Wichtigste ist, dass die Gäste zufrieden sind«, sagte ich übertrieben gutgelaunt.

»Ja!« Kip erhob sich von seinem Platz. »Da hat anscheinend jemand die wichtigen Dinge vor Augen.«

Fizzy hingegen runzelte weiterhin die Stirn. »Kip ...« Sie hielt inne und schaute ihn an. Offensichtlich fand gerade innerhalb weniger Sekunden ein ganzes stummes Gespräch zwischen ihnen statt.

»Ich habe ein Gespür für Menschen.« Kip schritt zur Tür. Im Vorbeigehen stieß er mir einen Ellbogen in die Rippen. »Sieh sie dir an«, sagte er zu Fizzy, »sie kann es kaum erwarten. Richtig auf Zack.«

»Sir«, sagte ich, »ich wollte Sie noch fragen ...«

»Was fragen?« Er schaute auf seine Uhr. »Zeit ist Geld, das wissen Sie doch.«

»Ich habe immer zu Ihnen aufgeschaut«, improvisierte ich. »Also, aus der Ferne. Wie zu einem Mentor.« *Und ich würde gerne hören,* fügte ich im Stillen hinzu, *was Sie über Moxhams Tod wissen.*

Kips blaue Augen leuchteten auf. »Kommen Sie mit mir segeln!«

»Kip«, sagte Fizzy scharf, »sie hat zu tun.«

»Dann eben morgen.« Er verabschiedete sich und verschwand.

Ich musste über die Absurdität des Ganzen lachen. Kip wirkte wie ein tattriger alter Mann, etwas verwirrt, leicht zu beeinflussen mit Komplimenten. Und doch war er von allen reichen Menschen auf dieser Insel der reichste. Stein für Stein, Kaufvertrag für Kaufvertrag hatte Kip Clement sich selbst zum König gekrönt. So etwas schaffte man nicht, wenn man dumm war.

Fizzy ging hinüber zu dem Schreibtisch, den Kip gerade verlassen hatte, dem unaufgeräumten, der wohl Moxham gehört hatte. Ich bemerkte, dass der Laptop einen Aufkleber hatte, auf dem eine dralle, braungebrannte Frau in einem neonpinken Bikini abgebildet war. Sie trug einen T-Rex-Kopf und fletschte eine Reihe tödlicher Zähne. *Ein Lächeln kann die Welt verändern,* wollte ich sagen. Moxham hätte darüber gelacht.

Fizzy zupfte an dem Dinofrau-Aufkleber und riss ihn dann ab. »Das kann ja jetzt wohl weg.« Sie tippte mit ihren manikürten Fingern auf die Tasten. »Alle Passwörter sind bei uns mittlerweile 1-2-3-4. In der Vergangenheit haben zu viele Angestellte ihre Passwörter zurückgesetzt und sie dann vergessen.«

Ich lehnte mich gegen die Wand und schaute ihr zu. Der süßlich-brennende Geruch bereitete mir Kopfschmerzen.

»Meine Schwester schwört auf Salbei«, sagte ich anstelle der Wahrheit, die da lautete: *Ich glaube, das ist ein Haufen altertümlicher Spinnereien.*

»Das vertreibt die Negativität«, sagte sie. »Ich fühle mich danach jedenfalls besser. Und wir alle versuchen ja, uns besser zu fühlen.« Sie drückte eine Träne heraus. »Ich vermisse ihn jetzt schon.«

»Ich auch.« Oh Gott – meine Brust zog sich zusammen –, ich war kurz davor, auch zu weinen; richtige, hässliche Tränen. Ich holte tief Luft und konzentrierte mich auf den Ladebildschirm des Laptops.

Fizzy lächelte tapfer und reichte mir ein Telefon. »Hier ist dein Arbeitstelefon, und – ja, na endlich – dein Laptop, alles frisch und sauber und bereit zum Loslegen.« Sie stupste den Computer in meine Richtung.

»Danke.« Ich ließ mich in Moxhams Stuhl sinken und wischte mir mit einer Hand übers Gesicht. Mein Bluterguss verblasste zwar allmählich, war aber noch nicht ganz verschwunden; ich musste aufpassen, dass mein Make-up dort blieb, wo es war. Fizzy wuselte um mich herum, ihre Armreifen klingelten, während sie den ganzen Müll vom Schreibtisch wegräumte.

Automatisch öffnete ich das E-Mail-Programm. Es war leer. Ich klickte auf den Dokumente-Ordner. Auch leer.

»Wo sind alle E-Mails von Moxham? Seine Unterlagen?« fragte ich.

Fizzy schaute teilnahmslos. »Ich glaube, Kip hat die Techniker alles gründlich bereinigen lassen.«

»Was? Warum?«

»Das ist eine technische Angelegenheit oder eine rechtliche. Kip wird seine Gründe gehabt haben, da bin ich mir sicher.«

»Aber ich brauche ...«

»Jeder hier hilft dir bei Problemen gerne weiter.« Sie ließ sich wieder in ihren eigenen Schreibtischstuhl sinken. »Frag einfach, wenn du irgendwas wissen willst.«

Ich schaltete das Telefon ein, aber auch das war auf die Werkseinstellungen zurückgesetzt.

Wie sollte ich Moxhams Job übernehmen, wenn ich keine Daten zu seiner bisherigen Arbeit hatte und keine seiner Kontaktlisten? Das war unmöglich. Es war völliger Irrsinn, alles von ihm zu löschen. Und warum mischte sich Kip in solchen technischen Kleinkram ein?

»Ich muss ein beschissenes Einhorn kaufen.« Ich wollte schon wieder weinen, aber dieses Mal aus Frust.

»Wie bitte?«

»Ach, vergiss es.« Ich klappte den Laptop zu.

Weder Kip noch Fizzy waren heute wirklich unhöflich zu mir gewesen. Aber sie errichteten Mauern um mich herum. Alles, was ich tat, um den Status quo der Insel zu stören, würde von Kip Crusoe und seiner Mrs Freitag unterbunden werden.

Hier wurde irgendwas vertuscht.

Ich hatte Diaras Andeutung nicht glauben wollen. Jetzt wurde mir klar, dass Moxhams Tod gar kein Unfall gewesen war.

Am Schreibtisch mir gegenüber drückte Fizzy jetzt mit einem Finger auf ihr Funkgerät. »Ich glaube, das ist für dich.«

»Wie bitte?«

Ich tastete nach meinem eigenen Funkgerät und drehte am Lautstärkeregler.

Es war Diaras Stimme. Die Verbindung knisterte, aber irgendwann war sie klar zu verstehen.

»Carolina dreht im Spa durch, over.«

8

Nach Carolinas Beschwerde über den Wind am Windy Beach hatte ich für sie einen entspannenden Wellness-Nachmittag arrangiert. Was konnte da schon schiefgehen? Viel, wie sich herausstellte.

Das Erste, was ich sah, als ich im Spa eintraf, war Diara. Sie kam durch die Glastüren herausgestürmt. »Ich werde sie umbringen. Sie hat meine Öle durch den Raum geschmissen.« Jetzt, wo sie es erwähnte, roch ich den starken Lavendelduft. »Und dann hat sie sich an mir festgekrallt.«

»Ich kümmere mich darum«, sagte ich, aber Diara dampfte schon ab. Das Spa befand sich im Ostteil der Insel. Die Fahrt mit dem Golfbuggy vom Hauptkomplex aus dauerte zwölf Minuten, aber die Gäste wurden für diese lange Fahrt mit einem geradezu überirdischen Ort belohnt. Versteckt inmitten von dichtem Buschland und eingebettet zwischen den Bäumen, verschmolz das grüne Dach des Gebäudes mit der Umgebung wie ein Hobbit-Haus.

»Hallo?« Ich schob mich durch die Tür.

Ich war bisher noch nicht in dem Spa gewesen. Alles hier war in Korallenrot und Orange gehalten. Eine Wand schimmerte, als wären die Ziegelsteine goldüberzogen. Die Beleuchtung war gedämpft und stimmungsvoll und gab einem das Gefühl eines permanenten Sonnenuntergangs. Ich umrundete das Wasserspiel im Foyer des Spas. Der goldene, gleichmütige Buddha in der Mitte war von seinem Sockel gestoßen worden.

Ich dachte, das Foyer sei leer, bis ich einen Schrei hörte.

Es war Carolina, die zusammengekrümmt und in einen flauschigen weißen Bademantel gehüllt in einer Ecke lag. Ich hockte mich neben sie. Sie roch nach den ätherischen Ölen, die sie verspritzt hatte, aber als ich näher kam, nahm ich auch den Geruch von Alkohol wahr.

Sie zitterte. Das Make-up um ihre grünen Augen war verschmiert.

»Hallo, Kleines«, sagte ich mit meiner Baby-Stimme, »wie geht es dir?«

»Dieses andere Mädchen ist gemein zu mir gewesen.«

Ich strich ihr die verfilzten weißblonden Haare aus dem Gesicht. »Oh, das tut mir so leid.« Ich musste mir selbst einreden, ich würde meine sechsjährige Nichte trösten, damit mein Tonfall sanft blieb.

»Die sollte gefeuert werden.«

»Du wirst sie nicht mehr sehen.« Ich vermutete, dass Diara sowieso nie wieder auf weniger als hundert Meter an Carolina herankommen wollte, ich konnte dieses Versprechen also leichtfertig geben.

»Ich wollte nur eine Massage, aber sie hat mich ständig angegrapscht«, murmelte Carolina.

»Das tut mir leid. Na komm, bringen wir dich zurück in die Villa.«

»Nein!« Carolinas Hand ballte sich zu einer Faust, die an meiner Schulter abprallte. »Ich will ihn nicht sehen.«

»Habt ihr euch gestritten?«

»Er wird mich fragen, ob ich ihn heiraten will. Ich habe ihn vorhin mit dir reden hören.«

»Willst du ihn nicht heiraten?«

»Er trägt Socken mit Sandalen.«

Mein Mund zuckte, aber mein Gesicht blieb ernst. »Das ist unverzeihlich.«

»Und er durchsucht mein Telefon.«

Aha, dieses selbstherrliche Arschloch war also auch ein besitzergreifender Widerling.

»Wir bringen dich in einer anderen Villa unter.«

»Ich will …« – Carolinas Stimme wurde lauter, als sie versuchte, aufzustehen – »… ich will ein Flugzeug! Ich will nach Hause!«

»Okay.« Ich legte meine Hände auf ihre Schultern, um sie zu beruhigen, aber sie schüttelte mich ab und schlug mit den Beinen aus. Dabei fiel ich auf den Hintern. Ich schrie auf, als ich auf dem Boden aufschlug.

»Alles in Ordnung?« Es war die Stimme eines Mannes. Ich drehte mich halb um und sah, dass ein Typ in einem Handtuch im Foyer erschienen war.

»Ja, alles in Ordnung«, sagte ich. In diesem Moment beugte sich Carolina vor und kotzte mich von oben bis unten voll.

~

Es hätte schlimmer kommen können. Sie hätte mir ins Haar kotzen können. Stattdessen hatten meine Shorts und mein T-Shirt das meiste abbekommen. Das Schlimmste an der ganzen Sache war, dass der Mann im Handtuch mir zu Hilfe geeilt war. Dieser umwerfende, umwerfende Mann mit den zerzausten blonden Haaren und dem Adoniskörper reichte mir Papiertücher und sah mich mit einem liebevollen, besorgten Blick an. Sein erster Eindruck von mir würde von nun an für immer sein: Die Kotze-Frau.

Das Gute daran war, dass das Kotzen Carolina die Kampffähigkeit genommen hatte. Ich rief über Funk nach Hilfe und Reggie kam zu uns. Fünf Minuten später waren die beiden verschwunden (Reggie stützte Carolina und versuchte dabei, nicht allzu angewidert über den Geruch des Erbrochenen auszusehen). Ich sackte auf den Boden, wo Carolina gesessen hatte.

Zu meiner Überraschung war der blonde Mann immer noch da.

Immer noch hinreißend. Immer noch nur mit einem Handtuch bekleidet.

»Sie sehen aus, als könnten Sie eine Massage vertragen. Ich werde Helena holen. Sie ist eine echte Künstlerin.« Sein Grinsen war so aufrichtig, dass ich nicht wusste, was ich sagen sollte.

Nein, Helena würde mir keine Massage geben. Ich stemmte mich hoch. Der Mann streckte eine Hand aus, um mir aufzuhelfen. Sein Griff war warm und fest. Wie ich beschämt feststellen musste, war meine Hand noch klebrig von Carolinas Kotze.

»Ich habe Sie unterbrochen«, sagte ich roboterhaft. »Es tut mir schrecklich leid, Sir. Bitte gehen Sie doch zurück in Ihr Behandlungszimmer.«

Ich hatte den Verdacht, dass Helena – wer auch immer sie war – hoffte, wegen dieses Zwischenfalls früher Feierabend machen zu können, aber das wollte ich verhindern. Es war schon schlimm genug, dass wir diese Woche einen Todesfall auf der Insel hatten. Ich wollte nicht, dass die Gäste unter Fords randalierender Trophäenfreundin leiden mussten. Ich wollte, dass sie sich entspannten und nichts von dem Ganzen mitbekamen.

»Mein Dad hat mir beigebracht, dass man eine Dame in Not nie im Stich lässt«, sagte er. »Geben Sie mir eine Minute, dann ziehe ich mich ordentlich an und helfe Ihnen.«

Ich war zu erschöpft, um zu widersprechen, und so legte ich eine Putzschicht zusammen mit einem Investmentbanker namens Brady Calloway ein.

»Wir sind uns schon mal begegnet.« Brady schob den Wischmopp über den Boden. Er trug jetzt ein Leinenhemd und eine Hose, und (ich wollte ja nicht urteilen, aber) er schwang den Wischmopp wie jemand, der glaubte, Häuser putzten sich von allein.

»Das glaube ich nicht.« Ich ging in die Hocke und schrubbte den Fliesenboden.

»Sie kommen mir unheimlich bekannt vor.«

Ich blinzelte zu ihm hoch. »Das kriegen bestimmt alle Mädchen zu hören.«

Er lachte, und es klang wie ein leises Grollen. »Sie sind mir auf die Schliche gekommen.«

Zugegeben, er kam mir auch irgendwie bekannt vor, aber das lag vielleicht daran, dass er eine echte Ken-Puppe war.

»Hey, tut mir leid, das mit dem Typen zu hören«, sagte er.

»Was?«

Brady schnippte mit den Fingern. »Meekham?«

Brady schaute mich auf eine etwas zu angespannte Weise an. Oder bildete ich mir das nur ein?

»Moxham«, sagte ich.

»Und es war ein tragischer Unfall, ja?«

»Hm.«

»Verrückt. Das muss ja völlig unerwartet gekommen sein.«

Ich murmelte: »Ja, verrückt«, während ich damit beschäftigt war, den Buddha wieder auf seinen Sockel zu hieven. Brady war der erste Gast, der sich zu Moxhams Tod äußerte. Ich hatte den Hostessen gesagt, wir sollten ihn nicht erwähnen, denn nichts ruiniert einen Urlaub schneller als ein Todesfall. Bis jetzt war er in meinen Gesprächen nicht aufgekommen. Nicht einmal Ford, der noch am Tag zuvor mit Moxham Jetski gefahren war, hatte seine Abwesenheit bemerkt.

Die meisten Gäste gingen wahrscheinlich davon aus, dass Moxham krank oder abbestellt worden war, wenn sie sein Fehlen überhaupt bemerkten. Brady war schlau genug, um die Wahrheit herauszufinden. Wahrscheinlich hatte es nichts zu bedeuten, aber diese Tatsache setzte sich in meinem Gedächtnis fest.

Als alles wieder sauber war, lenkte ich das Gespräch schnell in seichtere Gefilde. Brady wirkte auf mich wie ein Gourmet, der eine Menge Geld für gutes Essen ausgab. Ich überredete ihn, zum Abendessen ins Restaurant zu gehen, wo Guillaume gerade gebratenen Schweinebauch mit Süßkartoffelpüree zubereitete.

»Wollen Sie wirklich nicht mitkommen?«, fragte er.

»Ich fürchte, ich kann nicht.«

Als er davonschlenderte, bedauerte ich meine Absage beinahe. Schon bei meinem ersten Hoteljob war mir eingebläut worden, dass man mit einer sofortigen Entlassung rechnen musste, wenn man sich mit Hotelgästen einließ. Doch auf Keeper Island war die Grenze zwischen Gästen und Personal verschwommener als an jedem anderen Ort, an dem ich bisher gearbeitet hatte.

Eine Grenze gab es jedoch. Während Brady seinen Abend in Ruhe genießen konnte, musste ich noch ein Plüsch-Einhorn besorgen.

~

Die nächsten vierundzwanzig Stunden – vom Montag bis hinein in den Dienstag – waren vollgestopft mit Arbeit, Arbeit und noch mehr Arbeit. Am Dienstagmorgen zauberte ich ein perfektes Verlobungstableau für Carolina und ihren Märchenprinzen aus dem Hut, während ich mich gleichzeitig um einen der Swimmingpools kümmerte, der aufgrund eines defekten Filters eine grellgrüne Farbe angenommen hatte. Wäre ich nicht so neugierig auf unseren wohlwollenden Diktator gewesen, hätte ich also vermutlich eine Ausrede gefunden, um meine Segelverabredung mit Kip zu verschieben. Mir wurde, für den Fall, dass ich es vergessen hatte, eine handschriftliche Notiz auf edlem Clement-Hotel-Briefpapier überbracht. *Hidden Cove, 17 Uhr*

Als ich am späten Nachmittag über den Buschpfad an den Strand gelangte, zog ich mir die Turnschuhe aus. Passend zu ihrem Namen lag die *Hidden Cove* etwas versteckt am östlichen Rand der Insel, weit weg vom Restaurant und dem gut besuchten Hauptstrand. Auch mit dem Golfwagen konnte man sie nicht erreichen.

Der von Felsen gesäumte Halbmond aus hellem Sand war menschenleer. Außer meinen Fußabdrücken waren nur Kips im Sand zu sehen. Die Bucht gab einem das Gefühl eines Ortes, der vielleicht bisher von keiner menschlichen Seele entdeckt worden war.

Als ich Kip mit seinem Boot im seichten Wasser entdeckte, kamen mir zwei Worte in den Sinn. Groß. Fisch.

Moxham hatte damit geprahlt, einen »schönen großen Fisch an der Angel« zu haben. Er hatte es auf jemanden auf der Insel abgesehen, welchen Plan auch immer er dabei verfolgte. Und wer war hier der größte Fisch von allen? Kip Clement. Hatte Moxham Kip vielleicht verärgert, und hatte Kip dann Vergeltung geübt? Das war mein Verdacht, doch es fiel mir schwer, ihn aufrechtzuerhalten, während ich durch das badewasserwarme Meer watete.

Kip wirkte begeistert, mich zu sehen. »Sind Sie schon mal gesegelt?«, fragte er.

»Auf einer Yacht, mit einer Klobürste in der Hand.«

»Dann sind Sie ja ein alter Hase«, lachte er und schlug mit der flachen Hand auf das Wasser. »Bisschen viel Wellengang heute, aber das hat mich nie aufgehalten.«

Eine Woge schwappte gegen meine Beine und ich musste mich mit den Zehen im Sand festkrallen, um nicht umzukippen. Kip begann, mir die Besonderheiten des Jollensegelns zu erklären: die Größe des Bootes (drei Meter), wie man es steuerte und was zu tun war, wenn es kenterte. Ich fragte ihn, ob ich mich umziehen solle; ich trug Baumwollshorts und ein T-Shirt, während Kip mit Handschuhen, Boardshorts und einem schwarzen, wasserabweisenden Rollkragenpullover ausgestattet war.

»Ach was, das wird schon.« Er warf mir ein Seil zu. Mit Mühe fing ich es auf.

Als ich das Wort »segeln« gehört hatte, hatte ich mir vorgestellt, wie Kip und ich auf ruhigem Wasser umherschippern und eine sonnengewärmte Flasche Wein trinken würden. Es wäre die perfekte Gelegenheit, ein paar beiläufige Fragen über seine Arbeitsbeziehung zu Moxham zu stellen und darüber, was er in der Nacht der Alice-im-Wunderland-Party gemacht hatte.

»Im Ernst, Sir, ich weiß wirklich nicht, was …«

»Nennen Sie mich Kip, meine Liebe.«

Er zog an dem neongelben Segel des Bootes. Ich konnte an seinem entschlossenen Blick und seiner angespannten Kieferpartie sehen, dass er jetzt lossegeln würde; und wenn ich seinen Respekt haben wollte, musste ich mit ihm fahren.

Ich hastete voran, meine Zehen glitten über den Sand, während ich zum Segelboot hüpfte. Kip zog mich an Deck, und ohne ein weiteres Wort fuhren wir los.

Wir segelten in einem großen Bogen aus der Bucht hinaus ins offene Wasser. Ich hatte meine Beine unter mir eingequetscht. Das Boot war kaum groß genug für uns beide.

»Ducken!«

Kip ließ das Segel in meine Richtung schnellen und ich musste unter dem Baum hindurchtauchen.

Die Wellen klatschten gegen den Rumpf, sodass ich von oben bis unten nass wurde, ohrenbetäubend laut schlug der Wind gegen die Großschot. Die Sonne, die vorher gebrannt hatte, fühlte sich jetzt nicht mehr so heiß an. Ein Schauer durchlief mich; meine nasse Kleidung klebte an meiner kalten Haut.

Sollte ich keine Schwimmweste tragen? Ich erinnerte mich an Moxham, wie er furchtlos und mit freiem Oberkörper auf dem Jetski über die Wellen geritten war.

»Die Party!«, rief ich halblaut und verwarf damit jeden Versuch einer eleganten Gesprächsüberleitung.

Kips Gesicht war steinern vor Konzentration. »Was?«

»Waren Sie auf der Party am Samstag?«

Das Gerücht, Kip sei mit Kopfschmerzen früh zu Bett gegangen, erschien mir jetzt zu simpel.

»Nicht zurücklehnen«, sagte er.

Ich hatte nicht bemerkt, dass ich mich zurückgelehnt hatte. Ich versuchte, Keeper Island im Auge zu behalten – die Insel war jetzt beunruhigend weit weg –, aber Kip änderte wieder die Richtung und ich musste mich ducken, um dem Ausleger auszuweichen.

»Es war eine tolle Party«, versuchte ich es erneut.

»Ich habe nicht viel davon gesehen.«

»Gar nichts?«

»Ich war beschäftigt.« Der Wind riss die Worte fort, und ich musste sie von Kips Lippen ablesen.

Womit beschäftigt, Kip?

Das Boot bäumte sich im Wasser auf, mir drehte sich der Magen um.

Zu allem Überfluss packte Kip jetzt meine Hand und legte sie ans Ruder. Er stand auf und begann an der Großschot herumzufuhrwerken.

Oh Gott. Mit einem schraubstockartigen Griff umklammerte ich das Ruder. Was, wenn ich hier und heute sterben würde? Es wäre so einfach. Ein Ellenbogenstoß würde genügen, um mich ins Wasser zu stürzen. Ein weiterer Unfall.

Würde sich jemand die Mühe machen, meinen Tod zu untersuchen?

Kip stand immer noch da und zerrte am Segel. Sein Hintern wackelte direkt vor meinem Gesicht. Ich schaute weg, aber ich sah etwas am Rand meines Sichtfeldes, das meine Aufmerksamkeit erregte. Mein Kopf fuhr wieder herum. Auf Kips Boardshorts befand sich ein dunkler Fleck, auf der Rückseite seines Oberschenkels, so groß wie ein Handabdruck, an den Rändern verschmiert. Er konnte die Shorts heute Morgen angezogen haben, ohne den Fleck zu bemerken.

Jetzt konnte ich es genauer sehen. Eine Hand, geformt aus Blut. Als hätte er seine blutige Hand einfach an der Rückseite seiner Shorts abgewischt. Vielleicht war es unbewusst geschehen und er hatte es vergessen.

Mit einem Rumms setzte Kip sich hin. Ich lehnte mich automatisch zurück, meine Augen suchten in seinem Gesicht nach ... ja, wonach? Nach einer Spur von Schuld, die nur ich erahnen konnte?

Da schoss seine Hand vor. Mein Herz schlug mir bis zum Hals.

Er wollte mich ins Wasser stoßen. Mich hier einfach ertrinken lassen.

Ich drehte mich weg, sodass er mich nicht zu fassen bekam.

»Nicht ...«

Die Welt stürzte unter mir weg. Das Meer verschlang mich, Wasser füllte meine Atemwege.

Rauschend kippte der Rumpf über mir ins Wasser und verdeckte die Sonne.

9

Kip fand die ganze Sache sehr amüsant.

»Wie ein Kätzchen in der Badewanne, so war sie.« Er deutete ein Krabbeln an.

Ich rang mir ein Lächeln ab. Wie sich herausstellte, war ich nicht zum Mordopfer geworden. Ich war nur eine Idiotin, die das Boot zum Kentern gebracht hatte. Kip hatte sich auf den umgedrehten Rumpf gelegt und mich aus dem Wasser gezogen.

»Sie hat immer nur *nein, nein, nein* gebrabbelt«, sagte er und erntete damit herzhaftes Gelächter am ganzen Tisch.

Ein Kellner kam zu mir und füllte mein Weinglas nach. Bevor ich mich bedanken konnte, war er bereits wieder im Dunkeln verschwunden. Mir gegenüber stieß Ford ein schallendes Lachen aus. Carolina neben ihm hielt den Kopf gesenkt, während sie ihren Aal in kleine Stücke schnitt.

»Noch nie gesegelt?«, fragte Ford.

Ich schüttelte den Kopf. Wir saßen auf der Veranda von Kips Villa, unser Gespräch war untermalt vom Rauschen der Wellen. Ich reckte meinen Hals und erhaschte einen Blick auf die marmorne Frau, die draußen wieder einmal im Meer ertrank.

Nach meiner Nahtoderfahrung hatte mich Kip eingeladen, mit ihnen am *Tisch für die Großen* zu speisen. So nannte er ihn zwar nicht (obwohl das lange Mahagoniholzstück zweifellos riesig war), aber ich hatte mir während meiner ersten Tage auf Keeper Island den Jargon des Personals angeeignet.

Abends aßen die Mitarbeiter in der Regel einfache Gerichte, die ihnen von Guillaumes Team ins Personaldorf geliefert wurden. Am *Tisch für die Großen* zu essen, wo Kip ein Dutzend Insel-Gäste zu einem improvisierten Salon versammelt hatte, war anscheinend eine nette Geste. Und wäre ich nicht so erschöpft gewesen, hätte ich mich vielleicht darüber gefreut, einmal Kips Villa betreten zu können, an der ich bisher nur vorbeigefahren war. Man hatte sie dort auf den Felsen an der Nordwestspitze der Insel angeblich auf den Ruinen des Leuchtturms errichtet, der der Insel ihren Namen gegeben hatte. Der weiße runde Turm, der sich eindrucksvoll gegen den dunklen Himmel abhob, unterschied sie deutlich von den anderen würfelförmigen Villen. Durch seine ausladende Größe schien er für eine Familie konzipiert zu sein, obwohl, soweit ich das beurteilen konnte, lediglich Kip hier wohnte.

»Dieser Koch ist gar nicht schlecht für eine Schwuppe«, sagte Kip schmatzend. »Teufel, dieser Aal ist so gut, den sollte man verbieten!«

Am anderen Ende des Tisches mimte ein korpulenter Mann in einem lachsfarbenen Hemd ein dröhnendes Lachen. »Ich bin gerade nicht im Dienst.«

Der Mann in Rosa, so erinnerte ich mich, war der Polizeipräsident der Jungferninseln, und anscheinend ein guter Freund von Kip. Auch der Fußballer und seine Frau waren da, ebenso wie die modisch gekleidete Italienerin, die nichts aß, weil sie gerade Detox machte. Dieser unangenehme Eddie Yiu prostete mir mit seinem Glas zu. Brady, mein edler Handtuch-Ritter aus dem Spa, saß am anderen Ende des Tisches. Er hatte mir bei meiner Ankunft einen flirtenden Blick zugeworfen, aber er saß zu weit weg, als dass wir uns hätten unterhalten können.

Ich war nicht gerade begeistert davon, neben Ford und Carolina zu sitzen, vor allem, wo wir gerade erst beim dritten von zehn Gängen waren. Ich bekam Kopfschmerzen vom Lächeln und Nicken, während ich den Luxus-Problemen dieser Leute zuhörte

(»Sie glauben gar nicht, wie viel Steuern diese Bastarde von mir verlangen«).

Ich trug immer noch meine salzverkrusteten Shorts und mein T-Shirt, und Kip seine Wassersportausrüstung. (Auf Keeper Island gab es anscheinend keine Kleiderordnung.) Ich hatte keine Zeit gehabt, neues Make-up aufzutragen, deshalb war ich mir sicher, dass der Bluterguss auf meiner Wange zu sehen war. Ich war allerdings nicht die Einzige hier mit blauen Flecken.

Als Kip seine Ärmel hochschob und dem Kellner mit einem Finger ein Zeichen gab, sah ich einen großen fleckig-violetten Bluterguss auf seinem Unterarm. Der Kellner erschien wieder und füllte wortlos unsere Gläser nach. Kip legte seinen Arm wieder auf den Tisch und führte sein Gespräch mit Carolina über ihre Pferde fort. Der blaue Fleck sah ein paar Tage alt aus. Ich beugte mich vor und tat so, als wollte ich nach dem Salz greifen. Auch an seinem anderen Arm hatte er einen Bluterguss, zusätzlich zu dem an seinem Hals, den ich schon bemerkt hatte.

Er sah aus, als hätte er mit jemandem gekämpft.

Wenn mir der Blutfleck an seinen Shorts nicht aufgefallen wäre, hätte ich vielleicht nicht weiter darüber nachgedacht. Aber es war doch Blut, oder? Kein Öl, keine Farbe, keine Scheiße? Kip bemerkte, wie ich ihn anschaute, und grinste. Mit mulmigem Magen erwiderte ich das Grinsen.

»Ich möchte etwas verkünden.« Ford stand auf und tippte mit einer Gabel gegen sein Weinglas. »Carolina und ich werden heiraten.«

Jubelrufe und Beifall. Kip drückte Ford die Hand, als wäre das hier eine Spielshow und Ford hätte eine Million Dollar gewonnen.

Ich wandte mich an Carolina. »Wie aufregend.«

Sie ignorierte mich und streckte ihre Hand aus, um den Gästen am anderen Ende des Tisches ihren Diamantring zu präsentieren. Sie hatte mich auch nicht gegrüßt, als ich mich neben sie gesetzt hatte. Vielleicht waren die Ereignisse im Spa eine besonders extreme Form von kalten Füßen gewesen. Vielleicht würden sie und Ford glücklich zusammenleben, bis ans Ende ihrer Tage. Vielleicht.

Der nächste Gang wurde serviert: Wagyu-Rindfleisch mit Austernpilzen und Bärlauch.

»Trautes Heim, Glück allein.« Kip schlug so fest auf den Tisch, dass die Teller klapperten. »Der beste Rat, den ich je bekommen habe.«

»Ach ja?« Ford hob eine Augenbraue. (Ich ging davon aus, dass er Carolina vier bis sechs Jahre lang Probe fahren und sie dann gegen ein jüngeres Modell austauschen wollte.)

»Alles, was man braucht, ist Liebe, Liebe, Liebe.«

Sagt sich so leicht, wenn man Milliardär ist. Ich nahm einen Bissen von meinem Steak.

»Und? Was ist das Geheimnis einer glücklichen Ehe?«, fragte Carolina Kip mit glasigen Augen.

»Man darf niemals zulassen, wütend aufeinander zu sein. Leute, die behaupten, dass Paare eben streiten, pah! Eine Beziehung zu führen ist einfach, wenn man die richtige Person gefunden hat. Meine wunderschöne Frau und ich, wir sind einfach gerne zusammen. Wir würden auch in einer Hütte glücklich sein.«

»Wo ist sie?«, fragte Carolina.

Kips Gesichtsausdruck verfinsterte sich. »Sie ist nicht mehr unter uns«, sagte er, und eine Träne kullerte über sein Gesicht, doch er wischte sie nicht weg, sondern ließ sie einfach in den *Jus* auf seinem Teller fallen.

Es herrschte eine unerträgliche Stille. Ich aß weiter, nur um etwas zu tun zu haben.

Jetzt, wo ich darüber nachdachte, fiel mir ein, dass ich ein paar Jahre zuvor in den Nachrichten etwas über den Tod von Kips Frau gehört hatte. Krebs oder so.

Das Gespräch kehrte irgendwann wieder zu geschäftlichen Themen zurück (Kip war im Halbruhestand, aber immer noch im

Vorstand der Clement Hotels). Als die Steak-Teller gerade abgeräumt wurden, erschien Fizzy auf der Veranda.

»Gesell dich zu uns, mein Engel!«, sagte Kip.

Sie zögerte, aber als er ihr sein Weinglas anbot, nahm sie einen Schluck. Sie lehnte ihren schlanken Körper an Kips Rücken, und ihre Hand legte sich wie von selbst in seine Armbeuge.

»Alles in Ordnung?«, fragte ich. Ich hoffte halb darauf, dass es einen Notfall gab und ich einen Grund hatte, vor den verbleibenden sechs Gängen zu fliehen.

»Nein, nein, ich hab' das Problem mit dem Scharnier gelöst«, sagte sie zu Kip.

Jetzt bemerkte ich, dass sie einen Akkuschrauber in der Hand hielt.

Ich runzelte die Stirn. »Dafür hätte ich doch die Handwerker ...«

»Wirklich unglaublich, dass wir überhaupt zurechtgekommen sind, bevor Ms George hergekommen ist, oder?«

Fizzys Stimme triefte nur so vor Gift, aber Kip lachte, als wäre es ein Witz. »Fizzy kümmert sich gut um mich«, er tätschelte ihren Arm. »Sie ist meine rechte Hand.«

Wie ein geschlagener Hund nahm ich einen Schluck Wein. Die Kellner kamen mit dem nächsten Gang. Fizzy beugte sich vor, um Kip etwas ins Ohr zu flüstern, und verschwand dann wieder.

Mir gegenüber am Tisch fing Ford erneut an, von dem Heiratsantrag zu erzählen. »Ich wollte ein Haus voll mit roten Rosen, und stattdessen hab' ich nur ein paar traurige, runterhängende Blümchen bekommen«.

Ich verkrampfte. Bestimmt wollte er mich jetzt zur Rede stellen. Arschloch.

Stattdessen wandte Ford sich an Kip und klopfte ihm auf die Schulter. »Ziemlich hübsches Örtchen haben Sie hier, mein Guter, aber es gibt noch Platz nach oben. Glauben Sie mir, ich bin schon in den besten Resorts der Welt gewesen. Wir setzen uns mal zusammen, von Mann zu Mann, und ich geb' Ihnen ein paar Tipps.«

Ein Muskel in Kips Wange zuckte. Kip Clement besaß ein Hotel in jeder größeren Stadt der Welt. Und so ein aufstrebender Technologie-Startup-Heini wollte ihm Tipps geben?

»Mmm.« Kip ließ Fords Hand von seiner Schulter rutschen.

Das Abendessen ging weiter. Der sechste Gang kam.

Mit Miso glasierte Aubergine an eingelegtem Rettich.

»Was ist das denn für ein Scheiß?« Ford nahm ein Stück Rettich von seinem Teller und schmiss es über Kips Schulter. »Das können die Faultiere gerne haben.«

Kip blickte hinter sich auf die Holzbretter, wo der Rettich lag. Er öffnete den Mund, aber anstatt Ford zur Rede zu stellen, griff er das Thema der Faultiere auf. Sie waren sein ganzer Stolz. Eine seltene Rasse, vom Aussterben bedroht. Vor etwa fünfzehn Jahren hatte er sie nach Keeper Island gebracht.

»Macht das nicht irgendwie, keine Ahnung, den Lauf der Natur kaputt?«, fragte Ford.

»Ah, nein, genau das ist es ja.« Kip gestikulierte mit seiner Gabel herum. »Sie könnten ursprünglich hier gelebt haben. Die Forscher glauben, dass es vor langer Zeit mal eine Landbrücke von hier nach Südamerika gegeben hat. Vor tausend Jahren muss es hier von Faultieren nur so gewimmelt haben.«

»Sie sind ja ganz putzig, aber brutal«, sagte Ford. »Ich hab' versucht, einem von ihnen einen Dorito zu geben, und er hat mir die Hand zerkratzt.«

Kip gab einen kehligen Laut von sich und wischte sich mit seiner weißen Stoffserviette den Mund ab. Mittlerweile fühlte ich mich schon ganz benommen vor Müdigkeit und überlegte gerade, ob ich eine Ausrede finden und die letzten vier Menügänge auslassen könnte, als Kip aufstand.

»Meine Liebe, könnten Sie dafür sorgen, dass in zehn Minuten ein Boot am Pier ist? Ich fürchte, es ist ein bisschen zu spät für einen Hubschrauber.«

Es dauerte eine Sekunde, bis ich begriff, dass er mit mir redete.

»Ein Boot. Ja, Sir.« Meine Hand wanderte an meine Hüfte, aber ich musste mein Funkgerät am Strand der Hidden Cove vergessen haben.

»Nun« – Kip reichte Ford die Hand – »ich würde ja sagen, es war mir ein Vergnügen, aber wir wissen beide, dass das eine Lüge wäre.«

Ford schüttelte Kip die Hand. Auf seinen Lippen lag ein verwirrtes Lächeln.

»Belassen wir es bei: Gute Reise«, sagte Kip. »Lola wird Sie zu Ihrer Villa begleiten und Ihnen beim Packen Ihrer Sachen helfen.« Er verbeugte sich leicht in meine Richtung. »Vielen Dank, meine Liebe.«

Hastig stand ich auf, während ich immer noch zu verarbeiten versuchte, was hier gerade geschah. Kip schmiss sie von der Insel.

Ford stutzte einen Augenblick, bevor er seine Stimme wiederfand. »Scheiße, ich gehe nirgendwohin.«

»Wir haben für drei Wochen bezahlt«, sagte Carolina. Sie hatte mit Sicherheit für gar nichts bezahlt.

»Ich bin mir sicher, dass sich eine Rückerstattung einrichten lässt.«

»Ich will keine Rückerstattung«, sagte Ford. »Sie sollen einfach den Vertrag einhalten. Sonst verklag' ich Sie.«

»Ach, ich liebe einen guten Rechtsstreit.« Kips blaue Augen blitzten richtig auf. »Aber ich fürchte, den werden Sie verlieren. Wissen Sie, diese Insel ist mein Zuhause. Ich bin Hotelier aus Leidenschaft, deshalb konnte ich nicht widerstehen, sie in ein kleines Resort zu verwandeln. Aber es ist immer noch mein Zuhause. Und das Zuhause eines Engländers ist sein Schloss.«

»Was?« Ford blähte seine Nasenlöcher auf.

»Verschwinden Sie aus meinem Schloss, bevor ich Sie teere und federe.« Trotz seiner Worte blieb Kips Stimme freundlich. Er räusperte sich. »Im übertragenen Sinne.«

Ich stand immer noch unter Schock. Neben mir hatte Carolina angefangen zu weinen, ihre Hände zerdrückten das Einhorn.

Hinter Kip stand mittlerweile ein Kellner, und ein weiterer erschien in diesem Augenblick neben ihm. Brady erhob sich von seinem Platz und ging, beschwichtigend die Hand ausgestreckt, langsamen Schrittes auf Ford zu.

»Na los, Kumpel, Zeit zu gehen«, sagte Brady.

»Verpiss dich, du dummes Stück Scheiße.« Er schubste Brady von sich weg.

Bradys Gesicht verfinsterte sich. »Lola, soll ich Ihnen helfen, unsere Freunde zu ihrer Villa zu begleiten?«

»Das wäre sehr nett«, sagte ich.

»Ich werde nirgendwo hingehen.« Fords Gesicht war leuchtend rosa.

Carolina zupfte an seinem Ärmel. »Schatz, lass doch ...«

»Sie sollten auf die Damen hören.« Brady stellte sich direkt vor Ford.

»Ich höre doch nicht auf dieses Miststück.« Ford war einige Zentimeter kleiner als Brady, aber er stieß ihn mit der Brust an. »Ich höre auf keinen von euch!«

Ford schlug Brady mit der Faust ins Gesicht. Der Schlag prallte geradezu an Bradys Wange ab. Einen Moment später hielt er Ford im Schwitzkasten.

»Euch verklag' ich auch.« Keuchend zerrte er an Bradys Unterarm. »Tätlicher Angriff.«

»Komisch« – Brady zwinkerte mir zu – »ich seh' hier gar keine Zeugen.«

Am Ende waren Ford und Carolina so kleinlaut wie ertrinkende Kätzchen. Eine halbe Stunde später waren sie verschwunden.

Es war das Gegenteil von allem, was ich in der Hotelbranche bisher erlebt hatte. Wenn ein Gast ein Arschloch war, wurde er vom Personal noch unterwürfiger behandelt. Solange man das Geld hatte, um die richtigen Leute zu bezahlen, war man unantastbar. Aus einem Edelhotel flog man – außer wegen Mord – absolut niemals raus.

Mord. Ich musste wieder an Moxham denken, an das Blut im Wasser.

»Ich konnte ihn einfach nicht leiden«, sagte Kip verhalten, als ich in die Villa zurückkehrte, um ihm mitzuteilen, dass Ford und Carolina abgereist waren. In meiner Abwesenheit waren sie endlich bei Gang Nummer zehn angelangt: Walderdbeer-Sorbet mit Sauerampfer-Granita.

Gab es genügend Beweise, dass Moxham ermordet worden war? Während Kip sein Faultier-Gespräch mit der italienischen Erbin fortsetzte, wurde mir zum ersten Mal klar, dass ich nicht daran glauben wollte. Ich aß etwas von dem Sorbet und leckte meinen Löffel sauber. Ich wollte, dass Kip zu den Guten gehörte. Ich wollte, dass Moxhams Tod ein Unfall gewesen war. Ich wollte meinen Traumjob gefunden haben, hier draußen im Paradies.

10

Die Zeit schien immer schneller zu vergehen auf Keeper Island. Die Tage vergingen wie im Flug, und plötzlich war es Freitag. Ich war jetzt seit fast einer Woche hier. Auch nach der Abreise von Ford und Carolina war mein Arbeitspensum nicht kleiner geworden. Es gab immer eine neue Katastrophe abzuwenden.

»Ich hab' Heißhunger auf McDonald's«, sagte Eddie Yiu.

»Ich sage Guillaume Bescheid, dass er Ihnen einen Burger machen soll«, sagte ich.

»Ich will McDonald's.«

Immer wenn ich Eddie in den letzten Tagen gesehen hatte, hing er an seinem Laptop oder seinem Telefon. Anscheinend arbeitete er an einem neuen Geschäft. Gähn. Er verhielt sich mir gegenüber unterkühlt, seit ihm klar geworden war, dass ich keinen Sex mit ihm haben würde, aber jetzt schenkte ich ihm ein strahlendes Lächeln.

»Ich verspreche Ihnen, dass unser Küchenchef etwas noch Besseres zaubern wird. Es dauert nur eine Viertelstunde.«

Na gut, es würde vierzig Minuten dauern, weil das Abendessen bevorstand und Guillaume wahrscheinlich einen Anfall bekommen würde, aber zumindest hatte ich nicht gelogen, was die Großartigkeit des Burgers anging.

»Ich will aber McDonald's.«

Ich rang mir ein Lächeln ab. »Selbstverständlich.«

Ich hätte es vielleicht verstanden, wenn er authentisches chinesisches Essen hätte haben wollen, aber amerikanisches Fastfood? Ernsthaft?

Als ich Tyson nach dem nächsten McDonald's fragte, sagte er, er sei zwei Stunden mit dem Boot entfernt und ich bräuchte einen Reisepass, um dorthin zu gelangen. Verdammt. Ich betraute Reggie mit dieser Aufgabe (er war völlig bekifft und beschwerte sich deshalb nicht allzu sehr) und vier Stunden später bekam Eddie seinen Big Mac. Ich hatte ihn in der Mikrowelle aufgewärmt, wodurch er am Ende besonders aussah, aber Eddie aß ihn, als wäre er eine Art göttlicher Nektar.

Als ich endlich Feierabend machte, war es schon nach Mitternacht. Ich schlurfte ins Personaldorf. Wie die meisten Angestellten hatte ich ein Muskelgedächtnis entwickelt, sodass ich den knapp einen Kilometer langen Buschpfad vom Hauptkomplex ins Dorf in der Dunkelheit ohne Taschenlampe zurücklegen konnte.

Zu meinem Muskelkater gesellte sich ein schmerzhafter Sonnenbrand auf meinen Schultern. Ich freute mich auf ein Bier und ein Kartenspiel. Auch mitten in der Nacht, wenn normale Menschen schon schliefen, konnte man in der Team-Bar immer ein paar Leute treffen. Tyson war ein notorisch schlechter Verlierer; Tessa war eine Zockerin; Reggie hatte einmal wegen einer Pechsträhne geweint, woran ihn alle gerne erinnerten. Normalerweise spielten sie eigentlich nur Kinder-Kartenspiele, aber zwei Nächte zuvor hatte ich gesehen, wie jemand wütend einen Tisch umgeschmissen hatte.

Zu meiner Überraschung waren heute nicht nur die Spieler noch wach. In der Mitte der Lichtung loderte ein Lagerfeuer, umringt von zwanzig oder mehr Leuten. Ich erkannte Barkeeper und Hausmeister, auch ein paar vom Reinigungsteam.

»Lola!« Guillaume winkte mich zu sich ran.

In den letzten Tagen hatte ich rausgefunden, wann ich am besten die Gourmet-Reste aus der Küche plündern konnte (Kürbis-Krabben-Bisque, gegrillter Mahi Mahi, Kaninchentortellini – und all das nur an einem Donnerstag). Dabei war ich so etwas wie eine Vertraute Guillaumes geworden. Er machte sich Sorgen, dass sein Fernbeziehungsfreund in Lyon einem Typen zu nahe kam, den er im Fitnessstudio kennengelernt hatte. Er machte sich Sorgen, dass seine Wutanfälle überhandnahmen. Er machte sich Sorgen übers Sorgenmachen.

Vor Guillaume stand ein Klapptisch mit einem ausgebreiteten großen Spruchbanner darauf: *Wir werden dich vermissen, Mox.* Er kritzelte eine Nachricht auf Französisch darauf und hielt mir den Marker hin. »Willst du was schreiben?«

Ich rieb mir den Nacken, was meinen Sonnenbrand noch mehr schmerzen ließ. Es war nicht nur eine Woche vergangen seit meiner Ankunft, sondern auch seit Moxhams Tod. Ich schrieb: *Ein Hoch auf den Mann, der jedes Problem lösen kann.*

Mein Spruch kam mir unangebracht vor, aber wie sollte ich Moxham sonst beschreiben? In Hongkong hatte er mich in die Karaoke-Bars mitgenommen. Wir hatten aus voller Kehle 90er-Popsongs gebrüllt, um Druck abzulassen. Die Stadt war ein Kulturschock für mich gewesen. Die großen Märkte, die nach Tod rochen, die kleinen Läden, die sich bis auf die überfüllten Bürgersteige ergossen, der Schmutz, der Lärm überall. Es war eine ganze Welt, auf eine winzige Insel gestopft. Moxham führte mich herum, zeigte mir die besten Restaurants und brachte mir ein paar Brocken Kantonesisch bei (hauptsächlich die Schimpfwörter).

Ich wandte mich von dem Spruchbanner ab. Er hätte diese rührseligen Kommentare allesamt gehasst. Das Lagerfeuer hingegen, ja, das hätte Moxham gefallen, mit einer großen gottverdammten Feuersbrunst geehrt zu werden.

Grauer Rauch wehte in den dunklen Himmel, die Feuersäule erzeugte eine Wand aus Hitze. Ich stahl mich daran vorbei, in Richtung der Team-Bar. Drinnen saß Tessa mürrisch dreinschauend in einem der orangefarbenen Sessel, während ein Barkeeper (ich glaubte mich zu erinnern, dass er Ethan hieß) Darts auf eine

Scheibe warf, an der ein pockennarbiges Foto von Kips grinsendem Gesicht angebracht war. Diara und Fizzy saßen am hinteren Ende der hölzernen Bar, die sich über die gesamte Länge einer Wand erstreckte. Fizzy murmelte angespannt vor sich hin, Diara saß von ihr abgewandt.

»Warum bist du immer so«, sagte Diara genervt.

Fizzy blaffte zurück: »Ich versuch nur zu ...«

Sie verstummten, als ich mich ihnen näherte. Es entstand eine seltsame Pause, dann sagte Fizzy laut in meine Richtung: »Du solltest Aloe auf deinen Sonnenbrand schmieren.«

»Danke, werd' ich machen.«

Sie warf mir ein falsches Lächeln zu und drückte sich dann von der Bar weg. Ich holte ein paar Flaschen Bier aus dem Kühlschrank und reichte Diara eine. Dafür, dass sie meine Mitbewohnerin war, hatte ich sie in der letzten Woche kaum gesehen. Sie war etwa so viele Nächte in unserem gemeinsamen Zimmer, wie sie nicht da war. Ich wollte ihre Freundin sein, aber sie war mir gegenüber spürbar abweisend.

Ich erzählte ihr die McDonald's-Geschichte, während wir zurück zum Lagerfeuer schlenderten. Ich hoffte sie damit zum Lachen zu bringen, aber sie hob nur die Augenbrauen und sagte: »Alles schon erlebt.«

»Was ist das denn hier für ein Fest!« Kips wichtigtuerische Stimme schallte durch das Personaldorf. »Lasst uns doch mal richtiges Holz auf diesen Scheiterhaufen werfen.«

Die Gespräche um mich herum verstummten. Fast so, als wäre der Klassenlehrer in unserem Clubhaus aufgetaucht. (Wie dachte Kip wohl über die Dartscheibe?) Schnaufend warf er noch ein paar Holzscheite auf das Feuer und gebärdete sich dabei, als wäre er nicht nur ein Geschäftsmogul, sondern auch ein richtiger Naturbursche. Der Rauch begann mir in der Kehle zu kratzen. Ich nahm einen Schluck Bier.

Kip klatschte in die Hände. »Wir sind hier, um unserem lieben

Freund Michael Moxham die Ehre zu erweisen. Wer möchte ein paar Worte sagen?«

Stille. Einige senkten den Kopf; niemand sprach. Fizzy starrte geistesabwesend in die Flammen. Diara schaute auf ihr Handy. Guillaume flüsterte Reggie etwas zu.

Ich trat vor. »Ich will was sagen.«

Kip strahlte mich an. »Bitte, nur zu.«

Ich stellte mich neben Kip. Der Feuerschein in den Gesichtern meiner neuen Kollegen flackerte und verzog und verzerrte ihre Züge.

»Ihr kennt mich nicht besonders gut.« Ich räusperte mich. »Aber Moxham ist der Grund, warum ich hier bin. Er war nicht immer der unkomplizierteste Mensch.« Ich zog die Augenbrauen hoch; vereinzeltes Gelächter. »Aber er hat mich zum Lachen gebracht. Er war immer als Erster auf der Tanzfläche – und das wollen wir ihm verzeihen, denn Mox hätte absolut niemals tanzen dürfen.« Noch mehr Gelächter aus der Menge. »Ein paarmal hat er mich aus einem tiefen Loch rausgeholt.«

Meine Stimme wurde leiser. Ich hatte angefangen zu sprechen, ohne darüber nachzudenken, was ich sagen würde. Es war jetzt fast achtzehn Monate her, seit eine Freundin meiner Schwester mich angerufen hatte. Allie war wieder auf Tabletten gewesen, hatte nichts gegessen, sich nicht um sich gekümmert. Sich nicht um Flora gekümmert. An diesem Tag war ich schluchzend in Moxhams Büro zusammengebrochen. Er hatte mich an seine Brust gezogen, hinein in seinen Zigarettengeruch, und ich hatte sein maßgeschneidertes italienisches Jackett vollgerotzt, aber er hatte sich nicht beschwert.

Damals glaubte ich, meinen Job auf der Stelle kündigen und zurück nach London fliegen zu müssen. Moxham gab mir jedoch so viel bezahlten Urlaub, wie ich wollte. Er lieh mir Geld, um Allie in einer Privatklinik unterzubringen. Dort saß ich dann wochenlang in einem sonnigen Aufenthaltsraum und knüpfte zusammen mit meiner Nichte Freundschaftsarmbänder, während ich hoffte und betete, dass Allie es nicht schaffen würde, sich zu Tode zu hungern.

Moxham hatte einen großen Anteil daran gehabt, dass Allie durchgekommen war.

Meine Stimme wurde schwer von Tränen. Ich murmelte ein paar abschließende Worte und hob meine Bierflasche. »Er war mein Freund.«

Reggie stieß einen Jauchzer aus. »Ein toller Kerl!« Der Ausruf kam als Echo von den anderen zurück. *Ein toller Kerl!*

Meine Grabrede wirkte wie ein Dammbruch, die Leute drängten vor, um ihre Geschichten über Moxham zu erzählen. Reggie ahmte seine Tanz-Moves nach. Tyson erzählte eine verworrene Geschichte über eine Reihe von Mutproben zwischen ihm und Moxham, die darin gegipfelt hatte, dass er während des Abendservices nackt durch das Hotelrestaurant gerannt war.

Als das Gelächter allmählich verstummte, wankte Fizzy nach vorne. »Als ich Mikey das erste Mal getroffen hab, hat er zu mir gesagt: ›Entweder du liebst mich oder du hasst mich, dazwischen gibt es nichts.‹ Natürlich habe ich ihn geliebt. Das haben wir alle.«

Ich hörte ein Schnauben hinter mir. Als ich mich halb umdrehte, sah ich den angewiderten Blick auf Diaras Gesicht.

»Wir werden ihn so sehr vermissen«, sagte Fizzy. (War sie betrunken?) »In unseren Herzen ist eine große Lücke.« Sie ließ den Kopf sinken, ihre Schultern zitterten. Kip stürzte herbei, drückte Fizzy fest an sich, während sie in theatralisches Schluchzen verfiel, und führte sie von der Versammlung weg.

Ich wandte mich um und warf Diara einen Blick zu.

»Soll ich schon mal den Oscar polieren?« Ich schlug eine Hand auf mein Herz, ließ meine Augen flattern. »Die Lücke in meinem Herzen …«

Diaras Gesicht blieb einen Moment lang ausdruckslos, dann schlich sich ein kleines Lächeln auf ihre Lippen. »Sie meint es nur gut.«

Ich zuckte mit den Schultern. Wahrscheinlich stimmte das. Aber irgendetwas gefiel mir an der Sache nicht. Vielleicht dieses Heischen nach Aufmerksamkeit. Hatte sie ihre Beziehung zu Moxham übertrieben, um damit ins Rampenlicht zu kommen? Die am stärksten Trauernde zu spielen?

»Waren sie sich nahe?«, fragte ich.

»Sie haben viel zusammengearbeitet.« Diara schaute mich mit zusammengekniffenen Augen an. »Kip hat Fizzy meistens die Verantwortung für alles gegeben. Aber als Moxham letztes Jahr hergekommen ist, wollte er die Verantwortung an sich reißen.«

»Ein Revierkampf?«

»Ja, ein Revierkampf.« Diara warf mir ein schräges Lächeln zu. »Aber Fizzy hat gewonnen. Fizzy gewinnt immer.«

Ich dachte darüber nach. »Die Macht hinter der Macht.«

Diara erwiderte nichts und unser Gespräch flaute ab. Nachdem Fizzy gegangen war, hatte Tyson begonnen, unter schallendem Gelächter einen schmutzigen Witz zu erzählen. Guillaume hackte auf etwas ein, das wie junge Kokosnüsse aussah, und reihte ein Dutzend davon auf dem Boden auf.

Kip kehrte zu uns zurück und lungerte am Rand des Lagerfeuers herum. »Moxham ist jetzt bei seinen Leuten in Australien, aber sein Geist ist noch immer hier.« Er machte eine Verbeugung vor dem Lagerfeuer. »Er verdient einen würdigen Abschied, einen richtigen Scheiterhaufen.«

Er nahm das Papierbanner und ließ es ins Feuer flattern.

Jemand stieß gegen mich. »Ich muss mal durch!« Quietschend manövrierte Reggie eine Schubkarre durch die Menge.

Kip nahm einen braunen Filzhut aus der Schubkarre und hielt ihn hoch.

»Mach's gut, wilder Krieger.« Er warf den Hut ins Feuer. Für einen Sekundenbruchteil schwebte er in der Luft, bevor er in die Flammen stürzte und funkenstiebend aufkam.

Ich spähte über Tysons Schulter auf den restlichen Inhalt der

Schubkarre. Verschiedene Kleidungsstücke lagen zerknüllt darin: ein weißes Hemd, eine Lederjacke, ein grünes T-Shirt mit Logo. Es gab Comics. Eine Action-Figur aus Plastik.

»Bei einem echten Wikingerritual für einen Häuptling würde es auch eine Opferung geben«, sagte Kip (obwohl ich kaum zuhörte, weil meine Augen auf die Schubkarre gerichtet waren). »Eine Sklavin würde an Bord eines großen Schiffes gehen und den toten Häuptling besteigen. Und dann mit ihm ins Jenseits reiten, während das Schiff angezündet wird.«

Ein paar Männer im Publikum glucksten, doch Kip brüllte nur einen Befehl.

»Schicken wir unseren Freund nach Walhalla! Verbrennen wir seine Grabbeigaben, und schicken diesen Krieger auf seine letzte Reise!«

Kip warf eine Kaskade aus Papier in die Flammen. Ein paar Leute applaudierten, aber ich war sprachlos. Moxham hatte seine Comics fanatisch geliebt. Er war ein Sammler gewesen.

Tyson drängte nach vorne und schmiss ein zerknülltes T-Shirt ins Feuer, und allmählich beteiligten sich immer mehr Leute und schleuderten Kleidung und Schuhe hinein. Jemand warf eine Art Rugby-Ball in die Luft und er landete im Feuer.

Was zur Hölle? Ich konnte nicht glauben, was ich da sah. Bis zu diesem Augenblick hatte ich keinen Gedanken an Moxhams Habseligkeiten verschwendet. Ich war unbewusst davon ausgegangen, dass sie in Kisten verpackt und zurück zu seinen Eltern geschickt würden.

Stattdessen verbrannten wir sie. Zerstörten sie.

11

Als das Plastik in den Flammen zu schmelzen begann, wurde der Rauch des Lagerfeuers allmählich beißend.

Ich hustete. Ich wollte *Stopp!* rufen.

Wie wild wühlten die Hände in der Schubkarre herum und schmissen Gegenstände ins Feuer. Ich kämpfte mich in der Menge nach vorne und griff wahllos in die fast leere Schubkarre. Ich hatte Moxhams Familie nicht gekannt. Nie kennengelernt. Aber ich empfand eine Art Urbedürfnis, etwas von seinem Besitz zu retten und es ihnen zu geben.

Ich kramte eine Krawatte hervor, doch schon wenige Sekunden später hatte sie mir jemand aus der Hand gerissen. Neben mir hörte ich Reggie schnaufen. Er nahm ein noch versiegeltes Comic-Heft in die Hand und warf es in hohem Bogen in die Flammen.

Die Schubkarre war leer.

Ich hüpfte am Rand des Lagerfeuers herum und versuchte so viele Dinge wie möglich aus den Flammen retten, aber es war zu spät. Mein Schuh stieß gegen etwas. Es war das Comic-Heft, das Reggie hineingeworfen hatte. Anscheinend hatte er es zu weit geworfen, bis hinters Feuer. Ich hob es auf. Die Plastikhülle war an den Rändern angeschmort, aber im Großen und Ganzen hatte es kaum etwas abbekommen. Ich steckte es in die hintere Tasche meiner Shorts und verließ die Feuerstätte.

Ethan, der Barkeeper, drängte sich mit zwei Krügen einer dunkel schwappenden Flüssigkeit in den Händen an mir vorbei. Am

Fuß des Feuers drapierte Guillaume die Kokosnüsse. Als ich genauer hinsah, erkannte ich, dass es gar keine Kokosnüsse waren, sondern irgendetwas Cremegelbes.

»Brotfrucht«, sagte er, als er meinen Blick sah.

Ich war schockiert, wie schnell wir von einem Wikinger-Scheiterhaufen zu einem guten alten Barbecue übergegangen waren. Unpassenderweise erfüllte der Geruch von frisch gebackenem Brot die Luft und übertünchte den Gestank von verbranntem Plastik.

»Hast du das schon mal probiert?« Guillaume redete immer noch mit mir. Er schmatzte mit den Lippen. »Köstlich.«

Ich schüttelte den Kopf. Die Brotfrucht war mir egal. Eine alte Weisheit besagte, dass man einen Hotelgast bei Laune hielt, indem man seinen Cocktail auffüllte und ihm einen Snack anbot; es widerte mich an, wie leicht sich das Personal von Keeper Island auf ähnliche Weise abspeisen ließ.

Moxham war tot. Und alles, was von ihm übriggeblieben war, war verbrannt.

Ich versuchte Kip in der Menge ausfindig zu machen. Er stand gegen ein Holzgeländer gelehnt, mit einem verstörend leeren Gesichtsausdruck. *Lagere Moxhams Habseligkeiten irgendwo ein und du hinterlässt vielleicht versehentlich Beweise. Verbrenne sie in einem großen Ritual und du wirst niemals erwischt.* War dieses Feuerspektakel nicht lediglich eine extravagantere Version dessen, was Kip mit dem Löschen von Moxhams Daten gemacht hatte?

Als ich gerade vom Lagerfeuer wegging, legte Diara eine Hand auf meinen Arm. Ich schob sie weg und lief weiter. Es war dumm von mir gewesen, mich in das Inselleben hineinziehen zu lassen. Ich konnte den Leuten hier nicht vertrauen. Moxham hatte mich gewarnt.

Ich lief weg von der Menschenmenge und schloss mich in meinem Zimmer ein. Ich konnte noch immer den Lärm von draußen hören, aber nur noch dumpf. Als ich mich auf mein Bett setzte, grub sich eine scharfe Plastikecke des Comics in meinen Rücken.

Ich zerrte es aus meinem Hosenbund. Das war alles, was von Mike Moxham jetzt noch übrig war. Trotz des Brandflecks auf dem Schutzumschlag war das Heft, als ich es herauszog, vollkommen makellos. Mit angespannten Muskeln blickte Superman an mir vorbei auf eine Notsituation, die er gleich abwenden würde.

Was hatten diese Comics Moxham gegeben? Er hatte mir mal gesagt, sie seien eine fantastische Investition, Tausende von Dollars wert, aber mir gefiel der Gedanke besser, dass er sie gehütet hatte wie Erinnerungen an bessere Zeiten. Ich stellte ihn mir vor, wie er als Kind mit einer Taschenlampe unter der Bettdecke Geschichten über Jungfrauen in Not verschlang, über verrückte Wissenschaftler und Helden und Schurken.

Als ich das Comic-Heft aufklappte, fiel etwas heraus. Es war ein schmales Notizbuch mit einem olivgrünen Einband. Ich blätterte es durch. War es ein Geschenk beim Kauf gewesen?

Nein. Im Gegensatz zu dem sorgfältig konservierten Comic-Heft sah das Notizbuch ziemlich mitgenommen aus. Fettige Fingerabdrücke überzogen den Einband. Die Seiten waren mit handschriftlichen Notizen vollgekritzelt. Es war Moxhams Schrift, mit ihrer seltsamen Linksneigung, krakelig wie ein Arztrezept.

Ich schlug irgendeine Seite auf und las:

Teufel Kardinal rot Pizza Bett 1
Teufel Schlange Beef Kanu Bett 11
Teufel Träne blau Party Bett 3

Nun, damit war ja alles geklärt.

Ich lachte schnaufend. Ich hatte ja auch kein Tagebuch erwartet, mit einem atemraubenden letzten Eintrag wie:

Kip ist mir auf den Fersen. Lieber Gott, bitte lass denjenigen, der dieses Tagebuch findet, wissen, dass Kip Clement mich umgebracht hat. Rächet meinen Tod!

Ich fuhr mit den Fingern Seite um Seite dieser Wortsalat-Notizen ab.

Teufel Pfau Reis und Erbsen vg 2 Stunden Bett 12
Teufel Stachel krank Bett 12
Teufel Sterne gelb vg 3 Stunden Bett 12

War das ein Geheimcode? Ich versuchte, die verstehbaren Teile herauszufiltern. Jeder Eintrag endete mit einer Schlafenszeit. War es vielleicht so etwas Banales wie ein Schlaftracker? »Kanu«, »Beef«, »Pizza« bezogen sich vermutlich auf seine Aktivitäten und sein Essen am jeweiligen Tag. So weit, so langweilig. »vg«? Was konnte das bedeuten? Und was hatte es mit diesem dauernden Verweis auf den Teufel auf sich? Für jedes Wort, das ich nachvollziehen konnte, gab es ein anderes, das mir wie Unsinn vorkam. Gruseliger Unsinn.

Mit dem Daumennagel zog ich einen Strich unter »Stachel«. Mit welcher Art von Teufel hatte Moxham sich angelegt?

Frustriert blätterte ich schneller durch das Notizbuch. Ich hatte angenommen, die meisten Seiten seien leer, die Notizen mit dem Teufel füllten nur zwanzig oder dreißig Seiten aus. Doch jetzt fiel mir zum ersten Mal eine blasse Bleistiftnotiz auf, die in seitlicher Schrift auf die Seite genau in der Mitte des Notizbuchs geschrieben worden war.

$ 25 k Alexandre Jensen
$ 30 k Gordon Howell
$ 50 k Nadine Rowley

Es waren bestimmt zehn Namen aufgelistet, zusammen mit allgemeinen Schlagworten wie »CEO« und »Anwalt«. Jedem Namen war ein Dollarbetrag zugeordnet. Ich überschlug die Zahlen und kam auf eine Summe von etwa 250 000 Dollar.

Bei den letzten drei Namen auf der Liste stellten sich mir die Nackenhaare auf.

Eddie Yiu?
Brady Calloway?
Christopher Clement?

Ich hörte Moxhams Stimme. *Großer Fisch an der Angel.*
»Was hast du da getrieben?«, fragte ich mit lauter Stimme ins leere Zimmer hinein. »Was hast du getan?«
Aus dem Augenwinkel bemerkte ich eine Bewegung auf der anderen Seite des Zimmers. Ich sprang auf.
Eine Eidechse huschte über den Boden.
Ich klappte das Notizbuch zu und rollte es zusammen. »Fuck«, murmelte ich.
(*Was hast du getan? Was hast du getan?* Blutverschmierte schwarze Kacheln. Spritzendes Wasser aus einem Duschkopf. Klaviermusik in der Ferne.)
Moxham hatte in Hongkong Chaos hinterlassen. Es schien, als habe er hier ein noch größeres Chaos angerichtet.
Er hatte mit großen Beträgen gespielt, mit dem Leben von Milliardären. Und das hatte ihn das Leben gekostet. Da war ich mir jetzt sicher.

12

Am nächsten Morgen konnte ich immer noch den Rauch riechen. Er klebte in meinen Haaren. Wenn ich die Augen schloss, sah ich Moxhams Filzhut mit aufstiebenden Funken in den Flammen landen. Unter der Dusche schrubbte ich meine Kopfhaut.

In ein Handtuch gewickelt ging ich den Flur entlang in mein Zimmer, mein nasses Haar hing in dicken Strähnen um meine Ohren herab. Beim Aufwachen hatte ich Diara nirgendwo gesehen, jetzt war sie wieder da. Sie summte vor sich hin, während sie Pancakes auf angesprungenen Tellern servierte. »Ich habe uns Frühstück aus der Küche geholt«, sagte sie.

Ich hatte gar nicht bemerkt, wie hungrig ich war. Ich schnappte mir einen Teller und nahm einen Bissen vom Pancake, sirupsüß und mit einem Hauch von frischem Apfel.

»Du musst von dieser Insel abhauen«, sagte sie.

Ich hatte den Mund voll und machte nur ein fragendes Gesicht.

»Du hast diesen Blick«, sagte sie.

»Was meinst du?«

»Gestresst, aufgekratzt.«

»Mir geht's gut.«

»Ich hab' heute einen freien Tag. Du solltest dir auch einen nehmen.«

Ich schluckte den letzten Bissen meines Pancakes runter und schnappte mir eine Flasche Aloe-Lotion, mit der ich meinen Sonnenbrand einrieb.

»Ich hab' zu tun«, sagte ich.

Man hatte mir eine saubere Uniform ins Zimmer geliefert, und ich schlüpfte hinein, ohne dabei mein Handtuch abzunehmen. Man konnte nicht eine Kamera in seinem Zimmer entdecken, ohne ein wenig paranoid zu werden und sich beobachtet zu fühlen.

»Was immer du zu tun hast, es wird dann noch da sein«, sagte Diara.

Ich wollte gerade widersprechen, aber sie hielt eine Hand hoch.

»Glaub mir, wenn du die ganze Zeit nur in der Keeper-Island-Bubble verbringst, wirst du irre.«

Ich lachte. »Das bin ich schon lange.«

Es war noch früh – nicht mal sieben –, aber die Temperatur in unserem kleinen Verschlag stieg bereits merklich an. Mein Haar begann sich zu kräuseln. Jetzt, wo Diara es mir schmackhaft gemacht hatte, klang ein freier Tag ganz verlockend. Ich wollte mal einen Strand entlanglaufen, ohne anzuhalten und irgendein durchnässtes Handtuch aufzusammeln.

»Und wohin fahren wir?«, fragte ich.

»Nach Hause.« Diara wischte sich die Krümel von den Fingern. »Aber zuerst« – sie schob den Holzstuhl in die Mitte des Zimmers – »brauchst du einen Haarschnitt.«

»Wirklich?« Ich wuschelte mir durch die Haare. »Ich find' meine selbstgemachte Frisur eigentlich ganz schick.«

Diara schüttelte den Kopf. »Dann bist du tatsächlich irre.«

Ich setzte mich hin und Diara stellte sich hinter mich. Sie zog eine Strähne aus meinem Haar und begann zu schneiden.

»Weißt du, mein Vater hat immer zu mir gesagt ...« Sie machte ein zischendes Geräusch. »›Eine Frau, die sich die Haare schneidet, ist dabei, ihr Leben zu verändern. Halt dich von ihr fern, sonst schneidet sie noch dich.‹«

»Ja, verdammt.«

Diara war mir immer noch ein Rätsel. Wohin ging sie, wenn sie nicht in unserem Zimmer schlief? Als sie einmal nachts wieder nicht nach Hause gekommen war, hatte ich die Zeichnungen an ihrer Wand genauer unter die Lupe genommen. Es waren nur Bleistiftskizzen, aber sie waren gut genug, dass ich einige der abgebildeten Personen wiedererkannte. Da war Reggie, den Kopf von Rauchschwaden umhüllt. Guillaume mit gesenktem Blick und langen Wimpern. Ich sah Kinder, die ich für Familienmitglieder hielt, die Münder vom Lachen verschwommen. Sie hatte ein Paar Hände gezeichnet, immer und immer wieder. Wem gehörten sie? Entweder war sie von dieser Person besessen oder davon, ihre Hände richtig zu zeichnen.

»Wohnt dein Vater in der Nähe?«, fragte ich.

»Eine Insel weiter. Ist da geboren und aufgewachsen, meine Mutter auch.«

»Leben sie gerne dort?«

Ich verlagerte mein Gewicht, was Diara anscheinend nicht gefiel. Sie hielt meinen Schädel fest, die Schere schnippelte rasend schnell.

»Na ja, es ist nicht wie hier. Kein Resort. Aber es ist ihr Zuhause.«

»Deins auch?«

Ich wusste, dass Diara unter den Angestellten nicht die einzige Jungferninsulanerin war, aber die meisten von ihnen waren Expats. Sie kamen entweder von weit her, so wie ich, oder aus der näheren Umgebung: Jamaika, Dominikanische Republik, Guyana.

Diara machte ein glucksendes Geräusch. »Schätze schon.«

Stockend erzählte sie mir, dass ihr Vater im Baugewerbe arbeitete, während ihre Mutter das Büro managte. Sie hatte drei Schwestern, alle in der Finanzbranche. Eine Million Cousins und Cousinen. Ihre Familie bestand aus »Oldschool-Christen«, die besessen davon waren, immer das Richtige zu tun.

Ich hatte den Eindruck, dass Diara nicht wirklich gerne über sich sprach, aber ich war neugierig, also bohrte ich weiter. »Wie lange arbeitest du schon hier?«

»Drei Jahre. Ich hab' meinen Associate Degree gemacht, wollte eigentlich auf eine englische Uni wechseln, aber ...« Sie zuckte mit den Schultern. »Die Leute brauchen immer jemanden, der sie frisiert oder massiert.«

Überrascht erfuhr ich, dass Diara trotz ihrer völligen Abgeklärtheit erst sechsundzwanzig war. Ein Teil von mir war neidisch. Mit sechsundzwanzig hatte ich weder Moxham noch Nathan gekannt. In dem Jahr hatte ich ein Jobangebot in Seoul gehabt. Ich hatte es abgelehnt, weil sie mir in Hongkong mehr Geld geboten hatten. Man musste sich das mal vorstellen: Ich hätte ein komplett anderer Mensch werden können.

»Und du lebst lieber hier als da drüben?«, fragte ich. Wenn Diaras Familie auf einer Nachbarinsel lebte, warum wohnte sie dann nicht dort und pendelte mit dem Boot hierher? Immerhin gab es eine Fähre fürs Personal.

»Mir gefällt es hier«, sagte Diara. »Wir sind ein Haufen Außenseiter. Wenn du nirgendwo reinpasst – dann passt du hier rein.«

»Hat Moxham hier reingepasst?« Die Frage war mir entschlüpft, bevor ich mich hatte zurückhalten können.

Der Deckenventilator surrte.

»Moxham ist zu forsch gewesen.« Sie kam um den Stuhl herum und beugte sich vor, ihr Gesicht direkt vor meinem, der Blick leer. Ihre Ohrringe waren heute einfache Silberanhänger in Tränenform.

»Der Typ musste sein Glück immer herausfordern.« Sie strich mir die Haare aus dem Gesicht und schnippelte eine seitlich herausstehende Strähne ab. »Aber das Glück ist nicht unendlich.«

Ping.

Mein Kopf schnellte hoch, aber es war Diaras Handy. Sie öffnete eine Nachricht und ein süßes Lächeln machte sich in ihrem Gesicht breit.

»Musst du los?«, fragte ich.

Das Lächeln verpuffte. »Ich muss noch deinen Hinterkopf fertig machen.«

Eine Minute lang war nur das Klicken der Schere und das Surren des Ventilators zu hören.

»Wie denkst du über diese Sache letzte Nacht?«, fragte ich.

»Das Lagerfeuer?«

»Mhm.«

»Diese ganze Gefühlsduselei. Darauf bin ich allergisch.«

Ich lächelte. Diara erinnerte mich an mein jüngeres Ich, als ich immer einen auf hart gemacht hatte. Ich war allein gewesen und hatte niemanden gebraucht. Dann hatte Allie mich gebraucht, und ich hatte gelernt, dass es das Härteste auf der Welt war, sich um jemand anderen zu kümmern.

»Du und Moxham, ihr wart eng, stimmt's?«

»Nein.«

»Ah.«

Ich war überrascht. Letzte Nacht, als ich nicht hatte schlafen können, hatte ich meine Social-Media-App aufgemacht. Es gab ein paar Follow-Benachrichtigungen von meinen neuen Kollegen auf Keeper Island. Guillaumes Profil war eine sehr gelungene Kombination aus Gourmetgerichten und sexy Selfies. Tessa hatte eine Birkin Bag und musste sie auf jedem Foto in die Kamera halten.

Ich lag dort in der Dunkelheit im Bett und ging dann auf Moxhams Profil. Es war unheimlich, das Ende seiner Posts zu sehen und zu wissen, dass es keine weiteren geben würde. Er hatte hauptsächlich Bilder von Sonnenuntergängen am Meer gepostet, aber auf den wenigen Selfies, die er geteilt hatte, grinste er, sein braunes Haar zerzaust, eine Zigarette zwischen den Fingerspitzen.

Auf einem dieser Fotos stand eine Frau neben Moxham. Ich brauchte einen Moment, um ihr Profil wiederzuerkennen. Ich tippte auf den Bildschirm, um ihr Gesicht genauer zu sehen. Es war Diara. Sie schaute Moxham an, mit einem breiten Lächeln auf den Lippen. Das Bild war von vor drei Monaten gewesen. Die Bildunterschrift lautete: *loml lmao*

Love of my life.

»Mit wem hat er sich so rumgetrieben?«, fragte ich.

»Er war auf jeden Fall gerne mit den Gästen unterwegs.«

»Gästen wie Eddie? Brady?«

»Je reicher, umso besser.« Sie atmete aus. »Keeper Island kann deinen Blick ganz schön verschieben, bis du denkst, alle hier sind gleich: alle sind reich, alle nur zum Feiern hier. Manche Leute vergessen, dass sie diesen Lifestyle nur spielen. Moxham hatte diesen komischen Blick. Als hätte er vergessen, dass er nur ein Angestellter war.«

»So war er auch schon in Hongkong«, sagte ich.

Ich war immer der Meinung gewesen, dass Moxham gerade deshalb so gut in seinem Job gewesen war, weil er den Gästen auf Augenhöhe begegnet war. Er hatte sich nie einschüchtern lassen, immer einen Witz parat gehabt.

»Er hat mir mal von seiner Kindheit erzählt, wo er aufgewachsen ist«, sagte Diara.

»Sydney, oder?«, fragte ich.

»Nein, er ist in irgendeinem Küstenort groß geworden. Überall nur Zweitwohnungen von reichen Leuten. Im Sommer haben sie den Ort überschwemmt, im Winter war es eine Geisterstadt. Seine Eltern hatten ein Café oder einen Laden oder so etwas. Ich denke, das hat ihn fertiggemacht, dauernd zwischen reichen Kindern zu sein und selbst nichts zu haben.«

Ich runzelte die Stirn. Moxham hatte mir erzählt, wie er im Schatten des Sydney Opera House aufgewachsen war und die Schule geschwänzt hatte, um in der Anwaltskanzlei seines Vaters herumzuhängen; ihm dabei geholfen hatte, Mandate zu schreiben. Ich war mir sicher, dass Diara sich irrte. Oder Moxham hatte eine von uns belogen. Oder uns beide belogen.

»Fertig.« Diara wedelte mir den Nacken ab. »Jetzt siehst du anständig aus.«

Ich fuhr mir mit der Hand durch die Haare. Sie fühlten sich jetzt besser an, weniger ungleichmäßig. »Danke.«

»Was ist, willst du noch einen Spiegel hingehalten bekommen wie im Friseursalon?«, fragte sie.

Ich lachte. »Ich meine, ich würd' nicht nein sagen.«

Ping. Noch eine neue Nachricht. Sie nahm wieder ihr Telefon in die Hand und tippte eine Antwort.

»In der Schublade ist ein Spiegel«, sagte sie, ohne aufzuschauen. Ich stand auf und ging zu Diaras Kommode. Ich weiß nicht, warum ich die unterste Schublade aufmachte, aber sie stand bereits einen halben Zentimeter offen und ich konnte meine Finger in den Spalt schieben. Ich suchte darin nach einem Spiegel. Obenauf lag ein graues Sweatshirt und ich schob es beiseite.

»Nicht die!«

Diara sprang herüber, schob mich zur Seite und knallte die Schublade zu. Zu spät. Ich hatte es bereits gesehen.

Eine Pistole.

13

Meine Finger zuckten zurück. »Warum hast du …« Die Frage erstarb auf meinen Lippen.

Diara blitzte mich an. Sie riss die oberste Schublade auf und hielt mir einen Handspiegel hin. Um die Situation zu entspannen, hielt ich den Spiegel hoch und betrachtete mich. Mein neuer Look hatte was von einem niedlichen Pixie: gestuftes, dunkles Haar, bis zum Kinn. Aber mein Gesicht im Spiegel war aschfahl.

»Das ist ein Spielzeug, sonst nichts«, sagte Diara.

Ich antwortete nicht. Die Waffe hatte nicht wie ein Spielzeug ausgesehen. Nathan hätte sofort die Marke und das Modell erkannt. Ich wusste nur, dass es ein Revolver war. Schwarz und glänzend und tödlich.

»Und nicht echt. Mein Cousin hat sie mir zum Schutz mitgegeben.«

»Schutz?« Wir waren hier ja nicht grad in einer Großstadt. Vor wem musste Diara sich schützen?

»Nicht jeder Mensch auf dieser Welt ist nett.«

Für den Bruchteil einer Sekunde sah ich das Blut über die schwarzen Kacheln meines Badezimmers in Hongkong laufen. Nein, nicht jeder Mensch war nett.

»Das ist nichts«, sagte Diara. »Vergiss es einfach.« Sie zwang sich ein Lächeln ab, aber ihre Augen lächelten nicht mit. »Wir sollten hier aufräumen und dann gehen.«

Sie bückte sich und holte eine Kehrschaufel und einen Handfeger unter ihrem Bett hervor. Mit ein paar Handbewegungen fegte sie die Haare vom Boden auf. Ich beobachtete sie, und musste dabei unablässig an die Waffe in der Schublade denken. Irgendwo in der Nähe krähte ein wilder Hahn. Ich zuckte zusammen, das Geräusch war mir immer noch fremd.

Als sie wieder aufstand, streckte ich eine Hand aus. »Diara.« Ich wollte ihren Arm nehmen, aber sie drehte sich weg. »Du denkst das Gleiche wie ich. Du hast es gesagt. Du hast gesagt, sie würden es vertuschen. Es gab ein großes Feuer, alle seine Sachen wurden verbrannt, alle seine Daten gelöscht.«

Diara schüttelte den Kopf, die Ohrringe zitterten. »Ich versuche nur, meine Arbeit zu machen und keine Aufmerksamkeit zu erregen.«

»Komm schon. Sag mir, dass ich nicht verrückt bin. Da stimmt doch irgendwas nicht.«

Diara stieß einen schweren Atemzug aus. »Du verstehst nicht, wie die Dinge hier laufen.«

»Dann erzähl's mir.«

»Vor zwei Jahren«, begann sie, »hat einer der Gäste mit einem Messer auf eine Kellnerin eingestochen.«

»Was?«

Ein Schimmer von Belustigung blitzte in ihrem Gesicht auf. »Der Typ war ein Hollywood-Produzent oder so. Er war betrunken, natürlich, und hat mit jemandem um tausend Dollar gewettet, dass er ein Messer in die Wand neben ihr werfen kann. Stattdessen hat er ihre Schulter getroffen. Sie hing dort festgenagelt und hat geschrien wie am Spieß. Er hat gelacht.«

»Oh, mein Gott.«

»Er hätte dafür in den Knast gehen müssen. Stattdessen ist alles vertuscht worden. War ja nur ein Unfall.«

Unsicher trat ich von einem Bein aufs andere. Ich hielt immer noch den Spiegel in der Hand und ein Lichtstrahl wurde von ihm reflektiert. Diaras Geschichte hätte mich schockieren sollen, aber ich war nicht schockiert. Wenn man so ein Luxusresort leitete, dann hatte man verinnerlicht, dass der Ruf das Allerwichtigste war. Die Gäste zahlten für Luxus, ja, aber sie zahlten auch für Diskretion.

Ich war schon oft genug für meine Diskretion bezahlt worden. »Alles an Moxhams Tod ist seltsam«, sagte ich. »Warum ist er nachts mit dem Jetski unterwegs gewesen? Und selbst wenn er einen Unfall gehabt hat – er war ein guter Schwimmer.« Ich redete schneller und tippte mit den Fingern gegen meinen Oberschenkel. »Moxham hatte eine dunkle Seite und ich befürchte ... ich befürchte ...«

Ich wollte es nicht sagen, ich wollte, dass sie es sagte, aber Diara presste ihre Lippen fest zusammen. Noch vor einem Monat war mir ein Mord als bloße Idee völlig fremd gewesen. Seit Hongkong, seit Nathan lauerte der Tod ständig irgendwo in meinen Gedanken.

»Ich befürchte, dass er umgebracht wurde«, sagte ich. »Und ich glaube, irgendwelche Leute hier versuchen das zu vertuschen.«

Ich hatte gedacht, Diara würde belustigt schnauben und den Kopf schütteln und sagen: *Mädchen, du bist verrückt.* Stattdessen drehte sie nur einen ihrer Ohrringe zwischen Daumen und Zeigefinger.

»Hast du jemals ein schlechtes Gefühl bei Kip gehabt?«, fragte ich.

Dies löste endlich eine Reaktion bei ihr aus. Sie lachte brüllend auf. »Du glaubst, Kip Clement hat Moxham getötet?«

Ich erzählte ihr vom Segelturm mit Kip, von den blauen Flecken an seinem Hals und seinen Armen, von dem Blut an seinen Shorts.

»Vielleicht hat er sich in nasse Farbe gesetzt«, sagte Diara. »Das beweist überhaupt nichts.«

»Deshalb müssen wir Beweise finden.«

»Wir?«, fragte sie kühl.

»Du weißt über alle Dinge hier auf der Insel besser Bescheid als ich.«

Diara rollte mit den Augen. »Was passiert denn im besten Fall? Willst du, dass Mr Clement, dein Chef, in den Knast kommt?«

»Wenn er es verdient hat, schon.«

»Als Nächstes wirst du noch anfangen, über Meredith zu reden.«

»Meredith?« Der Name kam mir bekannt vor.

Diara wandte sich ab und sagte nichts.

»Wer ist Meredith?«

»Darüber will ich jetzt nicht reden. Na komm, London-Girl, ich muss für ein paar Stunden von dieser Insel runter.«

~

Reggie musste gerade mit dem Motorboot zur Nachbarinsel Tortola, also ließen wir uns von ihm nach Virgin Gorda mitnehmen. Über das Dröhnen des Motors hinweg versuchte ich, Diara über Meredith auszufragen, aber sie schüttelte den Kopf, und ich sah sie das Wort »Später« mit den Lippen formen.

Reggie setzte uns am Yachthafen zwischen den schnittigen Segelbooten ab. »Bringt mir ein paar Maiskuchen mit«, sagte er zum Abschied, »Guillaume macht die nicht richtig.«

Fünf Minuten später rasten wir auf dem Rücksitz eines Taxis über hügelige Straßen. Der Innenraum war mit Panzerband zusammengehalten, und mein ganzer Körper wurde durchgeschüttelt, wenn wir durch ein Schlagloch fuhren. Diara lehnte sich nach vorne, die Ellbogen auf den Beifahrersitz gestützt. Sie unterhielt sich in schnellem Kreol mit dem Fahrer; ihr entspannter Umgang mit ihm unterschied sich merklich von der steifen Art, mit der sie mir oft begegnete.

Ich versank in meinem Sitz, der von zehntausend Passagieren angenehm abgenutzt war, und schaute aus dem Fenster. In meinem Kopf leuchtete es vor neuen Eindrücken. Ich war süchtig nach ihnen, schon seit ich mit achtzehn betrunken durch Spanien gestolpert war. Neue Orte konnten Sorgen wegspülen. Zumindest für eine Weile.

Am Yachthafen waren die Gebäude alle frisch gestrichen gewesen, mit üppigen Gärten, aus denen rote Blüten sprossen. Je weiter wir ins Landesinnere fuhren, desto weniger Ferienresorts gab es jetzt und desto mehr malerisch heruntergekommene Dörfer tauchten dafür auf. Die Häuser leuchteten in sonnengebleichten Farben – Orange, Rosa, Gelb –, aber sie wirkten verfallen. Das Gestrüpp stand hoch und wogte in der leichten Brise.

Der Taxifahrer – ein gedrungener, heiterer Mann, eine Augenbraue hochgezogen – hupte, als wir in einer Wolke aus Abgasen an einem anderen Fahrzeug vorbeifuhren. Er unterbrach sein Gespräch mit Diara, und ich fragte ihn: »Was ist da passiert?« Viele der Häuser, an denen wir vorbeikamen, sahen aus wie eingefallen, und aus den flachen Dächern ragte Betonstahl heraus, als wären es Stachelschweine.

»Irma«, sagte der Taxifahrer. »Sie hat uns gut erwischt.«

Bei dem blauen Himmel heute konnte man sich nur schwer einen Hurrikan vorstellen, der so brutal war, dass er einem das Dach vom Haus riss.

»Sind Sie evakuiert worden? Während Irma?«

»Nein, ich bin geblieben.« Er klang fröhlich. »Das ist mein Zuhause, wo soll ich denn sonst hin?«

Ich wollte Diara nach ihren Erfahrungen mit Hurrikans fragen, aber sie telefonierte gerade. Der Taxifahrer stieg auf die Bremse. Er grinste mich an und sagte: »Viel Spaß.«

~

Auf dem Weg zu den Jungferninseln hatte ich am Flughafen gedankenverloren durch Bilder der »Baths« gescrollt, der wichtigsten Touristenattraktion in der Region – eine Ansammlung riesiger

Granitblöcke auf einem weißen Sandstrand an der südwestlichen Spitze von Virgin Gorda. Es war ein geologisches Wunder, das über Millionen von Jahren entstanden war.

»Also, Meredith ...«, sagte ich zu Diara, als wir den Pfad zur Teufelsbucht hinunterschlenderten.

Die Felsen waren beeindruckend, wie sie so wie Kieselsteine verstreut am Ufer lagen, als hätte ein unachtsamer Riese sie fallen gelassen. Aber mich interessierte mehr, was Diara mir zu erzählen hatte.

»Kannst du das hier nicht einfach genießen?« Sie steuerte auf eine Felsspalte zwischen zwei aneinanderlehnenden Brocken zu, schlüpfte hinein und war nicht mehr zu sehen.

Ich zwängte mich durch den Spalt und blinzelte in die Halbdunkelheit. Durch die übereinandergestapelten Felsbrocken war eine Art Höhle entstanden, aber durch die Zwischenräume schimmerte noch etwas Sonnenlicht.

Für einen Moment wusste ich nicht, wo Diara war, ging in die falsche Richtung und kehrte wieder um. Da sah ich es: eine sehr unnatürlich aussehende Holztreppe. Ich fühlte mich wieder wie ein Kind auf einem Spielplatz, das nach Seilen greift, um über Hindernisse zu klettern.

»Wow«, sagte ich.

Über die Treppe gelangte ich in eine sonnendurchflutete Höhle. Wir befanden uns hier jenseits der Uferlinie, Meerwasserwogen umspielten meine Knöchel. Alles leuchtete grün. Übernatürlich. Ich sog den Geruch von Salz und Stein und Algen tief ein.

Die Baths wurden dem Hype gerecht. Hier herrschte völlige Stille. Orte wie diese ließen einen ehrfürchtig werden.

Diara warf mir über die Schulter einen Blick zu. »Nicht schlecht, oder?«

Zehn Minuten lang gehörte dieses Wunderland nur uns. Dann hörte ich die ersten forschen Ausrufe. »Hier ist es ja wie im Grand Canyon!« Ein orangefarbener Rucksack wurde gegen eine Felswand geschleudert, zwei Mädchen filmten sich gegenseitig. Die Magie war weg.

Niedergeschlagen und kopfschüttelnd verließen wir die Höhle auf der anderen Seite und kletterten an die frische Luft. Auf einem Felsen am Rande des Ufers setzte Diara sich hin, ich ließ mich neben sie fallen.

»Du hast Glück, dass du hier aufgewachsen bist«, sagte ich.

»Das weiß ich. Ich hab' ein paar Monate in London gelebt, und das war nichts als Lärm und Dreck und Leute, die in die Gassen pissen.«

»Kommt mir bekannt vor.« Ich zog meine durchnässten Turnschuhe aus und ließ meine Füße ins Meerwasser baumeln. Es wirbelte und schäumte um meine Zehen.

Ich zögerte. »Wirst du mir noch von Meredith erzählen? Du bist doch diejenige, die von ihr angefangen hat.«

»Die Statue«, sagte sie.

»Was?«

»Die auf der Westseite der Insel. Weißt du, Kip schickt Shirley einmal im Monat dahin, um die Algen von der Statue abzuschrubben. Er ist richtig besessen.«

»Besessen von einer Statue. So wie bei diesen Männern, die ihre Autos heiraten?«

Ich legte meine Handflächen auf die Oberfläche des Felsens. Sie war porös, fühlte sich angenehm rau an, aber auch warm von der Hitze des Tages.

»Es ist ein Denkmal. Meredith Clement war seine Frau. Sie starb vor, keine Ahnung, zehn Jahren?«

Die Frau. Die, mit der sich Kip nie gestritten hat. Ich wusste, dass ich den Namen schon mal gehört hatte. Wenn ich mich richtig erinnerte, hatte sie Geld für Kinderkrankenhäuser gesammelt.

»Krebs, oder?«

»Ich glaube, das Gerücht haben sie danach in die Welt gesetzt.

In Wirklichkeit ist sie aber schwimmen gegangen, in die Wellen geraten und dabei ertrunken.«

»Scheiße. Also war es ein Unfall?«, fragte ich.

»Das war vor meiner Zeit. Ich weiß nur, dass die Leiche in Caracas angespült worden ist.«

»Was?«

»Hab ich damals auch zum ersten Mal gehört, dass eine Leiche aufs offene Meer hinaustreiben kann ...« Sie erschauderte.

Ich starrte auf den Horizont, als würde Merediths Leiche gleich in mein Blickfeld treiben. Meine Gedanken rasten. Moxhams Worte kamen mir wieder in den Sinn. *Ertrunken, am Arsch.* Hatte er vielleicht über Meredith gesprochen?

Viele Ehemänner dachten irgendwann, sie seien besser dran, wenn ihre Frauen tot wären. Gab es denn einen perfekteren Ort, um seine Frau loszuwerden, als auf einer eigenen Privatinsel? Hatte Kip Meredith getötet und es dann vertuscht?

»Kip glaubt bestimmt, er ist unantastbar«, sagte ich.

»Ich wusste, du würdest voreilige Schlüsse ziehen, wenn ich dir das erzähle.« Diara schnalzte mit der Zunge. »Weißt du, Kip hat nach Hurrikan Irma vielen Leuten auf Virgin Gorda geholfen, auch meiner Familie. Es gibt hier nicht viel Geld. Kip ist wichtig für uns.«

Eine Welle prallte gegen den Felsen, auf dem wir saßen, schwappte gegen meine Knie und ließ mich zurückzucken. Ich warf einen flüchtigen Seitenblick zu Diara, die gerade dabei war, ihre Zöpfe zu einem Knoten zu flechten. Konnte ich ihr vertrauen? Sollte ich ihr von meinem Verdacht erzählen? Der Wind und das Klatschen der Wellen klangen wie Beckenschläge.

»Wenn er Moxham nicht gemocht hat, hätte er ihn feuern können. Und wenn er seine Frau nicht gemocht hat, hätte er sich von ihr scheiden lassen können.«

Diara sah die Dinge vernünftig; vielleicht hatte sie sogar recht. Doch ein düsterer Gedanke nagte an mir. Was, wenn Kip Meredith getötet und Moxham es herausgefunden hatte? So, wie ich Moxham kannte, hätte er Kip mit diesem Wissen erpresst. Und das gab Kip ein verdammt gutes Motiv für einen Mord.

14

Unter Wasser zeichnete das Sonnenlicht Marmormuster auf den Meeresboden. Meine Arme kribbelten, während ich immer weiter von Virgin Gordas Ufer wegschwamm. Buntbarsche flitzten unter mir vorbei und versteckten sich zwischen den Korallen. Das Gefühl, durch einen Schnorchel zu atmen, war mir nicht neu, das kannte ich. Das Tröpfeln und Glucksen, das Klicken und Schnappen des Lebens unter Wasser löschte den Rest der Welt aus.

Dann kam der Hai.

Er packte mich am Knöchel.

Diara und ich kamen gleichzeitig an die Oberfläche. Ich spuckte mein Mundstück aus und prustete: »Du hast mich zu Tode erschreckt.«

»Du bist wie der Schrecken des Amazonas.« Sie strampelte im Wasser umher. »Du darfst nicht mit den Armen schwimmen, benutz deine Beine.«

Ich tauchte unter und stieß mich mit den Flossen voran. Diara hatte uns Schnorchelausrüstung ausgeliehen bei einem Tauchladen, dessen Besitzer sie kannte. Wir waren erst ein paar Stunden im Wasser, aber ich spürte schon die Besessenheit in mir aufkeimen. Ich wollte die Luft anhalten und tiefer und tiefer tauchen, dorthin, wo das Licht schwächer würde. Ich wollte die Geheimnisse des Meeresgrundes entdecken.

Irgendwann zerrte Diara mich zurück ans Ufer. Ich protestierte, aber meine Beine waren mittlerweile schon Wackelpudding und mein Atem rasselte. Erschöpft lag ich am Strand und ließ mich von der Sonne trocknen. Ich trug einen komplizierten grünen Bikini mit zu vielen Bändern, den ich aus dem Fundbüro auf Keeper Island mitgenommen hatte. Der Sand klebte an mir, aber ich wurde allmählich immun gegen dieses kratzige, unangenehme Gefühl.

Wir saßen an einem von Einheimischen bevölkerten Strand. In der Nähe plapperten und lachten Familien, der Duft von gegrilltem Fleisch wehte zu uns herüber. Diara saß im Schneidersitz neben mir. Sie hatte sich einen weißen Kaftan über ihren orangefarbenen Badeanzug geworfen. Ihr aufgeschlagenes Notizbuch lag auf ihrem Schoß und sie skizzierte einen kleinen Jungen, der immer wieder ins seichte Wasser rannte und mit den schäumenden Wellen Fangen spielte.

Ich wollte jetzt nichts lieber als ein Nickerchen machen. Ich schloss die Augen, hinter meinen Lidern glühte es rot. Ich döste langsam weg, aber irgendwo in der Nähe surrte ein Insekt.

In meinen Träumen sah ich Moxhams bleiches Gesicht. Es wurde nicht einfacher, ihn tot zu sehen. *Gwáilóu*, so lautete das kantonesische Wort, mit dem man in Hongkong die Westler bezeichnete. *Weißer Teufel.*

Bzzzzzzzzz.

Das Insekt war wieder da.

Ich wusste nicht, ob ich träumte. Ein riesiges, wespenartiges Wesen schnellte auf mich zu.

Irgendwo schrie jemand.

Ich öffnete die Augen und stützte mich auf die Ellbogen.

Noch ein Schrei.

Nur mit Mühe gewöhnten sich meine Augen an das helle Sonnenlicht. Es war der Junge; eine Welle hatte ihn erwischt und er gluckste vergnügt.

Ich blinzelte hektisch. In meinem Traum hatte ich etwas gesehen, das ich jetzt festzuhalten versuchte.

Moxhams weißes Gesicht, ein Stich auf seiner Wange.

Jetzt erinnerte ich mich: Als ich ihn im Wasser hatte treiben sehen, hatte er zwei rote Punkte im Gesicht gehabt.

Ich setzte mich aufrecht hin. Stiche? Nein, zumindest keine Insektenstiche.

Ich hatte diese Art von Punkten schon mal gesehen. Letztes Jahr war ein aufgebrachter Mann schimpfend und tobend ins Clement Hongkong gekommen. Er hatte hinter der Bar herumgepoltert, sich brüllend das Hemd vom Leib gerissen und begonnen, Flaschen zu zerschmeißen. Nathan hatte ihn mit seinem Taser außer Gefecht gesetzt. Hinterher hatte der Mann zwei rote Stellen auf die Brust tätowiert gehabt.

Die Punkte auf Moxhams Wange hatten genauso ausgesehen. Jemand hatte ihn getasert.

»Diara!« Neben mir saß niemand mehr.

»Was ist?«

Ich fuhr herum. Sie schlenderte auf mich zu, eine gelbe Papierserviette in den Händen.

»Ich habe uns Rippchen geholt.« Sie setzte sich neben mich und breitete die Serviette zwischen uns aus. »Die sind echt gut, Toots hat ein Spezialrezept.« Sie riss mit ihren Zähnen einen Streifen Fleisch ab. »Scharf.«

»Mir ist was eingefallen.« Ich schaute mich um, aber es war niemand in der Nähe, der mich hätte hören können. Der Strand lichtete sich langsam, und unsere Schatten zogen sich in die Länge.

Mit gedämpfter Stimme erzählte ich ihr von meinem Traum. »Jemand hat ihn getasert, bevor er gestorben ist.«

Diara knabberte einen Knochen ab. Schließlich sagte sie: »Das war nur ein Traum.«

»Nein, ich erinnere mich jetzt. Ich kann es sehen, wirklich.«

Ich nahm eines der Rippchen, ohne es zu essen. Die Marinade machte meine Finger braun und klebrig.

»Jemand hat ihn verdammt noch mal getasert«, sagte ich.

Diara schaute mich nicht an. Sie starrte hinaus aufs golden glitzernde Meer. Vermutlich würde sie mich beschwichtigen wollen. *Das kannst du nicht mit Sicherheit wissen. Wahrscheinlich hast du dir das nur eingebildet.*

»Es gibt noch sechs Schlüssel«, sagte sie stattdessen.

»Was?«

Sie nahm sich noch ein Rippchen von der Serviette. »Koste mal, die sind gut.«

Zögernd nahm ich einen Bissen. Sie waren gut. Das Fleisch war saftig, die Marinade war süß und würzig, mit einem Schuss Rum.

»Sechs Schlüssel«, sagte ich. »Für die Villen?«

»Nein. Die Jetskis.« Diara wischte sich mit dem Daumen über den Mundwinkel. »Vor ein paar Tagen war ich im Bootshaus. Da hingen sechs Schlüssel.« Ihre Stimme klang ruhig, als würde sie über das Wetter reden. »Jeder Schlüssel passt nur in einen Jetski. Es sind sechs, weil es sechs Jetskis gegeben hat.«

Ich konnte ihr nicht richtig folgen. »Okay.« Ich aß mein Rippchen auf, legte den Knochen weg und leckte mir die Finger ab.

»Nur dass einer von ihnen geschrottet wurde«, sagte sie.

»Richtig.«

»Moxhams Jetski. Er ist kaputt, aber der Schlüssel hängt noch im Bootshaus.«

Um meinen Kopf schwirrten Mücken, die sich nicht verscheuchen ließen.

»Was ist mit dem Jetski passiert?«, fragte ich.

»Ich weiß es nicht.« Sie drehte sich zu mir und schaute mich an. »Aber niemand hätte in der Mordnacht damit rausfahren können. Nicht ohne den Schlüssel.«

»Der Unfall ist nur vorgetäuscht worden.« Ich packte ihren Arm, meine Nägel gruben sich in ihre Haut. »Es kann kein Unfall gewesen sein.«

Ich wusste nicht genug über Wasserfahrzeuge, um sagen zu können, wie genau es vorgetäuscht worden war, aber ich konnte

Vermutungen anstellen. Konnte man den Jetski mit einem Motorboot aufs Meer hinausschleppen und ihn da versenken? Klang nicht wirklich schwierig. Und hatte ich nicht in der Nacht der Alice-Party ein Licht auf dem Wasser gesehen? Könnte das ein Boot gewesen sein?

War Moxham lebendig oder tot gewesen, als man ihn ins Wasser geschmissen hatte? War er ohnmächtig getasert worden, bevor ...

Ich schauderte. All die seltsamen Vorkommnisse in der letzten Woche, all die Male, die ich mir gesagt hatte, ich würde mir alles nur einbilden – ich war zu Recht misstrauisch gewesen.

»Das ist der Beweis«, sagte ich. »Jemand hat ihn umgebracht.«

Ich zitterte geradezu vor morbidem Triumphgefühl. Diara hingegen sah eher müde aus. Sie zuckte leicht mit den Schultern und ich lockerte meinen Griff.

»Sie können behaupten, es hätte einen Ersatzschlüssel gegeben oder so.«

»Es ist zumindest ein Anfang. Und vielleicht gibt es noch mehr.« Ich schlug mit der Faust in den Sand. »Der Autopsiebericht.«

»Gibt es einen?«

»Es muss einen geben. Damit könnten wir beweisen, dass er getasert worden ist. Und ob es andere Verletzungen gegeben hat. Kennst du hier jemanden bei der Polizei?«

»Meine Tante. Aber die wird mir nichts erzählen.« Diara schüttelte den Kopf. »Das ist vertraulich.«

»Kannst du sie fragen?«

»London-Girl, du bist gerade erst hergekommen, aber das alles hier, das ist mein Leben. Wenn wir anfangen zu suchen, dann finden wir auch Dinge, die wir nicht finden wollen.«

Das Licht verschwand allmählich aus dem Himmel, die Dunkelheit senkte sich auf uns herab.

»Das ist mir egal.« Ich schob meine Zehen in den warmen Sand und grub mich weiter hinein, bis dahin, wo es kühler war. »Ich will es wissen. Ich muss es wissen, für Moxham.«

Diara rieb sich den Nacken. Der Kaftan rutschte ihr von der Schulter und brachte das Tattoo eines Kobolds zum Vorschein, der mich gemein anblitzte. Sie antwortete nicht.

»Es gibt da etwas, das ich dir erzählen muss«, sagte ich. »Kip hat ein Motiv gehabt, Moxham zu töten.«

Ich musste mich jemandem anvertrauen. Ich brauchte eine Verbündete.

Trotz ihrer Kratzbürstigkeit hatte Diara etwas für Moxham übriggehabt. Das hatte ich auf diesem Social-Media-Foto gesehen. Sie sollte erfahren, was wirklich los war.

Ich holte tief Luft und erzählte ihr von dem Notizbuch, von Moxhams Plänen, mich in diese Sache reinzuziehen. Ich erzählte ihr auch in ein paar Sätzen, was er in Hongkong so getrieben hatte. Sie musste nicht die ganze Geschichte erfahren, aber sie sollte wissen, dass Moxham mit dem Feuer gespielt hatte.

»Moxham hat Kip hintergangen«, sagte ich, »da bin ich mir sicher. Kip muss ein großes Interesse daran gehabt haben, ihn zum Schweigen zu bringen.«

Scheiße. Diara sprach das Wort nicht aus, sondern formte es nur mit den Lippen. Sie rieb sich unentwegt den Nacken. (Hatte sie dort einen Bluterguss?)

»Du hilfst mir doch, oder?«, fragte ich. »Dabei, die Wahrheit rauszubekommen?«

»Oh Mann«, murmelte sie. »Das werd' ich noch bereuen.«

15

Hongkong, vor einem Jahr

Wir standen noch im Fahrstuhl, als Nathan schon anfing, mich zu küssen. Ich wehrte ihn ab, aber nur halbherzig. Er zog mich immer wieder zu sich heran und küsste meinen Hals, und ich gab irgendwann nach.

Der Aufzug könnte jeden Moment anhalten, ein Gast könnte durch die Tür kommen und uns erwischen.

Ein Schauer jagte mir über den Rücken. Dieses Techtelmechtel mit Nathan wurde langsam gefährlich.

Es hatte eigentlich nur zum Stressabbau sein sollen. So hatte es angefangen. Ein paarmal im Monat hatten wir uns in eine Suite geschlichen. Jetzt geschah es fast jeden Tag. Er kam in mein Büro und warf mir diesen Blick zu. Zwei Minuten später waren wir im Fahrstuhl und küssten uns, als wäre es unser letzter Tag auf Erden.

Es war unprofessionell.

Ding! Die Aufzugstüren glitten auf.

Gott sei Dank war der Flur leer. Küssend stolperten wir den gemusterten Teppich entlang. Ich fummelte den Generalschlüssel aus meiner Tasche und mit einem *PLIEEP* schwang die Tür auf.

Der karamellfarbene Teppich der Präsidentensuite fühlte sich weich und dick unter den Füßen an. Die Luft war erfüllt vom Duft der opulenten weißen Jasminblüten auf dem Glastisch.

Ich nahm Nathans Gesicht in meine Hände und beugte mich vor, um ihn zu küssen, langsam und intensiv. »Baby, du hast mir gefehlt«, sagte ich unsinnigerweise, denn ich hatte ihn schon gestern und vorgestern und vorvorgestern gesehen. Er hatte mir auf einer tieferen Ebene gefehlt, in jeder Sekunde, die wir nicht zusammen gewesen waren.

Nathan antwortete nicht. Er blickte starr über meine Schulter hinweg.

Ich drehte den Kopf. Wir waren nicht allein in der Suite.

»Ah, die Turteltäubchen. Da geht einem doch das Herz auf. Na ja, oder die Hose.«

Die Überraschung war nicht, Moxham hier zu sehen. Er hatte genauso Zugang zu den Zimmern wie ich. Die Überraschung war, dass Moxham unter dem Mahagonischreibtisch kauerte. Er kletterte darunter hervor und staubte die Knie seiner schwarzen Hose ab.

»Scheiße, Mox«, sagte ich, »tut mir leid, wir waren ...«

»Ich sollte euch feuern lassen.« Mit einem Schnalzen zog er seine blauen Einweghandschuhe aus. Warum zum Teufel trug er Handschuhe?

Nathan neben mir wich zurück. Gerade eben noch war ich angenehm erregt gewesen, doch jetzt spürte ich nur noch eine Übelkeit in meinem Magen.

Moxham brach in sein Hyänenlachen aus. »Ich meine, ich mach's nicht. Aber ich könnte.«

Ich stieß einen Seufzer aus, irgendwas zwischen Erleichterung und Irritation. Moxham tippte sich mit etwas gegen die Lippen, das ich für einen Stift hielt. Als ich genauer hinsah, erkannte ich, dass es ein Schraubenzieher war. Machte er jetzt Hausmeisterdienste in den Zimmern?

Hinter mir hörte ich Nathan langsam wegschleichen. »Entschuldigung, Sir«, murmelte er und tastete nach dem Türgriff. »Ich werd' dann mal zurück auf meinen Posten gehen.«

»Nein, nein.« Moxham durchquerte das Zimmer, schob Nathan beiseite und öffnete die Tür. »Bleibt doch, amüsiert euch.«

Er drehte sich wieder zu mir, grüßte mich halbherzig und war verschwunden. Der Soft-close-Mechanismus der Tür gab ein leises *Sschh* von sich.

»Er feuert uns?« Nathans Gesicht war aschfahl.

»Das war ein Scherz.«

»Ich mag diesen Job. Ich krieg' hier gutes Geld. Meine Eltern verlassen sich ...«

»Ich weiß«, sagte ich, obwohl ich es nicht wusste, nicht wirklich. Ich hatte Wert darauf gelegt, nicht zu viel über Nathan zu wissen, abgesehen von den süßen Nichtigkeiten, die er mir im Bett zuflüsterte.

Vor dem Fenster erstreckte sich der Victoria Harbour, Containerschiffe schoben sich langsam auf das Hafenbecken zu. Über uns hing ein Kronleuchter, der mehr wert war, als Nathan in einem ganzen Jahr verdiente. Seine Eltern lebten dort, wo es keine Wolkenkratzer und keine hellen Lichter mehr gab, und wo Hongkong eher einer armseligen Kleinstadt glich. Sie hatten einen kleinen Laden, so viel wusste ich noch. Ich schämte mich, dass ich nie gefragt hatte, was sie dort verkauften.

»Alles ist okay«, sagte ich. »Du kannst runtergehen.«

Nathans breite Schultern waren nach innen zusammengefallen. Er war nicht gefeuert worden, aber ich konnte sehen, dass er in seinem Kopf genau dieses Szenario durchlebt hatte. Ich fühlte eine Beklemmung in der Brust. Nathan sollte sich ein nettes Mädchen suchen, ein Mädchen aus der Gegend; eines, das in der Lage war, ihn von ganzem Herzen zu lieben.

»Küss mich, bevor du gehst«, sagte ich, weil ich nicht widerstehen konnte.

Normalerweise war er leidenschaftlich, zügellos, aber jetzt hatte es etwas Zögerliches, wie er sich herunterbeugte, um mich zu küssen. Ich zog ihn zu mir, küsste ihn länger, und seine Zaghaftigkeit verschwand. Ich war versucht, unsere Leidenschaft wieder aufleben zu lassen, aber irgendetwas nagte an mir.

Was hatte Moxham unter dem Schreibtisch gemacht?

~

Ich war nicht dumm. Ich wusste, was im Clement Hongkong vor sich ging. Ich sah die Drogenreste auf den Toiletten. Ich sah die Sexarbeiterinnen, die in schicken Bleistiftröcken und mit perfektem Lippenstift durch die Lobby rauschten und direkt zu den Aufzügen gingen. Wenn ich sie rauswarf, waren sie eine Stunde später wieder da. »Das ist eine Freundin von mir«, sagte Moxham dann zu mir und grinste eines der ausdruckslosen Mädchen an.

Mir fiel auf, dass einige Gäste übermäßig vertraut mit Moxham waren und oft dicht neben ihm standen, um ihm etwas zuzuflüstern. Moxhams Taschen quollen über vor Geld, oft in ausländischen Währungen; mehr als ein gewöhnliches Trinkgeld. Diese Gäste wollten immer nur mit Moxham sprechen, auch wenn ich ihnen meine Hilfe anbot. Einmal kam die Polizei zu uns und ich war beunruhigt, aber Moxham lachte nur und sagte, die von der Polizei seien auch seine Freunde.

Einmal nahm ich meinen Mut zusammen und fragte ihn rundheraus: »Was treibst du hier eigentlich?«

Er machte sein unschuldigstes Gesicht.

»Ich muss es wissen«, sagte ich.

»Glaub mir, Showgirl, das solltest du besser nicht.«

Einmal durchsuchte ich sein Büro, als er gerade nicht da war, aber natürlich fand ich nichts. Ich war zwar nicht dumm, aber Moxham war es auch nicht. Mehr als einmal kam ich zufällig in ein Hotelzimmer, wie er gerade die Vorhänge zurechtrückte.

Dann lächelte er mich an. »Ich genieße nur die Aussicht.«

~

Nachdem Nathan die Präsidentensuite verlassen hatte, kroch ich unter den Schreibtisch. Außer ein bisschen Staub auf den Fußleisten und einem Kabel, das in den Telefonanschluss führte, war da nichts. Nur die weiße Plastikabdeckung an der Wand saß ein ganz klein wenig schief.

Ich holte einen Schraubenzieher aus dem Wartungsschrank und entfernte die Abdeckung; dahinter befand sich ein grob ausgeschnittenes Loch in der Rigipswand. In dem Loch waren ein paar Kabel, aber ansonsten jede Menge Platz. Ich kramte darin herum und fand dann eine Rolle Geldscheine und einen Beutel mit weißem Pulver.

~

Ich riss die Tür zu Moxhams Büro auf. »Was machst du hier?«

»Ich werde mir jetzt gleich diese Fischbällchen hier reinschaufeln. Was machst du so?« Sein Blick huschte zur Seite. Eine gebückte Frau mit schwarzen Haaren saß neben seinem Schreibtisch. Es war eine der Putzfrauen.

»Kann ich dich mal sprechen?«, sagte ich.

Als die Frau gegangen war, lehnte Moxham sich in seinem Stuhl zurück. »Mach die Tür zu«, sagte er gähnend.

Moxhams Büro lag versteckt in einem Kaninchenbau aus Gängen und Zimmern, weit weg von den Augen der Gäste.

»Dealst du jetzt mit Drogen oder was?« Ich warf den Beutel mit dem weißen Pulver auf seinen Schreibtisch.

»Ich mach' dies und das. Verklag mich doch.« Er stach mit seinen Stäbchen in die Essensbox.

»Mox, das sind mindestens hundert Gramm. Du dealst.«

»Ich nehme an, das Geld hast du auch gefunden.« Er schaufelte sich zwei Fischbällchen in den Mund, sprach aber weiter. »Oder wolltest du das behalten?«

Ich warf die Geldscheinrolle auf seinen Tisch. »Ja und nein.«

Moxham schluckte, legte seine Stäbchen beiseite und begann das Geld zu zählen. »Ist doch keine große Sache. Es ist einfach ganz praktisch, ein bisschen Koks dazuhaben. Immer wenn irgendein britischer Banker auftaucht, wird es knapp.«

Ich wollte hinausstürmen oder ihn anschreien, dass das falsch sei. Schwarz-Weiß war allerdings nie mein Stil gewesen.

»Setz dich hin und hör auf, mich so empört anzugucken«, sagte Moxham. »Das steht dir nicht.«

Ich ließ mich in den Plastikstuhl fallen, in dem vorher die Putzfrau gesessen hatte.

»Wenn du dich mit Großdealern einlässt, kannst du dabei draufgehen«, sagte ich.

»Ich bin nicht El Chapo.« Er kicherte. »Ich mache Menschen gerne glücklich. Und du weißt selbst: Was die Kunden glücklich macht, ist nicht immer legal.«

Wenn ein Gast einen Wunsch hatte, war es unsere Aufgabe, ihn zu erfüllen. *Ich bin ein Problemlöser*, hatte Moxham mal zu mir gesagt. *Was auch immer das Problem ist, ich löse es.*

Wurden nicht eigentlich alle Menschen im Gastgewerbe genau dafür bezahlt?

Ich hörte das Zittern in meiner Stimme, als ich sagte: »Das ist es nicht wert. Gegen das Gesetz zu verstoßen. Wenn du erwischt wirst ...«

»Ich werd' nicht erwischt.«

Schweigend saßen wir da. Moxham schaute auf und sah mir in die Augen. Ein langer Blick. Wir arbeiteten schon so lange zusammen, dass wir manchmal diese Telepathie-Momente hatten.

»Wirst du mich verpfeifen?« Er legte den Kopf schief.

Ich schluckte gegen den Kloß in meinem Hals an. »Es ist falsch.«

Er lachte, es war eher ein schriller Aufschrei, und die Röte stieg mir in die Wangen.

»Na komm, lass uns nicht wegen so was streiten.« Er rollte die Scheine wieder zusammen, wickelte ein Gummiband darum und warf sie mir in den Schoß. »Das sind zehn Riesen, behalte sie. Als Trinkgeld für deine Hilfe.«

Ich hatte ihm nie im Weg gestanden. Zählte das als Hilfe? Meine Finger schlossen sich um die Rolle aus Geldscheinen.

»Hast du keine Träume?«, fragte er. »Wollen du und dein Macker nicht irgendwann mal weg von dieser stinkenden Insel? Dafür braucht ihr Geld. Für viele Dinge braucht man Geld.« Er kniff die Augen zusammen. »Wie geht's eigentlich deiner Schwester?«

Die Frage traf mich wie ein Schlag. Allie war seit fast fünf Monaten aus dem Krankenhaus raus. Sie war immer noch dünn, aber sie sah nicht mehr aus wie ein Skelett. Sie kam zurecht – solange sie jede Woche zur Therapie ging und ein Kindermädchen hatte, das ihr mit der fünfjährigen Flora half. Das alles war nicht gerade billig.

»Allie geht es gut«, sagte ich.

Auf der anderen Seite des Schreibtisches hatte Moxham wieder begonnen, seine Fischbällchen zu essen. Er war schon immer launisch gewesen; er neigte dazu, Angestellte anzuschreien oder Leute von jetzt auf gleich zu feuern (und nicht immer im Scherz). Doch seine Bösartigkeit war schlimmer geworden, seit seine Freundin Violet, die immer sein Ruhepol gewesen war, ihn vor zwei Monaten plötzlich verlassen hatte. Ich hatte in den sozialen Medien gesehen, dass sie einen neuen Job in Paris gefunden hatte. Ich hatte ihr geschrieben und ihr gratuliert, aber sie hatte nie geantwortet.

Ich stand auf. Ich wollte nicht mehr in diesem stickigen kleinen Büro sitzen, das nach Curry und Fisch roch. Zögernd steckte ich das Bündel Geld in meine Tasche.

»Du solltest vorsichtig sein«, sagte ich.

Moxham grinste düster. »Immer doch.«

~

Den gesamten nächsten Monat über war ich wie gelähmt vor Angst. War ich eine Komplizin, weil ich das Geld genommen hatte? Ich hätte es ihm zurückgeben sollen. Stattdessen versteckte ich das Geld in einer Socke tief in meiner Schublade und versuchte es zu vergessen.

Allie rief mich an. Es gab eine Schule, die sie sich für Flora anschaute. Eine dieser Hippie-Privatschulen, die sich den ganzen Tag lang mit Seelennahrung beschäftigten und dafür ein Heidengeld verlangten. Sie brauchte Geld. Sie sagte es nicht, aber das musste sie auch nicht.

Ich kramte das Bündel Scheine aus meiner Schublade und überwies das Geld an Allie.

Einige Wochen später saß ich in meinem Büro – einem gelben Kasten, nur halb so groß wie der von Moxham – und starrte die Wand an, als Moxham plötzlich hereinschneite.

»Hör zu, Showgirl, ich hau' ab.«

Er erzählte mir von dem Jobangebot. Privatinsel in der Karibik, postkartenmäßig. Ich empfand den üblichen Berufsneid. Es schien für Moxham ein großer Schritt auf der Karriereleiter zu sein; für mich unerreichbar.

»Weißt du, du könntest mein Geschäft ja weiterführen«, sagte er.

Für den Bruchteil einer Sekunde stellte ich es mir vor. Wahrscheinlich würde ich die Sache besser machen als Moxham. Ich war besser organisiert als er, und ich konnte charmanter sein. Aber es wäre ein Pakt mit dem Teufel. Wenn man leben wollte wie Moxham, musste man dafür ein Stück seiner Seele eintauschen.

»Nein«, sagte ich unwillkürlich.

Mit stählernen Augen erwiderte er meinen Blick. »Und wenn jemand nach mir fragt?«

Ich zuckte mit den Schultern.

Moxhams Stimme wurde leiser. »Du wirst meine Geheimnisse nicht ausplaudern?«

Heute Morgen hatte Allie wieder angerufen, während Flora im Hintergrund Disney-Lieder gesungen hatte.

»Was springt dabei für mich raus?«, fragte ich schließlich.

»Gutes Mädchen«, sagte Moxham. »Du stellst die richtigen Fragen. Was willst du?«

Ich setzte mich auf. Noch bevor ich darüber nachdenken konnte, kamen die Worte schon aus meinem Mund. »Ich will deinen Job.«

16

Klopf, klopf. Stille. Ich schloss die Tür zur Villa Copper mit dem Generalschlüssel auf und klopfte noch einmal. »Hallo?«
Keine Antwort.

Drinnen war es kühl und schattig, die Vorhänge waren zugezogen und die Klimaanlage lief leise. Ein paar Minuten lang knipste ich Lichtschalter an und aus und schob Möbel umher auf der Suche nach Schimmelflecken. Ich tippte mir sogar mit einem Schraubenzieher gegen das Kinn, wie eine schwer beschäftigte, gedankenversunkene Handwerkerin. Ich hatte das paranoide Gefühl, jemand könnte mich beobachten. Ich erinnerte mich an die Spionagekamera in meinem eigenen Zimmer, und mein Blick schweifte über die Oberseiten der Bilderrahmen.

Ich bemerkte, dass ich Zeit vergeudete, also gab ich meine Tarnung auf und öffnete Fußboden-Lüftungsschlitze und schraubte Klimaanlagenverkleidungen ab. Ich hob vorsichtig die Bilder von der Wand, eines nach dem anderen, und spähte dahinter. Ich kroch unter den Schreibtisch und schraubte die Wandplatte der Telefonbuchse ab. Ein Wirrwarr aus Kabeln kam zum Vorschein, aber außer Staub war da drin nichts versteckt. Ich wischte mir die Hände an meinen Shorts ab und stand wieder auf.

Jedes leere Versteck steigerte meine Aufregung noch mehr. In meinen Adern hämmerte das Blut. Ich lauschte nicht einmal auf das Klicken einer aufgehenden Tür oder auf Schritte von draußen. Ich war besessen.

Die Vorhänge! Die Glastüren zur Veranda waren mit schweren vanillefarbenen Vorhängen behangen. Ich ließ mich auf die Knie fallen – ich zuckte zusammen, als die Prellungen und Abschürfungen an meinen Knien sich schmerzhaft meldeten – und fummelte am Saum herum, um den Stoff zu lockern.

Nichts.

Ich rannte die Treppe hoch zum großen Schlafzimmer. Noch mehr Vorhänge. Wieder krabbelte ich auf dem Boden herum.

Inzwischen war ich schweißgebadet. (Ich hatte die Klimaanlage ausgeschaltet, um die Lüftungsschächte zu checken.) Meine Hände waren staubbedeckt. Meine Knie pulsierten vor Schmerzen.

Es war mir egal. Moxham hatte etwas hinterlassen und ich würde es finden.

Im Saum der Schlafzimmervorhänge fanden meine Finger schließlich eine Wölbung.

Draußen schrie ein Vogel. Ich riss den Kopf hoch.

Die Beule im Vorhangsaum war so klein, dass sie überhaupt nicht auffiel, aber das war das Schöne daran. Man fand sie nur, wenn man wusste, wo man suchen musste.

Der Vogel schrie wieder. Scheiße. Ich musste von hier verschwinden.

Stattdessen griff ich mir den Schraubenzieher. Noch eine Minute. Ich riss die Saumnaht auf.

Von unten hörte ich das unverkennbare Geräusch einer aufschwingenden Tür. *Scheiße, Scheiße, Scheiße.* Meine Finger tasteten den Stoff ab. *Komm schon.*

Schritte. Jemand kam die Treppe herauf.

Hastig riss ich den Gegenstand – einen roten USB-Stick – aus seinem Nest. Beim Aufstehen steckte ihn in meinen BH und schob die Vorhänge mit dem Fuß zurück an ihren Platz. Ich holte mein Handy aus der Tasche und machte wahllos ein Foto von der Decke, während ich gleichzeitig einen gelangweilt-nachdenklichen Gesichtsausdruck aufsetzte.

»Guten Morgen.« Ich machte ein weiteres Foto, und schaute dabei mit zusammengekniffenen Augen auf den imaginären Riss im Putz.

»Entschuldigung.«

Seine Stimme war so gedehnt, dass es schon sarkastisch klang. Ich drehte mich um, bereit zum Katzbuckeln und zum Hervorzaubern einer Flasche Champagner.

Brady Calloway grinste, die Hände in den Taschen seiner Shorts, oben ohne.

»Routinemäßige Wartungsarbeiten«, sagte ich. »Entschuldigen Sie bitte die Störung.«

Ich wischte mir mit dem Handrücken über die Stirn und machte einen Schritt in Richtung Ausgang. Der USB-Stick grub sich in meine Brust. Jeden Moment würde er durch mein T-Shirt fallen und klappernd auf dem Fliesenboden landen.

»Warten Sie, warten Sie.« Brady machte eine Handbewegung, als würde er mich aufhalten wollen. »Sie haben mir etwas vorenthalten.«

Ich erstarrte, das Lächeln gefror mir im Gesicht.

Brady schaute runter. War ich zu langsam gewesen? Hatte er gesehen, wie ich den USB-Stick aus dem Saum gezogen hatte?

»Hongkong.« Seine grünen Augen blickten auf und er schaute mich an.

»Was?«

»Mir ist endlich eingefallen, woher ich Sie kenne.«

Ich starrte ihn ausdruckslos an. Was wusste er über Hongkong?

Sein Lächeln wurde breiter. »Bin ich wirklich so leicht zu vergessen?«

»Tut mir leid, ich glaube nicht ...«

»Das Clement Hongkong. Ich bin früher oft geschäftlich dort gewesen. Vor ein paar Jahren? Meine Frau Jessica ist manchmal mitgekommen – also, meine Ex-Frau –, sie war gern dort.«

»Oh ja.«

Jetzt, wo ich ihn in diesen Kontext einordnen konnte, erinnerte ich mich auch. Es wäre vermutlich nicht sehr schmeichelhaft gewesen, ihm zu sagen, dass er in meiner Erinnerung nur als irgendein amerikanisches anzugtragendes Arschloch existierte. Seine Frau war launisch gewesen; braune Haare, Rehaugen, milchweiße Haut. Zu ihrem Jahrestag hatte ich mal Rosenblätter über ihr Bett streuen und einen Geiger kommen lassen. Sie hatten nicht viel Trinkgeld gegeben.

Ich wusste, dass ich jetzt etwas Freundliches hätte sagen müssen, aber ich war zu abgelenkt. In meinen Schläfen pulsierten aufkommende Kopfschmerzen.

»Und dieser andere Typ.« Brady schnippte mit den Fingern. »Moxham.«

»Ja.«

»Am Anfang hab' ich ihn auch nicht erkannt. Sie zwei müssen sich ziemlich nahegestanden haben, wo Sie doch die ganze Zeit zusammengearbeitet haben.«

»Schon.« Was wollte Brady damit andeuten? War ich paranoid?

Ich räusperte mich. »Ich sollte dann mal wieder an die Arbeit. Brauchen Sie noch etwas, bevor ich gehe? Darf ich Ihnen einen Drink bringen lassen?«

»Nee.« Brady leckte sich über die Lippen. »Ich gehe segeln mit Mr Clement.«

»Okay. Vergessen Sie nicht die Sonnencreme!« Rückwärts tapste ich zur Tür; ich konnte dieses Gespräch nicht mehr länger ertragen.

»Hey.« Brady tippte mit dem Fuß auf den Boden und mir fiel auf, dass er bandagiert war. »Haben sie noch irgendwas rausgefunden? Wegen dem, was mit Moxham passiert ist?«

»Es war ein Unfall.«

»Oh Mann.« Brady schüttelte den Kopf. »War ein verdammt guter Kerl.«

Der traurige Gesichtsausdruck wirkte nicht gespielt.

»Ich würde gern was spenden«, sagte er, »für eine Wohltätigkeitsorganisation, oder vielleicht seiner Familie helfen. Könnten Sie das regeln?«

»Kein Problem.«

Ich suchte in seinem Gesicht nach irgendwelchen Hintergedanken, sah aber keine. Vielleicht war er einfach ein netter Kerl. Er erinnerte sich an Moxham von seinen Besuchen im Clement Hongkong und wollte sein Andenken ehren.

Allerdings stand Bradys Name in Moxhams Notizbuch. Nicht gerade ein gutes Zeichen.

Bevor er noch etwas sagen konnte, schlüpfte ich aus dem Zimmer und lief die Treppe hinunter.

~

Vor der Villa tauchte ein Vogel aus dem Laub auf. Ein ziemlich großer Vogel.

»Verdammt, ich krieg' noch einen Herzinfarkt. Warum bist du nicht abgehauen?«

Diara schaute ängstlich nach links und rechts.

»Alles in Ordnung«, sagte ich.

»Hat er dich erwischt?«, fragte sie.

»Alles in Ordnung.« Ich schaute mich kurz um und schob Diara dann den Weg hinab. Ein Rascheln auf dem Boden ließ mich aufhorchen. Eine Eidechse flitzte vorbei.

»Ich hab' was gefunden«, sagte ich, sobald wir die Villa hinter uns gelassen und den Küstenweg eingeschlagen hatten. Ich holte den roten USB-Stick aus meinem BH und hielt ihn hoch. Sie griff danach. Ich hatte den kurzen Impuls, meine Faust zu schließen und ihr den Stick vorzuenthalten, aber meine Finger entspannten sich und ich ließ sie ihn nehmen.

Sie hielt ihn zwischen Daumen und Zeigefinger, so als untersuchte sie einen Diamanten. »Was ist da drauf?«

»Ich weiß es nicht. Aber man versteckt etwas nicht so gut, wenn es unwichtig ist. Und wenn es einen davon gibt, dann gibt es auch noch mehr.« Ich schwitzte, trotz der Brise, die vom Meer herüberwehte. »Ich muss die Vorhänge überprüfen. In allen Villen.«

»Ich kann dir nicht helfen.« Diaras Hand schloss sich um den USB-Stick. »Ich muss zurück ins Spa.«

Auf dem Weg überholte uns ein Golfwagen, in dem ein Gast mit Schlapphut saß. Wie automatisch winkten wir beide, mit dem gleichen falschen Lächeln im Gesicht.

»Dann mache ich es ohne dich«, sagte ich, als der Wagen vorbeigefahren war. »Reggie ist mit den meisten Gästen zum Schiffswrack rausgefahren, die Villen werden leer sein.«

»Sei um Himmels willen vorsichtig.« Diara senkte ihre Stimme und legte besondere Betonung auf das letzte Wort.

Bevor ich ihr widersprechen konnte, dass das Risiko es wert sei, hörten wir einen Schrei. »Lola!«

Tessa joggte mit hellrotem Gesicht auf uns zu. »Sie ist explodiert! Sie ist einfach explodiert.«

»Was?«

Als Tessa uns eingeholt hatte, beugte sie sich keuchend vor. Wie immer brauchte Tessa viel zu viele Worte, um zur Sache zu kommen: Mrs Park, die bessere Hälfte eines koreanischen Immobilienmagnaten, hatte heute Morgen die Kaffeemaschine in der Queen-Conch-Villa eingeschaltet, und die Maschine war vor ihrer Nase explodiert. Sie war unverletzt, aber völlig aufgewühlt.

»Das ist die Luftfeuchtigkeit«, sagte Diara zu mir. »Das passiert ständig.«

»Für so was werd' ich nicht bezahlt, für so was werd' ich einfach nicht bezahlt«, murmelte Tessa.

Shirley, eines der Zimmermädchen, fuhr in einem mit Wäsche vollgeladenen Golfwagen vorbei. Diara ließ sie anhalten und kletterte auf den Rücksitz. Sie winkte zum Abschied. »Der andere Kram kann warten«, rief sie mir zu.

Ich schüttelte den Kopf und wandte mich wieder Tessa zu. »Hat sie noch ihre Augenbrauen?«

»Ja.«

»Dann ist es halb so schlimm.«

Als Tessa lachte, schlug ich ihr vor, Mrs Park ins Restaurant zu begleiten und ihr einen Kaffee mit Schuss zu machen. Ich war allerdings nicht richtig bei der Sache. Die explodierte Kaffeemaschine hatte mich auf eine Idee gebracht.

Ich war schon auf halbem Weg zur nächsten Villa, Mangrove, als ich es bemerkte. Diara hatte den USB-Stick mitgenommen.

~

Moxhams geheimes Archivsystem war umfangreich. Wie schon in Hongkong musste ihm bewusst gewesen sein, dass ihn Gegenstände in seinem Büro oder seiner Wohnung leicht in Schwierigkeiten bringen konnten. Versteckte Dinge in Gästeunterkünften waren ihm dagegen nicht so einfach zuzuordnen.

Ich hatte erwartet, Drogen und Geld zu finden. Stattdessen fand ich weitere USB-Sticks. Das mussten seine wahren Schätze gewesen sein. Und mit jedem Stick, den ich entdeckte, wuchs mein Unbehagen.

Vielleicht enthielten sie überhaupt nichts. Das sagte ich mir die ganze Zeit. Vielleicht handelte es sich bei den USB-Sticks nur um Sicherungskopien von Kontoauszügen, Zahnarztrechnungen oder Kindheitsfotos. Moxham könnte sie einfach zur Sicherheit versteckt haben, ohne jeden Hintergedanken.

Ich wollte es einfach nicht glauben.

Ich durchsuchte alle fünf Gästevillen. Die kaputte Kaffeemaschine war eine praktische Ausrede für mich gegenüber den wenigen Gästen, die mir über den Weg liefen. Ich wollte mich auch in Kips Villa umsehen, aber der Hauptschlüssel passte nicht. Während ich gerade vergeblich an seiner Tür herumdrückte, hörte ich

Schritte von drinnen, und die Tür wurde eine Handbreit geöffnet. Fizzys Gesicht erschien in dem Türspalt.

»Ist Kip da?« Ich versteckte die Schlüssel hinter meinem Rücken.

Obwohl wir das gleiche Dienstalter hatten, sah ich Fizzy nur selten, und wir redeten nie wirklich über etwas anderes als die Arbeit. Sie ging nach Feierabend nicht in die Team-Bar. Meistens sah ich sie allein, wie sie mit einem Buch am Pier saß oder Yoga am Strand machte. Die Freundeskreise unter den Angestellten orientierten sich tendenziell an den Arbeitsbereichen, und Fizzy war eine Insel für sich, sowohl bei der Arbeit als auch in ihrer Freizeit.

»Er ist oben«, murmelte sie. »Schläft.«

Wollte Kip nicht eigentlich mit Brady segeln? Ich kniff die Augen zusammen. Wer log hier und warum?

»Es hat ein Problem mit den Kaffeemaschinen gegeben.«

Fizzy blinzelte mich langsam an, wie eine Katze. »Bei Kips Kaffeemaschine ist alles in Ordnung.«

»Ich kann sie kurz checken, kein Problem. Dauert nur zwei Sekunden.«

»Ich kümmere mich um alles, was mit Kips Villa zu tun hat. Das möchte er so.«

Mit einem Ruck schloss sie die Tür.

Ich entfernte mich von der Villa mit ihrem stilisierten Türmchen und den schwarzen Rauchglasfenstern darin. Das Haus wirkte wie eine Festung; hier lebte der Leuchtturmwärter von Keeper Island in seiner eigenen kleinen Welt.

~

Es war schon dunkel, als ich wieder ins Personaldorf kam. Diara saß auf ihrem Bett, über ihren Skizzenblock gebeugt, und zeichnete zackige schwarze Linien auf das Papier. Ich schaute ihr über die Schulter, um zu sehen, was sie da zeichnete, aber sie klappte den Block zu. Der rote USB-Stick lag oben auf der Kommode.

»Hast du ihn dir angeschaut?«

»Ja.« Sie zog das Wort in die Länge und schnalzte zum Abschluss mit der Zunge.

Ich zog drei weitere USB-Sticks aus meinem BH und legte sie auf die Kommode. Es waren billige Plastikdinger. Blau, grün, gelb, wie Kinder-Buntstifte.

»Was ist drauf?«, fragte ich.

Diara atmete lang und schwer aus. »Sieh's dir selbst an.«

17

Hongkong, drei Wochen zuvor

Jemand spielte auf dem Klavier.

Ich trottete durch die Eingangshalle des Hotels, meine Absätze klackerten geräuschvoll auf dem Marmorboden. Es kam mir seltsam vor, mitten am Tag Klaviermusik zu hören, aber der Gedanke wurde augenblicklich von anderen Sorgen verdrängt. Die Fleischlieferung hatte Verspätung, der Sommelier hatte gekündigt, und mein Telefon vibrierte.

Allie: Du solltest eine Party feiern. Komm uns besuchen.

Es würde noch Stunden dauern, bis ich die Zeit hätte, mich hinzusetzen und auf Allies SMS zu antworten. In meinem Büro streifte ich meine High Heels ab und drückte meine Zehen in den grauen Teppich.

Eine Party? Der Gedanke an meinen bevorstehenden dreißigsten Geburtstag machte, dass ich mich unter dem Schreibtisch verkriechen wollte. Ich hatte vor, den Tag ohne viel Aufhebens einfach verstreichen zu lassen. In einer Sache hatte Allie allerdings recht. Ich musste sie mal wieder besuchen.

Es klopfte an der Tür.

»Herein!«

Mit ernstem Blick spähte Nathan ins Zimmer, bis er sah, dass ich allein war. Sein Gesicht weitete sich zu einem Lächeln und er kam hereingehüpft wie ein frecher Schuljunge.

»Warst du schon mal in London?«, fragte ich ihn, eine Sekunde bevor er mich küsste.

~

Am nächsten Tag regnete es. Es war kein Regen wie in London – die Luft blieb dick und feucht –, aber ich musste trotzdem an mein Zuhause denken.

Was würden Allie und Flora von Nathan halten? Natürlich würden sie ihn mögen. Alle mochten ihn.

Die Glastüren des Hotels schoben sich für mich auf, und ich schüttelte das Wasser von meinem Regenmantel. Wieder flogen mir zur Begrüßung Klaviertöne entgegen.

Es war tatsächlich ganz schön. Früher hatten wir einen Pianisten gehabt, der jeden Morgen und jeden Abend zwei Stunden gespielt hatte, aber wir waren vom Management zum Sparen angehalten worden, also hatten wir ihn entlassen müssen. Von da an hatten wir Pianisten nur noch für besondere Anlässe engagiert.

Die Klaviermusik wurde schneller, ein richtiger Schwall von Tönen. Mein Vater hätte den Namen des Stücks gewusst. Nicht, weil er eine Vorliebe für klassische Musik hatte, sondern weil er glaubte, dass ihn das kultiviert wirken ließ.

»Wer spielt da Klavier?«, fragte ich den Portier.

Er zuckte mit den Schultern, wandte sich ab und eilte einer Frau zu Hilfe, die gerade mit Einkaufstüten und einem Regenschirm kämpfte.

Wahrscheinlich war es ein Gast, der zum Zeitvertreib spielte. Von drüben am Empfangstresen gab mir die Rezeptionistin ein Zeichen. Ich hielt einen Finger hoch – eine Minute – und bog nach links ab. Eine flache Treppe führte zu einem erhöhten Bereich der Lobby, in dem ein paar gepolsterte antike Sessel standen. Nachmittags saßen hier gerne Gäste, knabberten winzige Sandwiches, nippten an Teetassen und taten so, als befänden sie sich wieder in den glorreichen Zeiten des Empire.

Ich erwartete, dass die Person am Klavier einer dieser dicklichen, glasäugigen Engländer sein würde, die einem gerne davon erzählten, wie sie in den 60ern mal in Hongkong gewesen waren.

Am Klavier saß jedoch ein Chinese, schrecklich dünn, tief über das Instrument gebeugt. Ich wartete, bis er fertig war, und applaudierte dann.

»Wir sollten Sie bezahlen«, sagte ich. »Sie sind besser als der Letzte, den wir hier engagiert hatten.«

Er drehte sich nicht zu mir um, seine Hände schwebten noch immer über den Tasten, nur seine eingefallenen Augen schauten langsam zu mir.

»Dann bezahlen Sie mich«, sagte er mit einem gewissen Unterton.

Ich wartete, dass er noch etwas sagte, aber das tat er nicht, also fuhr ich fort. »Was ist das denn für ein Stück, das Sie da gespielt haben? Es kommt mir irgendwie bekannt vor.«

Der Mann schlug den Deckel des Klaviers zu. Ich fuhr auf.

Als er sich zu mir umdrehte, traten die Adern an seinem Hals hervor. »Mr Moss-ham?« Er betonte es *Moss-ham*, als wären es zwei Wörter.

»Er hat sich aus dem Geschäft zurückgezogen. Ich helfe Ihnen aber gerne weiter.«

Ich hatte es gesagt, ohne nachzudenken. Mein Gehirn sendete jedoch direkt ein Warnsignal: Wenn Leute nach Moxham fragten, war das nie ein gutes Zeichen. Seit er vor einem Jahr weggegangen war, hatten viele Gäste um eine Sonderbehandlung gebeten, und ich hatte getan, als wüsste ich nicht, wovon sie sprachen. Ich hatte einen Pagen entlassen müssen, der mit Drogen gedealt hatte. Ich mochte Moxhams Schweigegeld angenommen haben, aber ich würde solche Dinge in Zukunft nicht mehr tolerieren.

»Wir können zusammen Geld machen.« Mit knochigen Fingern griff der Mann nach meiner Hand.

Ich zuckte zurück. »Nein.«

»Viel Geld.«

»Sie müssen jetzt gehen. Das wird hier nichts.« Ich nahm mein Funkgerät zur Hand und sprach hinein. »Sicherheitsdienst bitte in die Lobby.«

Er hob die Hände und stand von der Klavierbank auf. »Denken Sie darüber nach.«

»Nein.«

Die Stimme des Mannes wurde eindringlicher. »Ich mache Geld, Sie schauen weg. Wenn Moss-ham viel Geld gemacht hat, machen Sie viel Geld. Koks, Heroin, was immer Sie wollen.«

»Das ist alles vorbei. Ich bin nicht interessiert.«

Schritte hallten durch die Eingangshalle und Nathan eilte auf mich zu. »Alles okay?«

Er hob die Augenbrauen und sagte etwas auf Kantonesisch zu dem Mann. Der Pianist schüttelte traurig den Kopf und antwortete ausführlicher als erwartet.

Ich wich zurück, rutschte mit einem meiner Absätze auf dem Marmorboden aus und mein Knöchel knickte zur Seite. »Scheiße.«

Erst als ich in dieser Nacht im Bett lag, wurde es mir klar. Irgendetwas an dieser Interaktion war seltsam gewesen. Normalerweise nahm Nathan solche Zwischenfälle ernst und stürzte sich auf jeden, der auch nur im Ansatz aggressiv war. Bei seinem Gespräch mit dem Pianisten hatte er jedoch fast entspannt gewirkt. Zwischen den beiden Männern hatte es eine gewisse Vertrautheit gegeben.

Ich drehte mich um und suchte mir eine kühle Stelle auf meinem Kissen. Neben mir hörte ich Nathan leise schnarchen.

~

»Wer war das?«, fragte ich ihn am nächsten Morgen.

Ich stand in meiner winzigen Küche an den Tresen gelehnt und nippte an einer Tasse Kaffee. Nathan war gerade aus der Dusche gekommen, kramte jetzt in seiner Sporttasche herum und summte einen Popsong vor sich hin.

»Wer?«, fragte Nathan, ohne mich anzuschauen.

»Du kanntest ihn. Den Mann am Klavier.«

»Ahhh.« Er zögerte einen winzigen Moment, bevor er mich ansah und sagte: »Der ist früher Tellerwäscher hier im Hotel gewesen. Ist dann im Gefängnis gelandet.«

Ich sagte nichts, und Nathan beendete seine Aussage mit einem *duuh-duuh-duuuh* und wedelte dabei mit seinem Zeigefinger zu dem Song. »Shin«, sagte er schließlich. »Sein Name ist Shin.«

Ich nahm einen Schluck Kaffee. »Was hat er zu dir gesagt?«

»Will seinen Job zurück. Ich meine, du könntest ihm eine Chance geben.«

Nathan sah so süß und optimistisch aus, dass ich lächeln musste.

»Er wollte nicht den Job zurück«, sagte ich.

Ich hatte Nathan nie erzählt, was Moxham im Hotel getrieben hatte, und auch nicht, dass ich weggesehen hatte.

»Moxham hat den Leuten gewisse Gefallen getan. Hat ihnen besorgt, was sie wollten, sie aus Schwierigkeiten rausgeholt. Shin muss einer von Moxhams Drogenlieferanten gewesen sein. Er wollte das Ganze wieder in Gang bringen: Drogen für die Gäste beschaffen.«

Ich erwartete, einen Schock in Nathans Gesicht zu sehen. Er führte ein vorbildliches Leben, trainierte jeden Tag. An Silvester hatte ich ihm einen Joint angeboten und er hatte so empört geguckt, dass ich stundenlang hatte kichern müssen. Aber Nathans Gesichtsausdruck blieb teilnahmslos. Er fummelte am Reißverschluss seiner Sporttasche herum. Ich stellte meine Kaffeetasse energischer als beabsichtigt auf dem Küchentresen ab.

»Du wusstest davon?«

»Nicht wirklich.« Er zuckte mit seinen breiten Schultern. »Es gab da so Gerüchte. Sonst nichts.«

Ich öffnete den Mund, um noch etwas zu sagen, eine weitere Frage zu stellen, aber Nathan kam zu mir herüber und legte seine Arme um mich. Er roch sauber, nach dem Kiefern-Duschbad, das er immer benutzte. Wie ferngesteuert drückte ich mich an ihn, schloss langsam die Augen.

»Wenn Shin zurückkommt«, sagte er, »dann kümmere ich mich um ihn.«

Es war ein Zitat aus einem Film. Nathan liebte diese hirnlosen Actionfilme.

Ich lächelte. Mein Beschützer.

~

Am nächsten Tag gab es keine Klaviermusik, und auch nicht am übernächsten.

Gott sei Dank. Shin war ein Aufschneider, sonst nichts. Jetzt, wo er wusste, dass Moxham weg war, würde er nicht mehr wiederkommen. Ich gab den Portiers seinen Namen und eine Beschreibung und sagte ihnen, sie sollten ihn nicht ins Hotel lassen.

Trotzdem spürte ich noch immer die Angst in meiner Brust.

(*Moss-ham?*)

Eine große Hochzeitsfeier sollte im Clement stattfinden, und ich musste drei Tage hintereinander bis spät arbeiten. Am dritten Abend schlich ich mich für eine kurze Pause in mein Büro. Das Hochzeitsessen fand im Ballsaal am anderen Ende des Hotels statt, aber ich konnte den Bass der Musikanlage bis hier hören. Da drinnen herrschte das reinste Chaos. Hundert Gäste, die immer betrunkener wurden. Ich hätte hingehen und nach dem Rechten sehen müssen. Stattdessen nahm ich mir die Packung Kokosbonbons aus meiner Schreibtischschublade. Während ich so dasaß und wie ferngesteuert vor mich hin kaute, fielen mir allmählich die Augenlider zu. Ich war so müde, dass ich an Ort und Stelle hätte einschlafen können.

Mein Telefon vibrierte.

Allie: Hast du schon die Flüge gebucht?

Ja, das würde ich machen, bevor ich wieder meine Meinung änderte. Nathan und ich würden nach London fliegen; wie ein richtiges Paar, in der richtigen Welt.

Es klopfte an der Tür. Ich lächelte, überzeugt davon, dass es der telepathisch von mir herbeigerufene Nathan sein würde. »Herein.«

Die Tür öffnete sich ein paar Zentimeter und hielt dann inne.

Mein Lächeln verblasste. »Hallo?«

Wahrscheinlich war es der Brautvater mit einer weiteren Bitte. Warum versteifte sich dann mein ganzer Körper?

»Hallo?«

Shin schob sich ins Zimmer und lehnte sich gegen die Tür, sodass sie sich hinter ihm schloss. Sein Blick schweifte umher, schaute alles an, nur nicht mich.

»Sie müssen gehen.« Meine Worte klangen wie ein Befehl, aber ich konnte meinen Körper nicht bewegen.

Shin kam zu meinem Schreibtisch herüber. Er war sehnig, und er roch nach Schweiß und etwas Fleischigem, das mich an die Wochenmärkte hier in Hongkong erinnerte. Tattoos schlängelten sich seine Arme hinauf. Ich sagte mir, das habe nichts zu bedeuten; viele Menschen hier hatten Tattoos, ohne zu den Triaden zu gehören. Mit pochendem Herzen versuchte ich, meine Panik zu unterdrücken.

»Ich habe nachgedacht.« Er lächelte, ohne den Mund zu öffnen, und leckte sich über die Lippen. »Sie tun gar nichts und ich mache meine Geschäfte.«

»Nein.«

»Keine Umstände für Sie.«

Er erhob nicht seine Stimme. Er sprach leise – eine Seltenheit in dieser Stadt, wo alles laut, laut, laut war.

»Nein.«

Ich griff nach meinem Handy, doch meine Hand war glitschig vor Schweiß. Ich konnte das Telefon nicht entsperren.

»Gehen Sie«, sagte ich. »Oder ich rufe die Polizei.«

»Keine Polizei. Ich gehe nicht wieder ins Gefängnis.«

Geradezu schüchtern zog er die Pistole aus seiner Hosentasche, so wie Flora, wenn sie mir einen Tannenzapfen zeigte, den sie im Park gefunden hatte. Er richtete sie nicht auf mich, sondern hielt sie nur schlaff an seiner Seite, aber trotzdem packte mich die Angst.

»Keine Polizei«, sagte er wieder.

Ich legte mein Telefon wieder auf den Schreibtisch. »Okay.«

»Geld. Ich brauche Geld.«

»Ich habe nichts.« Ich kramte mein Portemonnaie aus der Schreibtischschublade und warf es ihm zu. Mit einem dumpfen Geräusch landete es vor seinen Füßen.

Mit der linken Hand hob er es auf und fuhr mit dem Daumen über meine Kreditkarten.

»Nehmen Sie sie!« Die Panik war jetzt deutlich in meiner Stimme zu hören.

»Moss-ham hat Schulden bei mir. Und jetzt habe ich Schulden bei anderen Leuten.«

Ich stand auf. »Das ist nicht mein Problem!«

Er schüttelte den Kopf, nicht wütend, sondern eher wie ein Trauergast bei einer Beerdigung. Er kam näher, drückte sich am Schreibtisch vorbei und tippte mit der Pistole auf das Holz.

Tip.

»Bitte ...«

Tip.

Ich war hier gefangen, mit dem Rücken zur Wand.

Tip.

»Sie müssen. Mir mein. Geld besorgen.«

Bevor ich etwas erwidern konnte, schlug er mich mit dem Knauf der Pistole bewusstlos.

Noch bevor ich den Schmerz überhaupt wahrgenommen hatte, prallte ich auf den Boden.

~

Es schienen Stunden vergangen zu sein. Shin hatte mir einen harten Schlag gegen den Kopf verpasst, und vor meinen Augen rauschte es. Wahrscheinlich war ich eine ganze Weile ohnmächtig gewesen.

Ich kauerte unter meinem Schreibtisch, die Knie an die Brust gepresst, und wartete auf Shins Rückkehr. Dieses Mal würde er mich erschießen.

Ich hatte nicht mal versucht, mich zu wehren. Ich war ein Scheißfeigling. Ich hatte nicht das Geld, um ihn auszubezahlen. Wenn er zurückkäme, wäre ich tot. Da war ich mir sicher.

Ich wollte mich dem Schmerz hingeben, wieder ohnmächtig werden. Tränen liefen mir die Wangen hinab – halb aus Angst, halb aus Demütigung –, aber ich zwang mich, mein Handy zu suchen.

~

»Lola ... Lola ... Lola ...«

Als ich die Augen wieder öffnete, war viel Zeit vergangen. Nathan hockte neben mir und sagte immer und immer wieder meinen Namen, bis er jede Bedeutung verloren hatte. Vielleicht hatte er noch nie irgendeine Bedeutung gehabt.

Er streichelte meine Schulter. »Alles okay?«

»Ja.« Meine Stimme klang heiser. Ich räusperte mich. »Es geht mir gut.«

Nathan half mir auf die Beine. »Was ist passiert?«

Ich schüttelte den Kopf und zuckte vor Schmerz zusammen.

»Shin?«, fragte Nathan.

»Ja ...«

Der Name löste etwas in meinem Körper aus. Ich drückte mir die Knöchel in die Augenhöhlen, um nicht zu weinen. Nathan wollte mich umarmen, aber ich drückte ihn weg.

»Das war eine Warnung«, sagte ich. »Beim nächsten Mal ...«

Mit Nathan neben mir wurde meine Angst allmählich von Wut abgelöst. Diese Wut erfüllte mich mit einem Feuer, wie ich es noch nie erlebt hatte.

»Beim nächsten Mal ...«, meine Zähne klapperten bei jedem Wort, »... bringt er mich um.«

»Was ...« Nathan schluckte, als bekäme er keine Luft. »Was?«

»Willst du das? Willst du, dass sie meine Leiche irgendwann auf einer Müllhalde finden?«

Was, wenn Shin tatsächlich zu den Triaden gehörte? Was, wenn er und seine Freunde mich vergewaltigen, foltern und zerstückeln würden?

Nathan schien etwas sagen zu wollen – vielleicht wieder nur *Was* –, aber er blieb stumm.

»Steh hier nicht so rum.« Ich schubste ihn. »Mach irgendwas!«

Nathan taumelte zurück, und ein Schluchzen entfuhr meiner Kehle. »Du hättest mich beschützen sollen.«

Es war Unsinn. Wann hatte ich denn jemals beschützt werden wollen oder müssen? Seit ich achtzehn war, hatte ich mich nur auf mich selbst verlassen. Und doch spürte ich eine tiefe Traurigkeit darüber, dass es wirklich niemanden gab, der zu mir stand. Nicht einmal Nathan, der mich doch angeblich liebte.

»Ich schmeiße ihn weg.« Nathans Wangen wurden puterrot.

Wer weiß, ob ihn einfach sein Englisch im Stich gelassen hatte, ob es ein Übersetzungsfehler war, eine verunfallte Standardphrase, aber es brachte mein Gehirn zum Pulsieren.

»Ja. Schmeiß ihn weg, verdammt.«

Ich stellte mir vor, wie Nathan Shins Schädel gegen eine Wand rammte, und das fühlte sich gut an.

Knack. Nathan schlug mit der Faust in seine Handfläche.

Eine Sekunde später war er verschwunden und die Tür fiel hinter ihm ins Schloss.

18

Ein Drum-'n'-Bass-Beat hämmerte durchs offene Fenster, passend zu meinem beschleunigten Herzschlag. Ich holte tief Luft und steckte den roten USB-Stick in meinen Laptop.

Eine Wand aus Fotos baute sich im Browserfenster auf. Es waren Hunderte. Aber das hier waren keine Familienfotos aus Australien. Das erste Bild, auf das ich klickte, hätte aus einem Porno stammen können. Eine üppige Frau mit dichten, langen Haaren schmiegte sich im Bett an eine andere Frau. Sie trug eine stachelige Kurzhaarfrisur und sah aus wie ein Vogel. Beide waren nackt.

Hitze stieg mir ins Gesicht. Ich hockte auf meiner Bettkante, den Laptop auf den Knien. Mit der Pfeiltaste klickte ich mich durch die Fotos. Wie in einem Stop-Motion-Film räkelten sich die Frauen, lachten, küssten sich.

Diese Frauen machten das nicht für die Kamera. Selbst wenn die filmende Person den Anschein von Voyeurismus hätte erwecken wollen, war der Kamerawinkel nicht gut genug, um die Grundanforderungen zu erfüllen; die Gliedmaßen waren abgeschnitten. Das hier waren Schnappschüsse, die ohne das Wissen der Protagonistinnen aufgenommen worden waren.

Ich erkannte auch den Wandbehang hinter dem Bett. Es war die Queen-Conch-Villa, in der ich meine erste Nacht auf der Insel verbracht hatte.

Diara kam zu mir herüber und setzte sich neben mich.

»Das ist Meghan Shaw.« Sie zeigte auf die üppige Frau. »Christin.

Familienmensch. Ihr Ehemann ist Kongressabgeordneter, Alabama oder so. Und das da ist mit Sicherheit nicht er.«

Ich drückte lange auf die Pfeiltaste, sodass die Fotos rasend schnell vorbeizogen. Erst als die Personen auf den Bildern auf einmal andere waren, ließ ich die Taste los.

Ein Mann wankte über die Fliesen der Flamingo-Villa, nur mit einer Windel bekleidet und einem Schnuller im Mund.

»Den da kennst du wahrscheinlich«, sagte Diara.

»Tu ich das?«

Sie nannte mir den Namen eines Filmstars und ich musste unwillkürlich lachen. Ich starrte auf den Bildschirm und versuchte, das bekannte Gesicht zu erkennen.

»War schon ein paar Mal hier. Freund von Kip.«

»Und der steht auf so was?«

»Jeder hat seine Geheimnisse.«

Eine Frau bückte sich, um vom Couchtisch in der Villa Copper eine Nase Koks zu nehmen. Auf dem nächsten Foto streckte sie sich mit rotem Kopf und grinste eine Person an, die nicht im Bild war.

Es gab auch Videos. Man sah darauf Rauchschwaden von einer Heroinfolie aufsteigen. Auf meinem Laptop-Bildschirm erschien das Gesicht eines Mannes, der einen großen Zeh ablutschte.

»Ich verstehe nicht, wie er an dieses ganze Zeug rangekommen ist.« Diara, die schon alles auf diesem Stick gesehen haben musste, schaute nur ausdruckslos auf den Bildschirm. Meine anfängliche Überraschung verwandelte sich in eine tiefsitzende Übelkeit. Ich griff nach meiner – unangenehm warmen – Wasserflasche und trank sie in einem Zug leer.

»Kameras.« Ich wischte mir den Mund mit dem Handrücken ab. »Die kann man leicht verstecken.«

Es war nur Zufall gewesen, dass ich die Kamera in meiner Unterkunft gefunden und ausgeschaltet hatte. Weiß der Himmel, was Moxham mit dem Material gemacht hätte, wenn er lange genug am Leben geblieben wäre, um es zu benutzen. Ich wollte den Laptop schließen und von mir wegschieben, aber eine morbide Faszination in mir hielt mich davon ab. Ich schaute mir weitere Dateien an.

Wie viele dieser Dinge waren wirklich freiwillig zustande gekommen? Wenn die jeweiligen Personen keine pikanten Geheimnisse gehabt hatten, dann hatte Moxham sie vielleicht mit Drogen dazu verleitet, hatte sie herausgefordert, es als Scherz ausgegeben, und währenddessen jeden einzelnen Moment davon für die Nachwelt festgehalten.

Die Videos hatten keinen Ton, aber es gab auch Audiodateien. Ich spielte wahllos eine ab. Weißes Rauschen drang aus meinen Lautsprechern. Man hörte auch Stimmen, aber sie waren kaum zu verstehen.

Moxham: »Schon mal deine Frau betrogen?« (Ich konnte das Grinsen in seiner Stimme hören.)

Ein dunkles, tiefes Lachen ertönte. Die andere Stimme hatte einen südafrikanischen Akzent: »Ist der Papst katholisch?«

Moxham: »Versteh' ich gut, Alter. Ich sitz' hier mit einem Haufen frigider Schlampen fest.«

»Dieser Wichser«, murmelte Diara.

Es gab zu viele Aufnahmen – es hätte Stunden gedauert, sie alle anzuhören –, aber einige der Dateien waren zurechtgeschnitten worden. Das mussten die Goldnuggets sein.

Ich spielte eine Audiodatei ab, die auf vierzig Sekunden gekürzt worden war.

Moxham: »Ist er gestorben?«

Unbekannter Mann: »Wir waren noch Kinder, Mann, einfach nur Kinder.«

Moxham: »Das ist heftig.«

Unbekannter Mann: »Ich muss jeden Tag daran denken. Dieser Blick in seinen Augen. Kurz bevor wir ...« – schluchzend – »... ihn getötet haben.«

Ich schloss die Datei; ich konnte nichts mehr davon hören. Neben mir massierte Diara ihren Nacken.

»Da haben wir unser Motiv«, sagte sie.

All diese Dollarbeträge in seinem Notizbuch. Es waren Schmiergelder. Er hatte belastendes Material gesammelt und die Leute dann erpresst.

»Das ist so abgefuckt.« Ich holte tief Luft, aber sie schien nicht in meine Lungen zu gelangen.

»Aber lukrativ.«

Wenn eine Frau mit einer Untreueklausel im Ehevertrag dabei erwischt wurde, wie sie ihrem Mann fremdging, würde sie später bei der Scheidung keinen Cent bekommen.

Wenn ein Filmstar gefilmt wurde, wie er als Baby verkleidet umherkrabbelte, würde er sich von dieser Demütigung nie erholen und nie wieder eine Hauptrolle bekommen.

Wenn ein Firmenboss mit Heroin erwischt wurde, war er nicht mehr tragbar und würde aus dem Unternehmen geschmissen werden, das er selbst aufgebaut hatte.

In der Hotelbranche war es auch unsere Aufgabe, die Gäste vor Erpressung zu schützen. In Hongkong war ich davon ausgegangen, dass Moxhams illegale Aktivitäten lediglich darin bestanden hatten, unscheinbare Sexarbeiterinnen ausfindig zu machen und auf diskrete Weise Drogen zu besorgen – ohne dass man ihm irgendetwas davon nachweisen konnte. Was immer die Gäste gewollt hatten, so illegal es auch war, er hatte es mit einem Lächeln beschafft. Wann war er zu diesen Erpressungen übergegangen?

Vielleicht war es etwas Kleines gewesen. Ein Trinkgeld von 100 statt von 1000 Dollar. Eine Kundin, die ihn ausgelacht hatte, als er versucht hatte, sie zu küssen. Eine abfällige Bemerkung von einem Typen wie Ford. »Jetzt sei ein braver Junge und verpiss dich.«

Vielleicht hatte Moxham es einfach für einen geschickten Business-Move gehalten. Man kann x Dollar verdienen, indem man den Gästen jeden Wunsch erfüllt; man kann y Dollar verdienen, indem man ihnen droht, ihr Leben zu zerstören. Y ist größer x, ergo ist eine Investition in y empfehlenswert.

Moxham musste damit gerechnet haben, dass die meisten Menschen, wenn sie mit einer peinlichen Aufnahme konfrontiert wurden, ohne Weiteres zehn bis fünfzig Riesen springen lassen würden. Sie wären wütend, aber sie würden zahlen.

Allerdings waren die Einsätze hoch gewesen. Ein Millionenvermögen, ein guter Ruf – alles hatte auf dem Spiel gestanden. Wenn Moxham seine Ultimaten gestellt hatte (»Gib mir das Geld oder ich stelle das online«), musste immer die Gefahr bestanden haben, dass sein Gegenüber die Fassung verlor und zum Gegenangriff überging.

Ich hatte mich bisher nur gefragt, ob Moxham Kips dunkelste Geheimnisse herausgefunden hatte, aber jetzt wusste ich, dass er Dutzende Menschen erpresst hatte – und sie alle hatten einen Grund gehabt, Moxhams Tod zu wollen. Das Ausmaß des Ganzen war überwältigend. Es gab so viele Verdächtige.

Ich kam versehentlich auf den Laptop und ein Video öffnete sich. Der Zehenlutscher.

»Du weißt schon, wer das ist, oder?«, fragte Diara.

Ich blinzelte den Bildschirm an und schüttelte den Kopf.

»Howell«, sagte sie. »Hohes Tier bei der Polizei auf den Inseln.«

»Scheiße. Das erklärt auch, warum sich niemand wirklich dran gestört hat, als Moxham gestorben ist.«

Draußen krähte wieder ein Hahn. Ich schob den Laptop zur Seite und ließ meinen Kopf auf die Brust sinken. »Moxham wollte, dass ich ihm helfe.«

»Was?«

Ich erzählte ihr alles, was Moxham bei unserem Gespräch in der Strandhütte während der Alice-Party zu mir gesagt hatte.

Diara schnalzte mit der Zunge. »Sei froh.«

»Was meinst du?«

»Sonst hättest du vielleicht auch einen Unfall gehabt.« Sie legte besondere Betonung auf das Wort *Unfall*.

Das Zimmer schien immer kleiner zu werden, die Wände immer näher zu kommen.

»Was, wenn die denken, dass ich da mit drinstecke?«, fragte ich.

All diese neuen Verdächtigen, und alle hatten sie einen Grund gehabt, Moxham zu töten. Wenn sie glaubten, ich hätte ihm geholfen, dann hatten sie auch einen Grund, mich zu töten.

Ich kratzte unablässig an meinem Hals. Ich bekam ums Verrecken keine Luft.

19

Hongkong, vor zehn Tagen

Als ich allein in meiner Wohnung war, verkroch ich mich mit einem Eisbeutel im Bett und weinte. Nach einer Weile wurden meine Finger steif, während sie das Eis umklammerten.

Irgendwann musste ich eingeschlafen sein, denn ein Geräusch riss mich aus dem Schlaf. An meiner Haustür scharrte etwas.

Mein Herz hämmerte. Scheiße.

Shin. Er hatte herausgefunden, wo ich wohnte. Er hatte seine Freunde mitgebracht.

Diesmal würde er mich erschießen.

Ich krabbelte aus dem Bett in den Flur, bekleidet nur mit einem fadenscheinigen, übergroßen T-Shirt. Auf Zehenspitzen ging ich zur Eingangstür.

»Lo?« Seine Stimme klang heiser und dumpf durch die Tür. »Lass mich rein.«

Ich atmete erleichtert aus. Nathan.

Er hatte einen Schlüssel. Warum kam er nicht einfach rein? Warum hatte er mich halb zu Tode erschreckt?

Als ich die Tür aufmachte, sah ich, warum.

Er musste sich gegen die Tür gelehnt haben, denn als ich sie öffnete, fiel er nach vorne und auf die Knie. Ich schreckte zurück. Als er aufblickte und mich ansah, zog sich alles in mir zusammen.

Ein Auge war zugeschwollen. Er hatte eine dicke Lippe. Ein roter Striemen zog sich über seinen Hals.

»Nathan ...« Meine Hand wanderte zu seinem Scheitel, meine Finger gruben sich in sein schwarzes, schweißnasses Haar.

Stöhnend richtete er sich auf, schwankend, als hätte er vergessen, wie man seine Beine benutzt. Er schleppte sich in die Wohnung, die Tür fiel hinter ihm zu. Müde lehnte er sich gegen den schwarzen IKEA-Tisch – den, der immer im Weg stand und eigentlich zu groß für das Zimmer war.

»Es geht mir gut.«

Es war eine so exakte Umkehrung unseres früheren Gesprächs, dass ich fast gelacht hätte, aber der Laut, der aus meinem Mund kam, war ein Schluchzen.

»Du musst ins Krankenhaus«, sagte ich.

Aus Nathans rasselndem Atem schloss ich, dass eine oder zwei seiner Rippen gebrochen waren. Gehirnerschütterung?

Er stolperte an mir vorbei ins Bad. »Aspirin.«

Alles, was er anfasste, war danach blutverschmiert. Sein T-Shirt und seine Hose waren schwarz, deshalb hatte ich es zuerst nicht bemerkt, aber jetzt sah ich, dass sie von einer rostbraunen Flüssigkeit durchtränkt waren. Hatte er eine Stichwunde unter seinem T-Shirt? Würde er sterben?

»Was ist passiert?« Meine Stimme kam eine Oktave höher als sonst heraus. »Was hast du getan?«

Ich folgte ihm ins Bad und hielt ihn an seinem T-Shirt fest. Es klebte an ihm vor Blut.

Nathan schlug meine Hand weg. »Nichts.«

Er öffnete den Medizinschrank und griff nach einer Pillenflasche Aspirin. Seine Hände zitterten so stark, dass er die Kindersicherung nicht aufbekam. Ich nahm ihm die Packung aus der Hand, schraubte den Deckel auf und gab sie ihm zurück.

»Ich rufe einen Krankenwagen.«

»Nein.«

Er schüttete sich eine Handvoll Tabletten in seine Hand, ohne sie zu zählen, und schluckte sie ohne Wasser runter. Seine Augenlider flatterten. »Schlafen.«

Wenn man eine Gehirnerschütterung hatte und einschlief, konnte man ins Koma fallen. War das wissenschaftlich fundiert oder irgendein Quatsch aus dem Fernsehen?

»Dusche«, sagte ich.

Nathan war so groß wie ich und doppelt so schwer, aber es kostete mich kaum Kraft, ihn in die Duschkabine zu schieben. Er wankte wie ein Zombie umher und stützte sich an der Wand ab. Bei meinem Einzug hatte ich die schwarzen Kacheln im Bad gehasst, jetzt war ich dankbar dafür.

Ich drehte die Dusche auf und das Wasser lief über uns beide. Es dauerte immer eine Minute, bis sich die Dusche aufwärmte, deshalb war das Wasser noch eiskalt. Nathan begann gewaltig zu schlottern.

»Versuch dich auszuziehen.«

Jegliche Widerstandskraft war aus ihm gewichen. Er tat, wie ihm geheißen, seine steifen Arme gehorchten roboterhaft. Als er nackt war, starrte er mich an, wie ein Hund, der auf die nächste Anweisung seines Frauchens wartet. Er war so willenlos, ich hätte einen Krankenwagen rufen können, ohne dass er sich gewehrt hätte.

Ich spulte den Abend in Gedanken noch einmal zurück. In dem Moment, als Shin mein Büro verlassen hatte, hätte ich eigentlich die Polizei rufen müssen. Dadurch wären Moxhams Machenschaften enttarnt worden und ich hätte mich damit vielleicht sogar mitbelastet. Wenn ich bei Verstand gewesen wäre, hätte ich es vielleicht trotzdem getan. Aber dafür war es jetzt zu spät. Jetzt würde ich die Polizei nicht mehr rufen. Und ich rief auch keinen Krankenwagen.

Als das Wasser über Nathans Körper floss, nahm seine Haut allmählich wieder ihr makelloses Goldbraun an. Das Blut war nicht seines gewesen. Wir spülten gerade Beweismaterial weg. Was immer er getan hatte, ich steckte jetzt auch mit drin.

Nach der Dusche brachte ich Nathan ins Bett.

»Danke, dass du dich um mich kümmerst.« Er schenkte mir ein Lächeln, das liebreizend gewirkt hätte, wäre sein Gesicht nicht so picassohaft entstellt gewesen.

»Erzähl mir, was genau passiert ist.«

Sein Lächeln verblasste. »Er ist jetzt weg. Er wird dir nichts mehr tun.«

Es war schummrig im Schlafzimmer, nur eine Nachttischlampe spendete Licht.

»Oh, Scheiße, Nathan.« Ich hatte verzweifelt gehofft, dass es nicht so schlimm wäre, wie ich befürchtet hatte.

»Jetzt kann er dir nicht mehr wehtun.« Er zog das Laken über seinen Körper.

»Ich dachte, du würdest ...« Ich stieß einen heulenden Schluchzer aus. »Ich weiß nicht, ihn verscheuchen. Nicht ihn umbringen. Das habe ich nicht gewollt.«

Nathans Augenbrauen zogen sich zusammen, sein Mund wurde schlaff. Von draußen schnitt eine Sirene durch die Stille. Ich hielt die Luft an, bis sie verklungen war.

Nathan streckte seine Hand nach mir aus, aber ich wich zurück, sodass ich halb vom Bett fiel. »Fass mich nicht an.«

Sein Gesichtsausdruck wurde leer. Als ich aus dem Zimmer schlich, rief er nicht nach mir. Ich ließ mich auf das Sofa fallen, schaltete den Fernseher ein und schaute auf den Bildschirm, ohne etwas zu sehen.

Einige Minuten später (oder war es eher eine Stunde?) hörte ich ihn schnarchen. Ich hasste ihn dafür. Was musste man für ein Psychopath sein, dass man jemanden umbringen und trotzdem ruhig schlafen konnte? Ich wusste nicht, ob ich jemals wieder würde schlafen können. Immer wieder spielte ich unser Gespräch im Kopf durch. Ich wollte mir einreden, dass Nathan mich missverstanden hatte. Das passierte dauernd. Kleine Fehler in der Übersetzung. Dass ich ihn um einen grünen Tee bat und er mir schwarzen Tee brachte.

Aber das hier war kein Missverständnis gewesen. Ich hatte gewollt, dass Nathan Shin umbringt. Ich hatte Rache gewollt, und ich hatte Nathan losgeschickt, meinen Racheauftrag auszuführen. Was für ein Mensch war ich, dass ich so etwas tat? Wenn ich von meinem Freund verlangte, dass er für mich tötete, war ich dann nicht mitschuldig?

~

Am nächsten Morgen ließ Nathan es sich nicht nehmen, Frühstück zu machen. Die Küche sah katastrophal aus, alle Schränke waren offen, und auf jeder Oberfläche stand Geschirr herum. Abgesehen von einer allgemeinen Steifheit in seinen Bewegungen schlug er die Eier mit überraschender Geschicklichkeit auf. Entweder ließ er sich seine Schmerzen nicht anmerken oder er hatte letzte Nacht sehr viel mehr Schaden angerichtet, als er erlitten hatte.

Ich setzte mich an den Tisch, den IKEA-Tisch, den wir an einem gemütlichen Sonntag zusammengebaut hatten. Als er mir mit großer Geste den Teller hinstellte, versuchte ich nicht mal, etwas davon zu essen. Während er geschlafen hatte, hatte ich das Blut weggeschrubbt. Jetzt roch für mich alles nach Bleiche.

»Was sollen wir tun?«, fragte ich.

Nathan hatte den Mund voll. Seine Augenbrauen schnellten munter hoch, als hätte ich gefragt, wie wir den freien Tag zusammen verbringen sollten. Ein Ausflug in den Zoo?

»Wie könnte dein Alibi aussehen?«, fuhr ich fort. »Soll ich lügen und sagen, dass du bei mir gewesen bist?«

Sein Gesicht nahm einen traurigen Ausdruck an. »Es tut mir leid.« Er schluckte und griff nach meiner Hand. »Es war die einzige Möglichkeit.«

»War es nicht.« Meine Finger blieben schlaff.

»Moxham hätte es auch so gemacht.« Die Worte trafen mich wie ein Schlag.

»Woher weißt du, was Moxham gemacht hätte?«

~

»Ich hab' das für uns getan«, sagte Nathan immer wieder.

Das Gespräch drehte sich die ganze Zeit im Kreis. Nathan drückte meine Finger so fest zusammen, dass mir ein Kribbeln durch die Arme schoss. Dann nahm er meine tauben Finger und küsste sie, einen nach dem anderen. Vielleicht war das auch etwas, das er in einem Film gesehen hatte.

Nathan erzählte mir nicht genau, was er für Moxham gemacht hatte – »Schutz«, sagte er –, aber ich konnte es mir vorstellen. Wenn ein Dealer Moxham krumm gekommen war, hatte Nathan ihn eingeschüchtert. Vielleicht hatte er dafür nur böse gucken müssen. Vielleicht war es ein einfacher Job gewesen. Anfangs.

Jetzt streichelte er meine Handinnenfläche und redete über unsere Zukunft. Wir würden ein Haus kaufen, an irgendeinem heißen und wunderschönen Ort. Es würde nur uns geben, eine Insel ganz für uns.

»Ich habe das Geld nie ausgegeben«, sagte Nathan. »Ich habe es gespart. Für uns.«

Ich hatte geglaubt, mit Moxhams Weggang hätte das alles aufgehört. Ich war eine Idiotin gewesen.

Natürlich hatte Nathan nicht aufgehört. Wahrscheinlich machte er die Sache besser als Moxham. Er war freundlicher, konnte mit seinen Kontakten Kantonesisch reden. Er sorgte dafür, dass die Drogen weiterhin ins Hotel kamen. Er sorgte dafür, dass die örtliche Polizei ihm weiter Gefallen tat.

»Shin. Ist er ...«, sagte ich, »ist er die erste Person, die du getötet hast?«

»Er war Abschaum, er hat dir wehgetan.«
»Und dafür hat er den Tod verdient?«
»Ja.«

Ich musste wieder weinen, aber Nathans Hände umklammerten meine, sodass ich die Tränen nicht wegwischen konnte. Sie kamen einfach heraus und ließen meinen Blick trübe werden. Ich wollte Nathan nicht mehr anschauen.

»Es war nicht das erste Mal, dass du das getan hast«, sagte ich.

Nathan antwortete nicht.

~

In dieser Nacht schliefen wir ganz zärtlich miteinander. Wir waren eigentlich beide nicht wirklich in der Stimmung, aber wahrscheinlich wollten wir einander beweisen, dass wir uns immer noch liebten. Mit der schweren Wärme seines Körpers auf meinem gelang es mir fast, alles andere zu verdrängen.

Als er eingeschlafen war, stand ich vorsichtig auf und schlich mich ins Badezimmer. Ich setzte mich auf den Boden, die Knie unters Kinn gezogen. Mein Telefon fühlte sich glitschig an. Ich versuchte, im Kopf die Zeitverschiebung zu berechnen. In der Karibik wäre es jetzt Nachmittag.

Ein Anruf bei Moxham war, wie den Teufel um Hilfe zu bitten, aber in dieser Situation glaubte ich, nur der Teufel könne mich retten.

»Es ist was passiert«, sagte ich, als er abnahm.

»Showgirl!« Er rollte das R wie ein Zirkusdirektor.

»Dieser Typ namens Shin ist aufgetaucht.«

»Ach ja?« Seine Stimme wurde ernst.

»Das Ganze ist schiefgelaufen.« Ich wollte am Telefon nicht zu viel erzählen.

Mit den Fingerknöcheln drückte ich gegen meinen Wangenknochen. Ein Schmerz durchzuckte mich. Ich schaute in den Badezimmerspiegel und sah darin meine toten Augen. Da war ein winziger Blutfleck, den ich beim Saubermachen übersehen hatte.

»Tja, Scheiße.«

»Mox.« Ich konnte die Worte kaum herausbekommen. »Ich hab' eine Scheißangst.«

»Du bist in Sicherheit. Dein trotteliger Hulk wird dich beschützen.«

Ich wollte ihn anschreien. *Ich will diese Art von Schutz nicht. Ich will keinen Mann, der für mich tötet. Denn irgendwann könnte so ein Mann auch mich töten.*

»Ich muss raus«, sagte ich. »Weg von hier.«

»Showgirl ...«

»Du musst das in Ordnung bringen. Du bist hier der verdammte Problemlöser, also lös das Problem.«

»Wie wäre es mit einem neuen Job? Einem Neuanfang.«

»Wo?«

»Im Paradies.«

20

»Atmen«, sagte Diara. »Konzentrier dich aufs Atmen.«

Sie ließ mich beim Luftholen bis fünf zählen, und dann beim Ausatmen noch mal. Lange Zeit saßen wir zusammen so da, Diara zählte und ich lernte wieder, wie man atmete.

»Du bist in Sicherheit.« Ihre Finger gruben sich in meinen Unterarm.

Ich bezweifelte, dass sie da recht hatte. Immerhin kamen die Wände nicht mehr näher.

Nachdem ich aufgehört hatte zu hyperventilieren, ging sie in die Küchenzeile am Ende des Flurs und machte mir einen Rooibostee. Er schmeckte nach Zitronengras und machte, dass ich mich besser fühlte, auch wenn meine Brust weiterhin schmerzte, als wäre mein Herz angeschwollen und passte nicht mehr in meine Brust.

»Du solltest etwas schlafen«, sagte sie.

Ich stieß ein krächzendes kurzes Lachen aus, das in ein Röcheln überging. »Ich glaub' nicht, dass ich jemals wieder schlafen werde.«

Mühsam stemmte ich mich hoch und ging hinüber zur Kommode. Die drei anderen USB-Sticks (blau, grün, gelb) lagen immer noch dort. Ich warf einen Blick auf meine Uhr. Es war schon nach zehn, aber ich hatte noch einiges zu tun; ich musste bei den Hostessen nach dem Rechten sehen, sichergehen, dass alle Gäste zufrieden waren. Aber im Moment war mir das egal. Auf diesen

USB-Sticks befand sich die Antwort auf die Frage nach Moxhams Tod. Ich musste wissen, was sich auf ihnen befand. Ich steckte den blauen Stick in meinen Laptop und die Dateien erschienen auf dem Bildschirm.

»Wer war in der Nacht auf Keeper Island?«, fragte ich Diara. »Howell?«

Könnte es der Polizeichef selbst gewesen sein, der Moxham für immer zum Schweigen gebracht hatte?

»Nein, der war nicht da, nicht in dieser Nacht.«

»Bist du dir da sicher?«

»Daran würde ich mich erinnern. Er kommt immer im Spa vorbei und flirtet mit Helena.«

Nebenbei klickte ich mich durch eine Galerie von nackten Frauen. »Wer war denn hier?«

Diara zählte sie an ihren Fingern ab. »Die Gäste auf der Insel: Ford, Carolina, Brady ...«

Gemeinsam machten wir eine Liste. Da waren der Fußballer und seine Frau, der deutsche Gewürzhändler, die italienische Erbin ...

»... und Eddie Yiu«, sagte sie.

»Plus Kip«, sagte ich. Ich scrollte schnell durch die Dateien. Als ich zwischen den Bildern einen Glatzkopf entdeckte, machte mein Herz einen Sprung. Bei näherer Betrachtung erkannte ich den Mann jedoch nicht, der da mit zwei Frauen im Bett lag.

»Hast du irgendjemanden von denen schon auf dem roten Stick gesehen?«, fragte ich.

Diara schüttelte den Kopf. »Nein.«

Ich legte den blauen USB-Stick beiseite, schnappte mir den grünen und steckte ihn in den Computer. »Du nimmst den gelben.« Ich warf den letzten Stick in Diaras Richtung.

Er fiel klappernd zu Boden, aber sie hob ihn wieder auf.

»In diesem Fall« - sie stieß einen langen Seufzer aus - »brauche ich einen Kaffee.«

Sie ging wieder zur Küchenzeile und kam mit zwei Bechern Kaffee und einer Packung Kochbananenchips zurück. Es war eine langwierige und mühsame Aufgabe, das Material zu sichten. Die seltsamen Kamerawinkel und die ungünstigen Bildausschnitte machten es schwierig, die Stars der jeweiligen Show zu identifizieren. Ich musste Einzelbild für Einzelbild durchgehen, jeden Gesichtsausdruck genau prüfen. Es war die extremste Form von Voyeurismus, und ich fand es beunruhigend, wie schnell mich der Anblick von Menschen in ihren schutzlosesten Situationen schon kaltließ.

»Kannst du grün checken?« Ich schleuderte den USB-Stick quer durchs Zimmer. Ich wollte eine Zweitmeinung zu einem blondhaarigen Mann in Spitzenunterwäsche. »Ist das Brady?«

»Nein, ist er nicht.«

Eine Stunde war vergangen. Ich rieb mir die Augen. Die Wirkung des Kaffees ließ langsam nach. Beim Abspielen eines Videos waren zwischendurch immer wieder gedämpfte Stimmen zu hören. Ich drückte auf Pause.

Auf der anderen Seite des Zimmers streckte sich Diara und veränderte ihre Sitzposition auf ihrem Bett. »Was sagst du hierzu?«, fragte sie.

Ich setzte mich neben sie und schaute auf ihren Bildschirm. Darauf lief ein Video, in dem ein Mann in der Flamingo-Villa tanzte. Er war nackt, um ihn herum auf dem Boden lag seine Kleidung verstreut.

»Wer ist das?«, fragte ich.

Der Mann war aufgedunsen und seine Zähne blitzten strahlend weiß. Sein Schwanz wedelte umher.

»Eddie Yiu.«

»Wirklich?«

Sein Gesicht war teilweise von einem blauen Basecap verdeckt, auf dem ein Logo prangte, das mir irgendwie bekannt vorkam.

»Das ist seine Investmentgesellschaft.«

»Na ja, er scheint eine gute Zeit zu haben«, sagte ich und lächelte müde.

»Wart's ab.«

Das Video lief weiter, und aus dem Tanzen wurde allmählich Kampfsport. Eddie ging in die Hocke und stürzte sich auf einen unsichtbaren Angreifer, seine Mütze fiel herunter und man sah sein Gesicht. Obwohl die Kamera ein ganzes Stück von ihm entfernt war, bemerkte ich, dass etwas mit seinem Gesichtsausdruck nicht stimmte.

Er nahm sich seinen Gürtel vom Boden. *Zack.*

Ich zuckte zusammen. Er schlug den Gürtel gegen seine Oberschenkel, dann über seine Schulter und auf seinen Rücken. Sein Mund verzog sich zu einem lautlosen Heulen.

»Er sieht komplett gestört aus«, sagte ich, ohne den Rest meines Gedankens aussprechen zu wollen: Er sah aus wie jemand, der töten könnte.

»Wäre peinlich, wenn das an die Öffentlichkeit käme.« Diara warf einen angewiderten Blick auf den Bildschirm. Der nackte Eddie lag blutverschmiert und gekrümmt auf dem Boden.

»Das würde seine Karriere beenden«, sagte ich. »Dieses neue Geschäft, das er gerade aufbaut.«

Ich beugte mich über Diaras Laptop und hielt das Video an. »Was weißt du über ihn?«, fragte ich.

»Nicht viel. Ist zum ersten Mal hier. War schon mal im Spa, aber ist nicht besonders gesprächig.«

Ich ging auf Google und tippte *Eddie Yiu + Hongkong* ein. Ich scrollte, bis ...

»Oh, Scheiße, ich hab' gerade sein Polizeifoto gefunden.«

Auf dem Foto hatte er etwas Benommenes, fahle Haut, die schwarzen Haare fielen ihm in die Augen. Der dazugehörige Artikel war entweder auf Kantonesisch oder Mandarin geschrieben, und von einem Übersetzungsprogramm bekam ich nur unzusammenhängende Satzfetzen ausgespuckt. Unsinnigerweise wünschte ich, ich könnte Nathan bitten, den Artikel zu übersetzen, und ein Schmerz durchfuhr mich, als ich an ihn dachte.

Soweit ich es verstand, hatte Eddie gerade einen zweijährigen Gefängnisaufenthalt hinter sich.

»Körperverletzung. Das heißt das doch, oder?« Ich schob den Laptop in Diaras Richtung. Mir war übel.

Wenn Eddie Yiu Moxham ermordet hatte und mich verdächtigte, bei der Erpressung mit drinzuhängen, dann stand ich auch auf seiner Liste.

Ich ballte immer wieder die Faust, um das Kribbeln loszuwerden.

»Er ist abgereist, richtig?«, sagte ich. »Er hat die Insel verlassen.«

Diara schüttelte den Kopf, ihre Federohrringe strichen ihr über die Schultern.

In den neun Tagen, die seit der Alice-Party vergangen waren, waren Ford und Carolina von der Insel abgereist, außerdem die Italienerin, der Deutsche, der Fußballer und seine Frau. Ich wusste, dass Eddie die Insel heute Morgen hätte verlassen sollen. Gestern hatte ich Tessa, seine Hostess, gebeten, einen aufwendigen Abschiedskorb für ihn vorzubereiten: Designer-Duftkerzen, frischgebackene Kekse, ein Kuschel-Faultier mit einem Stick-Logo von Keeper Island auf dem Bauch.

»Er hat seinen Aufenthalt verlängert«, sagte Diara.

»Nein.« Warum zum Teufel hatte Tessa mir das nicht gesagt?

»Um vier Uhr hatte er eine Massage bei mir.«

Ich erschauderte und zerrte am Hals meines T-Shirts.

»Hat ein gutes Trinkgeld gegeben«, sagte sie.

»Toll«, murmelte ich sarkastisch, »solange er ein gutes Trinkgeld gegeben hat.«

Diara schnalzte abschätzig. Wir wandten uns wieder dem Bildschirm zu und ich spielte das Video erneut ab. Eddie Yiu war offensichtlich kein Mann der Selbstbeherrschung. Für sein neues Business würde er der Geschäftswelt beweisen müssen, dass er sich seit seiner Gefängnisstrafe gewandelt hatte. Moxhams Aufnahmen hätten das direkt widerlegen können. War es das wert, ihn deswegen umzubringen?

Hongkong. Alles führte wieder nach Hongkong. Meine Gedanken überschlugen sich. Was, wenn Moxham Eddie schon damals im Clement Hongkong gekannt hatte? Was, wenn Moxham ihn schon einmal erpresst hatte? Könnte Moxham etwas mit Eddies Inhaftierung zu tun gehabt haben?

Hatte Eddie mich aus Hongkong wiedererkannt? Hatte Moxham ihm gegenüber angedeutet, dass ich ihm geholfen hatte?

»Wenn er weiß, dass ich das alles hier habe, wird er sich als Nächstes mich vorknöpfen.«

»Er weiß nicht, dass du das hast«, sagte Diara. »Mach dir keine Sorgen.«

Sie fummelte an ihren Ohrringen herum und zupfte an ihren Ohrläppchen. Sollte ich ihr die ganze Geschichte erzählen, weshalb ich aus Hongkong geflohen war? Wenn sie all das wüsste, wäre sie vielleicht nicht mehr so zuversichtlich.

Die Luft fühlte sich dick an, ich hatte das Gefühl, nicht genügend Sauerstoff zu bekommen. Oder vielleicht hatte ich wieder vergessen, wie man atmete.

»Ich brauche etwas frische Luft«, sagte ich.

»Wie wär's mit einem Mitternachtssnack?«

~

Die Restaurantküche erstrahlte in weißem Licht. Wo ich auch hinblickte, sah ich Waffen. Messer, die an ihren Magnetleisten nach Größe angeordnet waren, riesige Fleischerhaken, Pfannen, die man wie Baseballschläger umherschwingen konnte.

Öl zischte in der Pfanne. Ich zuckte zusammen.

»Erzähl dem Koch nicht, dass ich hier gewesen bin.« Diara stellte die Gasflamme ein.

»Vertrau mir, ich kann ein Geheimnis für mich behalten.« Ich setzte mich neben sie auf den Edelstahltresen.

Wenigstens war es um uns herum hell und aufgeräumt. Hier konnte sich Eddie Yiu nicht an mich heranschleichen.

Diara machte Johnny Cakes, eine Art jamaikanische Donuts. Ruhig drückte sie Teigklumpen zu flachen Kreisen und legte sie in das brodelnde Öl.

»Meine Oma macht die besser, aber ...« Sie zuckte mit den Schultern und reichte mir einen Teller. »Hier, bitte sehr.«

Ich brach den ersten, noch heißen Johnny Cake auf. Er war außen knusprig, innen weich und fluffig. »Die sind echt lecker«, sagte ich mit vollem Mund.

Diara rollte ein wenig mit den Augen, aber sie lächelte. Ich biss in den zweiten Teigfladen und ließ meinen Blick durch die Küche schweifen. Die Fenster waren wie eine Wand aus schwarzen Rechtecken.

»Was denkst du, wie lange hat Moxham schon diese Leute erpresst?«, überlegte ich laut.

»Dieses ganze Material ...«, sagte Diara. »Monate. Mindestens.«

»Er hatte Kameras in jeder Villa, fast in jedem Zimmer.«

Gerade hatte ich noch hungrig gegessen, aber jetzt konnte ich an meinem dritten Johnny Cake nur noch knabbern.

»Sind die Kameras noch da?«, fragte Diara. »Hast du sie gefunden?«

»Nein.« Ich runzelte die Stirn und stellte meinen Teller neben mir ab. »Da war nichts.«

»Er muss sie abmontiert haben, bevor er ...«

»Warum hätte er das?«, unterbrach ich sie. »Er wollte doch die schmutzigen Geheimnisse, er brauchte die Aufnahmen. Aber jetzt sind die Kameras weg.«

Diara blickte skeptisch. »Die haben sich ja wohl nicht selbst zerstört.«

Sie dachte dasselbe wie ich. Jemand hatte die Kameras nach

Moxhams Tod zerstört. Und dieser Jemand hatte anscheinend nicht gewusst, wo die USB-Sticks versteckt waren, aber er hatte über die Erpressung Bescheid gewusst und dass das Ganze vertuscht werden musste.

»Er muss einen Komplizen gehabt haben«, sagte ich.

So musste es sein. Im Clement Hongkong hatte ich bemerkt, dass Moxham langweilige Arbeiten hasste. Deshalb hatten wir immer so gut zusammengearbeitet; ich hatte die Drecksarbeit übernommen. Aber wer hatte Moxhams Drecksarbeit vor meiner Ankunft auf Keeper Island übernommen?

Diara holte eine weitere goldbraune Teigscheibe aus dem Öl. »Das muss jemand vom Personal gewesen sein, jemand, dem er vertraut hat.«

»Wem hat er denn vertraut?«

»Ich kannte ihn nicht besonders gut.«

In meinem Kopf blitzte das Foto von Moxham und Diara auf, wie sie zusammen lachend am Meer standen. *Love of my life.* Mit einem Blinzeln war es wieder weg.

»Was, wenn sein Komplize ihn umgebracht hat?«, fragte ich.

Diara verzog das Gesicht. »Wieso sollte er das?«

»Mox hat mit den Erpressungen Hunderttausende Dollar gemacht. Was, wenn der Komplize dieses Geld für sich selbst haben wollte?«

»Das ist ein Motiv«, sagte Diara.

Ich drückte meine feuchten Handflächen gegen die kühle Arbeitsplatte. Nicht nur die erpressten Gäste hatten Moxham vielleicht tot sehen wollen. Ich warf einen Blick auf die Messer an der Magnetleiste.

Jeder auf dieser Insel konnte der Mörder sein.

21

Als ich am nächsten Morgen bei Sonnenaufgang erwachte, zeigte sich die Insel von ihrer glorreichsten Seite. Jetzt, da ich über all die Erpressung und Gewalt an diesem Ort Bescheid wusste, kam es mir vor, als würde das Böse jedes Sandkorn auf dieser Insel durchdringen.

Aber stattdessen war es ein Paradies.

Es war Montag, und das bedeutete, dass eine ganze Woche voller Möglichkeiten vor uns lag. Der Himmel war unwahrscheinlich blau, die Wolken türmten sich. Dort, wo die Sonne durch das Blätterdach schien, legte sie sich wie Balsam auf meine nackte Haut. Bei meiner Wanderung vom Personaldorf zum Hauptkomplex begegnete ich einem der Faultiere der Insel, halb vom Laub verdeckt. Große Augen, lange Arme, pelziges Gesicht. Ich stieß ein lautes Lachen aus. Das Faultier warf mir einen Blick zu – nicht ängstlich, eher wie eine genervte Bibliothekarin – und begann langsam an einem Blatt zu knabbern.

Über mir hörte ich ein Surren. Jemand fuhr mit der Seilbahn über mich hinweg, raste jedoch zu schnell vorbei, als dass ich die Person hätte erkennen können. Ich hatte die Seilbahn vom Keeper Peak bis hinunter zur Hidden Cove bisher noch nicht ausprobiert, aber ich wollte es irgendwann tun. Einer der Punkte auf meiner To-do-Liste.

Am besten bald, vielleicht ist nicht mehr viel Zeit.

Letzte Nacht hatten Diara und ich uns auf einen Plan geeinigt.

Wir hatten Tatverdächtige, aber was wir brauchten, waren konkrete Beweise. Das Wann und das Wo.

Wir hatten – wenn auch nur kurz – darüber gesprochen, ob wir das ganze Material an die Polizei übergeben sollten, damit die sich darum kümmerten. »Keine gute Idee«, hatte Diara gesagt. »Nicht, solange wir uns nicht sicher sind und keine wirklich erdrückenden Beweise haben.« Howell hatte guten Grund, das Ganze unter den Teppich zu kehren. Ich für meinen Teil wollte keine Aufmerksamkeit auf das Clement Hongkong lenken.

Stattdessen würde sich Diara mit ihrer Tante in Verbindung setzen, die bei der örtlichen Polizei arbeitete und die Sache diskret behandeln würde. Wir würden ein paar Nachforschungen auf Keeper Island anstellen. Es gab Zeugen, die wir fragen konnten, was sie in der Nacht der Alice-Party gesehen hatten; wir würden eine Zeitleiste der Ereignisse vor und nach Moxhams Tod erstellen.

Ich wollte außerdem das Erpressungsmaterial noch einmal komplett sichten, falls wir etwas übersehen hatten. Ich dachte dabei auch an die Tonaufnahmen; stundenlange Gespräche, in denen vielleicht Eddie zu hören war oder Kip oder irgendjemand anderes, der einen weiteren Mord plante. Vielleicht auch meinen Mord, wenn er wusste, was ich gerade machte.

Das Faultier kletterte auf dem Baum langsam aus meinem Sichtfeld. Ich seufzte und setzte meine beschwerliche Wanderung fort. Eine große Hochzeitsgesellschaft aus San Francisco würde heute anreisen, und ich sollte als Hochzeitsplanerin fungieren. Zufällig traf ich Tessa (mürrisch, mit einem großen grünen Smoothie in der Hand), die mir erzählte, dass der Internet-Server der Insel gerade eine Störung habe, weshalb sie im Moment nichts machen könne.

Ich beauftragte sie, eine Kühlbox für einen Ausflug zur Insel Anegada fertig zu machen, der in – ich schaute auf die Uhr – einer Stunde beginnen sollte.

Irgendwo lief zwar ein Mörder frei herum, aber deswegen musste das Leben auf der Insel ja nicht stillstehen.

~

Ein schnittiges rot-weißes Bowrider-Boot lag am Pier und wartete darauf, die Gäste nach Anegada zu bringen. Als ich eintraf, bemerkte ich ein kleineres, heruntergekommeneres Boot, das dicht am Ufer entlangfuhr. Eine Hand winkte mir zu.

»Guten Morgen!« Über das Dröhnen des Motors hinweg ertönte eine Baritonstimme.

Das Boot schaukelte näher heran. Docs faltiges Gesicht verzog sich zu einem breiten Lächeln.

»Ich bin ganz schlecht mit Namen«, sagte er atemlos, als er an Land gekommen war.

Zuvor hatte ich in den Nachrichten etwas über einen tropischen Sturm gehört, der sich auf das etwa 130 Meilen entfernte St. Kitts zubewegte. Ich konnte nicht einschätzen, wie schlimm es uns treffen würde. Die See schien böig, aber nicht wie vor einer Naturkatastrophe. Ich hatte gerade nicht die geistigen Kapazitäten, mir über das Wetter Gedanken zu machen und alles, was damit zusammenhing.

Ich sagte Doc erneut meinen Namen, und er zog den Hut. »Ich kann mir zwar keine Namen merken, aber ich vergesse nie ein Gebrechen«, sagte er. »Wie geht es Ihnen nach Ihrem Sturz?«

»Gut, danke. Was führt Sie nach Keeper Island?« Wenn der Arzt hier war, dann vielleicht, weil jemand verletzt war.

»Der große Mann selbst.«

»Gott?«

Er kicherte. »Ach, nennt Kip sich mittlerweile so?«

Ich funkte Fizzy an, um herauszufinden, wo sich Kip befand, erhielt aber keine Antwort, also begleitete ich Doc selbst zu Kips Villa.

»Ich hoffe doch, es ist alles in Ordnung?« Ich lenkte den Golfwagen an den Swimmingpools des Hauptkomplexes vorbei, die wieder strahlend blau funkelten, seit ich den Filter hatte reparieren lassen.

»Kip ist eine Kämpfernatur.« Doc klopfte mit seinem Stock gegen sein Bein. »Die Genesung verläuft gut.«

»Genesung?«

»Ein Schlaganfall hat ihn umgehauen.«

Kip hatte einen Schlaganfall gehabt? Wann? Seit ich auf Keeper Island war, hatte ich nie auch nur einen Gedanken an Kips Gesundheit verschwendet. Er schien immer segeln zu gehen oder Kajak zu fahren oder auf den Wanderwegen der Insel umherzukraxeln. Er mochte über sechzig sein, aber er wirkte auf mich sehr fit. Aber wenn er sich gerade von einem Schlaganfall erholte, musste er wohl gebrechlich sein. Ich fragte mich, warum in den Medien nie von seinen Gesundheitsproblemen die Rede gewesen war. Und überhaupt, durfte Doc mir das alles erzählen? Ich machte *Mmmm* und hoffte, er würde fortfahren.

»Das hat alles noch schlimmer gemacht«, sagte er. »Vor allem das Von-Willebrand-Syndrom. Sehr selten, wissen Sie.«

»Verstehe.« Dachte Doc, dass ich bereits über Kips gesundheitliche Probleme im Bilde war? Oder, was wahrscheinlicher war, wollte er nur ein bisschen tratschen? »Von-Wille ...«

»Von-Willebrand-Syndrom.« Mit geschwellter Brust stellte Doc seine Fachkenntnis zur Schau. Er erklärte mir, dass es sich um eine Erbkrankheit handelte, bei der das Blut nicht richtig gerinnt, was unter anderem zu Blutergüssen und Nasenbluten führt.

Blutergüsse? Nasenbluten? Als ich Doc an Kips Villa absetzte, schwirrte mir der Schädel. Er ging zur Eingangstür und klopfte.

»Oh nein.« Als Kip die Tür öffnete und Doc sah, versuchte er sie direkt wieder zu schließen.

Doch Doc steckte seinen Stock in den Türspalt. »So leicht werden Sie mich nicht los.«

»Ich dachte, Sie kommen am Dreißigsten«, sagte Kip wehleidig.

»Ja, und ich sollte recht behalten«, sagte Doc. »Heute ist der Dreißigste.«

Kip schlug sich an die Stirn. »Verdammt.«

Ich verbarg ein Lächeln, als ich mit dem Golfwagen davonfuhr. Ich hatte noch nie erlebt, wie jemand Kip übertölpelte.

~

Zurück am Pier ging ich die Unmengen an Vorräten durch, die für den Ausflug nach Anegada vorbereitet worden waren. Tessa hätte einen Korb mit Handtüchern einpacken sollen. (Hatte sie nicht.)

Ich dachte immer noch über Kip nach. Der blutige Handabdruck auf seinen Shorts, die blauen Flecken, die für mich auf eine Schlägerei hingedeutet hatten. Vermutlich konnte das alles mit diesem Von-Dingsbums-Syndrom erklärt werden. Und hatte Kip mit seinen vielen Gebrechen überhaupt die Kraft, einen Menschen zu töten? Er war mir immer noch suspekt – immerhin hatte er über die Todesumstände seiner Frau gelogen –, aber ich konnte unmöglich an ihm als meinem Hauptverdächtigen festhalten. Es gab so viele andere Leute, die einen Grund gehabt hatten, Moxham zu töten.

Ich war so in Gedanken vertieft, dass ich Brady kaum bemerkte. »Hey!«

Ich blinzelte in die Sonne. Seine Silhouette war riesig, wie er so den Steg entlang auf mich zuschlenderte.

»Dass wir uns auch ständig so über den Weg laufen!«, sagte er.

Ich lachte. »Bei einer Insel von dieser Größe ist das wirklich ein unglaublicher Zufall.«

Er war in Superman-Farben gekleidet, rote Shorts und blaues T-Shirt, das so eng war, dass man seine Muskeln sah. Auf die ich natürlich nicht schaute.

Eine Gruppe von Gästen traf ein, zusammen mit Ethan, dem Barkeeper. Er war ein gutaussehender Amerikaner; schlaksig und dunkelhaarig mit einer römischen Nase und Tätowierungen, die ihm an den Armen hinaufkrochen. Als Tessa endlich mit den Handtüchern auftauchte, warf sie sie auf den Boden und begann ein langes Gespräch mit Ethan, ohne dabei auf meine erzürnten Blicke zu reagieren.

»Kommen Sie mit uns nach Anegada?«, fragte Brady mich.

»Nein, schön wär's.«

Über das Funkgerät hörte ich die zunehmenden Diskussionen über die technische Störung. Das schien keine Störung mehr zu sein, sondern eher ein kompletter Herzstillstand.

»Ach, kommen Sie, das wird sicher lustig.«

»Nein, wirklich, ich wünsche Ihnen viel Spaß.« Ich wandte mich von ihm ab. »Ich muss zurück zu ...« Ich gestikulierte nur umher, anstatt zu sagen, *zu dieser Lawine aus Scheiße, mit der ich mich hier herumschlagen muss.*

»Dann muss ich es wohl anders angehen«, sagte Brady. »Ich verlange, dass Sie mitkommen.«

Er streckte mir die Hand entgegen, um mich zu halten, als wäre ich beinah ins Wasser gefallen. (War ich nicht.) Seine grünen Augen funkelten. Mein Gott, war er süß.

»Gästewunsch«, sagte er. »Das dürfen Sie nicht ablehnen.«

Ich zögerte. Nein, ich wollte diesen schönen Tag nicht damit verbringen, herumzuhetzen und anderer Leute Probleme zu lösen. Ich wollte auch nicht nach Hinweisen zu einem Mord fahnden, der beängstigend nah in meinem Umfeld geschehen war.

Ich wollte alldem entfliehen; wegsegeln, neue Orte erkunden und mit einem heißen Typen flirten. Einem heißen Typen, der einer der Verdächtigen in Moxhams Mordfall war. Mein Männergeschmack war tadellos.

Reggie traf ein und platzierte die Gäste auf dem Bug des Bowriders. Ethan stapelte die Vorräte ins Heck.

»Komm schon«, sagte Brady.

Er kletterte an Bord, drehte sich um und streckte mir die Hand entgegen.

22

Anegada, die »überschwemmte Insel«, war vollkommen flach und aus der Ferne nicht zu erkennen. Beim Näherkommen sah die Flora der Insel aus wie Petersilie auf einer Fischplatte. Sie war deutlich weniger bevölkert als Virgin Gorda, aber ein paar Geschäfte umringten die Anlegestelle.

Reggie plauderte mit dem Besitzer eines Mopedverleihs, und wenige Minuten später holperte unsere Gruppe in einer Abgaswolke über den rissigen Beton von Anegadas einziger asphaltierter Straße. Ich setzte mich mit meinem roten Moped an die Spitze und genoss die Geschwindigkeit und das Knattern des Motors.

An den Salzteichen standen die berühmten Flamingos so weit weg von uns, dass sie selbst durch das Fernglas nur wie rosafarbene Flecken aussahen. Laut Tessa, die die Rolle der ausgesprochen gelangweilten Touristenführerin übernahm, waren die Flamingos auf Anegada bis zur Ausrottung gejagt worden, aber Naturschützer hatten sie wieder hier angesiedelt, und der Schwarm wurde allmählich immer größer. Größer, aber scheu.

Am nahegelegenen Cow Wreck Beach gab es Sand, Palmen und eine Strandbar mit Rumcocktails aus Plastikbechern. Hier konnte ich gut vergessen, dass ich gerade arbeitete. Zur Mittagszeit watete eine Gruppe einheimischer Männer ins Wasser und zog eine vor Hummern wimmelnde Falle an Land. Die buttergetränkten Hummerschwänze, die eine halbe Stunde später serviert wurden, waren die frischesten Meeresfrüchte, die ich je gegessen hatte.

Schließlich war es an der Zeit für einen Ausritt. Es war eine Überraschung für die Gäste, aber obwohl ich darauf vorbereitet war, war der Anblick der auf uns zutrabenden Pferde am Strand seltsam erhebend. Auf Anegada lebten vielleicht keine zweihundert Menschen, aber es gab hier ein Pferdeschutzgebiet.

»Ach, sind die schön!« Tessa klatschte in die Hände. Zum ersten Mal sah ich ihre Augen leuchten.

Das mir zugewiesene Pferd, ein gefleckter Fuchs, war nicht besonders freundlich. Genau genommen hatte ich den Eindruck, es sei ein ziemliches Arschloch. Als ich versuchte, seine Nase zu streicheln, zuckte es wiehernd zurück. Noch schlimmer war daraufhin mein Versuch, es zu besteigen. Ich bekam einen Fuß in den Steigbügel, bevor es zur Seite hüpfte und mich in der Luft baumeln ließ, unfähig, auf- oder abzusteigen.

»Ganz ruhig, Mädchen. Ganz ruhig.«

Zuerst dachte ich, Brady rede mit mir, aber er legte eine Hand auf den Hals des Pferdes. Er zog sanft an den Zügeln und atmete langsam aus, als wolle er dem Pferd signalisieren, es ihm gleichzutun.

»Seit wann wird man denn in New York zum Pferdeexperten?«, fragte ich, nachdem Brady mich mit einem Schubs in den Sattel gedrückt hatte.

»Ich bin in South Carolina geboren, ein richtiges Landei.«

Ich traute meinem Pferd immer noch nicht, aber als ich meine Beine gegen seine Flanke drückte, wie Brady es mir empfohlen hatte, stolzierte es los. Die Art, wie es seine staubig-braune Mähne schüttelte, gab mir das Gefühl, dass es meine Anwesenheit bestenfalls tolerierte. Der Rest der Gäste trabte bereits vor mir den Strand entlang. Der Anblick war ein Witz im Vergleich zu dem lebhaften Galopp, den ich aus dem Fernsehen kannte. Zwei der Frauen trugen Bikinis, die meisten Männer waren oben ohne, alle waren barfuß.

Ich erwartete, dass Brady mit dem Rest der Gruppe davongaloppieren würde, aber er blieb neben mir und hatte anscheinend kein Problem damit, nur langsam voranzukommen. Er sprach oft mit seinem Pferd – »Na, lauf mal schön« und »Das machst du großartig, mein Mädchen« – und strich mit seinen großen Händen über ihre Mähne. Ich gab meinem Pferd einen einzelnen, vorsichtigen Klaps.

In der Stille, die zwischen uns entstand, musste ich unweigerlich wieder an die Liste der Verdächtigen denken. Bradys Name stand in Moxhams Notizbuch. Und auch wenn er immer freundlich zu mir gewesen war, wurde ich das Gefühl nicht los, dass mit ihm etwas nicht stimmte. Als regelmäßiger Gast im Clement Hongkong hatte er Moxham gekannt. War das nur Zufall?

»Erzähl mir von South Carolina«, sagte ich.

War jetzt nicht ein guter Zeitpunkt, ihn kennenzulernen?

Natürlich nur zu Ermittlungszwecken.

Brady rieb sich das Kinn, aus dem goldene Bartstoppeln wuchsen.

»In den Sommerferien sind wir immer auf Dads Ranch gefahren, die ist seit hundert Jahren in Familienbesitz. Das Land erstreckt sich meilenweit, bis zu den Bahngleisen. Mit fünf dachte ich, dahinter hört die Welt auf.«

»Ach ja?«

Ich drückte meine Beine an die Flanken, und das Pferd beschleunigte seinen Schritt und warf dabei Sand auf. Brady kam wieder neben mich. »Ich war ein ziemliches Schlitzohr.« Seine Grübchen wurden tiefer, wenn er lächelte. »Ich war besessen von diesen Zügen am Ende der Welt. Irgendwann wusste ich immer genau, wann ich die Gleise überqueren konnte. Da sind die Güterzüge an mir vorbeigedonnert, und ich kleiner Scheißer hab' sie böse angestarrt und gespielt, wer als Erstes wegguckt.«

Sein Südstaatenakzent war jetzt stärker. Ich stellte ihn mir als Jungen mit dünnen Beinen und blondem Haarschopf vor. In meiner Vorstellung rannte er, so schnell er konnte, über die Bahngleise. Unweigerlich empfand ich ein gewisses Verständnis dafür. Ich hatte als Kind auch solche Mutproben gemacht. Vielleicht machte ich sie noch immer.

»Mein Dad hat seinen Gürtel rausgeholt, als er erfahren hat, was ich da gemacht habe.«

»Das ist hart.«

»Nein, er wollte, dass ich weiß, was richtig und was falsch ist.«

Das musste ich sacken lassen. Mein Vater hatte mir mit Sicherheit nie beigebracht, was richtig und was falsch war. Wir trabten weiter. Die Flut kam, und am Strand schäumten die Wellen.

»Was führt dich in die Karibik?«, fragte ich.

Er schwieg einen langen Moment, lehnte sich in seinem Sattel zurück. »Kann man mit fünfunddreißig eine Midlife-Crisis haben?«

»Das solltest du nicht mich fragen.«

Unsere Pferde liefen plätschernd durchs seichte Wasser, die Hufe gruben sich in den nassen Sand.

»Ich hab' dieses ganze Anzugträger-Ding in New York durchgezogen und war irgendwann ausgebrannt. Meine Ehe war im Eimer. Ich hatte das Gefühl, mein ganzes Leben sei vorbei.«

»Scheiße.«

»Ja, das fasst es ganz gut zusammen. Jedenfalls habe ich zufällig meinen Kumpel Andy getroffen. Er meinte, ich sollte für einen Monat nach Keeper Island kommen, um einen klaren Kopf zu kriegen.« Er lachte. »Ich bin schon länger als einen Monat hier. Vielleicht geh' ich nie wieder weg. Und übernehm' den Job von dem Typen da.«

Er deutete auf Ethan, der zwanzig Meter weiter neben einer Kühlbox hockte und Getränke und Snacks für die zurückkehrenden Gäste vorbereitete. Ethan legte den Kopf schief, als hätte er das mitbekommen. Mit Sicherheit hatte er diesen Witz schon tausendmal gehört von Männern, die noch keinen einzigen Tag in ihrem Leben in der Gastronomie gearbeitet hatten.

Brady erzählte eine lange Geschichte darüber, wie er sich mal beim Versuch, Keeper Peak zu besteigen, im Busch verirrt hatte. Während ich auf dem Pferd dahinwackelte, spürte ich, wie meine Beine langsam anfingen zu schmerzen. Brady neben mir sah so entspannt aus, als säße er in einem Golfwagen.

»Und dann habe ich eines dieser Faultiere gesehen, und ich schwöre bei Gott, es hat in die richtige Richtung gezeigt«, erzählte Brady. Er wandte sich zu mir und zwinkerte mir zu, und mein Magen drehte sich um. Hatte ich wirklich Lust auf jemanden, der einem zuzwinkerte?

Aus Versehen drückte ich meine Beine zu fest zusammen, und mein Pferd wieherte und trat in die Luft.

»Ruhig!« Das Pferd schüttelte seine Mähne und drohte mich abzuwerfen. Es beruhigte sich, aber ich deutete das als Warnung.

»Wie wär's mit einem Drink?«, fragte ich. *Wie wär's, wenn wir endlich von diesen gottverlassenen Biestern absteigen?*

Ethan breitete eine Stranddecke für uns aus, tiefrot und samtweich. Ich fühlte mich schlecht, so von ihm bedient zu werden, aber nicht schlecht genug, um es zu verhindern. Er schlich davon und holte sein Handy aus der Tasche. In einiger Entfernung verloren sich die anderen Gäste in den Kurven des Ufers.

»Du bist also schon seit mehr als einem Monat auf Keeper?«, fragte ich Brady, als wir uns auf der Decke niederließen. »Es scheint dir hier zu gefallen.«

Ich schenkte ihm ein großzügiges Glas kalten El Tesoro aus der Kühlbox ein. Aus seinen Gäste-Infos wusste ich, dass das sein Lieblingstequila war. Ich schenkte mir selbst ein kleineres Glas ein.

»Du bist auf der Party gewesen an dem Tag, als ich angekommen bin, oder?«, fragte ich.

»Wann war das?«

Er roch an seinem Tequila, als wäre es ein Whiskey, und nahm dann einen Schluck.

»Die Alice-im-Wunderland-Party.«

»Ach richtig. Ihr wisst wirklich, wie man eine Party schmeißt. Ich musste mich nach Hause tragen lassen.« Er wackelte mit den Augenbrauen und machte eine seltsame Drehung mit den Füßen, wobei sich der Verband von einem seiner Füße löste.

Ein Summen ertönte und er holte sein Telefon heraus. »Tut mir leid, ich weiß, das macht man eigentlich nicht.« Er wischte über den Bildschirm. »Ich sollte es ins Meer schmeißen.«

»Kein Problem.« Ich nahm einen Schluck vom Tequila. Er war fruchtiger, als ich erwartet hatte. So gut, dass ich mir noch mehr einschenkte.

Brady ließ sein Handy zwischen uns auf die Decke fallen. »Wo waren wir gerade?«

Ich streckte meine nackten Beine aus, stupste Bradys Knöchel mit meinen Zehen an, halb mit Absicht, halb aus Versehen.

»Die Alice-Party.« Ich gab mich ganz entspannt. »Du hast nichts Ungewöhnliches gesehen?«

»Oh, doch!«

Ich hielt den Atem an, wartete darauf, dass er fortfuhr.

»So ein Typ in einem Hasenkostüm hat versucht, mit mir zu ringen.« Er schlug lachend mit der Faust in den Sand.

»Hm.« Ich zwang mich zu einem Kichern. »Das ist lustig. Sonst erinnerst du dich an nichts von dieser Nacht?«

Seine Stimme verfinsterte sich. »Nur an beschissene Karten beim Pokern und« – er nahm einen Schluck von seinem Tequila – »zu viel Alkohol.«

Ich blickte ihn von der Seite an und studierte sein Profil. Das Lachen war aus seinem Gesicht verschwunden und durch eine seltsame Starre ersetzt worden. Ich hatte ihn noch nie fluchen gehört; er schien eine geradezu puritanische Abneigung dagegen zu haben.

»Das ist schade.«

»Ich werd' drüber hinwegkommen.« Er lächelte und seine Stimme entspannte sich wieder.

Meine Zehen kitzelten noch immer seinen Knöchel. Brady packte meine Beine und zog sie auf seinen Schoß. Ich hätte mich wehren sollen, aber ich wollte nicht. Seine Hand lag schwer auf meinem Oberschenkel.

»Weißt du« – er deutete auf den langen weißen Sandstrand – »ich würde gerne eine eigene Insel kaufen. Ich denke ernsthaft drüber nach. Wirklich.«

»Dann musst du mich aber auf deine Insel einladen.«

»Das steht ganz oben auf meiner Liste.«

Wir saßen da und lauschten den Wellen, während Bradys Daumen unablässig über meinen Oberschenkel strich. Ohne es zu merken, hatte ich meinen Tequila ausgetrunken, und mein Körper fühlte sich ganz weich an.

Brady versuchte, meinen Blick zu erhaschen. Ich wusste, wenn wir uns anschauten, würde er mich küssen.

Es war teils Enttäuschung, teils Erleichterung, als wir in der Nähe ein Pferdewiehern hörten. Der Rest der Gruppe war zurückgekehrt und trabte den Strand entlang auf uns zu. Ich räusperte mich und löste mich von Brady.

»Ich hol' dir noch was zu trinken.« Mit schnellen Schritten ging ich zur Kühlbox. Eine Wolke aus Stechmücken hatte sich auf uns niedergelassen und ich verscheuchte sie.

Er stand auf, streckte sich, und ich gab mir alle Mühe, nicht zu bemerken, wie seine Shorts dabei ein Stück von den Hüften rutschten und ein harter Adonisgürtel zum Vorschein kam.

»Ich muss mal auf die Toilette«, sagte er, »oder in einen Busch. Bin gleich wieder da.«

Während er wegging, breitete ich weitere Stranddecken aus, auf denen sich die Gäste nach ihrem Ausritt entspannen konnten.

Ich musste immer noch verarbeiten, worüber ich mit Brady gesprochen hatte. Was hatte er gesagt? *Ich musste mich nach Hause tragen lassen.*

Brady war auf der Party also betrunken gewesen, so betrunken, dass er nicht allein nach Hause gekommen war. Das allein war kein Verbrechen. Es war nicht mal ungewöhnlich. Nur dass er vielleicht zu Hause nicht direkt ins Bett gegangen war. Vielleicht war er wieder rausgegangen, hatte Moxham ausfindig gemacht und ihn mit der Erpressung konfrontiert. Trunkenheit und Wut waren eine gefährliche Kombination.

Bzzz. Automatisch drehte ich mich um. Bradys Handy lag immer noch auf der Decke. Das Display leuchtete auf, eine neue Nachricht. Dann summte eine weitere Nachricht, dann noch eine.

Die Neugierde packte mich. Ich nahm das Telefon in die Hand. Drei Nachrichten standen da übereinander:

Tut mir leid
Bleib cool
Sie können nichts beweisen

Alle Nachrichten stammten von einer Person namens Andrew Reisslenger. Sie können nichts beweisen? Was beweisen?

»Hey.«

Brady war zurück von seinem Toilettengang und stand über mir. Eine Falte war zwischen seinen Augen.

Fast hätte ich sein Handy fallen gelassen, aber ich fasste mich und hielt es ihm ungeschickt hin.

»Das ist deins«, sagte ich dämlich.

»Danke.« Er nahm es mir ab.

»Nicht, dass du das noch vergisst!« Ich hustete und hielt mir den Mund zu. »Also, das war sehr nett, aber ich muss los. Besser, wir gehen, bevor uns die Insekten noch auffressen.«

»Klar.« Brady schaute mir in die Augen, aber ich konnte seinen Blick nicht deuten.

Bleib cool, dachte ich und zwang mich, seinen Blick mit einem aussagelosen, freundlichen Lächeln zu erwidern.

23

Am nächsten Tag war der Server der Insel immer noch außer Betrieb. Ein Cyberangriff auf das Rechenzentrum in den USA hatte auch Schaden an unserer IT-Infrastruktur angerichtet. Die Tablets in den Villen funktionierten nicht, und die Gäste konnten weder Essen bestellen noch Ausflüge buchen. Im Spa herrschte Chaos, weil Gäste unangekündigt auftauchten und bereits gebuchte Slots für sich beanspruchten. Es war an mir, das alles in Ordnung zu bringen. Zusätzlich musste ich die morgige Hochzeit sowie die »Goldene Strandparty« am Samstag organisieren.

Ich hatte den ganzen Tag über immer wieder mit Zack telefoniert, unserem technischen Support in Florida. Er war so nutzlos wie ein Blinddarm. Ich hätte ihn angeschrien, wenn ich geglaubt hätte, dass das irgendetwas bringen würde. Stattdessen holte ich meine honigsüßeste Stimme heraus und bat ihn, das Problem bitte, bitte bis zum Ende des Tages zu beheben.

»Ich gebe mein Bestes, Ms George«, sagte Zack gereizt.

Ich beendete das Gespräch und ließ mich auf einen der Liegestühle am Pool fallen. Ich triefte vor Schweiß. Es war heute noch mal mindestens fünf Grad heißer als gestern.

Alles, was ich wollte, war hierzubleiben und mir einen Painkiller in einem kühlen Glas zu genehmigen. Das war einer der typischen Jungferninsel-Cocktails: Orange, Ananas und Kokosnuss mit einem ordentlichen Schuss Rum. Ich schloss die Augen, während ich mir den Geschmack vorstellte. Scheißjob. Scheißarbeit.

»Hallo, hallo.«

Als ich Eddie Yius Stimme hörte, zuckte ich so heftig zusammen, dass er besorgt fragte: »Hey, alles in Ordnung?«

Er trug eine Baseballmütze, dieselbe, die er auch in dem Video aufgehabt hatte. Ich hatte ihn nicht mehr gesehen, seit ich Zeugin davon geworden war, wie er sich hatte auspeitschen lassen.

»Ja, alles gut.« Ich stemmte mich hoch. »Was kann ich für Sie tun?«

»Ich möchte gern tauchen gehen.«

»Großartig!«

Mir fiel eine Beule an seinem Arm auf. Weiß der Himmel, was sich sonst noch unter seinem gebügelten Polohemd versteckte.

»Ich hab' versucht, einen Tauchkurs zu buchen, aber die Technik hat gestreikt.«

»Ja, das tut mir leid, das wird gerade repariert. Aber ich organisiere Ihnen einen Tauchkurs, gar kein Problem.«

Während ich ihm hinterherschaute, fiel mir ein, dass einer meiner ehemaligen Kollegen im Clement Hongkong vielleicht Informationen über Eddie haben könnte. Er war ja während meiner Zeit dort Gast gewesen. War die Körperverletzung sein erstes Verbrechen gewesen oder hatte es noch andere gegeben? Wenjing, die Klatschbase vom Zimmerservice, wusste das bestimmt. Das Problem war nur, wenn ich sie anriefe, würde Nathan Wind davon bekommen, wo ich mich gerade aufhielt. Und das wollte ich nicht.

Ich war so beschäftigt gewesen, dass ich bei meinen Nachforschungen zum Moxham-Mord nicht weitergekommen war. Ich hatte zwar eine große Menge seiner geheimen Tonaufnahmen auf mein Handy geladen, aber das waren Stunden von Material, und ich hatte kaum Zeit gehabt, mir etwas davon anzuhören. War auf diesen Aufnahmen vielleicht noch mehr über Eddie zu hören? Und könnten die Aufnahmen auch etwas über Brady enthalten? Die mysteriösen Textnachrichten von Andrew Soundso machten mir immer noch zu schaffen. Aber als ich Diara letzte Nacht davon erzählt hatte, war sie unbeeindruckt gewesen.

»Beweise«, hatte sie gesagt. »Wir brauchen harte Fakten.«

Wir hatten geplant, den Tag damit zu verbringen, unsere Zeitleiste der Ereignisse aufzuschreiben und den Mitarbeitern von der Alice-Party ein paar vorsichtige Fragen zu stellen. Stattdessen kämpfte Diara mit dem Chaos im Wellnessbereich und ich spielte mit dem Gedanken, nach Florida zu fliegen und unserem Technik-Support Zack mit einem riesigen Schaumstoffhammer eins überzuziehen.

Übers Funkgerät bat ich Reggie, einen Tauchausflug für Eddie zu organisieren, und zog mich dann in einen Lagerraum zurück. Er war mit staubigen Kisten vollgestopft, aber er hatte zwei entscheidende Vorteile. Erstens fühlte es sich durch die Klimaanlage dort an wie an einem Schneetag in London. Und zweitens konnten mich die Gäste hier nicht finden.

Ich ließ mich auf eine Kiste mit der Aufschrift »Manuka-Honig« fallen und zog mein Telefon aus der Tasche. Seit meinem letzten Telefonat mit Zack hatte ich vier verpasste Anrufe von Gästen mit Problemen, die ich beheben sollte.

Diara mochte Bradys Textnachrichten für unwichtig halten, aber ich war davon überzeugt, dass sie eine Spur waren. Ich öffnete Google auf meinem Handy. Wie hieß der Typ, der Brady die SMS geschrieben hatte? Andrew Reiss-irgendwas. Ich googelte ein paar Varianten des Namens, bis ich fündig wurde: *New York City, Andrew Reisslenger*. Auf den Fotos hatte er einen braunen Kurzhaarschnitt und auffällig gerade Zähne. Er war Anwalt und arbeitete für eine Kanzlei namens Lange, Weile und Partner oder so ähnlich.

Vielleicht waren die Textnachrichten geschäftlicher Natur gewesen. *Bleib cool, halt dich bedeckt, sie können nicht beweisen, dass du bluffst.* Wenn Brady gerade dabei war, sich eine eigene Insel zu kaufen, dann überlegte er sich mit seinem Anwalt Andrew vielleicht nur eine Verhandlungsstrategie. Oder die Nachrichten könnten ein Beweis für seine Schuld sein. Brady war ein Mörder, der wusste, dass er bald verhaftet werden würde. Sein Anwalt bläute ihm ein, sich nicht selbst zu belasten.

Ich scrollte weiter durch die Suchergebnisse. Offenbar war Andrew auch als Autor tätig. *Ruhe im Gericht, Glaube im Herzen: Der Weg eines Anwalts zurück zu Christus.* Oh Gott. Das würde ich mir kaufen müssen, wenn ich das nächste Mal Schlafprobleme hätte.

Ein Blick in sein Buch zeigte, dass Andrew früher viel getrunken, Drogen genommen und vorehelichen Sex gehabt hatte. Klang nach einer Menge Spaß. Aber jetzt hatte er zu Gott gefunden und Gott hatte ihm vergeben.

Ich kehrte auf die Website seiner Kanzlei zurück. Aus einem Impuls heraus wanderte mein Finger zur Telefonnummer. Ich schaute auf die Uhr. Es war mitten am Nachmittag, und wir waren hier in der gleichen Zeitzone wie New York. Scheiß drauf. Ich würde den Mann einfach selbst fragen.

Als ich das Freizeichen hörte, beschleunigte sich mein Herzschlag. Was zum Teufel würde ich sagen? *Hallo, sind Sie Bradys Anwalt? Glauben Sie, dass er gefährlich ist?*

Eine Rezeptionistin hob nach zweimaligem Klingeln ab.

»Andrew Reisslenger, bitte«, sagte ich.

»Worum geht es?«

»Ich brauche einen Anwalt. Andrew wurde mir persönlich empfohlen.«

Angespannt wartete ich auf weitere Fragen der Empfangsdame.

Stattdessen ertönte ein Klicken und das Telefon klingelte erneut.

»Andrew Reisslenger.« Er hatte eine nasale Stimme. Ich stellte ihn mir vor, wie er sich in seinem Bürostuhl in seiner Arbeitskabine zurücklehnte. Arbeitskabine? In Gedanken versetzte ich ihn in ein Büro mit Fenster, das Empire State Building direkt in Sichtweite.

»Hallo, mein Name ist« – ich schaute mich um auf der Suche nach einer Eingebung – »Sophie Sea... more, Seymore.« Ich schlug mir gegen die Stirn. Es war vielleicht nicht Jane Palm-Tree, aber nah genug dran. »Ich brauche einen Anwalt.«

»Dann sind Sie hier richtig. Worum geht es denn, Ms Seymore?«

»Ich habe mich in eine heikle Situation manövriert.«

»Tut mir leid, das zu hören. Können Sie etwas ins Detail gehen?«

»Besser nicht am Telefon, wissen Sie. Sicher ist sicher.« Ich musste mir ein Lachen verkneifen. Herrje, ich sollte besser im Ausweichen sein.

»Okay«, sagte Andrew. Ich konnte das Stirnrunzeln in seiner Stimme hören. Vielleicht hielt er das hier für einen Telefonstreich.

»Könnten Sie mir ein wenig über Ihre Kernbereiche erzählen?«, fragte ich.

Das veranlasste Andrew dazu, einen offensichtlich gut eingeübten Monolog abzuspulen. Wie sich herausstellte, hatte er sich auf Vertragsrecht spezialisiert. Gähn.

»Sie klingen wie ein guter Christ«, sagte ich, als er eine kurze Atempause einlegte.

»Danke. Sind Sie auch eine Anhängerin Jesu Christi?«

»Absolut. Übrigens, ich glaube, wir haben einen gemeinsamen Freund, wissen Sie?« Ein kurzes Kichern entschlüpfte mir. »Also, abgesehen von Jesus.«

»New York ist ein Dorf, obwohl Sie klingen, als wären Sie von weiter weg. Sind Sie aus England?«

»Mmm, gut geraten.« Ich gab mich möglichst kätzchenhaft. »Tatsächlich hat Brady Sie mir empfohlen. Brady Calloway.«

»Brady.« Andrews Stimme wurde kühl. »Woher kennen Sie Brady?«

»Gemeinsame Bekannte. Aber Sie zwei sind eng befreundet, oder?«

Andrew atmete geräuschvoll aus. »Ich habe seit Jahren nichts mehr von ihm gehört.«

»Oh.« *Warum lügst du mich an, Andrew?* »Ich dachte ...«

Irgendetwas raschelte und ich hörte Lachen und Gespräche wie in einem Büro, als hätte Andrew das Telefon vom Ohr genommen. »Tut mir leid, ich muss aufhören.«

Klick.

Ich ließ mein Telefon sinken. Das war seltsam. Andrew war eng genug mit Brady befreundet, um ihm SMS zu schicken, tat aber so, als würden sie sich kaum kennen. Welches Motiv hatte er, zu lügen?

Ich rief noch einmal in der Anwaltskanzlei an, aber die Rezeptionistin sagte mir, Andrew sei den ganzen Tag in einer Besprechung.

Als ich aufgelegt hatte, leuchtete mein Telefon wieder auf.

»Na«, sagte ich und hob ab, »wenn das nicht mein bester Freund Zack ist.«

~

Die Sonne stand schon tief am Himmel, als ich mich am Abend auf einen Hocker an der Tiki-Bar hievte. Unweit von mir setzte Maria, eine der Hostessen – zierlich, Babygesicht, blaue Strähnen im schwarzen Haar –, schwimmende Teelichter auf das Wasser in den Swimmingpools. Guillaume bereitete für das Abendessen ein echtes Spanferkel zu, und der Duft davon wehte zu mir herüber. Ich legte meinen Kopf auf die hölzerne Theke. Gott, ich könnte hier sofort einschlafen.

»Was zu trinken?« Ich blickte auf und sah Ethan mit einer Weinflasche in der Hand vorübergehen. Nebenan im Restaurant wurde gerade das Abendessen serviert, und im Hintergrund summten Gespräche und Gelächter.

»Painkiller«, sagte ich. Er sauste los, aber ich rief ihm hinterher: »Das war ein Scherz! Nur einen Ananassaft. Danke.«

Als mein Saft kam, war er aufgemacht wie ein Cocktail, mit

einem kleinen Schirmchen und einer Maraschino-Kirsche, die ich herauszupfte und sofort aß. Ich zog die feuchte Cocktailserviette unter dem Glas hervor und kramte einen Kugelschreiber aus meiner Tasche.

Beweise. Harte Fakten. Diara hatte recht. Ich ließ mich von Nebensächlichkeiten ablenken. Ich brauchte beweisbare Dinge.

Auf die Serviette schrieb ich:

Zeitlicher Ablauf der Ereignisse:
22 Uhr: Moxham kommt in die Queen-Conch-Villa, um mit Lola zu sprechen.
24 Uhr?: Moxham am Hauptstrand, rennt davon, weil er dringend irgendwohin muss. Feuerwerk.
7 Uhr: Leiche entdeckt.

Es war nicht viel. Moxham hatte gesagt, er komme zu spät zu einer wichtigen Verabredung. Ich hatte angenommen, er habe eine Stelle aus *Alice im Wunderland* zitiert, aber was, wenn er sich tatsächlich mit jemandem getroffen hatte?

Ich versuchte angestrengt, mich an diese Nacht zu erinnern. Da war doch eine Person den Strand entlanggelaufen, oder nicht? Merkwürdig.

Später in der Nacht war ich aufgewacht und hatte ein Licht auf dem Wasser gesehen. Ich hatte es für ein Boot gehalten. Hatte da vielleicht jemand Moxhams Leiche entsorgt? Wann war das gewesen? Vielleicht um drei? Ich trug beide Ereignisse in die Liste ein.

Diara kam in die Bar und lehnte sich an meine Schulter, um zu sehen, was ich da schrieb. »Können wir los?«

»Fast.« Ich trank den letzten Schluck von meinem Saft. »Wie lief's im Spa?«

»Albtraum.« Sie verbarg ein Gähnen hinter ihrer Faust.

Vor einer Stunde hatte mir Zack versichert, er habe das Problem behoben, allerdings funktionierte trotzdem nur die Hälfte des

Systems. Mittlerweile war mir das alles nur noch egal. Diara und ich wollten den Abend damit verbringen, so viele Leute wie möglich zu befragen.

»Sag mal, woran erinnerst du dich von diesem Abend?« Ich rutschte von meinem Hocker und steckte die Serviette in die Tasche.

Sie zuckte mit den Schultern. »Ich hab' gearbeitet. Dann bin ich nach Hause gegangen.«

»Aber du warst auf der Party, oder? Die Mitarbeiterparty am Pool?« Mir fiel auf, dass ich Diara nach ihrem betrunkenen Sturz gar nicht mehr gesehen hatte.

»Nur für eine Stunde oder so.«

»Und du hast nichts gesehen?«

»Nein.«

Sicherheitshalber verschwieg ich, dass sie sturzbesoffen gewesen war. Kein Wunder, dass sie sich an kaum etwas erinnerte.

Diara lächelte. »Ich muss dich leider enttäuschen.«

»Ich hoffe, die anderen Zeugen sind ergiebiger als du«, sagte ich sarkastisch.

24

»Was soll das hier?« Tessa verschränkte die Arme vor ihrem dürren Körper.

Die Villa Copper war angenehm kühl und roch nach frischen Blumen (und vielleicht ein klein wenig Raumspray). Ich drehte die Klimaanlage heimlich noch ein bisschen runter, damit es wirklich arktisch kalt wurde.

»Die Alice-Party«, sagte ich. »Wo warst du in dieser Nacht?«

Diara und ich hatten Tessa mitten beim nachmittäglichen Zimmerservice abgepasst. Das war eine der mühsameren Arbeiten einer Hostess; dabei musste man kleinere Reinigungsarbeiten erledigen, die Sachen der Gäste wegräumen und ihre Betten für die Nacht vorbereiten. Als wir ankamen, hatte Tessa noch nichts von alledem gemacht. Sie hatte Selfies geknipst.

»Ich hab' gearbeitet«, sagte sie. »Alle denken immer, ich arbeite nicht.«

»Wer sagt denn so was? Ich weiß doch, dass du eine absolute Maschine bist.« Es fiel mir schwer, nicht zu lachen, als ich das sagte. »Deswegen bin ich ja auch zu dir gekommen. Ich wusste, du würdest dich an alles erinnern, was in dieser Nacht passiert ist.«

Durch die bodentiefen Fenster hinter ihr konnte man die Sonne über dem Meer untergehen sehen.

»Ich hab' doch gesagt, dass ich gearbeitet habe.« Tessa schob ihre Unterlippe vor. »Bin ich in Schwierigkeiten?«

»Nein, nein, ich muss nur über diese Nacht Bescheid wissen, wegen ...«

»Fizzy«, sagte Diara. »Die will das mit Moxhams Tod genauer untersuchen lassen. Für die Versicherung oder so.«

Wir hatten uns diese Ausrede zurechtgelegt, weil wir hofften, das Thema Versicherung wäre für alle so langweilig, dass niemand sie infrage stellen würde. Tessa schien jedoch nicht wirklich überzeugt.

»Was hat sie gesagt?« Ihre Stimme wurde lauter. »Hat bestimmt komplette Scheiße erzählt, wie immer. Ich habe ihr doch gesagt, dass ich meinen Pullover holen wollte. Hab' ich da drin vergessen. Und den brauchte ich wieder.«

»Was?«

Ein Gespräch mit Tessa war so rätselhaft wie ein Gespräch mit meiner Nichte.

Ihre Wangen waren rosa geworden. »Sie hat mich nie gemocht, wahrscheinlich, weil Kip mich süß findet. Sie ist eifersüchtig.«

Ach ja, nur wenige kannten den Schmerz, eine hübsche junge Frau zu sein. Diara warf mir ein Miniatur-Augenrollen zu und ich unterdrückte ein Lachen. Es war mindestens vierundzwanzig Stunden her, dass Tessa zuletzt mit ihrer Kündigung gedroht hatte; der nächste Nervenzusammenbruch war überfällig.

»Ist dir in dieser Nacht irgendwas Merkwürdiges aufgefallen?«, fragte ich Tessa.

Da sie noch nicht mit dem Zimmerservice angefangen hatte, schüttelte ich die Bettlaken aus und begann, das oberste Laken nach dem auf Keeper Island vorgeschriebenen Muster zu falten. Die Villa Copper war Bradys Villa; ich musste mir unwillkürlich vorstellen, wie er sich nackt zwischen diesen Laken räkelte. Plötzlich verspürte ich das dringende Verlangen, seine Sachen zu durchwühlen, zum Teil nach Hinweisen, zum Teil aber auch einfach aus Neugierde. Ich wollte wissen, was für Unterwäsche er trug, wollte sein Eau de Cologne riechen und irgendwelche peinlichen Macken an ihm entdecken, wie eine Sammlung kitschiger Goldarmbänder.

»Na ja.« Tessa sah mir bei der Arbeit zu, machte aber keine Anstalten, mir zu helfen. »Ich habe Schreie im Dorf gehört. Das war irgendwie merkwürdig.«

»Wie viel Uhr?«

»Ich weiß nicht, elf, vielleicht auch früher. Ich bin zurück auf mein Zimmer gegangen, weil ich meinen Freund in Dublin anrufen wollte. Er hat grad mit so einer Familienangelegenheit zu tun. Und ich war ja auch nicht wirklich lange weg. Um halb zwölf war ich schon wieder am Strand, und da war alles in bester Ordnung.«

»Wer hat geschrien?« Ich steckte das Laken am Fußende des Bettes fest und strich es dann mit einer Hand glatt.

»Keine Ahnung, das war schnell wieder vorbei. Klang nach einer Frau.«

»Irgendjemand schreit im Dorf immer rum«, sagte Diara. »Hast du sonst noch was gesehen?«

Tessa lachte. »Ich hab' Reggie am Strand entlangrennen sehen, etwa um Mitternacht, der ist richtig gesprintet. Seine Shorts sind immer wieder runtergerutscht, als würde er uns dauernd seinen Hintern zeigen wollen.«

»Reggie? Und er ist gerannt?«, fragte ich. »Bist du dir sicher?«

Der rennende Mann war einer meiner wenigen Fixpunkte. Ich hatte idiotischerweise gehofft, ich hätte den Mörder bei der Verfolgung von Moxham gesehen.

»Ich bin nicht blind, er ist direkt an mir vorbeigelaufen.«

~

»Wir müssen Reggie finden und rauskriegen, warum er da langgerannt ist«, sagte ich zu Diara, als wir die Villa Copper verließen.

»Wahrscheinlich irgendein Scherz.«

Alle Golfwagen waren gerade im Einsatz, also liefen wir zu Fuß zum Hauptkomplex zurück. Diara leuchtete uns mit einer langen Taschenlampe den Weg. Irgendwie machte die Taschenlampe die Sache unheimlicher, als wenn wir in völliger Dunkelheit gelaufen wären. Durch das von den Bäumen und Farnen reflektierte Licht sah es aus, als wäre alles um uns herum lebendig und kurz davor, sich auf uns zu stürzen.

»Was ist mit den Schreien, die Tessa gehört hat?«, fragte ich.

Diara zuckte mit den Schultern. »Wir können ja nicht jedes Schreckgespenst verfolgen.«

Tatsächlich war ich geneigt, genau das zu tun. Dann kam mir etwas anderes in den Sinn.

»Dublin liegt in derselben Zeitzone wie London.«

»Ist ja 'n Ding.« Diara lächelte mich schief an.

»Tessa hat gesagt, sie hat um elf mit ihrem Freund telefoniert. Da war es in Dublin drei Uhr morgens.«

»Vielleicht war er so spät noch wach. Vielleicht hatte sie keine Lust zu arbeiten und brauchte eine Ausrede. Du ziehst schon wieder voreilige Schlüsse.«

Ich seufzte. »Ja.«

Wie sich herausstellte, war Reggie nach Tortola gefahren und würde etwa in einer Stunde zurückkehren. Während wir auf ihn warteten, suchten Diara und ich nach anderen Interviewpartnern.

Guillaume war in der Küche. Es war gerade die stressigste Zeit während des Abendessens. Sein Gesicht war schweißnass, und seine Kochkleidung wies unter den Achseln dunkle, halbmondförmige Flecken auf.

»Alle glauben, Partys sind für alle immer ein großer Spaß, aber ich hatte absolut keinen Spaß«, sagte Guillaume, als ich ihn nach der Partynacht fragte. »Ich musste aus Scheißmarmeladentörtchen irgendwie Haute Cuisine machen. Diese Hasenparty, die war einfach *gauche*.«

Ich machte *Mmmm* und versuchte, mitfühlend zu schauen.

»Als ich das Essen für die Party fertig hatte«, sagte Guillaume, »sind die Leute zurück in ihre Villen und haben den Zimmerservice bestellt. Es war alles ein Albtraum. Kip hat sich paniertes Kalbsschnitzel bestellt und es dann vor seiner Haustür stehen gelassen.«

»Vor seiner Haustür?«

»Der Kellner hat mir erzählt, dass er nicht mal die Tür aufgemacht hat. Und am nächsten Morgen war das Schnitzel immer noch da. *Merde, merde, merde.*«

Alles an Guillaume drückte Verzweiflung aus. Ich warf einen Blick zu Diara, die ihre Augenbrauen hochzog. Guillaume hatte seine Fassung heute bereits wegen einer fehlerhaften Meeresfrüchte-Bestellung verloren und eine Handvoll Muscheln gegen die Wand geworfen.

Spielst du hier nur den exzentrischen französischen Koch oder bist du wirklich so albern?, wollte ich fragen, aber es hatte keinen Sinn, Guillaume noch weiter auf die Palme zu bringen. Wir verabschiedeten uns und eilten aus der Küche in den Speisesaal.

»Warum sollte Kip was vom Zimmerservice bestellen und es dann nicht mal anrühren?«, fragte ich Diara hinter vorgehaltener Hand.

Diara schnalzte mit der Zunge. »Du hast diese Leute doch kennengelernt, oder?«

»Schon klar. Aber vielleicht war er mit etwas anderem beschäftigt.«

»Wir haben zu viele Verdächtige, das ist das Problem.«

»Besser zu viele als zu wenige.«

~

Im Speisesaal fing Mrs Park mich ab und erklärte mir eine Stunde lang ihre »Wellness-Philosophie«, die sich für mich verdächtig nach einer Sekte anhörte. Erst nach elf Uhr gelang es mir, sie zum Zubettgehen zu überreden.

Diara hatte sich unter die Barkeeper und Kellner gemischt; ihre Augenlider hingen auf Halbmast. »Lass uns das ein andermal machen.«

»Wir reden nur noch mit ein paar Leuten«, sagte ich, weil ich mich ausgeschlossen fühlte.

»Mach schnell.«

Das Restaurant hatte sich mittlerweile geleert. Ethan ging vornübergebeugt um einen Tisch, das dunkle Haar im Gesicht, und deckte das Besteck für den morgigen Frühstücksservice ein. Tyson, mit seinem roten Bandana um das verschwitzte Haar, füllte die Salzstreuer auf.

»Ich hatte scheißviel zu tun«, sagte Ethan, als ich ihn nach der Alice-Nacht fragte. »Bis ein Uhr morgens, obwohl sich die meisten Angestellten schon auf die Personal-Party verpisst hatten.«

Tyson lachte schuldbewusst. Ich schnappte mir einen Stapel Servietten und begann, sie zu Lilien zu falten.

»An was erinnerst du dich sonst noch?«, fragte ich.

Ethan seufzte. Es musste eine zermürbende Dinner-Schicht gewesen sein. »Dieser Brady wollte Tequila haben, und nicht das gewöhnliche Zeug, also musste ich extra in den Lagerraum. Ich hatte echt gut zu tun.« Klappernd schnappte er sich eine weitere Handvoll Gabeln. »Warum ist das wichtig?«

»Sie ist deine Chefin, du Depp«, sagte Diara. »Beantworte einfach ihre Fragen.«

Ethan erblasste, entschuldigte sich aber nicht. »Ich hab' schon mit Tessa geredet, ich weiß, ihr wollt rausfinden, wie Moxham den Löffel abgegeben hat.«

»Es ist wegen der Versicherung.«

»Ja, ja, das ist mir alles scheißegal.« Ethan schnippte nachdenklich gegen seinen Nasenring. »Ich weiß noch, ich hab' in dieser Nacht jemanden rumschleichen sehen.«

Ich spitzte meine Ohren. Diara richtete sich auf.

»Wen?«, fragte ich.

»Ich hab' sein Gesicht nicht gesehen, aber er war groß.«

»War es Moxham?«, fragte ich.

»Nein, er war *groß*. Keine Ahnung, weit über 1,80. Ich war auf dem Weg zur Hidden Cove.« Ethan faltete eine Serviette, ohne meinem Blick zu begegnen. »Vielleicht zwei Uhr morgens. Und irgendjemand hat in der Nähe des Piers gelauert. Er hat mich gesehen und sich dann hinter einem Baum versteckt. Das kam mir verdammt seltsam vor. Warum wollte er nicht, dass ich ihn sehe?«

»Alter, warum wolltest du denn zur Hidden Cove?«, fragte Tyson.

»Ich kann doch machen, was ich will«, sagte Ethan.

»Kleiner Nachtspaziergang, ja?«

Ethan schlug ihn mit einer Serviette. »Halt's Maul.«

»Was hast du wirklich gemacht?«, fragte ich.

Ethan verzog den Mund. Diara zog an meinem Arm. »Lass gut sein«, sagte sie zu mir.

~

Später, auf unserem Weg zurück zum Personaldorf, klärte Diara mich auf. »Es gibt nur einen Grund, warum man nach Einbruch der Dunkelheit in die Hidden Cove geht, und zwar zum Vögeln.«

»Wen vögelt Ethan denn?«, fragte ich.

»Tessa.«

»Die Tessa mit dem Freund in Dublin?«

»Alle, die auf diese Insel kommen, sind mit irgendwem zusammen und trennen sich dann über kurz oder lang. Geraten hier in irgendwas Neues rein. Tessa ist da genau wie alle anderen. Wahrscheinlich hat sie deshalb auch gelogen, als sie das mit dem Anruf bei ihrem Freund erzählt hat.«

Der Wald war gruselig bei Nacht, und ich war froh, als wir das

Dorf erreichten, mit seinen beleuchteten Fenstern und den Reggae-Beats aus der Team-Bar. Bevor ich Diara weitere Fragen zu Tessa und Ethan stellen konnte, rief sie: »Reggie!«

Sein federnder Haarschopf schnellte empor. Reggie saß auf einer Bank aus Baumstümpfen und trank ein Bier. Als Diara ihm zuwinkte, kam er herübergeschlendert. Nicht zum ersten Mal fiel mir auf, wie groß er war. War Reggie als Leiter des Wassersportteams nicht prädestiniert dafür, in der Nähe des Piers herumzulungern?

»Warum zeigst du allen deinen Arsch?«, fragte Diara ihn.

Reggie schaute über seine Schulter an sich hinunter, um den Hosenboden seiner Shorts zu begutachten, als hätte er vergessen, sich anzuziehen. »Wovon redest du?«

Ich erzählte, was Tessa gesagt hatte, dass er in der Nacht von Moxhams Tod am Strand entlanggelaufen war.

»Ich zeig' doch nicht meinen Hintern!« Reggie machte ein Welpengesicht, als wäre er von dieser Andeutung zutiefst verletzt. »Ich bin nur zum Feuerwerk gerannt.«

»Wann hast du das gezündet?«, fragte Diara.

»Nicht sehr spät. Zehn nach zwölf, spätestens.«

Ohne erkennbaren Anlass begann er sich über Fizzy zu beschweren, die ihm zufolge keine von ihren Pflichten tue und stattdessen die ganze Zeit nur mit Kristallen herumhantiere. Ich lenkte das Gespräch zurück zur Nacht der Party.

»Jemand hat dich am Pier gesehen«, sagte ich auf gut Glück. »Gegen zwei Uhr nachts?«

»Nein, nein. Am Pier bin ich früher gewesen. Ich musste die Steeldrum-Band zurück nach Virgin Gorda bringen, aber das war früh, halb elf oder so.«

»Um zwei bist du nicht da gewesen?«

»Nee, da hab' ich mich schon entspannt. Drüben beim Pool. Drinks, Musik ... war nett.« Er stupste mich an, sein jamaikanischer Akzent wurde immer stärker. »Du warst doch auch da! Dee war so betrunken, dass sie ihr Telefon mit einem Untersetzer verwechselt hat.«

Ein Muskel in Diaras Wange zuckte. Ich musste über ihr Unbehagen grinsen, bemühte mich aber, ernst zu bleiben.

»Einem Untersetzer!« Reggie brüllte vor Lachen.

Diara stieß ihn an. »Total lustig.«

Reggie stolzierte zurück in Richtung der Team-Bar, immer noch in sich hineinkichernd. Seine Shorts waren weit und hingen ihm tief auf den Hüften, als würden sie jeden Moment runterrutschen.

»Reggie ist kein kriminelles Superhirn, London-Girl.« Diara lächelte schmallippig. »Jetzt, wo wir das geklärt haben, gehe ich ins Bett.«

Ich hätte eigentlich müde sein müssen, aber ich fühlte mich hellwach. Und ich war noch nicht bereit, Reggie ganz von der Angel zu lassen.

»Gute Nacht.« Ich ging ein paar Schritte weg. »Ich werd' mir noch schnell im Laden ein neues Shampoo holen.«

Der Laden war ein winziger Vorratsschrank im Personaldorf; es gab eine Vertrauenskasse, aber Diara hatte mir gesagt, dass da nie jemand Geld reinwarf. Ich ging geradewegs daran vorbei und in die heruntergekommene Team-Bar. Reggie machte sich gerade eine weitere Flasche Bier auf.

»Ein paar Fragen hab' ich noch«, sagte ich atemlos. »Zu Moxham.«

»Wegen der Versicherung, richtig?« Reggie schaute mich prüfend an. »Ich hoffe, seine Familie kriegt ein bisschen Geld oder so. Das bringt ihn zwar auch nicht zurück, aber ... Scheiße, ich weiß auch nicht.«

Er war der Erste heute, der Bedauern über Moxhams Tod äußerte.

»Weißt du, ob Moxham mit jemandem was hatte?«, fragte ich und stellte mir die Hidden Cove im Mondlicht vor.

»Ah.« Reggie nahm einen großen Schluck von seinem Bier. »Du weißt schon, dass er in Diara verliebt war, oder?«

Ich nickte wissend, *Klar, weiß doch jeder,* aber mein Herz klopfte wie wild. Ich erinnerte mich an das Foto der beiden in den sozialen Medien und wollte dringend mehr darüber erfahren.

»Er war so scharf auf sie, richtig vernarrt war er. Hat ihr zum Geburtstag Rosen auf ihr Zimmer bringen lassen und solchen Scheiß.« Er lachte. »Hat sie nicht beeindruckt. Du kennst ja Dee.«

Ein Zimmer voller Rosen. Ich erinnerte mich vage daran, dass Moxham in Hongkong dasselbe für seine damalige Freundin Violet gemacht hatte. Ich hatte schon vermutet, dass das der eigentliche Grund sein könnte, weshalb Diara mir bei den Ermittlungen half. Jetzt fragte ich mich, ob sie ihn vermisste, ob sie Gerechtigkeit für ihn wollte.

Ich fragte Reggie noch weiter über die Poolparty der Angestellten aus. Konnte er sich erinnern, wer sonst noch da gewesen war? Nicht wirklich. Es hatte einen Ringkampf gegeben. Leute waren gekommen und wieder gegangen, aber die Details verblassten in einer großen Rauchwolke.

Ich sagte Reggie gute Nacht und ging zurück in mein Zimmer. Drinnen war es schummrig: Die Lichter waren aus. Diaras Bettdecke war bis über ihr Gesicht gezogen, nur der Rand ihrer Schlafhaube war zu sehen. Ihr Atem ging langsam und gleichmäßig.

Ihr Telefon auf dem Nachttisch leuchtete auf. Eine Nachricht. Ich konnte nicht widerstehen, einen Blick auf den Sperrbildschirm zu werfen.

Elizabeth: Gute Nacht, schlaf gut x

Der Bildschirm wurde wieder schwarz. Ich ging hinüber zu meinem Bett. Es quietschte, als ich mich daraufsetzte.

Wer war Elizabeth? In Gedanken ging ich eine Liste aller Leute auf der Insel durch, aber mir fiel keine Elizabeth ein. Vielleicht eine Verwandte auf Virgin Gorda.

Irgendwo in der Nähe hörte ich ein Krabbeln, das ich zu ignorieren versuchte. Gestern hatten wir eine Ameisenplage gehabt. Diara hatte vorgeschlagen, dass wir die Ameisen einfach von den Eidechsen fressen lassen sollten, aber deren winzige Dinosaurierkörper waren mir unheimlicher als alle Insekten zusammen.

Schweißperlen bildeten sich auf meiner Stirn. Es war einfach zu heiß; ich würde nicht schlafen können. Ich holte die mittlerweile an den Rändern zerknitterte, sich kräuselnde weiße Cocktailserviette aus meiner Tasche. Einige der Lücken konnte ich jetzt füllen:

Zeitlicher Ablauf der Ereignisse:
21 Uhr: Abendessen vorbei; Kip geht zurück in seine Villa, bestellt den Zimmerservice.
22 Uhr: Moxham kommt in die Queen-Conch-Villa, um mit Lola zu sprechen.
23 Uhr: Tessa hört Schreie im Personaldorf.
23:45 Uhr: Moxham am Hauptstrand, rennt davon, weil er dringend irgendwohin muss.
00:05 Uhr: Reggie rennt den Strand entlang.
00:10 Uhr: Feuerwerk.
2 Uhr: Ethan sieht eine Gestalt in der Nähe des Piers lauern.
3 Uhr: Boot auf dem Wasser.
7 Uhr: Leiche entdeckt.

Ich saß zusammengekauert in der Dunkelheit und ging im Licht meines Telefons die Zeitleiste immer wieder durch.

Wer hatte im Dorf geschrien? Wer war der große Mann in der Nähe des Piers gewesen?

Bei dem großen Lagerfeuer hatte Tyson gesagt, er und Moxham hätten einander immer Mutproben gestellt. Es schien, als hätten er, Ethan und Reggie so eine Art Jungenclub gehabt. Könnte einer von ihnen Moxhams Komplize gewesen sein?

Und überhaupt, konnte ich Diara ausschließen? Sie und Moxham hatten sich offensichtlich nähergestanden, als ich zuerst gedacht hatte.

Von der anderen Seite des Zimmers hörte ich sie schnarchen. *Das sind alles Verräter, du wirst schon sehen.* Das waren Moxhams letzte Worte an mich gewesen.

Diara und ich waren nicht wirklich Freundinnen; ich kannte sie kaum. Ich fühlte mich einsam bei diesem Gedanken. Ich schaltete meine Handy-Taschenlampe aus und kroch unter die Decke, hinein in die Dunkelheit. Ich konnte die harten Kanten der USB-Sticks spüren, die ich in meinem Kopfkissenbezug versteckte.

Wenn ich nur wüsste, wo genau Moxham nach unserem letzten Gespräch hingegangen war. Mit wem hatte er sich getroffen?

Ich verfluchte Kip dafür, dass er alle Dateien von Moxhams Geräten gelöscht hatte. Vielleicht war es nur eine etwas übereifrige digitale Grundreinigung gewesen, aber ich wurde das Gefühl nicht los, dass ich in Moxhams E-Mails und SMS den Schlüssel zu seinem Mord hätte finden können.

25

Die Hochzeit des Pärchens aus San Francisco stand bevor. Mein Job war es, dafür zu sorgen, dass das Ganze nicht ins Wasser fiel.

Im wahrsten Sinne.

Beim Ausmessen der winzigen Insel sanken meine nackten Füße immer wieder in den Sand. Sie war 25 Meter lang und 15 Meter breit. Ich lief die Insel ab, bis mir die Wellen über die Zehen schwappten. Über mir lachten Möwen. Ich versuchte angestrengt, die nächstgelegene Landmasse zu sehen, die aus dieser Entfernung nicht mehr als ein grüner Hügel war. Jetzt, da das Schnellboot verschwunden war, klang das Heulen des Windes allmählich lauter, bedrohlicher.

»Ist das hier sicher?«, fragte ich Ethan, der auf einem der Strandteppiche kniete und versuchte, ihn am Boden zu befestigen.

»Was?« Er richtete sich auf und strich sich eine schweißnasse dunkle Haarsträhne aus der Stirn. Eine Ecke des Teppichs flatterte im Wind hoch.

Ein Dutzend Stühle standen für die Gäste bereit. Sie waren links und rechts von einem Mittelgang aufgestellt, der aus dreißig riesigen Muschel-Attrappen gebildet worden war.

»Ich glaub', die Flut wird uns wegspülen.« Ich zwang mich zu einem Lächeln, als hätte ich nur einen Scherz gemacht, aber ich meinte es todernst.

Als ich gehört hatte, dass das Resort kleine, private Hochzeitsfeiern auf der nahegelegenen Seashell Island anbot, hatte ich mir so etwas wie auf Anegada vorgestellt, mit Strandbars, in denen Hummerschwänze verkauft wurden. Stattdessen waren wir von Wasser umgeben, auf einem Sandfleckchen von der Größe meines Hongkonger Apartments. Es gab nicht einmal eine Palme in der Mitte, wie man es eigentlich von jeder Kinderzeichnung kannte. Ich bückte mich und hob eine winzige Muschel auf. Eigentlich hätte dieses Inselchen eher Solitude Island heißen müssen.

»Nicht vor acht«, sagte Ethan. »Bringst du mir die Laterne?«

Ich gab sie ihm und machte mich dann daran, den Hochzeitsbogen mit frischen Blumen zu dekorieren. Heute Morgen hatte ich im Internet eine weitere Warnung über den aufkommenden Sturm gesehen, der theoretisch (aber nicht definitiv) an den Jungferninseln vorbeiziehen würde. Na ja, wenn wir schon hier draußen sterben würden, dann konnte ich ja wenigstens dafür sorgen, dass das glückliche Paar eine fantastische Hochzeit hätte.

Die Braut sollte zur Goldenen Stunde eintreffen, was bedeutete, dass die übrigen Gäste in dreißig Minuten hier sein mussten.

Das Dröhnen eines Bootsmotors kam näher. Reggie und Fizzy brachten die letzte Lieferung, inklusive eines Steeldrum-Trios, das den Gang der Braut zum Altar musikalisch untermalen sollte.

»Hinreißend ... hinreißend ...« Fizzy würde die Zeremonie leiten, weil sie (natürlich!) eine im Internet geweihte Pfarrerin war.

Ich watete ins Wasser, langte ins Boot und holte zwei Champagnerflaschen aus der Kiste. »Fizzy, bringst du die anderen mit?«

Fizzys Lippen kräuselten sich. Sie sah den Champagner an, als sei er Gift. »Ich muss meine Rede üben.« Sie drehte sich um und rauschte mit klirrenden Armreifen davon.

»Klar, wie du meinst«, sagte ich leise vor mich hin.

Ich lud die letzten Lebensmittel ab und Reggie fuhr wieder los, um die Gäste abzuholen. Während ich umherlief und verhinderte, dass die Teppiche, die Blumen und sogar der Hochzeitsbogen weggeweht wurden, bemerkte ich, dass ich die Einzige war, die sich

Sorgen zu machen schien. Ethan schaute auf sein Handy, während Fizzy aufs Meer hinausstarrte und einen leisen Monolog durchging.

An meinem Oberschenkel summte es. Mein Arbeitshandy. Ich erinnerte mich, dass es vorhin geklingelt hatte, während ich gerade wegwehenden Deko-Palmenblättern hinterhergerannt war. Ich zog das Telefon heraus.

Es war Allie: die einzige Person aus der echten Welt, die meine Arbeitsnummer hatte.

Ich wollte gerade rangehen, als ich das Rumpeln des nahenden Bowrider-Bootes hörte. Es war Reggie, der die Gäste brachte. Ich lehnte den Anruf ab und schaltete mein Telefon auf lautlos.

In dem Moment, als Reggie vom Boot sprang, wusste ich, dass etwas nicht stimmte. Sein Grinsen war zu breit, zu starr. Ich rannte zu ihm und setzte mein eigenes falsches Grinsen auf. »Was?«, flüsterte ich.

»Die Braut. Sie kommt nicht.«

»Kalte Füße oder ...« Ich tupfte mir den Schweiß von der Stirn.

Vielleicht hatte die Braut erkannt, dass es eine schreckliche Metapher für die Ehe war, auf einer einsamen Insel mit einer anderen Person gefangen zu sein, und war kurzerhand geflohen.

Reggie starrte mich aus weit geöffneten Augen an. »Ich weiß es nicht.«

Mein Telefon vibrierte wieder.

»Oh, Scheiße.« Ich grinste den Gästen abermals zu, die jetzt mit Ethans Hilfe vom Boot kletterten. »Keine Sorge, ich fahr' mit dir zurück und bringe das in Ordnung.«

Reggie und ich ließen Ethan und Fizzy mit den Gästen zurück und fuhren wieder nach Keeper Island. Während wir über die Wellen donnerten und der Wind gegen mein Trommelfell hämmerte, holte ich mein Handy wieder raus.

Ich hatte eine SMS von Allie: *Ich dreh durch, ruf zurück.*

War das ein echter Notfall oder ein Allie-Notfall? Ein Allie-Notfall war: »Jemand hat mich in der U-Bahn komisch angeguckt« oder »Ich hab' im Park eine tote Taube gesehen«. Ich liebte meine wundervolle, sensible Schwester, aber sie konnte wirklich anstrengend sein.

Ich schrieb ihre eine Nachricht – *ich ruf später an, hab' dich lieb* – und widmete mich dann wieder meiner entlaufenen Braut.

~

Während der Zeremonie – die schließlich nicht zur Goldenen Stunde, sondern bei Sonnenuntergang stattfand – ignorierten wir alle die Tatsache, dass die Braut geweint hatte. Sie strahlte, aber ihr Make-up war offensichtlich etwas in Mitleidenschaft gezogen. Wir taten so, als würden wir uns keine Sorgen machen, dass der im Wind wogende Hochzeitsbogen jeden Moment in die Höhe zu schießen und davonzufliegen drohte. Wir taten so, als würden wir die Flut nicht bemerken, die die Strandteppiche allmählich durchnässte und das Inselchen immer weiter schrumpfen ließ.

Als Reggie schließlich die Frischvermählten samt ihren Gästen mit dem Bowrider abtransportierte, dröhnte mir der Schädel. Im dämmrigen Licht schleppte ich mich auf Händen und Knien den Mittelgang entlang und rollte durchnässte Teppiche auf. Ein Strauß rosafarbener und weißer Blumen löste sich vom Hochzeitsbogen, flog davon und verteilte sich auf den Wellen, kurz bevor er endgültig verschwand.

Fizzy stapfte mit gefalteten Händen auf der Insel umher. »Wunderbar war das, absolut magisch.« Sie sagte das immer und immer wieder, wie eine sprechende Puppe, die nur einen Satz sagen konnte.

Ich holte mein Handy heraus, um zu schauen, ob mich jemand vom Resort angerufen hatte. Sechs verpasste Anrufe. Alle von Allie. Stirnrunzelnd ließ ich mich auf den Sand fallen und wählte ihre Nummer.

»Allie, was ist los?«

»Nathan.« Allies Stimme war eine Oktave höher als sonst. »Ist Nathan dein Freund?«

»Was?«

»Dieser Typ namens Nathan hat mich angerufen. Er hat gesagt, er ist dein Freund, und er sucht dich.« Allies Stimme war angespannt, die Worte purzelten nur so aus ihr heraus. »Er war ... er hat gesagt ... er wollte wissen ... Oh mein Gott, ich hab' versucht, dich anzurufen, und du bist nicht rangegangen, und ich bin total durchgedreht ...«

»Ganz langsam, okay?« Als Allie nicht auf mich reagierte, sagte ich lauter: »Sag mir, was passiert ist.«

Aus dem Augenwinkel sah ich, wie Fizzy den Kopf schräg legte. Ich rappelte mich auf, drehte mich um und schlenderte zur anderen Seite der Insel. Ich hatte wirklich keine Lust, dass Fizzy mein Gespräch belauschte.

»Ist das der Typ aus Hongkong?«, fragte Allie. »Der ist richtig aggressiv geworden am Telefon. Hat rumgeschrien. Flora konnte ihn hören und hat angefangen zu weinen.«

»Halt, halt, halt ...«, sagte ich. Es klang, als würde Allie auch weinen.

Ich hatte mich so weit von Fizzy entfernt, dass ich kein trockenes Land mehr übrighatte. Das Wasser klatschte mir gegen die Waden.

»Fang am Anfang an«, sagte ich. »Was genau hat er gesagt?«

»Er wollte wissen, wo du bist.«

Mein ganzer Körper zog sich zusammen, aber ich versuchte mir nichts anmerken zu lassen. »Und was hast du gesagt?«

Die Dämmerung war fast vorbei. Das Meer wurde allmählich schwarz.

»Er dachte, du bist hier. Er hat immer wieder gefragt. Irgendwann musste ich ihm sagen, dass du in der Karibik bist. Ich dachte, damit wäre die Sache erledigt.«

Scheiße, Scheiße, Scheiße. »Hast du ihm den Namen der Insel gesagt?«

»Nein, ich konnte mich nicht dran erinnern.«

»Gut, das ist gut.« Gott sei Dank. Endlich nützte mir die Vergesslichkeit meiner Schwester mal was.

»Und da hat er angefangen rumzuschreien. Ich hab' dann aufgelegt.«

»Gut.«

»Aber er hat wieder angerufen. Immer und immer wieder. Ich hab' seine Nummer blockiert, aber dann hat er von einer anderen Nummer angerufen.«

In meinen Ohren rauschte es. Es war lauter als der Wind. Ich machte noch zwei Schritte ins Meer hinein und eine Welle schwappte mir gegen die Beine.

»Du musst deine Nummer ändern.«

»Er hat mir Angst gemacht, richtig Angst.«

»Es tut mir so leid, Allie, wirklich.«

»Er hat von einem Mann geredet, der tot ist. Irgendjemand ist tot ... Ich verstehe nicht ...«

Ich versuchte, tief durchzuatmen, aber es fühlte sich an, als würde mein Herz meinen gesamten Brustkorb ausfüllen.

»Allie, Allie, hör mir zu. Besorg dir ein neues Telefon, ich geb dir das Geld zurück. Vergiss ihn.«

»Er hat gesagt, er kommt nach London. Er hat gesagt, er kommt zu mir nach Hause. Ich will das nicht!«

»Kann er auch nicht. Er weiß nicht, wo du wohnst.«

Wie war Nathan an Allies Nummer gekommen? Vielleicht hatte ich sie zu Hause rumliegen lassen und er hatte sie gefunden. Vielleicht hatte er auch einen Detektiv beauftragt. Scheiße. Wenn er Allies Nummer herausgefunden hatte, konnte er auch ihre Adresse herausfinden.

»Oh Gott, Flora weint schon wieder. Ich muss auflegen.«

»Okay, okay, sag Flora, dass ich sie lieb hab'. Allie, hör mir zu.«

Stille. Sie hatte aufgelegt.

Ich wollte sie zurückrufen, sie bitten, mir genau zu erzählen, was Nathan gesagt hatte, aber das würde sie nur noch mehr aufregen. Ich holte ein paarmal tief Luft. Nathan konnte schon genau jetzt auf dem Weg nach London sein. Würde er das machen? Würde er so weit gehen?

Wie ich erst vor zwei Wochen erfahren hatte, wusste ich überhaupt nicht, wie weit Nathan gehen würde.

Irgendjemand tippte mir auf die Schulter. Ich zuckte zusammen und drehte mich ruckartig um.

»Alles okay bei dir?«, fragte Fizzy.

»Ja, alles gut.«

In der Dämmerung war ihr Gesicht nur schemenhaft zu erkennen.

»Mit wem hast du da gerade telefoniert?«

»Mit meiner Schwester. Alles in Ordnung.«

»Komm aus dem Wasser raus, du bist ja schon ganz nass.«

Ich ließ mich von ihr auf den trockenen Sand führen. Sie war auch nass geworden, der Saum ihres geblümten Maxikleids tropfte.

»Setz dich einen Moment hin, hol erst mal Luft.« Ihre Stimme war so süßlich, dass ich glaubte, Sarkasmus darin erkennen zu können.

»Ich muss nur ...« Ich gestikulierte und schwankte beim Stehen. »Der Hochzeitsbogen, die Stühle ...«

»Das machen wir schon alles. Ruh dich erst mal ein bisschen aus.«

Ich wollte protestieren, aber ich fürchtete, dass ich umfallen würde, wenn ich mich nicht hinsetzte. Ich ließ mich in den Sand sinken und zog die Knie an die Brust. An meinen Fußsohlen klebte Sand. Dieses Gefühl von Sandpapier an den Füßen half mir auf eine seltsame Art; es erinnerte mich daran, dass ich hier in der Karibik war, und nicht in Hongkong. Ich konzentrierte mich mit aller Kraft darauf, einen Atemzug nach dem anderen zu machen. Eins, zwei, drei, vier, fünf. Ich stellte mir Diara vor, wie sie mitzählte.

Hin und wieder drang Fizzys Stimme zu mir durch. Sie wies Ethan beim Aufräumen an und schnalzte mit der Zunge, wenn er nicht schnell genug war. Ich hörte ein Motorengeräusch und hob den Kopf. Es war Reggie. Ich versuchte aufzustehen und beim Beladen des Bootes zu helfen, aber meine Beine waren immer noch wackelig.

»Lola geht es grad nicht so gut, sie sollte jetzt nicht mit dem Boot fahren.« Fizzys Stimme schwebte zu mir herüber. »Fahr schon mal los und hol uns bei der nächsten Fahrt ab.«

Ich wollte etwas einwenden, aber Fizzy hatte recht. Wenn ich jetzt in ein Schnellboot stieg, würde ich mir die Seele aus dem Leib kotzen.

Ein Haufen Stühle und ein halbes Dutzend zusammengerollter Teppiche lagen noch in der Mitte der Insel, wie die Verzierung auf einer Torte. Ethan kletterte mit der restlichen Hochzeitsdekoration an Bord. Das Boot verschwand fast augenblicklich im Halbdunkel, während das geisterhafte Dröhnen des Motors noch einige Sekunden länger zu hören war.

Fizzy schwebte herüber zu mir, und mit ihr ihr intensiver Kräuterduft. Sie setzte sich neben mich und zog ihr Kleid über die Knie. »Hast du oft Panikattacken?«

Am dunklen Horizont sah ich ein paar blinkende Lichter von einer weit entfernten Insel, sonst aber nichts.

»Kommen die Wände näher?«, fragte Fizzy. »Fühlst du dich, als würdest du sterben?«

»Kommt mir bekannt vor, ja«, murmelte ich.

»Willst du darüber reden?«

»Überhaupt nicht.«

Das Wasser plätscherte an meine Zehen, also schob ich mich einen Meter zurück. Fizzy tat es mir gleich. Mit einem Blick über meine Schulter sah ich, dass die Insel auf weniger als die Hälfte ihrer vorherigen Größe geschrumpft war.

»Wie lange dauert es, bis diese Insel verschwunden ist?«, fragte ich.

»Noch eine Stunde, mach dir keine Sorgen.«

»Ich liebe es, wenn die Leute einem sagen, man soll sich keine Sorgen machen, das bringt's total.« Ich klang wie ein bockiger Teenager, aber das war mir egal.

Fizzy zog etwas aus ihrer Tasche. Mit klirrenden Armreifen schüttelte sie eine Tablette in ihre Handfläche. »Das macht, dass du dich besser fühlst.« Sie streckte mir ihre Hand entgegen.

Ich zögerte. Eine starke Böe rauschte über die Insel und mein T-Shirt kräuselte sich.

»Damit du ein bisschen runterkommst«, sagte sie.

Ich nahm die Pille und schluckte sie ohne Wasser runter.

»Ist bei deiner Schwester alles okay?«, fragte Fizzy.

»Nein.« Ich lachte laut auf. »Und es ist meine Schuld. Es ist immer meine Schuld.«

»Ich bin sicher, dass das nicht stimmt.«

Ich hatte keine Lust zu antworten und ließ stattdessen eine Handvoll Sand durch meine Finger rieseln. Der Wind trug die Sandkörner fort. Was zur Hölle sollte ich mit Nathan machen? Sollte ich zurück nach London? Eine neue Wohnung für Allie organisieren, eine neue Schule für Flora?

»Mein Ex ...« Ich hatte so lange nichts gesagt, dass Fizzys Kopf hochzuckte, als ich zu sprechen anfing. »Er sucht nach mir.« Ich holte tief Luft. »Er hat meine Schwester in London angerufen. Keine Ahnung, woher er ihre Nummer hat.«

»Wer ist er? Dein Ex?«

Mein Atem ging wieder stockend, aber dank der Tablette schien die Panik diesmal weiter weg zu sein, als hätte jemand einen Schleier über mich gelegt, wie ein Vogel im Käfig.

»Ich kann nicht darüber reden«, murmelte ich.

»Hier.« Fizzy warf ihr schwarzes Haar über eine Schulter und zog eine Halskette über ihren Kopf. Ich hatte nicht mal bemerkt, dass sie sie getragen hatte, der Anhänger musste tief in ihrem Busen gehangen haben. Jetzt streckte sie die Hand aus, öffnete meine Faust und drückte den Anhänger in meine Handfläche. Der Kristall war warm und kantig. Im schwachen Licht erschien er zuerst farblos, aber bei näherem Hinschauen erkannte ich einen Hauch von Rosa darin.

Bevor ich irgendetwas sagen konnte, begann sie leise zu murmeln. »Diese Angst, ich akzeptiere sie, ich befreie sie und ich lasse sie los.«

Sie schloss meine Hand mit dem Kristall darin. »Sag es. Diese Angst, ich akzeptiere sie, ich befreie sie und ich lasse sie los.«

Ich schloss meine Augen fest. Ich hatte es bisher geleugnet, aber ich hatte eine Heidenangst.

»Ich akzeptiere sie«, flüsterte ich. »Ich befreie sie und ich lasse sie los.«

Der Mond war jetzt die einzige Lichtquelle. Der Sand leuchtete weiß, aber Fizzy war in Schatten gehüllt. Ich hoffte, sie würde meine Tränen nicht sehen.

»Weißt du«, sagte sie leise, »ich kenne jemanden am Flughafen von Beef Island.«

Ich stieß ein *Hä?* aus.

»Ich habe mir von ihm immer Passagierlisten schicken lassen. Ich wusste über jeden Bescheid, der dort ankam.«

Der Kristall lag noch immer in meiner geballten Faust, die harten Kanten schnitten mir in die Handfläche.

»Das war meine Abendlektüre«, sagte Fizzy. »Wenn ich nicht einschlafen konnte, habe ich diese Passagierlisten gelesen. Um zu sehen, ob sein Name dabei war.«

Ich drehte mich zu Fizzy um, aber es war zu dunkel, um ihren Gesichtsausdruck zu erkennen. Ihre Stimme war ruhig, aber auf eine beunruhigende Weise.

»Jahrelang habe ich das gemacht«, sagte sie. »Viele, viele Jahre habe ich über ihn nachgedacht. Selbst, als er in New York im Gefängnis gesessen hat, habe ich mir vorgestellt, wie er aus dem Gefängnis ausbricht und in ein Flugzeug steigt. Und dann auf den Jungferninseln auftaucht und nach mir sucht.«

»Wer?«

»Mein Ex.« Fizzy wischte ihn mit der Hand symbolisch fort. Ihre Armreifen fielen klappernd ihren Arm hinab. »Ein schlechter Ex.«

»Ah.«

»Nach einer Weile hat man keine Angst mehr vor der Person selbst, sondern man ist im eigenen Kopf gefangen.«

»Das tut mir leid« war alles, was ich sagen konnte.

»Muss es nicht. Das liegt alles hinter mir. Kip hat immer zu mir gesagt, Keeper Island ist der sicherste Ort der Welt. Lange Zeit konnte ich das nicht richtig glauben, aber mittlerweile denke ich, dass er recht hat. Irgendwas an dieser Insel ist magisch, ein kleiner Kokon in einer unbarmherzigen Welt.«

»Was hat er getan? Dein Ex?«

»Ach, ich schätze, er hat mich geliebt. Zu sehr geliebt.« Fizzy strich ihr Haar zur Seite und legte ihren Kopf schräg. »Ich habe hier eine Narbe. Es ist zu dunkel, wahrscheinlich kannst du sie nicht sehen.« Sie ließ ihr Haar wieder darüberfallen. »Er hat eine Weinflasche zerbrochen und gesagt, er würde mir die Kehle aufschlitzen, weil ich mit einem seiner Freunde geflirtet hätte. Später hat er sich entschuldigt. Ganz süß, ganz zärtlich.«

»Scheiße. Du hast gesagt, er ist im Gefängnis?«

»Oh, nein.« Sie lachte schallend. »Nicht mehr. Er ist geläutert. Sie haben ihn schwören lassen, großes Pfadfinderehrenwort, dass er keine Frauen mehr quälen wird.«

Ich wollte den Arm um sie legen, aber sie saß zu steif da.

»Das tut mir leid.«

»Mir auch. Meredith hat immer gesagt, man weiß nie, wie stark man ist, bis jemand versucht, einen zu brechen.«

Es war einer dieser Standardsätze, bei denen ich normalerweise mit den Augen gerollt hätte, aber jetzt wollte ich nur schreien und weinen. All diese leuchtenden Frauen auf der Welt; und all diese Männer, die sie kaputtprügelten und dann hinterher beteuerten, sich ändern zu wollen.

»Wie war Meredith so?«, fragte ich.

»Meredith?«

»Ich hab' mich gefragt, ob sie ... ob jemand sie gebrochen hat.«

War Meredith auf die gleiche Weise von Kip terrorisiert worden wie Fizzy von ihrem Ex?

Lange herrschte Stille zwischen uns. Die Flut hatte uns wieder erreicht, schwappte über meine Füße und tränkte den Saum von Fizzys Kleid. Ich bewegte mich nicht vom Fleck, und sie auch nicht.

»Ich fand immer, dass es mutig von ihr gewesen ist«, sagte Fizzy schließlich. »Ich glaube nicht, dass ich das gekonnt hätte.«

»Was?«

»Sie war sehr entschlossen. Das habe ich an ihr bewundert. Es ist ihr alles zu viel geworden, also hat sie es beendet.«

»Sie ... sie hat was?«

Fizzys Stimme war sachlich. »Sie hat sich umgebracht.«

»Oh, mein Gott.«

»Entschuldige, ich sollte eigentlich nicht darüber reden. Kip bezeichnet es gerne als Unfall. Das ist einfacher für ihn.«

»Was ist passiert?«, brachte ich heraus.

»Ich bin sicher, sie hatte ihre Gründe. Kip ist kein perfekter Mann. Es gab Frauen. Was immer der Grund gewesen ist, sie hat diese Entscheidung getroffen. Es hat auch etwas Schönes, findest du nicht auch? Ins Wasser zu gehen, war ihre Art, sich selbst zurückzuerobern.« Sie seufzte. »Eine Zeit lang galt sie als verschollen. Es war eine Erleichterung, als ihr Ausweis in Caracas gefunden wurde.«

Ich schob meine Füße unter den Wellen in den nassen Sand.

Nach meinem ersten Gespräch mit Diara über Meredith hatte ich im Internet ein bisschen recherchiert. Es war so, dass Leichen in diesen Gewässern, wenn sie nicht bald geborgen wurden, leicht von Haien angegriffen werden konnten. Ob das nun ein schönes Ende war?

»Fizzy, ist alles in Ordnung?«

»Mir geht es wunderbar.« Ich sah ihre weißen Zähne aufblitzen. Sie lächelte.

»Liest du immer noch die Passagierlisten?«

Das ferne Brummen eines Motors wehte zu uns herüber. Ich entspannte meine Faust und ließ den Kristall in ihren Schoß fallen.

»Manchmal.« In ihrer Stimme lag ein klein wenig Verschmitztheit, als wären wir schwänzende Schulmädchen. »Ich schicke sie dir, wenn du willst.«

War das überhaupt legal? Passagierlisten zu lesen?

Fizzy schwang sich die Halskette wieder über den Kopf. Ich rieb mir die Arme. Überall juckte es. Sie und ich hatten zu viel gemeinsam. Aber ich wollte das nicht; verängstigt mitten in der Nacht diese Listen nach Nathans Namen durchforsten. So zu leben, war auch eine Art Selbstmord.

Ich musste aufhören, mich vor ihm zu verstecken.

Ein Licht tanzte durch die Dunkelheit. Das Geräusch des Motors wurde lauter. Das Boot war hier, um uns abzuholen.

26

Ich lag in meinem Bett flach auf dem Rücken, die Arme über dem Oberkörper verschränkt, wie eine Leiche. Zwischen meinen Augen lag ein Stück Obsidian. Es war vormittags, die Hitze nahm bereits zu, die Luft wurde dicker. Ich versuchte, langsam und gleichmäßig zu atmen, aber ich fühlte eine weitere Panikattacke auf mich zurollen.

Fizzy hatte mir den Kristall geschenkt. Er glänzte wie Bronze. *Obsidian schützt vor negativer Energie,* hatte in ihrer Handschrift auf dem rosafarbenen Post-it gestanden.

Heute Morgen hatte mich Allie von ihrem neuen Handy angerufen. Sie hatte ruhiger gewirkt. Sie wollte sich zusätzliche Schlösser an ihren Türen und Fenstern anbringen lassen.

Ich setzte mich auf, und der Kristall fiel mir in den Schoß. Ich griff nach meinem Telefon. Es war mein Privathandy, nicht mein Arbeitshandy, und normalerweise lag es ausgeschaltet in meiner unteren Schublade. Jetzt schaltete ich es ein und öffnete die Liste der blockierten Kontakte.

In meinen Ohren rauschte das Blut. Es klingelte so lange, dass ich dachte, er würde nicht rangehen.

»Lola«, er klang heiser.

»Hallo.« Ich konnte nicht anders, ich musste weinen. »Ich hab' dich vermisst.«

~

Die Probleme hatten mit einem IKEA-Tisch begonnen.

Ich bereute es sofort, ihn bestellt zu haben. Ich wollte nicht lange in Hongkong bleiben. Mein Job war ein Sprungbrett, mein Weg in den asiatischen Markt. Wie die meisten Wohnungen in Hongkong war auch mein Apartment winzig: kaum mehr als eine Matratze mit Wänden darum.

Ich hatte es satt, meine Mahlzeiten auf dem Sofa oder an die Küchentheke gelehnt zu essen. Ich hatte den Tisch bestellt, weil ich einen Tisch wollte.

Manchmal stellte ich mir vor, wie Nathan und ich dort saßen und frühstückten und uns gegenseitig müde mit den Füßen anstupsten.

Letzten Monat hatte sich ein anderer Job in Tokio ergeben, bei einem größeren, prestigeträchtigeren Hotel. Ich hatte ihn beinah angenommen, aber in letzter Minute doch abgesagt.

Ohne es zu wollen, hatte ich mir in Hongkong ein Leben aufgebaut. An unseren freien Tagen gingen Nathan und ich ins Kino oder spazierten durch die Stadtparks. Wir saßen in hell erleuchteten Cha Chaan Tengs, wo wir Makkaronisuppe schlürften und uns fast schreiend über unsere Zukunft unterhielten, um uns über den Lärm hinweg hören zu können. Wir machten Kurztrips nach Thailand und Vietnam. Nathans ständiges Lächeln war nicht aufgesetzt. Er war ein glücklicher Mensch, und er machte auch mich glücklich.

Den Tisch aufzubauen hatte eigentlich eine stumpfsinnige Aufgabe für meinen freien Tag werden sollen. Ich wollte damit Stress abbauen, nicht verstärken. Ich hatte vergessen, dass IKEA-Möbel von Sadisten entworfen wurden.

Als Nathan von seinem morgendlichen Boxtraining zurückkam, lag ich ausgestreckt auf dem Boden. Ich versuchte, eine Schraube zu finden, die mir entweder abhandengekommen oder vielleicht auch nie in der Packung gewesen war.

»Brauchst du Hilfe?«, fragte er.

Ich drehte mich auf den Rücken. »Ich will sterben.«

»Okay.« Nathan hockte sich hin. »Ich könnte dir stattdessen auch helfen, dann musst du nicht sterben.«

»Gott, das ist so demütigend.« Ich legte meine Hände aufs Gesicht. »Es ist doch nur ein Tisch.«

Nathan schaute kurz auf die Anleitung, warf sie dann beiseite und begann, die Holzteile auf dem Boden auszubreiten und dabei entspannt vor sich hin zu pfeifen. Ich setzte mich mit dem Rücken ans Sofa-Ende und sah ihm bei der Arbeit zu. Was mich an Nathan am meisten störte, war, dass er wirklich schlau war. Ich hatte diese Tatsache monatelang vor mir selbst verleugnet. Er hatte die Schule ohne Abschluss abgebrochen und war – eher aufgrund seiner Muskeln als seines Hirns – Wachmann geworden. Wenn er dumm gewesen wäre, dann wäre es kein Problem für mich gewesen, eine Affäre mit ihm zu haben. Wann immer ich das nächste Jobangebot bekäme, könnte ich ihm einen Abschiedskuss geben und ihn dann vergessen.

Aber er war schlau.

Scheiße, vielleicht war ich in ihn verliebt.

~

Am anderen Ende der Leitung war ein rasselnder Atem zu hören.

»Ich muss dich sehen«, sagte Nathan.

Ich hielt den Obsidian fest, presste meine Finger zusammen und entspannte sie wieder.

»Ich kann nicht«, sagte ich.

»Wo bist du? Ich komme hin. Ich nehm' ein Flugzeug, ich ...«

»Stopp. Bitte hör auf.«

»Lola, ich hab' das für dich getan, für uns.« Er weinte; ich konnte den Knoten in seiner Stimme hören.

»Ich weiß.«

Ich schloss die Augen und stellte mir vor, wie wir beide an dem schwarzen IKEA-Tisch saßen. Es war morgens, und wir frühstückten: Rührei und Arme Ritter nach Hongkong-Art, mit Sirup und Butter übergossen.

»Ich liebe dich«, sagte er, »ich liebe dich so sehr.«

»Ich liebe dich auch.«

»Dann komm zurück.«

»Nein.«

Ich zögerte nicht. Nathan hörte sie auch, die Gewissheit in meiner Stimme. Er schniefte. Ich stellte mir vor, wie er mit einer Hand über sein Gesicht fuhr und sich die Tränen wegwischte.

»Sie haben keine Ermittlungen eingeleitet«, sagte er. »Hat mir jemand bei der Polizei erzählt. Ein schiefgelaufener Drogendeal. Das haben sie gesagt.«

»Nicht, wir können nicht so darüber reden«, sagte ich reflexartig.

»Komm nach Hause. Wir reden drüber. Wenn du nach Hause kommst.«

»Ich brauche einen Neuanfang«, sagte ich. »Und du solltest auch neu anfangen.«

»Neu anfangen mit dir?«

»Nein. Nathan, du musst aufhören. Aufhören, meine Schwester anzurufen, aufhören, mich zu suchen. Es ist vorbei.«

»Es ist nicht vorbei. Ich liebe dich. Liebe ist das Wichtigste auf der Welt.«

Es war ein so albernes Klischee, dass ich lachen musste. Nathan lachte auch, und in diesem Augenblick war das gesamte letzte Jahr wie ausradiert. Wir waren wieder in der Lobby des Clement Hongkong und Nathan hielt mir einen Karten-Fächer ins Gesicht. *Willst du nicht verzaubert werden?*

Das Lachen erstarb in meiner Kehle. »Liebe ist nicht das Problem bei uns.«

Nathan sprach leise. »Ich bin das Problem.«

Mir stiegen die Tränen in die Augen. Ich atmete tief ein und versuchte, sie hinunterzuschlucken. *Nein, ich bin das Problem. Ich habe dir aufgetragen, für mich zu töten. Und jetzt kann ich dir das nicht mehr verzeihen.*

»Nathan.« Ich holte noch mal tief Luft. »Kannst du mir bei etwas helfen?«

Er grummelte etwas.

»Ich ... Ich muss wissen, ob du jemals den Namen Eddie Yiu gehört hast?«

»Eddie Yiu.«

»Kennst du ihn?«

»Ich hab' den Namen schon mal gehört.«

»War er mit Moxham befreundet?«

»Nein.«

»Bist du dir sicher? Hat Moxham ihn in irgendeiner Weise übers Ohr gehauen?«

»Warum fragst du?«

»Es ist wichtig. War Eddie damals jemand, der nachtragend war?«

»Er ...«, Nathan atmete geräuschvoll aus, »er war in einen großen Betrug verwickelt. Bevor du nach Hongkong gekommen bist. Die Zeitungen waren voll davon, das war eine große Sache. Aber sie konnten ihn nur dafür verklagen, einen Polizisten geschlagen zu haben. Ich hab' ihn nie kennengelernt. Moxham auch nicht. Jedenfalls soweit ich weiß. Es war irgendeine Finanzangelegenheit. Riesig.«

Ich war so überzeugt davon gewesen, dass zwischen Eddie Yiu und Moxham eine Verbindung bestand. Aber es schien gar keine zu geben. Wenn Eddie schon in Hongkong eine große Nummer in der Wirtschaftskriminalität gewesen war, wäre ihm dann nicht irgendein Video, in dem er sich wie ein Irrer verhielt, ziemlich egal?

Eddie als Mörder wäre eine hübsche, einfache Lösung gewesen. Zu einfach.

Ich legte den Kopf auf mein Kissen, lauschte Nathans Atem und wünschte, ich könnte seinen Kiefern-Moschus-Duft riechen. Das hier hatte mein Abschiedsanruf sein sollen, aber ich wollte nicht auflegen.

»Wie spät ist es bei dir?«, fragte ich.

»Elf Uhr.«

»Du solltest schlafen gehen, oder?«

»Nein, ich muss ...«

»Geh schlafen. Wenn du wieder aufwachst, ist es wieder vor zwei Jahren.«

»Lola.«

»Die zwei Jahre, die du mich gekannt hast, die sind vorbei, okay? Sie haben nie stattgefunden.« Trotz all meiner Bemühungen weinte ich jetzt. »Die ganze Sache mit Shin ist nie passiert. Du hast mich nie geliebt und du hast nie ...« Die letzten Worte formte ich nur mit den Lippen, anstatt sie auszusprechen. *Du hast nie für mich getötet.*

»Lola ...«

»Bitte. Ich will es so. Geh schlafen. Dreh die Uhr zurück.«

27

Das einzige Quad auf Keeper Island wollte nicht starten.

»Verdammte, verfickte Scheiße!« Ich trat gegen das Geländefahrzeug, das zwar ein ziemlicher Haufen Schrott war, aber immer noch stabil genug, dass ich mir daran den Zeh verletzen konnte.

Tessa trat erschrocken einen Schritt zurück. »Wir müssen das Picknick absagen.«

»Wir müssen überhaupt nichts absagen.« Ich hüpfte auf einem Fuß. Mein Zeh schmerzte wie verrückt.

Letzte Nacht hatte es geregnet, und der Buschpfad bestand nur noch aus Schlamm. Die Hitze hatte jedoch nicht nachgelassen. Es war elf Uhr vormittags, und eine unerträgliche Schwüle hatte sich auf die Insel gelegt. Hostessen und Hosts auf Keeper Island sprachen das Wort *Picknick* so aus, wie andere Leute das Wort *Tsunami*. In den nächsten zwei Stunden sollte ich den Grund dafür herausfinden.

Brady, Eddie und die anderen Gäste sollten als Mittagessen heute ein malerisches Picknick genießen. Als Vorbereitung dafür mussten nicht nur Decken und Kissen, sondern auch Tische und Stühle durch die Natur gekarrt werden. (Reiche Menschen verstanden offensichtlich nicht, was ein Picknick ausmachte.) Das Essen bestand nicht aus belegten Broten in Wachspapier, sondern aus einer Gourmet-Auswahl von französischen Käsesorten, Thymian-Crackern, Pasteten, Kuchen und kleinen Törtchen.

Am Keeper Peak, einst vulkanisch, jetzt wild überwuchert, gab es zwar keine steilen Hänge, aber der Busch war so dicht, dass man mit einem Golfbuggy nicht hindurchkam und laufen musste. (Und wie zu erwarten, war Tessa ein besonders langsamer Packesel.)

Oben angekommen, bot sich eine spektakuläre Aussicht: im Süden die hügeligen Ausläufer von Virgin Gorda mit den im Hafen dümpelnden Segelbooten, im Norden die endlose Weite des Wassers. Mit der Seilbahn auf dem Gipfel konnten die Gäste den Berg nach dem Picknick hinuntergleiten, anstatt zu laufen. Ich wäre gerne weggesurrt und nie mehr zurückgekommen, aber ich hatte zu tun. Bei meinem dritten Aufstieg auf den Berg nahm ich die Aussicht kaum noch wahr. In meinen Augen brannte der Schweiß.

Das einzig Gute an diesem Marsch den Keeper Peak hinauf und hinab war, dass ich dabei die Kopfhörer aufsetzen konnte. Ich öffnete Moxhams geheime Audioaufnahmen. Ich war fest entschlossen, neue Beweise zu finden. Bisher hatte ich mir nur hier und da mal ein paar Minuten anhören können. Jetzt hatte ich die Gelegenheit, richtig einzutauchen in die Aufnahmen. Das meiste war unfassbar langweilig, dumpfe Stimmen und belanglose Gespräche, aber einige Teile waren interessant. Bisweilen sogar beunruhigend.

»*Wer jemand wirklich ist, sieht man, wenn man ihn aufs Minimum reduziert. Man muss nur seine Füße ins Feuer halten, und schon fällt die ganze Maskerade ab.*«

Die nasale Stimme hatte einen amerikanischen Akzent. Ich glaubte sie fast zu erkennen, aber es war weder Brady noch sonst irgendjemand, den ich besser kannte. Ich stapfte durch das Gestrüpp und der Schweiß floss in Strömen an mir runter, während der Mann auf der Aufnahme gerade eine dunkle Winternacht beschrieb. Auf einem namenlosen College-Campus schikanierte eine Gruppe von Studierenden ihre Kommilitonen.

»Es war kalt, Mann, richtig kalt. Wir haben eimerweise Wasser über die Anwärter gekippt, sie Burpees machen lassen, ihre Belastbarkeit getestet, verstehst du.

Ich erinnere mich. Ich erinnere mich, dass alle vor Lachen geschrien haben. Wie Schakale. Ich bekam davon Kopfschmerzen. Ich wollte nach Hause, aber wir hatten Dienst und mussten aufpassen, dass die Anwärter jede Minute einen Kurzen tranken. Das bringt euch dem Himmel näher, haben wir immer gesagt.«

Moxham erwiderte etwas, er war nicht zu verstehen, und dann sprach wieder der Mann:

»Ja ... ja ... Die Nächte endeten immer im Hinterhof. Sie sollten eine Grube ausheben. Ein Grab. Es war eine Vertrauensübung.« (Eine Pause. Lachen oder Weinen, ich konnte es nicht genau heraushören.) »Es war doch nur ein verdammter Scherz.«

Während ich mich kurz zum Ausruhen auf einen abgebrochenen Ast setzte, hörte ich das Fazit des Ganzen. Der Anwärter, den man da lebendig begraben hatte – »*ein Scherz, nur ein verdammter Scherz*« –, war nicht wieder lebendig herausgekommen.

»Ich denke jeden Tag daran. An den Ausdruck auf seinem Gesicht. Kurz bevor wir ihn ... getötet haben.«

Es war nur noch Schluchzen und Rauschen zu hören. Ich schaltete aus. Um mich herum erwachten die Geräusche des Busches wieder zum Leben, das Zirpen und Scharren der Insekten, das Pfeifen der Vögel.

Wer war dieser Mann? Wie viel Geld hatte Moxham von ihm erpresst? Wie viel war ein Leben wert? Anscheinend stand das alles zwar nicht mit dem Mord an Moxham in Verbindung – ich kannte den Mann von der Aufnahme nicht –, aber irgendetwas beunruhigte mich an der Sache. Diese Stimme war mir vage bekannt vorgekommen.

Wenn ich doch nur in Moxhams Kopf schauen und alles erfahren könnte, was er gewusst hatte.

Moment. Diese nasale Stimme ...

Ich kannte sie doch.
Andrew Reisslenger, Bradys gottesfürchtiger Anwalt.

~

Wir brauchten noch eine geschlagene Stunde, aber dann war das Picknick fertig. In etwa zwanzig Minuten würden die Gäste entspannt den Hügel hinaufspazieren und mit einem üppigen Festmahl belohnt werden. Ich funkte Tessa an, die gerade noch eine zusätzliche Kühlbox mit Getränken herauftransportierte, und behauptete, sie sei auf dem Weg. Offenbar ohne jeglichen Zeitdruck.

Erschöpft lehnte ich mich gegen den schweren Holzpfahl, der das eine Ende der Seilbahn stützte. Während der Picknick-Vorbereitungen hatte ich mir Andrews Geständnis noch dreimal angehört. Andrew war in der Nacht von Moxhams Ermordung nicht auf der Insel gewesen, aber er hatte auf jeden Fall ein Motiv gehabt, ihn tot sehen zu wollen. Dieses fatale Anwärterritual war Totschlag, wenn nicht noch mehr. Er könnte dafür verurteilt werden.

Hatte Andrew seinem Kumpel Brady von der Erpressung erzählt? Hatten die beiden einen Plan ausgeheckt, um Moxham unschädlich zu machen? Es schien etwas weit hergeholt, dass Brady für Andrew getötet hatte, aber nach dem, was Nathan für mich getan hatte, sollte ich das vielleicht nicht ausschließen.

Ich dachte wieder an Andrews SMS auf Bradys Telefon. Jetzt erschienen sie mir noch verdächtiger. Hatte Moxham Brady mit dessen eigenen schmutzigen Taten erpresst – worin auch immer die bestanden?

Es war ein weiteres frustrierendes Was-wäre-wenn. Vielleicht bedeutete es alles. Vielleicht bedeutete es nichts.

Ich schüttelte ein paar Sitzkissen auf und schaute auf die Uhr. Nicht mehr viel Zeit. Ich überlegte, Diara zu suchen, um ihr zu erzählen, was ich herausgefunden hatte, entschied mich dann aber dagegen. Ich wusste immer noch nicht so richtig, was ich von ihrer geheimen Beziehung mit Moxham (falls es das war) halten sollte, oder von der Tatsache, dass sie sie vor mir verheimlicht hatte. Ich wünschte mir eine echte Freundin, mit der ich hätte reden können.

Während ich den Kloß in meinem Hals herunterschluckte, fiel mein Blick auf die Seilbahn. Ich hatte sie schon so lange ausprobieren wollen. Aus der Nähe sah sie simpel aus, ein Griff und ein Sitz, wie man es vom Spielplatz kannte. Kein Gurtzeug. Das Seil war angerostet, und das Schild mit der Aufforderung, einen Helm zu tragen, war von der Sonne verblichen. Auch Helme waren keine zu sehen. Ich schaute am Seil entlang. Nachdem man die Ebene auf dem Gipfel hinter sich gelassen hatte, war es ein langer Weg hinunter in den verwucherten Wald.

Wahrscheinlich war es sicherer, den Hügel hinunterzulaufen. Während ich darüber nachdachte, klingelte mein Arbeitstelefon. Als ich sah, wer mich da anrief, rollte ich mit den Augen.

»Hiii!«, antwortete ich mit meiner falschesten Stimme. »Wie geht's Ihnen denn heute? Was machen die Kinder? Haben Sie das Spiel gestern gesehen?«

»Äh, Ms George, hier ist Zack vom technischen Support ...«

»Zack, ich habe ununterbrochen an Sie gedacht. Ich lebe, atme und sterbe für Sie, Zack. Wenn ich ermordet werde – und, Junge, Junge, das könnte echt passieren –, dann hinterlasse ich Ihnen in meinem Testament alles. Ich brenne für Sie, Zack.«

Er räusperte sich. »Ihr Computersystem ist jetzt wieder vollständig online, Ms George.«

»Wirklich?!«

»Ja, Sie haben wieder Zugang zu allen Ihren Buchungsfunktionen und ...«

»Na, das ist doch fan-tas-tisch, und Sie haben gerade mal vier beschissene Tage dafür gebraucht, das zu reparieren. Tolle Arbeit.«

»Entschuldigung, Ma'am.« Zack klang jetzt genauso sarkastisch wie ich. »Kann ich sonst noch etwas für Sie tun?«

Ja, Zack, mein Herz, es gibt da etwas, das Sie tun können. Der Gedanke kam mir ganz plötzlich in den Sinn.

Ich musste in Moxhams Kopf. Und da ich ihn nicht wieder zum Leben erwecken konnte, brauchte ich sein Daten-Profil.

»Sie müssten bitte ein paar Dateien für mich wiederherstellen, Zack.«

~

Zack ließ mich wieder einmal hängen. Er konnte Moxhams E-Mails und Nachrichten in der Cloud nicht ohne die Genehmigung von »Mr Clement oder Ms Manolo« wiederherstellen. Selbst meine Morddrohungen (ein Scherz, haha) konnten ihn nicht umstimmen. Nur mit einer Verbindung über Kips oder Fizzys Computer würde Zack mir die Dateien zuschicken können. Ich wusste, dass keiner von beiden dem zustimmen würde.

Ich beendete das Telefonat mit Zack und ging hinüber zur Seilbahn. Meine Haut kribbelte vor Hitze. Auf keinen Fall würde ich noch einmal den Buschpfad vom Gipfel hinunterlaufen.

Während meines Telefonats war Tessa eingetroffen. »Du kommst doch allein mit den Gästen zurecht, oder?«, fragte ich.

Sie zuckte mürrisch mit den Schultern, was ich als ein Ja interpretierte.

Ich legte meine Hände an den Griff der Seilbahn. Die Rolle oben am Metallseil zitterte, als würde sie nur darauf warten, mich nach unten zu befördern.

Wenige Sekunden später befand ich mich in der Luft. Der Boden verschwand unter mir und ich glitt über die Baumwipfel. Blätter streiften meine nackten Beine. Von unten eilte mir der Strand mit seinem schimmernden Wasser entgegen.

Es war der absolute Wahnsinn. Ich lehnte mich auf dem kleinen

Sitz zurück und überschlug meine Knöchel, um noch schneller zu werden. Für diese eine Minute in der Luft fielen all meine Ängste und mein Ärger von mir ab.

Ich wusste, was ich tun musste. Wenn ich Moxhams SMS wiederherstellen wollte, musste ich wie Moxham denken.

28

Am Freitag liefen die Vorbereitungen für die Strandparty auf Hochtouren, die ganz im Zeichen des Goldes stehen sollte; eine richtige König-Midas-Fantasie. Es hatte wegen des aufziehenden Sturms mehrere Einwände gegen die Party gegeben, aber ich drückte die Daumen, dass er an uns vorbeiziehen würde. Ich konnte meine ganze Arbeit nicht umsonst gemacht haben.

Es war vier Uhr nachmittags, als ich ins Büro zurückkam. Niemand da. Gut.

Fizzys Schreibtisch war so aufgeräumt wie immer. An ihrem Laptop klebte eine Reihe rosafarbener Post-its; auf einem stand: *Sei lieb zu dir selbst.* Mein Herz setzte kurz aus, als ich näher an die vergilbte Grünlilie heranging. Die Blätter raschelten trocken, als ich sie beiseiteschob, und meine Finger schlossen sich um die Mini-Kamera.

Sie war noch warm vom Aufnehmen. Endlich kam ich weiter.

»Toll! Ganz, ganz toll!« Draußen vor dem Fenster hörte ich ein Bariton-Lachen und knirschende Schritte auf dem Muschelpfad.

Scheiße. Ich schob die Kamera zurück in den Blumentopf und rannte auf die andere Seite des Büros. Die Tür öffnete sich.

»Hallo, was gibt's?«, sagte ich etwas zu laut.

Kips Augenbrauen schnellten nach oben. »Schöne Dame ... an einem so prächtigen Tag wie heute sollten Sie doch draußen sein.«

Er hatte sich zum Segeln eine königsblaue Windjacke angezogen. An seinem Hals war der blaue Schatten eines Blutergusses zu sehen.

»Ich mache hier nur noch ein bisschen Papierkram zu Ende.« Ich ließ mich in meinen Bürostuhl fallen.

Er schritt hinüber zu Fizzys Schreibtisch. »Tz, tz, tz. Immer nur am Arbeiten.«

»Kann ich Ihnen irgendwie helfen?«

»Nein, nein, nein.« Er kratzte sich den Scheitel seiner Glatze.

Sein Blick schweifte über Fizzys Arbeitsplatz. Er schob ein Paar dunkle Kristalle beiseite, wobei er einen Stift anstieß, der dann über den Schreibtisch rollte. Ich versuchte, die Grünlilie nicht anzustarren. Wenn man aufmerksam schaute, konnte man ein Stück der Kameralinse bemerken.

Der Stift fiel zu Boden und ich hob ihn auf. »Kip?«

»Hm.« Er schob den Blumentopf zwei Zentimeter nach links. Ich erstarrte. Hatte er die Kamera gesehen?

Ruhe bewahren. Ich öffnete demonstrativ eine E-Mail auf meinem Computer und versuchte dabei, möglichst beschäftigt auszusehen.

Von der anderen Seite der Schreibtischinsel hörte ich ein klapperndes Geräusch. Mein Blick schnellte wieder zu Kip, aber er hatte sich abgewandt. Er schien gerade etwas in seine Jackentasche zu stecken.

»Ach, richtig!« Er tastete seine Oberschenkel ab. »Ich war auf der Suche nach meinem ... du weißt schon, Dings.«

»Wie bitte?«

»Ich dachte, Fizzy würde es mir hierlassen ... na ja, so ist das eben als schusseliger alter Mann.«

Ich starrte ihn an. Ich wusste nicht, was ich sagen sollte.

»Arbeiten Sie nicht zu hart.« Er grinste. »Ich bezahle Sie dafür, dass Sie sich hier gut amüsieren.«

Im nächsten Augenblick war er weg, mit raschelnder Windjacke aus der Tür geschlendert. Mein Fuß stieß gegen eine der Rollen meines Bürostuhls. Draußen war das Krähen eines Hahns zu hören. Ich ließ noch ein paar Sekunden verstreichen – er war wirklich weg, oder? –, bevor ich wieder zu Fizzys Schreibtisch hinüberschlich.

Die Kamera war immer noch da. Ich suchte alles ab nach Dingen, die mir fehl am Platz vorkamen. Da stand die Pillenflasche diskret hinter dem Blumentopf. Vermutlich waren das die Beruhigungsmittel, von denen Fizzy mir eine auf Solitude Island gegeben hatte.

Was hatte Kip sich in die Jackentasche gesteckt? Und warum trug er überhaupt an einem so schwülen Nachmittag eine Jacke? Ich ließ mich in Fizzys Stuhl sinken. Ich war paranoid. Kip war gerade von einem Boot gestiegen, er hatte Fizzy treffen wollen, und er war wieder weggegangen. Mehr nicht.

Ich bemühte mich, nicht mit dem Bein zu wackeln. Heute Morgen, als ich die Kamera aus einer Socke in meiner Schublade geholt hatte, hatte ich nur an das Positive gedacht. Ich hatte gedacht, das hier sei die beste Möglichkeit, Fizzys Passwort herauszufinden und damit Moxhams Dateien wiederherzustellen. Ich hatte nicht mit dem schmierigen Gefühl der Scham gerechnet, das sich einstellte, wenn man jemanden ausspionierte. Ich hatte kein Herz aus Stein so wie Moxham.

Okay. Ich war schon zu tief drin. Es gab keinen Weg zurück.

Ich griff in die Grünlilie und holte die Kamera heraus.

~

Von Kip war auf den Aufnahmen nur ein verschwommenes Stück Ärmel zu sehen. Wenn er irgendetwas mit Fizzys Tabletten gemacht hatte, dann war es nicht aufgezeichnet worden. Als ich jedoch zu einem früheren Zeitpunkt zurückspulte, sah ich Fizzys Finger, wie sie über ihre Tastatur huschten.

Der Nussknacker. Ich fragte mich, ob Fizzy eine besondere Erinnerung mit dem Stück verband, ob sie als Kind eine Aufführung gesehen hatte, oder darin aufgetreten und auf der Bühne herumgewirbelt war. Ich hatte keine Zeit, weiter darüber nachzudenken. Ich tippte ihr Passwort ein, *Drosselmeier*, den Namen des Spielzeugmachers aus dem Stück, und loggte mich in ihren Computer ein.

Zwanzig Minuten später hatte Zack alle Dateien von Moxham wiederhergestellt und ich hatte sie auf einen USB-Stick geladen. Es war fast zu einfach gewesen. Ich fuhr Fizzys Laptop herunter und richtete ihn wieder auf dem Schreibtisch aus, damit sie keinen Verdacht schöpfen würde.

Ich hoffte, Diara in unserem Zimmer anzutreffen, aber es war leer. Ich war zu ungeduldig, um auf ihre Rückkehr zu warten, also setzte ich mich im Schneidersitz auf mein Bett und nahm meinen Laptop auf den Schoß. Als ich den USB-Stick hineinsteckte, erschienen auf meinem Bildschirm Nachrichten aus einigen Monaten. Hier befand sich alles, was von Moxhams Telefon und Laptop gelöscht worden war.

Ich scrollte. Jede freche Antwort von Moxham (»*Du gottloser kleiner Schwengel*«), jeder Verweis auf eine Zukunft, die es nie geben würde (»*Wir treffen uns nächsten Monat in Road Town*«) sorgte dafür, dass sich mein Magen zusammenzog.

Das Licht ließ nach, aber ich machte mir nicht die Mühe, die Lampe einzuschalten. Von draußen rief jemand meinen Namen. Es klang wie Reggie, der mich wahrscheinlich zu einem Kartenspiel auffordern wollte. Ich antwortete nicht, und irgendwann gab er auf.

Ich überflog die SMS, bis ich zum Einundzwanzigsten kam. Dem Tag von Moxhams Tod.

Dutzende der Nachrichten befassten sich mit der Planung der Party. Die Steelband würde sich verspäten. Der Beluga-Kaviar traf nicht ein.

Ich scrollte weiter. Ich hatte Mühe, meine Augen zu fokussieren.

Die letzten paar SMS, die er in den frühen Morgenstunden erhalten hatte, erinnerten mich an meine eigene plötzliche Abreise aus Hongkong.

Hey, Mann, wo bist du?
Alles in Ordnung bei dir?
Was ist los?

23:45 Uhr. Zu diesem Zeitpunkt war Moxham am Strand vor mir weggelaufen. Intensiv las ich die Nachrichten, die in den letzten Minuten vor Mitternacht gesendet und empfangen worden waren.
Eine von ihnen ließ mich innehalten:

Es tut mir leid. Lass uns reden. Um Mitternacht am Bootshaus.

Mein Mund war trocken geworden.
Dreimal las ich den Namen, der über der Nachricht stand, weil ich es nicht glauben konnte.
Diara.
Damit wäre sie einer der letzten Menschen, die Moxham lebend gesehen hatten. Warum hatte sie mir nicht gesagt, dass sie ihn im Bootshaus getroffen hatte?
Ich tigerte in meinem Zimmer auf und ab, mein Blick fiel immer wieder auf das hässliche Bootsgemälde, als mir mit einem Mal eine Idee kam. Es könnte einen Beweis dafür geben, wo sich Diara am Einundzwanzigsten um Mitternacht aufgehalten hatte. Moxham hatte eine Kamera über meinem Bett angebracht, um mich zu überwachen, aber was, wenn auch Diara auf der Kamera zu sehen war? Auf diese Weise könnte ich überprüfen, ob sie um Mitternacht zu Hause im Bett gewesen war, wie sie behauptet hatte.
Ich holte die SD-Karte der Kamera aus der Sockenschublade, steckte sie in meinen Laptop und öffnete die Datei mit dem

Datum von Moxhams Ermordung. Hastig klickte ich mich vor bis 23:45 Uhr.

Diaras Bett war auf der Kamera zu sehen. Es war leer.

Ich spulte die Aufnahme im Schnelldurchlauf weiter, in der Hoffnung, dass Diara zurückkehren würde. Die Zeitanzeige lief über Mitternacht hinaus, und immer noch war kein Zeichen von ihr zu sehen. Ich ließ das Video bis ein Uhr nachts abspielen, bis zwei Uhr nachts, und noch immer war Diara nicht nach Hause gekommen.

Sie hatte gelogen. Sie hatte gesagt, sie sei nach Hause und ins Bett gegangen. Ich erinnerte mich, wie betrunken sie an dem Abend gewesen war. War es möglich, dass sie einen Filmriss gehabt hatte und sich nicht an das Treffen mit Moxham erinnern konnte? Ich hatte schon vermutet, dass Diara und Moxham eine geheime Affäre gehabt hatten. Vielleicht hatte sie sich in etwas Toxisches verwandelt. Sie hatte ihn im Streit getötet. In der letzten Woche hatte sie mir bei meinen Ermittlungen geholfen, aber nur, weil sie ihre eigenen Spuren hatte verwischen wollen. Sie behielt mich im Auge. Wenn ich der Wahrheit zu nahe käme, würde sie auch mich umbringen.

Mir lief ein Schauer über den Rücken.

Nein, das war verrückt. Oder?

~

Es musste eine Erklärung geben.

Ich hatte jedoch ein Problem: Ich konnte Diara nicht finden.

Ich rief sie an, aber sie ging nicht ans Telefon. Sie war nicht in der Team-Bar, wo Reggie, Tyson und ein paar andere gerade über ihre Karten schimpften. Sie war nicht im Spa. Sie war nicht im Restaurant, nicht in der Küche und sie saß auch nicht am Pool. Als ich das Team anfunkte (»Hat jemand Diara gesehen?«), wusste niemand etwas.

Keiner hatte sie gesehen.

Nachdem ich sie noch einmal erfolglos angerufen hatte, schrieb ich ihr eine SMS.

Wo bist du?

Keine Antwort.

Ich schickte ihr noch drei weitere Nachrichten, ohne darüber nachzudenken, ob das vielleicht seltsam wirkte.

Nichts.

War es möglich, dass Diara die Insel verlassen hatte und nicht mehr wiederkommen würde?

29

Ich verbrachte den Abend in meinem Zimmer, über meinen Laptop gebeugt, der Schein des Bildschirms die einzige Lichtquelle. Ich hätte mich eigentlich auf den morgigen Abend vorbereiten und die Insel in ein goldenes Wunderland verwandeln sollen.

Stattdessen öffnete ich wieder Moxhams Nachrichten und suchte nach etwas, das seine Beziehung zu Diara belegte. Und nach Beweisen für ihre Schuld.

Eine Eidechse krabbelte über den Boden, aber ich rührte mich nicht vom Fleck.

Pack sie an den Eiern, bis das Geld aus ihren dreckigen Mäulern rauskommt.
Hahahahahahahaha.

Wieder und wieder scrollte ich durch den Chatverlauf. Diara? Nein. Ich las weiter:

Moxham: Grab weiter. Finde raus, was er will. Du kannst gut zuhören.
Tessa: Ist das ein Code für »Ich hab' einen geilen Arsch«?
Moxham: Haha. Du bist das Zuckerbrot, ich bin die Peitsche.
Tessa: Ja Boss;)

Tessa. Beim Scrollen durch die letzten Tage vor Moxhams Tod fand ich unzählige Nachrichten von ihr.

Die dümmliche, launische Tessa hatte einen Nebenjob gehabt. Sie war Moxhams Komplizin gewesen.

Ich erinnerte mich an Tessas Social-Media-Profil, all die Selfies von ihr mit einer Birkin Bag und Designerkleidung. Bisher hatte ich angenommen, dass sie großzügigen Gästen gute Trinkgelder aus der Tasche gezogen hatte. Jetzt wusste ich, dass mehr dahintersteckte.

Moxham musste sie schon seit Monaten bezahlt haben.

Die Tür ging auf.

Ich sprang auf, mein Laptop flog zur Seite.

»Scheiße, verdammt!«

In der Dunkelheit hatte ich kurz geglaubt, es sei Tessa, mit einem Grinsen im Gesicht und einer auf mich gerichteten Waffe – *du bist mir auf die Schliche gekommen, habe ich recht?* –, aber die Gestalt in der Tür war meine Mitbewohnerin.

Tatsächlich war der Anblick von Diara – nach dem, was ich gerade herausgefunden hatte, und angesichts der Waffe, die in ihrer Schublade lag – nicht unbedingt weniger beunruhigend.

Sie stolperte ins Zimmer und schaltete das Licht ein. »Scheiße, was geht ab, London-Girl?«

Gleichzeitig fragte ich sie: »Wo bist du gewesen?«

»Bei meiner Familie auf Virgin Gorda.«

»Warum hast du mir nicht geantwortet?«

»Ich hatte zu tun.«

Sie stieß ein Lachen aus. Ihr Rum-geschwängerter Atem machte die Luft in dem engen Zimmer unerträglich.

»Ich muss dir was zeigen.« Ich streckte meine angespannten Gliedmaßen und stand auf. Ich schnappte mir meinen Laptop und ging hinüber zu Diara, die wackelig auf einem Bein stand und ihre Sandalen öffnete.

Sie gähnte. »Morgen.«

»Nein, jetzt.«

Ich zeigte ihr zuerst die Textnachrichten von Tessa. Als sie mich fragte, woher ich die hatte, winkte ich ab. Sie nahm mir den Laptop weg und fing an, durch die Nachrichten zu scrollen.

»Das ist heftig«, sagte sie, ohne vom Bildschirm aufzuschauen. »Das hätte ich nie gedacht ...«

Ich versuchte, so beiläufig wie möglich zu fragen: »Hey, hast du mit deiner Tante gesprochen?«

»Was?«

»Der Autopsiebericht.«

»Nein, ich hatte keine Gelegenheit.«

Sie saß immer noch auf ihrer Bettkante und las in Moxhams SMS. Mit verschränkten Armen suchte ich in ihrem Gesicht nach Hinweisen.

»Aber das sind wichtige Beweise«, sagte ich.

»Willst du, dass ich an Drähten hängend in eine Polizeistation einbreche wie bei *Mission: Impossible*?« Sie warf mir ein kurzes Lächeln zu und schaute dann wieder auf den Bildschirm.

»Ich will, dass du mir sagst, warum du die ganze Zeit lügst.«

Sie verzog fragend das Gesicht.

»Ich weiß, dass du Moxham im Bootshaus getroffen hast, kurz vor seinem Tod.« Das Blut pochte mir in den Ohren. Ich nahm ihr den Laptop weg.

»Du hast deinen Scheißverstand verloren.« Sie klang jetzt nicht mehr beschwipst.

Ich suchte die SMS raus und hielt sie ihr direkt vors Gesicht, den Laptop auf ihren Knien balancierend. »Du hast ihm geschrieben, direkt bevor er gestorben ist.«

»Nein, habe ich nicht.«

Der Laptop fing an zu rutschen und ich musste ihn festhalten, damit er nicht runterfiel. »Doch, hast du.«

»Nein.«

Ich hatte gehofft, sie würde mir alles erklären. *Ach ja, hab' ich total vergessen, Moxham und ich haben uns im Bootshaus getroffen, um über unsere Lieblingstiere zu sprechen, alles cool.*

»Wie dann? Wie hast du diese SMS dann geschickt?«

»Die SMS wurden nicht von mir, sondern nur von meinem Handy verschickt.« Diara klappte den Laptop zu. Sie zog ihre Knie an die Brust.

»Ich hab's in der Nacht verloren«, sagte sie. »Reggie hat es am Morgen gefunden. Jeder hätte es finden können. Du weißt, dass alle Arbeitshandys den gleichen Entsperrcode haben. Jemand hat es entsperrt, die Nachricht in meinem Namen abgeschickt und das Handy wieder hingelegt. Ganz einfach.«

»Du hast dein Handy verloren?« Reggie hatte etwas darüber erzählt, oder? Dass Diara einen Untersetzer statt ihres Handys in die Hand genommen hatte?

»Ja, echt peinlich ... Ich war an dem Abend wirklich betrunken. Ist alles ein bisschen nebelig.«

»Du hattest einen Filmriss.«

»Nein.« Ihre Stimme war scharf. »Nicht so betrunken.«

Wir schwiegen beide eine Zeit lang. Diara fummelte an ihrem Ohrring herum. Zum ersten Mal fiel mir auf, dass das S-förmige Ding, das an ihrem Ohr baumelte, eine Schlange war.

»Hör zu, London-Girl«, sagte sie schließlich, »ich und Moxham, wir waren ... Freunde. Eine Weile lang. Wenn jemand sichergehen wollte, dass Moxham zu einem Treffen erscheint, dann könnte dieser Jemand mein Telefon dafür benutzt haben.«

Ich ließ ihre Worte auf mich wirken und versuchte, mir die Szene vorzustellen. Es wäre ziemlich ausgebufft, Diara immer betrunkener werden zu lassen, ihr in einem abgelenkten Moment das Telefon zu klauen und Moxham damit dann zu einem vermeintlichen romantischen Tête-à-Tête zu locken. Ein mörderischer Köder.

»Ich bin sicher, dass ich Tessa in der Nacht der Party habe herumschwirren sehen«, sagte sie.

»Tessa?«

»Sie war da, zumindest hätte sie das sein können.« Diara schweifte ab. Ihr Blick war ausweichend. »Ich sollte mit ihr reden.«

Es stimmte, dass nur Angestellte den Code zum Entsperren der Arbeitshandys kannten. Tessa hatte im Personaldorf eine widersprüchliche Geschichte über einen Anruf bei ihrem Freund in Dublin erzählt. Vielleicht hatte sie sich ein Alibi zurechtfabuliert.

»Okay ...« Ich hatte unbewusst meine Hände zu Fäusten geballt, aber ich bemühte mich, sie wieder zu lösen. »Mal sehen, was sie zu ihrer Verteidigung zu sagen hat.«

Endlich begegnete Diara meinem Blick. »Hey ... du vertraust mir doch, oder, London-Girl?«

Das war die entscheidende Frage. Wenn ich Diara vertraute, musste ich auch ihre Geschichte glauben. Wenn nicht ... nun, dann gab es auf dieser Insel niemanden, dem ich wirklich vertrauen konnte.

»Ja, ich vertraue dir«, sagte ich.

~

Es war schon nach Mitternacht. Als wir hinaus auf den Platz traten, war nichts zu hören außer dem Gurren eines Vogels. Selbst die Kartenspieler waren ins Bett gegangen.

Wir klopften an Tessas Tür, aber niemand machte uns auf. Ich hämmerte mit meiner Faust fester dagegen. Diara stand schwankend neben mir.

Je länger ich darüber nachdachte, desto mehr Beweise gegen Tessa häuften sich an. Kein Wunder, dass sie unbedingt kündigen wollte. Sie wollte das sinkende Schiff verlassen, solange es noch ging.

Eine der anderen Hostessen kam an die Tür. Es war Maria, die Philippina mit dem runden Babygesicht. Ihre schwarzen Haare mit den blauen Strähnen hingen ihr locker um die Schultern. Sie rieb sich die Augen, ihre Stimme war heiser. »Ich hab' Tessa nicht gesehen.«

»Weißt du, wo sie ist?«, fragte ich.

»Sie ist bestimmt bei Ethan.«

Diara wusste, welches Zimmer Ethans war. Er lebte schon so lange auf der Insel, dass er mittlerweile ein Einzelzimmer ergattert hatte. Ich klopfte, aber es kam keine Antwort. Waren Tessa und Ethan irgendwo zusammen unterwegs? Vielleicht in der Hidden Cove? Oder hatte Tessa ihren Bluff endlich in die Tat umgesetzt und die Insel für immer verlassen?

Das Personaldorf wirkte unheimlich in der Dunkelheit. Wir waren umringt von dem Zischen und Rasseln der Insekten.

»Meinst du, sie ist gegangen? Oder ...?« Ich ließ die Frage offen.

»Sie ist hier irgendwo.« Diara schüttelte den Kopf. »Sie ist eins von diesen Mädchen, die nicht gehen, solange sie nichts dafür bekommen.«

Ich senkte meine Stimme und flüsterte: »Vielleicht ... wollte Tessa Moxhams Geschäft übernehmen. Und das ganze Geld für sich selbst einstreichen. Deshalb hat sie ihn ausgeschaltet. Sie könnte die Mörderin sein.«

»Nicht so voreilig ...«

»Ich weiß, ich weiß.«

Für mich war Tessa immer so etwas wie eine nervige Cousine gewesen. Sie war faul – mit ihrer manipulativen Art sorgte sie dafür, dass ich und die anderen Hostessen ihre Arbeit für sie erledigten –, aber ich hatte geglaubt, dass ich sie zurechtbiegen konnte. Jetzt kam ich mir dämlich vor.

Ich musste plötzlich daran denken, wie sie mal bei einem unserer nächtlichen Kartenspiele in der Team-Bar eine starke Karte nach der anderen ausgespielt hatte. Sie war nicht dumm. Sie hatte mich die ganze Zeit ausgetrickst, vom Moment meiner Ankunft an.

30

Düster lag das Bootshaus im Licht der Morgendämmerung da. Es roch nach Motoröl mit einem Hauch von verbrannten Kräutern. Diara und ich schlichen uns durch den Seiteneingang hinein. Im Halbdunkel stieß ich mit dem Knie gegen eine Metallstange und fluchte leise vor mich hin. Diara zischte mich ermahnend an und schaltete das Licht ein, das den Raum in grelles blauweißes Licht tauchte.

Vor einer halben Stunde hatte ich Diara wachgerüttelt. »Das Bootshaus! Wir müssen das Bootshaus checken.«

Ich hatte nur ein oder zwei Stunden geschlafen, aber in dem Moment, als ich plötzlich aufgewacht war, hatte die Idee in meinem Kopf zu pulsieren begonnen. Wer auch immer ihn hierhergelockt hatte, wir wussten jetzt mit Sicherheit, dass Moxham kurz vor seinem Tod im Bootshaus gewesen war.

Dies konnte der Tatort sein.

Es war nicht mehr als ein Schuppen. Betonboden, Holzbalken über uns, mit einem Schwingtor aus Metall, das zum Meer hin ausgerichtet war. Ich quetschte mich an den Ständern mit Kajaks und Kanus vorbei und hätte mit dem Knie fast noch eine Metallwinde gerammt, die an einem der Boote befestigt war. Es waren nicht nur Wassersportgeräte, die hier dicht an dicht lagerten. Das Bootshaus wirkte wie eine Müllhalde. In einer Ecke standen wankende Stapel aus Metallstühlen, die vermutlich bei Veranstaltungen eingesetzt wurden. Ich war überrascht von der Schmuddeligkeit hier, wenn man sich die makellose Perfektion auf dem Rest der Insel ansah. Eine Schaufel stand an die Wand gelehnt. Ich nahm sie in die Hand.

»Könnte man die als Waffe benutzen?«

Diara schaute mich mit zusammengekniffenen Augen an. Sie antwortete nicht.

Ich wog die Schaufel in der Hand, untersuchte sie auf Blutspuren. Ich sah nur eine weiße Kruste. Wahrscheinlich benutzte man die Schaufel, um die Vogelscheiße vom Pier zu kratzen. Angeekelt stellte ich sie zurück und untersuchte weiter das Bootshaus.

»Okay.« Ich klatschte in die Hände. »Fassen wir zusammen, was wir wissen.«

Während ich mich letzte Nacht im Bett umhergewälzt hatte, war ich zu dem Entschluss gekommen, dass ich Diara am besten im Auge behalten konnte, indem ich so tat, als wäre alles in Ordnung. Wir waren immer noch Holmes und Watson. Ich konnte sie mir eigentlich nicht als Mörderin vorstellen, aber wenn ich sie beobachtete, wie sie sich am Tatort verhielt, würde ich besser einschätzen können, was sie dachte.

»Niemand hat Moxham nach Mitternacht gesehen.« Ich zählte die Fakten an meinen Fingern ab. »Er war beim Feuerwerk nicht dabei. Der Mörder hat ihn weggelockt. Hier hatte er seine Ruhe, eine Meile von der Party entfernt. Niemand würde einen Kampf mitbekommen.« Ich lief im Bootshaus auf und ab. »Es würde auch zu dem passen, was Ethan gesagt hat über einen großen Mann, der in der Nähe des Piers herumgeschlichen ist. Vielleicht war das der Killer auf dem Heimweg nach dem Mord.«

Diara stand, ohne etwas zu sagen, gegen einen Bootsrumpf gelehnt.

»Wir sollten das Ganze nachstellen«, sagte ich fröhlich. »Willst du Moxham sein oder der Mörder?«

Ich hatte es halb im Scherz gesagt, um sie zum Lachen zu bringen, aber Diara blieb stumm. Sie zuckte nur mit einer Schulter.

»Ich spiele den Mörder.« Ich hockte mich hinter das Boot neben mir. »Ich könnte mich versteckt halten, wenn du reinkommst, um erst mal zu schauen, ob du allein bist. Wir wissen, dass Moxham getasert worden ist, also würde ich den Taser in der Hand halten.« Ich kauerte mit einem imaginären Taser in der Hand neben dem verkrusteten Bootsrumpf.

»Wenn du jemanden töten willst, warum hast du dann einen Taser dabei?«, fragte Diara.

Ich stand aus meinem Versteck auf. Sie hatte die Arme verschränkt.

»Warum nicht ein Messer oder eine Pistole?«, fragte sie.

Bei diesen Worten musste ich unweigerlich an die Pistole denken, wie sie da in der untersten Schublade von Diaras Kommode versteckt lag.

»Ich vermute, der Mörder hätte einen Taser, weil ...« Ich verstummte.

Ich hatte mir den Taser als zusätzliche Waffe vorgestellt, als Möglichkeit, um Moxham bewegungsunfähig zu machen, damit er dem Mörder dann hilflos ausgeliefert wäre. Aber Diara hatte recht. Das war eine umständliche Art, jemanden umzubringen. Es wäre sehr viel einfacher, ein Messer aus der Küche zu holen und es Moxham zwischen die Rippen zu stoßen.

»Du benutzt einen Taser, weil du Angst hast«, sagte Diara.

»Angst ...«, sagte ich nachdenklich. Vermutlich hätte jedes Erpressungsopfer Angst vor dem, was Moxham tun würde. Und doch musste ich daran denken, wie ich mit Fizzy auf Solitude Island gesessen und über das Gefühl gesprochen hatte, in seiner eigenen Angst eingesperrt zu sein.

»Wer auch immer es gewesen ist, es muss einen Kampf gegeben haben«, sagte Diara.

Ich schlenderte durch den Raum, untersuchte einen Werkzeugkasten in der Ecke. In einer Teetasse befand sich ein kleines Häufchen Asche. Vielleicht von einem Joint?

»Sieh dir das hier an.« Diara winkte mich zu einer Lücke zwischen zwei Booten herüber.

»Was?«

»Der Boden.«

Sie tippte eindringlich mit der Fußspitze darauf, aber ich war ratlos. »Was soll ich hier sehen?«

»Genau. Der Boden hier ist sauber. Reggie und die Jungs putzen nie mehr, als sie müssen. Die Reinigungskräfte kommen nicht ins Bootshaus. Also warum ist der Boden hier sauber?«

Auf der anderen Seite des Bootes war der Boden schmutzigschwarz und voll von Sand und Fusseln und verirrten Schrauben und Muttern, die schon ganz staubig waren von den vielen Malen, die sie herumgetreten worden waren. Im Gegensatz dazu war dieser Fleck des Bodens hellgrau und es lag so gut wie kein Schmutz herum.

»Hier wurde saubergemacht«, murmelte ich. Mir fiel etwas ein. Ich streckte die Hand nach Diaras Arm aus. »Shirley! Am Tag nach meiner Ankunft hat ihr jemand das Putzzeug geklaut. Du hast dich darum gekümmert, weißt du noch?«

Diara nickte. »Ich frage mich nur: Ist alles weggemacht worden?«

Ich begann, um diese Stelle herum alle Schwimmwesten, Ständer und Surfbretter beiseitezuschieben. Diara half mir dabei.

»Die Leute lassen doch eigentlich immer irgendwas zurück ...«, sagte sie.

»Die Leute?«

»Ja, Mörder zum Beispiel.«

»So wie du ›die Leute‹ gesagt hast, dachte ich ... es könnten ja auch mehrere Personen gewesen sein.«

»Woher soll ich das wissen?« Diara lächelte mir schmallippig zu. Es hatte etwas Beunruhigendes. Die Härchen auf meinen Armen stellten sich auf.

»Ich meine nur ...« Ich hielt inne, weil ich vom Umherschieben eines Bootsrumpfs außer Atem war. »Wenn wir das mal zu Ende denken: Der Mörder tötet Moxham und macht dann sauber. Die Abstellkammer mit dem Putzzeug ist eine Meile entfernt. Er muss Moxhams Leiche außerdem noch im Meer versenken, den Jetski aufs Meer ziehen, um es wie einen Unfall aussehen zu lassen. Das ist eine Menge Arbeit für eine Person.«

»Aber nicht unmöglich, wenn man stark ist.«

»Nicht unmöglich ...«, wiederholte ich und dachte laut nach. »Aber wenn ich jemanden versehentlich getötet hätte, würde ich es als Erstes jemandem erzählen. Jemandem, dem ich vertraue. Ich würde nicht klar denken, ich würde mir Hilfe holen.«

Diara sagte nichts. Sie untersuchte immer noch den Boden. »Hier ist nicht sehr gut geputzt worden.«

Sie hatte ein altmodisches hölzernes Ruderboot zur Seite geschoben. Darunter waren ein paar grüne Scherben und ein dunkler Fleck aus ...

Mit zwei Schritten durchquerte ich den Raum und bückte mich, um mich zu vergewissern.

... Blut.

Der Anblick traf mich wie ein Schlag. Die letzten zwanzig Minuten war ich im Detektivmodus gewesen, hatte ich mich wie in einem Kriminalroman gefühlt. Es war etwas Abstraktes. Jetzt brach das Grauen über mich herein. Moxham war als lebendiger, atmender, komplexer Mensch in dieses Bootshaus gekommen, und man hatte ihn als Leiche herausgeschleift.

Behutsam hob ich die größte Glasscherbe auf. »Was denkst du?«

»Könnte von einer Flasche sein. Das wäre eine gute Waffe.«

Diara zerteilte die Luft mit einer imaginären Flasche. Ihre dunkle Haut hatte einen aschgrauen Ton.

Mir kam kurz das Bild in den Sinn, wie Moxham in der Dunkelheit auf mich zugetorkelt war. »Eine Champagnerflasche.«

Über uns brummten die Leuchtröhren. Ich hielt die Glasscherbe gegen das Licht. Es war ein Fleck darauf und ...

»Ist das ein Fingerabdruck?«

Diara nahm mir die Scherbe aus der Hand, fasste sie an den Rändern an. »Könnte reichen, um ihn in die Datenbank einzulesen. Ich kann das mal meiner Tante geben.«

»Wir sollten zur Polizei gehen.« Ich streckte die Hand aus, um die Glasscherbe wieder zurückzunehmen, aber Diara zog ihre Hand weg.

»Meine Tante ist bei der Polizei.«

Dieselbe Tante, die uns den Autopsiebericht von Moxham hatte besorgen sollen? Dieselbe Tante, mit der Diara immer noch nicht gesprochen hatte?

Mein Kiefer verkrampfte. Nein, Diara würde nicht wegzaubern, was bisher unser bestes Beweisstück zu sein schien. »Wir müssen eine Tüte oder eine Schachtel oder so was finden, in die wir die Scherbe legen können, damit sie nicht beschädigt wird.«

Hinter mir hörte ich ein mahlendes Geräusch.

Hastig drehte ich mich um. Unter meinen Schuhen knirschte Glas. Scheiße, ich vernichtete gerade Beweise.

Licht strömte in das Bootshaus. Das mahlende Geräusch war das hochfahrende Schwingtor.

Ich streckte meine Hand nach Diara aus. »Gib mir einfach die ...«

Sie machte einen Schritt zurück. Mit einem lauten Krachen stieß sie gegen einen Stapel Stühle.

Das Licht von draußen leuchtete mir jetzt direkt in die Augen. »Wer ist da?«, fragte ich.

Keine Antwort.

War man uns hierher gefolgt? Wenn der Mörder sah, dass wir den Tatort gefunden hatten ... wenn er sah, dass wir Fingerabdrücke hatten ...

»Hallo!«, rief ich.

Keine Antwort.

Ich schirmte meine Augen ab. Immer noch konnte ich nichts sehen.

»Guten Morgen!«

Im hellen Licht zeichnete sich die Person nur als Silhouette ab. Ich brauchte eine Sekunde, um den Filzhut und den Stock zu erkennen.

»Könnten Sie mir mit meinem Boot helfen?«, fragte Doc.

~

Innerhalb von fünf Minuten verwandelte sich das Bootshaus von einem leisen, bedrückenden Tatort in einen Hort der Geschäftigkeit. Reggie kam herbei, um Doc mit dessen Boot zu helfen. Doc war wegen der Gold-Party hier, entweder weil Kip ihn dazu eingeladen hatte oder weil bei der letzten großen Party auf Keeper Island jemand gestorben war und vielleicht ein Arzt gebraucht würde.

Der Rest des Wassersportteams holte Kajaks und Paddleboards für einen morgendlichen Gästeausflug heraus. Tyson brachte Kaffee und Baconbrötchen aus der Küche. Ich nahm einen Bissen, aber ich konnte ihn kaum herunterschlucken.

Diara war mit der Glasscherbe verschwunden. Ich hoffte inständig, dass es ihr nur darum ging, sie sicher aufzubewahren.

Während die Leute um mich herumwuselten und nach Schwimmwesten und Paddeln griffen, zerrte ich teilnahmslos an den verkanteten Stühlen, die Diara umgeworfen hatte. Ich tat so, als würde ich sie für die Party heute Abend herausholen.

»Die Seilbahn ist außer Betrieb.«

»Hm?«

Reggie redete, aber ich hörte nicht zu. Ich konnte meinen Blick nicht von dem Stück Boden abwenden, wo wir das hölzerne Ruderboot hingeschoben hatten. Die braunen Flecken waren noch immer auf dem Beton zu sehen, aber jetzt, im veränderten Licht, hätten sie auch Öl oder Benzin sein können.

Das Glas war jetzt lediglich ein grünes Glitzern, das man nur sehen konnte, wenn man wusste, wonach man suchen musste.

Ich wollte Fotos machen, aber überall liefen Leute am Tatort herum. Schon seit zwei Wochen waren sie hier umhergelaufen. Man hatte hier vielleicht nur notdürftig saubergemacht, aber die Zeit verwischte alle Spuren.

»Seilbahn«, wiederholte Reggie. »Ist mir auf dem Weg hierher aufgefallen. Das Kabel ist abgetrennt und liegt auf dem Boden.«

»Du sollst mir keine neuen Probleme bringen«, sagte ich. »Du sollst mir nur sagen, dass ich hübsch bin.«

Reggie stand für eine Sekunde der Mund offen, als hätte ich es ernst gemeint, bevor sich ein Lächeln auf seinem Gesicht ausbreitete. »Entschuldigung.«

Die Seilbahn hatte zwar alt, aber funktionstüchtig gewirkt, als ich sie erst vorgestern benutzt hatte. Als ich an der Hidden Cove angekommen war, war der Sitz mithilfe eines elektrischen Systems surrend zurück zum Gipfel hochgefahren, bereit für den nächsten Passagier. Ich würde eine örtliche Reparaturfirma beauftragen müssen, falls es eine gab. Genau die Art von Aufgabe, die ich jetzt wirklich nicht gebrauchen konnte. Na ja, das war ein Problem für Zukunfts-Lola. Ich musste erst einmal die Gold-Party überstehen.

Ich gab den Versuch auf, die Stühle zu entwirren, verließ das Bootshaus und fuhr bei Doc im Golfbuggy mit zum Hauptkomplex. Er erzählte mir wie üblich Geschichten über seine Patienten, wodurch ich selbst nicht reden musste. Ich grübelte über Diaras Reaktion auf den Mordschauplatz.

Auf dem Weg trafen wir Brady, der gerade von der Hidden Cove nach Hause schlenderte. Doc fuhr langsamer und Brady kletterte hinten auf unseren Buggy.

»Wie wär's mit einem Drink?« Er lächelte mir neckisch zu.

»Ich bestelle dir einen.«

»Nein, einen Drink mit dir.«

»Vielleicht heute Abend.« Ich drehte mich um und sah ihn an. Trotz der Beklemmung in meiner Brust entschlüpfte mir ein Lächeln.

»Vielleicht?«

»Auf jeden Fall. Großes Ehrenwort.«

Wir verschränkten unsere kleinen Finger und ein Kribbeln durchströmte meinen Körper.

»Und wie geht es dem Fuß, junger Mann?«, fragte Doc.

Brady ließ meine Hand los und wandte sich dem Arzt zu. »Es wird langsam. Ich hab' kaum noch Schmerzen.«

»Hast du dich verletzt?«, fragte ich.

»Ich bin auf ein Stück Koralle getreten und hab' mir den Fuß aufgeschlitzt. Unser Doc hier war sehr hilfsbereit, hat mir einen Verband gemacht und gesagt, ich solle aufhören zu jammern.«

»Ich hoffe, mein Patientenumgang war nicht ganz so unfreundlich.« Doc bremste, um eine Hühnerfamilie über den Weg zu lassen.

»Wann war das?«, fragte ich.

»Am Tag dieser verrückten Party, Alice im Wunderland. Ich war wirklich komplett außer Gefecht. Ich sag' dir, mein Ego hat an dem Abend am meisten Schaden genommen. Ich musste mich von diesem deutschen Typen, der doppelt so alt ist wie ich, mehr oder weniger zu meiner Villa tragen lassen.«

Brady schüttelte lachend den Kopf. Ich hatte das Gefühl, ihn mit ganz neuen Augen zu sehen.

Er hatte mir schon mal erzählt, dass er in der Nacht der Alice-Party außer Gefecht gewesen war, aber ich hatte angenommen, dass er zu viel Alkohol gemeint hatte, keine Verletzung. Ich hatte schon viele sturzbetrunkene Menschen gewalttätig werden sehen. Eine Fußverletzung hingegen machte ihn hilflos – vor allem in Kombination mit zu viel Alkohol. Niemals hätte er Moxham töten können.

Brady hatte ein Alibi.

31

Zuerst erkannte ich die Frau nicht, die da am Hauptstrand tanzte. Ihre braune Haut stand in starkem Kontrast zu der leuchtend orangefarbenen Perücke, die ihr in weichen Locken auf die Schultern fiel.

Unter dem Traversensystem, das ich für den Abend gemietet hatte, baute gerade eine örtliche Fungi-Band auf. Alle vier Musiker waren golden gekleidet. Der beruhigende Rhythmus der Trommeln wehte in der Brise herüber. Die mit goldenen Tüchern drapierten Tische schimmerten im orangenen Schein des Sonnenuntergangs. Zu der absurd teuren Dekoration gehörten auch hundert in Wachs getauchte und mit Gold besprühte Rosen.

Mit im Sand versinkenden Füßen tapste ich zu der tanzenden Frau hinüber. Als ich an einer riesigen Schüssel voller in Folie eingeschlagener Pralinen vorbeikam, stibitzte ich mir eine und riss sie mit meinem Daumennagel auf.

»Du siehst gut aus«, sagte ich.

Diara trug einen sonnengelben Jumpsuit mit Fransen. Als sie meine Stimme hörte, blickte sie auf. Ihr Lippenstift war lila und ihre Augen waren mit Kajalstift umrandet.

»Weißt du, ich höre da eine gewisse Überraschung in deiner Stimme.« Sie lachte und unterbrach mich, bevor ich Einspruch erheben konnte. »Ich weiß, wie man sich amüsiert.«

Ich für meinen Teil trug ein hellgoldenes Kleid mit Neckholder und kreisförmigem Rock aus der Kleidersammlung, die ich extra für diesen Anlass aus Florida hatte kommen lassen. Ich hatte meine Brust und meine Arme mit goldenem Glitzer bestreut, obwohl ich vermutete, dass der Effekt weniger »goldene Fantasie« war als vielmehr »Dreizehnjährige mit Bijou-Brigitte-Gutschein«.

Ich knabberte an der süßen Schokolade, die auch eine gewisse bittere Schärfe hatte. Sie war vor zwei Tagen aus der Schweiz geliefert worden. Nur das Beste für Keeper Island.

Diara lief schaukelnd zum Getränketisch und griff sich eine Sektflasche. *Peng!* Sie nahm einen tiefen Schluck und reichte sie dann mir.

Ich hielt die Flasche locker am Hals. Ich musste immerzu an die grünen Scherben im Bootshaus denken. »Diese Scherbe ...«

»Stopp.«

Die Band war lauter geworden und ich musste meine Stimme erheben. »Ich dachte nur ...«

»Ich hab' sie meiner Tante gegeben, sie lässt sie untersuchen.« Diara schnappte mir den Sekt aus der Hand und nahm einen weiteren Schluck.

»Okay ... aber ...«

»Wir können jetzt nichts mehr machen.«

»Ich habe mit Brady gesprochen. Er hat ein Alibi.« Ich erzählte ihr von meinem Gespräch mit Doc.

Sie nickte, schien mir aber nicht wirklich zuzuhören. »Gibt sonst nix zu tun heute. Also machen wir einen drauf, oder?«

Ich wollte etwas einwenden. Vor allem Tessas Abwesenheit machte mir zu schaffen. Maria hatte ihre Aufgaben im Resort übernommen. Als ich mich bei Ethan nach Tessa erkundigte, erzählte er mir, er habe sie seit ein paar Tagen nicht mehr gesehen. Reggie zufolge war sie nicht mit der Personalfähre weggefahren, die jeden Morgen und jeden Abend die umliegenden Inseln abklapperte. Aber das bedeutete nicht, dass sie nicht mit einem anderen Boot weggefahren war. Ich war zunehmend überzeugt davon, dass sie geflohen war und ihr Wissen über Moxhams Pläne mitgenommen hatte. Würde ich sie irgendwie aufspüren können? Wenn ich vielleicht mit Fizzys Kontaktperson am Flughafen redete?

Ich atmete tief ein und aus. Ich hatte die Nase voll von diesen ganzen Was-wäre-wenns. Es würde guttun, mal einen Abend abzuschalten. Diara hielt mir wieder die Flasche hin. Diesmal trank ich so lange davon, bis mir die Bläschen in die Nase schäumten. Der Rhythmus der Musik hypnotisierte mich. Ich ließ meinen Kopf nach hinten fallen und gab mich der Musik hin. Mein Kleid wallte auf, als ich mich drehte. Diara schüttelte ihre Hüften und die Fransen ihres Jumpsuits kräuselten sich.

Es wurde allmählich dunkel und ich genoss die Musik, deshalb bemerkte ich nicht gleich, als sich etwas an Diara verändert hatte. Ihr Tanz wirkte schlaff, ihre Augen waren trüb.

Der Champagner war nicht ihr erster Drink heute gewesen.

»Hey, ist alles okay?« Ich berührte sie an der Schulter, aber sie ignorierte meine Frage und nahm meine Hand zum Anlass, mich herumzuwirbeln. Sand spritzte gegen meine Knöchel. Ich musste unwillkürlich lachen.

Hinter mir hörte ich das Klappern von Armreifen. Ohne hinzusehen, wusste ich, dass es Fizzy war.

»Wusste gar nicht, dass die Party schon angefangen hat.« Sie strich sich ihr langes schwarzes Haar über die Schulter und lächelte mir angespannt zu.

»Komm, tanz mit uns«, sagte ich atemlos. Diaras Hand lag noch immer in meiner. Ich deutete auf die Reihen mit den Champagnerflöten. »Ich bring' dir sogar ein Glas.«

»Nein, danke.«

»Sei doch nicht so.« Diara grinste breit und rollte mit den Schultern. »Wir machen einen drauf. Das ist doch 'ne Party!«

Fizzy breitete die Arme aus. Sie hielt eine lange Taschenlampe in der Hand, auch wenn es noch nicht so dunkel war, als dass man sie gebraucht hätte. Sie leuchtete mit dem Strahl der Taschenlampe um uns herum.

»Sieht für mich nicht nach einer Party aus«, sagte sie. »Die Kerzen sind nicht angezündet. Die Strandteppiche liegen nicht aus. Und du machst hier nur Blödsinn.«

»Ist schon in Ordnung.« Ich ließ Diaras Hand los und machte einen Schritt auf Fizzy zu. »Ich sag' ein paar von den Jungs Bescheid, dass sie ...«

»Nichts für ungut, aber du bist neu hier.« Fizzy rümpfte die Nase. »Ich weiß schon selbst, was zu tun ist.«

»Meine Güte, könntest du mal für fünf Minuten aufhören, so eine wichtigtuerische Zicke zu sein?«

Ich hatte es nicht laut sagen wollen. Der Champagner und die Musik hatten meine Zunge gelöst. Meine Worte hingen in der Luft. Es herrschte eine entsetzliche Stille. Natürlich hatte die Band ausgerechnet in diesem Moment ihren Soundcheck beendet.

Fizzy klopfte mit der Taschenlampe gegen ihren Oberschenkel. Ihre Ohren waren rosa geworden.

»Ich bin also eine wichtigtuerische Zicke, ja?« Ihr Blick wanderte zu Diara. »Findest du das auch?«

»Tut mir leid, ich hab' das nicht so gemeint«, sagte ich.

Diara stellte sich zwischen uns. »Elizabeth.« Sie sprach den Namen mit einem Seufzer aus. »Lass uns was trinken, ein bisschen tanzen ...«

Die Band hatte wieder angefangen und spielte jetzt ein langsames, romantisches Lied. Sie legte eine Hand auf Fizzys Schulter.

Fizzy stieß sie brutal von sich. Durch die Wucht der Bewegung schlugen ihre Armreifen heftig aneinander. Diara stolperte rückwärts gegen den Getränketisch. Mehrere Champagnerflöten klirrten. Unsere Flasche fiel schäumend in den Sand. Diara landete mit einem dumpfen Aufprall auf dem Hintern.

Ich schaute Fizzy mit großen Augen an. Was zur Hölle?

»Ich könnte euch dafür feuern lassen.« Fizzys Stimme war zittrig. »Vergesst das nicht.«

Sie stakste mit krummen Schultern davon. Ihre Sandalen klatschten im Sand.

Ich atmete halb keuchend, halb lachend aus. »Scheiße, was ist denn mit der los?«

Diara blieb stumm. Ich streckte ihr eine Hand hin, um ihr aufzuhelfen, aber sie winkte ab und rappelte sich auf.

»Alles in Ordnung?«, fragte ich.

»Ja, geht schon.« Ihre orangefarbene Perücke saß schief auf ihrem Kopf.

Ich wartete nur darauf, dass sie eine Schimpftirade über diese absolute Frechheit von Fizzy loslassen würde, wie ich es auch getan hätte. Ich wollte Fizzy den Kristall, den sie mir gegeben hatte, in die Nase stopfen. *Negative Energie, verschwinde!*

»Besprich das mit Kip. Du solltest ...«

»Vergiss es.« Diara wischte sich den Staub vom Jumpsuit.

»Dann red' ich mit ihm«, sagte ich. »Ernsthaft.«

»Tu's nicht.«

»Sie hätte dich verletzen können.«

»Hat sie aber nicht.« Diara schaute mit leeren Augen umher. »Ich werd' mal im Spa nach dem Rechten sehen.«

Ohne eine Antwort von mir abzuwarten, ging sie davon. Diara und ich waren noch nicht lange befreundet, aber wenn man mit jemandem ein Zimmer teilte, bekam man ein Gespür für die Stimmungen des Gegenübers.

Ich wusste, dass ich nicht sehen sollte, wie sie weinte.

~

Stunden später züngelten Flammen am schwarzen Nachthimmel. Eine der Feuertänzerinnen schwang einen Feuerball an einer Leine. Sie lehnte sich zurück, das Gesicht zum Himmel gewandt, und die Flammen kreisten über ihr wie eine Sternschnuppe.

Ich schlängelte mich durch die Menge, sammelte heruntergefallene Servietten auf und schenkte Getränke aus. Immer wenn ich einen Blick auf die Show erhaschte, war ich mir sicher, dass sich die Feuertänzerin jeden Moment selbst verbrennen würde. Ich war erleichtert, als ihr Auftritt zu Ende war.

Ich hätte mir keine Sorgen um die Party machen müssen; alles war perfekt. Kip kam grinsend auf mich zu und lallte: »Dafür bekommst du eine Goldmedaille.« Er gab mir einen unbeholfenen Faustcheck. Seine Paillettenjacke machte ein raschelndes Geräusch, als er davonwankte.

Ich hatte tagsüber schon in jede Villa Kleiderständer mit Designer-Mietkleidung bringen lassen. Die meisten der anwesenden Frauen hatten die Gelegenheit genutzt, um einmal ein besticktes Goldkleid im Gatsby-Stil oder ein schwungvolles Lamé-Kleid zu tragen. Von den Männern war nur Kip in die Vollen gegangen und trug jetzt einen goldenen Anzug und einen goldenen Filzhut. Die meisten Servicekräfte hatten sich mit goldenem Glitzer bestreuen lassen, was jetzt im Glanz der Lichter sogar noch besser aussah.

Diara erschien wieder gegen 23 Uhr, als die Fungi-Band gerade ihren Auftritt beendete und ein überbezahlter DJ die Bühne betrat. Sie hatte sich offensichtlich erholt und war definitiv betrunken. Als ich sie ein weiteres Mal fragte, ob es ihr gut gehe, umarmte sie mich wankend und sagte: »Du nervst, aber ich mag dich.« Sie stieß ein gackerndes Lachen aus.

Ich sah Fizzy an diesem Abend nur einmal wieder. Sie hielt immer noch ihre Taschenlampe in der Hand, wie ein Nachtwächter. Ich machte den Mund auf, um etwas zu ihr zu sagen, aber sie schaute einfach durch mich hindurch.

Später näherte sich mir einer der Gäste etwas zu sehr, ein korpulenter Mann mit ungleichmäßigem Bart. Ich versuchte, seinen tastenden Händen zu entkommen, als mich jemand am Ellbogen anstieß. Ich drehte mich mit einem falschen Lächeln im Gesicht um, bereit, einen weiteren Verehrer abzuweisen, der alt genug war, um mein Großvater zu sein.

Es war Brady, mit einer Champagnerflöte in der Hand. »Lassen Sie mich diese hübsche Dame für einen Tanz entführen.«

Er hatte ja schon in den Boardshorts gut ausgesehen, im Anzug war er jedoch umwerfend. Sein oberster Hemdknopf war geöffnet, die goldene Fliege lag offen um seinen Hals. Er berührte mich noch einmal, diesmal ein leichtes Tippen an meiner Hüfte.

»Ich bin gerade bei der Arbeit ...« Der andere Gast war abgezogen, aber aus meinen Augenwinkeln konnte ich zehn Dinge sehen, um die ich mich hätte kümmern müssen.

»Du hast dir eine Pause verdient.« Brady reichte mir das Glas.

Es war Champagner mit Holunderblütenlikör und Wodka, mit einer Prise essbarem Glitzer. Ich hatte Ethan gebeten, für diesen Abend einen Spezialcocktail zu erfinden. Er hatte ihn »Natursekt« nennen wollen – und sich stundenlang darüber amüsiert –, aber ich hatte entschieden, ihn in »Midas-Trunk« umzubenennen. Ich nippte daran, die Wärme breitete sich in mir aus. Oha, der war gefährlich.

Ich fragte mich, ob Fizzy noch in der Nähe war. Ich hoffte, dass sie sehen konnte, wie ich diesen Cocktail schlürfte.

»Na komm«, sagte Brady. »Ich will mit der schönsten Frau des Abends tanzen.«

Ich tat, als würde ich mich umsehen. »Wo ist sie denn? Ich kann sie dir klarmachen.«

Brady schien mich nicht zu hören. Er zog mich so plötzlich zu sich, dass mein Getränk überschwappte. Er wirbelte mich herum, und mein Kleid flatterte.

Als ich zum Stillstand kam, zog er mich dicht an sich. »Bitte tanz mit mir! Wenn ich trinke, dann tanze ich. So lautet die Regel.«

Ich musste lachen. Brady war ein alberner Betrunkener, mit hängenden Augen und großen Zähnen. Ich kippte den letzten Schluck meines Cocktails runter und stellte das Glas auf einen Tisch. Den ganzen Abend hatte ich mich um das Vergnügen anderer Leute gesorgt. Hatte ich nicht ein paar Minuten Pause verdient?

Es war ja nicht so, als hätten andere Angestellte nicht mit Gästen getanzt. Ich hatte Reggie mit einer reifen Schönheit tanzen sehen, die frisch von einem Pharmachef geschieden war, und Kip hatte sich schon durch das komplette weibliche Personal gearbeitet. Je betrunkener alle wurden, desto mehr verwischten die Grenzen.

Brady zog mich zu sich heran und ich ließ mich in seine Arme fallen. Seine Größe war aus nächster Nähe noch beeindruckender, diese breite, muskulöse Brust. »Ich mag dich, Lola. Du bist anders.«

Er schien noch etwas sagen zu wollen, doch in diesem Moment kam Ethan zu uns gerannt. »Das Feuerwerk hätte schon losgehen müssen.«

Ich schaute auf meine Uhr. »Ich muss wieder an die Arbeit«, sagte ich zu Brady.

~

Kurz nach Mitternacht fand ich Reggie endlich. Er saß am Pool, rauchte einen Joint und sah erschöpft aus. Als ich ihn fragte: »Feuerwerk?«, weiteten sich seine Augen, er sprang auf und ließ in der Aufregung den Joint fallen.

»Scheiße, ich kümmer' mich, ich kümmer' mich. Fizzy erinnert mich normalerweise an so was.« Reggie rannte los, seine Shorts rutschten tief auf seine Hüften. Es war eine so perfekte Nachstellung dessen, was in der Nacht von Moxhams Tod passiert sein musste, dass ich einen dumpfen Schmerz verspürte.

Wenige Minuten später explodierten die ersten Feuerwerkskörper und die Menge johlte auf. Ich lief zurück zum Strand und ging im Kopf eine Checkliste durch. Einige Gäste waren schon gegangen. Es liefen auch nicht mehr so viele Angestellte herum und servierten Getränke. Ich vermutete, dass woanders wieder eine Personal-Party stattfand.

Ich konnte nur eine Hostess und ein paar Kellner sehen. Die würden einen ordentlichen Anschiss von mir kriegen, wenn der Rest ...

Von hinten packte mich ein Paar Hände an der Taille.

Licht blitzte auf, das Kreischen von Feuerwerk zerschnitt die Stille.

Ich schreckte herum.

»Schlechtes Gewissen?«, flüsterte mir Brady ins Ohr. Als er lachte, kratzten seine Bartstoppeln an meiner Wange.

Ich lehnte mich an seine harten Muskeln, mein Herz pochte.

»Da will ich dich küssen, und du läufst weg«, sagte er.

Mein Magen drehte sich um. Es war nicht nur der Midas-Trunk, der mich gerade mit voller Wucht traf.

»Ich habe doch gesagt, dass ich arbeite.« Während ich zwischen den übrigen Gästen umherschaute, versuchte ich, mich von ihm zu lösen.

»Die Party ist vorbei.« Er ließ mich los und zog mich dann wieder scherzhaft zu sich heran, meine Brust an seine. Ich konnte keinen Widerstand mehr leisten.

Ich atmete ein, und er roch nach Seife und Sonnencreme und einer würzig-süßen Note, die mich an Lebkuchen erinnerte.

Ich hatte keine Lust mehr, brav zu sein. Ich wollte Ablenkung. Vergessen. Ich brauchte dringend eine Auszeit.

Ich leckte mir über die Lippen, in Erwartung eines Kusses. Dann fiel mir wieder ein, wo wir waren.

»Nicht hier.« Ich schob ihn sanft von mir weg. »Warte zwei Minuten hier und geh dann in diese Richtung.«

Ich deutete mit dem Kopf nach rechts, wo ein kleiner Hain aus Tamarindenbäumen stand, die sich im Wind wiegten. Während der Strand von den Kerzen und Lichterketten erleuchtet war, gab es im Wäldchen kleine dunkle Ecken.

Ich lief hinein in den Schutz der Bäume und stolperte dabei über eine Wurzel. Irgendwo in der Nähe hörte ich, wie sich etwas regte, aber in meinem Kopf war nichts als weißes Rauschen. Meine Oberschenkel schmerzten.

Brady wartete keine zwei Minuten. Ich sah ihn durch die Bäume hindurch auf mich zugehen. Er sah aus wie ein frecher Schuljunge, der mir hinterherlief. Er blieb am Rand des Wäldchens stehen und blinzelte unsicher ins Dunkel. Mir wurde klar, dass ich für ihn unsichtbar sein musste. Ich lief vor zu ihm und packte ihn an der Hemdbrust.

Gott, wie groß er war. Er hätte mich zerquetschen können.

Ich presste mich an ihn und schob meine Lippen auf seine. Brady drückte mich nach hinten gegen einen Baumstamm und ich verlor fast das Gleichgewicht. Unter meinen nackten Füßen knackten Zweige. Ich spürte eine Bewegung irgendwo unweit von uns, als hätte ich ein Vogelnest gestört.

Er vergrub seine Hand in meinen Haaren und hielt mich fest. Er war jemand, der gerne die Kontrolle übernahm.

Wieder Vögel. Flatternde Flügel. Hüpfende Füße.

Riesige Vögel. Menschengroße Vögel.

Erst mit einiger Verspätung begriff ich es und öffnete erschrocken die Augen. Wir waren nicht allein.

32

Es war dunkel in dem Tamarindenhain, aber man konnte trotzdem leicht erraten, worüber wir da gestolpert waren.

Ein anderes Paar.

Ich löste mich von Brady, kam langsam wieder zu mir. Ich war doch kein hormongetriebener Teenager! Das musste böse enden. Fizzy würde es genießen, mich feuern zu lassen, weil ich mich mit einem Gast eingelassen hatte.

Fizzy. Als hätte sie meine Gedanken gehört, stand sie mit einem Mal vor mir.

Ihre Armreifen klimperten, als sie den Ausschnitt ihres geblümten Kleides zurechtzupfte. »Was machst du hier?« Sie klang wie eine zornige Schulleiterin.

»Entschuldigung«, sagte ich reflexhaft und trat einen Schritt zurück. Bradys Hand ruhte immer noch auf meiner Taille.

»Schön heute Nacht«, sagte er mit einem Nicken.

Fizzy fuhr sich mit der Hand durch ihr zerzaustes Haar und sah ihn an, als würde sie ihn nicht erkennen.

Sie schob sich an mir vorbei, hinaus aus dem Wäldchen und zurück zur Party. Ich schaute ihr nicht hinterher, denn in dem Moment tauchte eine andere Gestalt aus der Dunkelheit auf. Es war auch eine Frau, und sie trug eine orangene Perücke, die ihr schief auf dem Kopf saß. Ihr violetter Lippenstift war verschmiert. Sie sagte nichts, sondern rannte nur davon.

Ich eilte ihr hinterher. »Diara ...«

Ein Tropfen irgendeiner Flüssigkeit landete auf meiner Wange. Brady versuchte noch nach meiner Hand zu greifen, aber ich ignorierte ihn und duckte mich unter einem Ast hindurch, um aus dem Hain hinauszukommen.

Fizzy und Diara. Diara und Fizzy.

Ich bekam das alles nicht in meinen Kopf. Warum hatte mir Diara nichts gesagt? Dachte sie, ich würde sie dafür verurteilen?

Auf der Party packte der DJ gerade zusammen. Er grüßte mich, wollte wahrscheinlich mit mir über die Bezahlung reden, aber ich hielt eine Hand hoch. »Fünf Minuten.« Ein zweiter Tropfen landete auf meiner Schulter, dann noch einer auf meinem Unterarm.

Regen? Regnete es?

Ich drängte mich an einem Grüppchen von verbliebenen Gästen vorbei, die lachend ihre Midas-Trünke in sich hineinschütteten. An einem der Bäume hingen die Lichterketten herunter wie ein Galgenstrick. Diara war nirgendwo zu sehen.

Brady tauchte neben mir auf, träge und mit Hundeblick. »Du läufst schon wieder vor mir weg.« Er legte eine Hand auf meine Hüfte und drehte mich zu sich. Die kühle Nachtluft war angenehm, aber Brady war eine Wand aus Hitze.

Ich spürte ein Wiederaufflammen meiner Lust. Diara und Fizzy lagen wahrscheinlich gerade irgendwo aneinandergekuschelt herum, warum sollte ich nicht das Gleiche mit Brady machen? Ich drehte mich in seinen Armen, meine Hände schmiegten sich an seine Brustmuskeln. Wir standen in einem See aus goldenem Licht, das von einem der Scheinwerfer auf uns fiel. (Die Scheinwerfer waren nur gemietet. Es hatte mir den letzten Nerv geraubt, sie zu beschaffen, und jetzt mussten sie eingepackt werden, bevor sie im Regen kaputtgingen.) Hier waren zu viele Leute, als dass wir uns einander hätten hingeben können. Jemand würde uns sehen und Fizzy Bescheid sagen.

Fizzy. Ich dachte daran, dass ich mein neu erlangtes Wissen

über Fizzys Liebesleben gegen sie verwenden konnte. So hätte Moxham es gemacht.

Am Himmel donnerte es. Und dann ergoss sich der Regen über uns wie aus übervollen Eimern.

~

Ich schlief zum Geräusch des Regens ein, der auf das Dach trommelte. Ich war völlig erschöpft von den Aufräumarbeiten nach der Gold-Party. Als das Licht einer Lampe den Raum erfüllte, dachte ich erst, es sei schon Morgen, und versuchte mich aufzurappeln.

»Entschuldige.« Es war Diaras Stimme. Mit einem Klicken schaltete sie die Lampe wieder aus. Das Zimmer wurde schwarz.

Ich strampelte mich aus meinem Laken frei und versuchte, Diaras Gestalt im Dunkeln zu erkennen. »Alles okay bei dir?«

»Ja, ja, ja.«

Es quietschte, als sie sich auf ihre Matratze sinken ließ. Mühsam setzte ich mich auf. Es war zu dunkel, um mehr als den Umriss ihres gebeugten Rückens zu sehen.

»Wie spät ist es?«, fragte ich.

»Spät ... zu spät.« Sie stand auf, stand kurz unsicher auf den Beinen und sackte dann wieder auf ihr Bett.

»Sicher, dass alles okay ist?« Ich griff nach meinem Telefon (es war 3:26 Uhr) und strahlte mit dem Handylicht in ihre Richtung.

»Bei niemandem ist alles okay.« Sie kicherte finster vor sich hin. »Alles ist scheiße.«

»Bei dir und Fizzy?«

»Nein, das war schon immer scheiße.« Sie lachte abermals, rau und leise.

Ich schaltete mein Telefon aus und legte mich hin. Dunkelheit erfüllte das Zimmer.

»Diara ...«, sagte ich schließlich. »Warum hast du mich angelogen, über dich und Fizzy?«

Es herrschte lange Stille und ich glaubte schon, Diara würde nicht mehr antworten. Sie band sich ihr Haar in ruckartigen Bewegungen hoch.

»Ich hab' dich nicht angelogen«, sagte sie.

»Okay ...«

Diesmal schwieg sie so lange, dass ich hinzufügte: »Du kannst mit mir reden. Wenn du willst.«

»Hör zu ...« Diara seufzte schwer. »Ich geh' damit vielleicht nicht hausieren, aber ich hatte schon mein Coming-out.«

Sie lag auf dem Rücken. Ihre Stimme war leise und ich musste mich anstrengen, um sie zu verstehen.

»Meine Familie tut gerne so, als wäre ich nicht lesbisch«, sagte sie, »damit ich das nicht rumerzähle. Aber ich schäme mich nicht.«

»Ich wollte nicht ...«

Diara erhob ihre Stimme. »Ich bin so, wie ich bin.«

Draußen pfiff der Wind. Ich drehte mich in meinem Bett um und ein Streifen aus goldenem Glitzer funkelte auf meinem Kopfkissen.

»Das ist mutig«, sagte ich. »Es kann schwer sein, zu sich selbst zu stehen.«

»So schwer nun auch wieder nicht.« Diara schnaubte. »Fizzy ... sie hat dieses Bild von sich, und wenn ihr das echte Leben da einen Strich durch die Rechnung macht, ignoriert sie das einfach.« Sie sprach jetzt schneller. »Dieser Affentanz läuft schon seit Monaten. Wir landen im Bett, sie kriegt Angst und sagt, dass es nicht wieder passieren wird, und dann, upps, passiert es doch wieder.«

Ich fragte mich, ob Diara so offen mit mir reden würde, wenn wir uns mitten am Tag gegenübersitzen würden. Die Dunkelheit verlieh dem Raum etwas von einem Beichtstuhl.

»Weißt du, sie hat mich zuerst geküsst.« Sie hielt inne und ich hatte das Gefühl, sie würde die Situation in ihrem Kopf noch mal durchspielen. »Ich wollte mich nie mit so einem Heteromädchen voller Selbsthass einlassen, aber ...« Sie stieß einen tiefen Seufzer aus.

»Als sie dich heute Abend geschubst hat ...«

»Das war nichts, sie war nur verärgert.«

Ich runzelte die Stirn. Fizzys Schubser hatte in dem Moment schon mies ausgesehen, und vor dem Hintergrund ihrer wirklichen Beziehung zueinander erschien er jetzt noch beschissener.

»Was ist mit ihr und Kip?« Ich hatte fast automatisch angenommen, dass Fizzy und Kip etwas miteinander hatten.

»Was denn, kann eine Frau etwa keine Karriere machen, ohne mit ihrem Chef zu schlafen? Pfft.«

Ich schämte mich. Sie hatte recht.

»Wenn du schon länger hier wärst, würdest du es verstehen«, sagte sie. »Elizabeth liebt diesen Ort, sie liebt ihn wirklich. Und sie liebt Kip, weil er sie in dieser perfekten kleinen Blase leben lässt. Natürlich will sie nicht, dass Kip von uns beiden erfährt, weil ...« (ich hörte, wie sie abfällig schnalzte) »... ich weiß nicht. Er ist ein homophobes Arschloch und sie ist seine perfekte Ersatztochter, glaube ich. Er mag Elizabeth, weil er denkt, dass er sie kontrollieren kann.«

Ich musste diese Information sacken lassen. Ich wartete darauf, dass Diara noch mehr sagte, aber ich hörte nur noch das Rascheln der Laken und das Quietschen des Bettes. Als ich hinüberschaute, sah ich, dass sie sich zur Wand gedreht hatte.

»Liebst du sie?«, fragte ich.

Schweigen.

Ich rollte mich zusammen und ließ mich vom Regen langsam in den Schlaf trommeln. War das Diaras einziges Geheimnis vor mir? Oder gab es noch mehr?

~

Am nächsten Tag regnete es immer noch. Bei diesem Wetter wollten alle Gäste den Zimmerservice bestellen oder eine Spa-Behandlung oder beides. Diara hatte alle Hände voll zu tun; sie war schon weg gewesen, als ich aufgewacht war, und seitdem hatte ich sie auch nicht mehr gesehen. Die Hostessen waren so beschäftigt, dass sie nicht mehr an ihre Handys gingen, deshalb riefen die Gäste stattdessen mich an. Alle Golfwagen waren im Einsatz, also stapfte ich zu Fuß von Villa zu Villa, entschuldigte mich für die Unannehmlichkeiten und erkaufte mir mit Alkohol die Absolution der Gäste.

Ein Gast nach dem anderen stellte mir die gleiche Frage: »Wann hört es endlich auf zu regnen?«

Warten Sie kurz, ich schnippe nur schnell mit dem Finger und zaubere Ihnen einen blauen Himmel herbei.

Zu allem Übel war das Boot mit den Lebensmitteln nicht eingetroffen. In der Küche hastete Guillaume panisch umher und murmelte vor sich hin. »Kein Hummer, kein Rindfleisch. Wollen die, dass ich Hühnchen serviere? Fünf-Sterne-Hühnchen?« Als er anfing, zu gackern und mit imaginären Flügeln zu schlagen, machte ich mich schnell vom Acker. Als ich schon draußen war, hörte ich noch eine ausgiebige Schimpftirade. »*Merde! Connard!*«

Die See tobte und prallte wütend gegen die Küste. Wie vorhergesagt, war der Sturm über St. Kitts hinweggezogen und wir bekamen nur seine Ausläufer zu spüren. Das schlechte Wetter zeigte jedoch, dass unsere Position hier prekär war, auf diesem einsamen Felsen im Atlantik.

Ich fragte Reggie, wie lange wir ohne Lebensmittelnachschub festsitzen könnten. »Wahrscheinlich nur ein paar Tage«, sagte er.

»Tage?« Schon das klang schrecklich. Die letzten zweieinhalb Wochen hatte ich in seliger Unwissenheit darüber gelebt, dass wir auf dieser Insel nichts anbauten, nichts herstellten. Wenn man es mit Geld kaufen konnte, hatten wir es. Nur konnte man manche Dinge eben nicht mit Geld kaufen.

Am Nachmittag fiel mir ein, dass ich die kaputte Seilbahn noch nicht in Augenschein genommen hatte. Diese Aufgabe fühlte sich plötzlich wie eine willkommene Ablenkung an. Auf dem Keeper Peak müsste ich mich nicht mit den Anliegen der Gäste herumschlagen (»Mein Essen ist kalt angekommen, was ist das hier für ein Saftladen?«).

Als ich die Spitze des Hügels erreichte, drückte ich mich mit meinem gesamten Gewicht gegen den Holzpfahl der Seilbahn. Er wirkte stabil. Tatsächlich sah alles gut daran aus, abgesehen von der Tatsache, dass das Seil schlaff durchhing. Das Seilbahn-Ende an der Hidden Cove musste gerissen sein.

Der Wind fuhr mir durch die Jacke, die ich mir aus dem Lagerraum ausgeliehen hatte. Ich wischte mir den Regen aus dem Gesicht und spähte über die Felskante in Richtung der Stelle, wo das Kabel im dichten Wald verschwand. Ganz offensichtlich verfügte ich nicht über das nötige Fachwissen, um das hier zu reparieren.

Ich bemerkte ein weißes Stück Stoff weit unten in der Tiefe. Idiotischerweise dachte ich, es sei eine weiße Fahne. Kapitulation.

Ich schaute noch mal hin, kniff die Augen zusammen.

Fünfzig Meter unter mir hing ein Mensch mit einem weißen T-Shirt in den Ästen eines Baumes.

33

Tessa.

Gott weiß, wie lange sie schon da draußen im Regen gehangen hatte, weggeworfen wie ein Stück Müll. Ich war die letzten Tage nur damit beschäftigt gewesen, diese dämliche Party zu organisieren, und es war mir nie in den Sinn gekommen, wirklich nach Tessa zu suchen.

»Wie kriegen wir sie hoch?« Ich kämpfte mich durch das Gestrüpp bis zum Rand des Plateaus, aber Kip hielt mich am Arm fest.

Nachdem ich über Funk Hilfe angefordert hatte, war kurz darauf eine bunt zusammengewürfelte Truppe auf dem Keeper Peak eingetroffen. Fizzy und Maria weinten unnütz vor sich hin. Ethan stand mit gesenktem Kopf da, das Gesicht von einem schwarzen Regenhut verdeckt. Kip brummte, mit Doc an seiner Seite, etwas von Fallhöhen.

Der Regen ließ nicht nach und prasselte immer weiter auf meine Windjacke ein, aber durch meinen Körper strömte heiße Wut. Niemand unternahm irgendwas.

»Wir brauchen einen Rettungshubschrauber«, sagte ich.

»Nicht bei diesem Wetter«, sagte Doc.

»Wir müssen sie da rausholen!« Was, wenn sie vielleicht noch am Leben war?

Kip zog mich von der Kante weg. »Das werden wir.«

Ich knirschte mit den Zähnen, denn ich wusste, wenn ich meiner Wut freien Lauf lassen würde, müsste ich mich auch den darunterliegenden Gefühlen stellen.

Ich hatte keine Ahnung, wie wir Tessa retten sollten; wobei »retten« sowieso das falsche Wort war. Laut Kip war das Gelände zu unwegsam, um sich am Boden zu Tessa durchzuschlagen. Stattdessen wollte er sie mithilfe der Seile und Geräte dort herausholen, die Ethan aus dem Lagerraum mitgebracht hatte.

Brady traf ein, trotz des Regens nur mit einem T-Shirt bekleidet. »Ich hab' gerade davon erfahren.« Er nahm mich in den Arm.

Ich reagierte zuerst nicht, aber als ich seinen Geruch einsog, Ingwer und Moschus, gab mein Körper nach.

»Geht es dir gut?« Er fuhr mir mit der Hand durch das nasse Haar.

»Nein.« Ich schloss die Augen und drückte mich an ihn.

Brady erklärte sich bereit, hinabzusteigen und Tessa an einem Rettungsbrett festzuschnallen. Anscheinend war er schon oft Bergsteigen gewesen. Während ich ihm beim Abstieg zusah, dachte ich mit einem Mal: Wie hatte er von Tessa erfahren? Hatte es ihm jemand erzählt oder hatte er es bereits gewusst?

Ich hatte mich an die unwahrscheinliche Möglichkeit geklammert, dass Tessa nur bewusstlos war. Ethan zog sie mithilfe eines Flaschenzugsystems die Klippe hinauf, während Brady von unten schob. Sie legten sie sanft auf dem Boden ab, aber es war sofort klar, dass Tessas Knochengerüst völlig zerschmettert war. Ihre Beine standen in unnatürlichen Winkeln ab, ihr Oberkörper war verdreht, eine Rippe ragte aus ihrer Brust heraus. Eine Seite ihres Gesichts war blutverklebt, die Wunden mit Schlamm verschmiert.

Doc prüfte ihren Puls. Ich hockte mich neben ihn und berührte ihren Arm. Er war kalt. Und da war ein ... Geruch.

Ich wich zurück und bedeckte meine Nase mit dem Ärmel. Ethan kniete sich dorthin, wo ich gewesen war. Er keuchte schwer, und die Tränen liefen in Strömen über sein Gesicht.

»Das ist alles meine Schuld«, sagte Kip. »Wir hätten diese Seilbahn schon vor Jahren abbauen sollen.«

Meine Wut stieg wieder in mir hoch. »Sie wollen doch nicht behaupten, dass das ein Unfall war?«

»Natürlich war es ...«

»Jemand hat das gemacht!«

Kip murmelte irgendwas, das wie »hysterisch« klang.

»Die Polizei muss herkommen, das muss untersucht werden.« Ich stieß die Worte aggressiv aus. Das durfte nicht noch mal passieren, nicht noch ein Mord, der unter den Teppich gekehrt wurde.

»Ganz. Ruhig.« Kips Stimme war streng, wie eine Ohrfeige. »Wir sollten jetzt nicht in Panik geraten.«

»Kip ...« Fizzy hatte neben ihm gestanden, aber jetzt zog sie ihn am Arm. »Wir müssen ...«

Er herrschte sie an. »Fang jetzt nicht damit an.«

Fizzy zog ihre Hand zurück, als hätte sie sich verbrannt. Die Tränen liefen ihr immer noch die Wangen hinab. Ich blinzelte, spürte die Hitze in meinen eigenen Augen. Papa war sauer.

»All diese Frauen« – Kips Lippen kräuselten sich – »die hier rumplappern und nerven. Das ist nicht der richtige Zeitpunkt für so was.«

Er schaute zu Doc und dann zu Brady, als hoffte er auf Unterstützung. Docs Gesicht war ausdruckslos. Brady wandte sich von Kip ab und legte einen Arm um mich. Es war eine Erleichterung, mich von ihm stützen zu lassen. Ich hatte schon befürchtet, ohnmächtig zu werden.

Tessa wurde in eine blaue Plane gehüllt. Nur noch ein paar Haarsträhnen waren von ihr zu sehen. Während Kip und Brady sie wegtrugen, dachte ich: Die physischen Beweise für ihre Ermordung sind vernichtet worden, sowohl durch den Sturm als auch durch die Rettungsaktion.

~

Ich trommelte mit den Händen auf den geschwungenen Tresen, der sich über eine Ecke des verlassenen Restaurants zog.

»Cocktails, Cocktails, Cocktails!« Die Flaschen waren von hinten beleuchtet. Ich nahm einen Schluck Rum, dann Tequila. »Gar nicht schlecht. Machen wir eine Verkostung. Wir können den Gästen ja nicht sagen, dass es einen weiteren Mord gegeben hat. Oh-ho-ho, nein, das würde ihnen den Spaß verderben. Cocktails ...«

Ich trug immer noch meine Windjacke, war immer noch schlammig und feucht, aber es war mir egal. Ich hielt Diara die Flasche hin. Bevor sie sie nahm, trank ich noch schnell einen Schluck davon. Whiskey? Ich verlor den Überblick.

»Ich kann nur eine Minute bleiben.« Diara saß auf einem Barhocker, ihre Jacke hing über dem Nachbarhocker und das Wasser tropfte auf den Boden. »Im Spa ist viel los. Ich wollte nur sehen, ob es dir gut geht.«

»Mir geht's fantastisch!« Ich knallte die Flasche so hart auf den Tresen, dass Diara zusammenzuckte.

Aus der Küche, wo gerade Essen zubereitet wurde, hörte ich ein Klirren und Klappern. Normalerweise hätte mir der Geruch von Jerk Chicken das Wasser im Mund zusammenlaufen lassen, heute dachte ich dabei nur an den Fleischschrank. Tessas Leiche lag im Kühlraum, direkt neben dem Iberico-Schinken. Morgen früh, wenn das Wetter besser wäre, würden wir sie auf ein Boot laden, das sie zur Leichenhalle bringen würde. Bei dem Gedanken daran wollte ich weinen und schreien und ...

»Cocktails! Wir machen ein Zirkus-Thema. Das wird alle aufmuntern. Holt die Clownsperücken raus.«

»Clowns sind gruselig.« Diara nahm die Flasche entgegen. »Und niemand kann gerade eine Cocktailverkostung gebrauchen.«

Aber irgendwas musste ich organisieren. Es war doch kein Fünf-Sterne-Service, wenn man die Gäste drinnen sitzen und in den Regen schauen ließ. Alles, wirklich alles, lief scheiße, aber die Gäste sollten glücklich sein.

Ich griff nach einer anderen Flasche, aber diesmal hielt Diara meine Hand fest.

»Wenn du dich besäufst, wird Tessa davon auch nicht wieder lebendig«, sagte sie. Ihren Namen zu hören, ließ etwas in mir zerbersten. Ich drückte Diaras Hand so fest, dass es wehtun musste, aber sie sagte nichts.

»Sie war noch ein Küken«, flüsterte ich.

»Ja.«

Ich hatte zwei Stunden lang all meinen Mut zusammennehmen müssen, um Tessas Eltern anzurufen. Das Ganze zog sich hin. Erst ging niemand ran. Ich versuchte es noch zweimal, hinterließ eine Nachricht, dann riefen sie mich auf dem Festnetz zurück. Fizzy, die gerade mit mir im Büro war, nahm den Anruf entgegen. Ihr Gesicht wurde blass und sie reichte mir den Hörer. *Na, schönen Dank.*

Ich hörte in meinem Kopf immer wieder den stechenden Schrei von Tessas Mutter, als ich ihr die Nachricht vom Tod ihrer einzigen Tochter überbracht hatte.

»Wie alt war sie? Zwanzig? Einundzwanzig?«, sagte ich zu Diara. »Wenn ich Moxham in diesem Alter kennengelernt hätte, wer weiß, wo er mich reingeritten hätte ...«

Diara befreite ihre Hand aus meinem Griff. »Er hat sie in nichts reingeritten.« Sie sprach langsam und bedächtig. »Sie hat ihre Entscheidungen selbst getroffen.«

»Also hat sie es verdient?«

»Das hab' ich nicht gesagt.«

Wir verfielen in Schweigen. Vom Restaurant drang nicht viel Licht zu uns, und die schwankenden Palmen draußen warfen unheimliche, sich verformende Schatten.

»Das ist wirklich verdammt übel«, sagte ich vor mich hin. »Der Killer ist durchgedreht. Tessa wusste zu viel. Sie musste weg.«

Diara griff nach dem Rum und nahm einen Schluck. »Wissen wir, wann Tessa umgebracht wurde?«

»Ich hab' keine Ahnung. Ich wünschte wirklich, wir könnten die Spurensicherung herholen. Aber ich wette, Kip ruft seinen alten Kumpel Howell an und sagt ihm, ach Unsinn, so was brauchen wir doch nicht ...«

Während ich sprach, wurde mir bewusst, dass ich betrunken war. Der Alkohol gab mir kein prickelnd-angenehmes, sondern ein schrill-unheimliches Gefühl.

»Wer hat sie zuletzt gesehen?«, fragte Diara.

»Ethan wahrscheinlich.« Oh Gott, Ethan. Ich bekam das Bild von ihm auf dem Keeper Peak nicht aus dem Kopf. Ein völlig zerrissener Mann.

»Ich hab' mit ihm gesprochen, er ist am Boden zerstört. Er hat sie das letzte Mal am Donnerstagmorgen gesehen.«

»Donnerstag ...« Das war vor drei Tagen. Aber sie hatte doch sicher nicht drei Tage lang auf dem Gipfel gelegen? »Am Donnerstag war das Picknick. Ich hab' die Seilbahn selbst benutzt. Da war alles in Ordnung.«

»Das bedeutet ... sie ist irgendwann danach kaputtgegangen.«

»Oh Scheiße, es war meine Schuld. Ich hab' Tessa nach dem Picknick aufräumen lassen. Da muss sie die Seilbahn benutzt haben. Ich habe sie in den Tod geschickt.«

Ich hielt mich am Tresen fest und drückte meine Zehen in den Boden, damit das schwankende Gefühl aufhörte.

»Es war nicht deine Schuld.« Diara rutschte von ihrem Hocker und holte eine Flasche Wasser aus dem Kühlschrank. »Trink das.«

»Ich hätte eigentlich sterben sollen, nicht sie. Der Mörder ist davon ausgegangen, dass ich wieder da hochgehe. Er muss mich an der Seilbahn gesehen und gedacht haben, ich würde sie wieder benutzen. Scheiße. Er wollte mich umbringen.«

»Das weißt du nicht.«

Ich hörte die Unsicherheit in Diaras Stimme. Sie schob mir die Glasflasche hin. Ich trank das Wasser, musste davon aber husten.

»Ich glaube, ich kann das alles nicht mehr«, sagte ich. »Ich glaube, ich muss weg.«

»Weg?«

»Weg und verdammt noch mal nicht sterben.«

»Hör zu, London-Girl ...« Sie streckte die Arme nach mir aus und hielt mich an den Schultern fest, sodass ich sie anschauen musste. »Wir wissen noch überhaupt nichts. Also mach dich jetzt nicht verrückt.«

Ich presste meine Augen zusammen (zu spät – ich war schon längst verrückt geworden), aber Diara redete weiter, mit leiser und ruhiger Stimme.

»Morgen wird der Regen aufhören. Wir fahren nach Virgin Gorda und besuchen meine Tante. Sie wird wissen, was zu tun ist.«

Ich schniefte heftig, während ich versuchte, nicht zu weinen. »Okay.« Vermutlich war das der beste Plan, den wir hatten.

Diara ließ mich los. Sie nahm ihre Jacke vom Hocker und zog sie an. »Ich muss ins Spa, aber wir sehen uns in zwei Stunden zu Hause.«

Bei dem Wort »zu Hause« musste ich trotz allem lächeln. Ja, ich würde nach Hause gehen und mich in unserem Zimmerchen einschließen, wo ich sicher war.

»Trink etwas Wasser«, sagte sie. »Schlaf ein bisschen.«

»Wenn ich schlafe ... dann nur mit einem Messer unterm Kopfkissen.« Ich war mir nicht sicher, ob ich es ernst meinte. Ich könnte eins aus der Küche klauen.

»Oo-kay.« Diara lachte finster. »Aber wenn du mitten in der Nacht panisch aufwachst und dann mit dem Messer rumfuchtelst, dann denk bitte dran, dass ich deine Freundin bin.«

~

Am nächsten Tag hatte ich einen höllischen Kater.

Ich stolperte nur mit einem Handtuch bekleidet durch das Zimmer und suchte nach sauberer Unterwäsche, bis ich aufgab und ohne losging. Ich hängte mir das Funkgerät um. Es regnete immer noch, ich musste mich also auf einen weiteren Tag voller Gästebeschwerden einstellen. Vielleicht könnte ich ein Pokerspiel organisieren? Das Restaurant im Las-Vegas-Stil dekorieren und jede Menge Drinks servieren lassen? Mein eigener Rum-Atem stieg mir in die Nase und ich musste fast würgen.

Diara war schon weg gewesen, bevor ich aufgewacht war, vermutlich wieder im Wellnessbereich. Ich war keine Meteorologin, aber das Wetter sah nicht besser aus als gestern, eher schlechter. Die Fähre fuhr nicht, und wir waren unterbesetzt, weil diejenigen, die auf anderen Inseln lebten, nicht zur Arbeit kamen. Ich betete zu Gott, dass es kein Problem mit der Stromversorgung geben würde, denn der Techniker lebte auf Tortola.

Trotzdem gab ich die Hoffnung nicht auf. Es war doch nur Regen. Es musste doch möglich sein, mit dem Boot nach Virgin Gorda zu fahren, um Diaras Tante zu treffen. In meiner Windjacke stapfte ich den schlammigen Buschpfad entlang in Richtung Spa. Diara war auf den Jungferninseln geboren; sie hatte Hurrikans überlebt; sie würde sich doch sicher nicht von so einem kleinen Sturm abschrecken lassen?

»Helft mir! Schnell!«

Die Stimme war leise. Ich brauchte eine Sekunde, um zu begreifen, wo sie herkam. Ich drehte die Lautstärke meines Funkgeräts hoch und Reggies Stimme wurde lauter.

»Hiiiilfe! Sie ist tot.«

34

Die Hidden Cove war in cremefarbenen Nebel gehüllt, und im Hintergrund tosten der Wind und die Wellen. Während ich über den Sand rannte, peitschte mir der Regen in die Augen. Ich konnte drei Gestalten ausmachen; eine von ihnen stand, eine kniete und eine lag auf dem Rücken.

Fizzy.

Ihr gemustertes Sommerkleid lag ausgebreitet auf dem Sand, der Stoff war durchnässt. Die Flut stieg, und ein Schwall aus schaumigem Weiß berührte sie an den Füßen, aber sie bewegte sich nicht.

Ein widerwärtiges Gefühl stieg in meiner Kehle hoch. Nicht schon wieder. Nicht noch eine Leiche.

»Was ist passiert?« Ich hockte mich neben Fizzy auf den Boden. Sie war vollkommen blass. »Was ist passiert!«

Reggie kniete mit fest geschlossenen Augen im Sand und sprach das Vaterunser. Er antwortete mir nicht.

Guillaume stand da, mit gegen den Regen gesenktem Kopf, und sprach in sein Handy. »Der Hubschrauber ... die Boote ... sie wissen nicht, ob sie bei diesem Wetter kommen können«, sagte er zu mir.

»Fizzy?« Als ich sie berührte, jagte mir ihre kalte Haut einen Schauer über den Rücken.

Alles an ihr signalisierte mir, dass sie tot war.

Dann entdeckte ich einen schwach flatternden Puls an ihrem Hals.

»Fizzy!« Ich schüttelte sie an der Schulter. »Fizzy, wach auf!«

Atmete sie? Ich war so aufgebracht, dass ich es nicht feststellen konnte. Ich versuchte, erneut ihren Puls zu finden, aber entweder war er weg oder ich wusste nicht, was ich tat. Ich warf einen Blick hinüber zu Guillaume und Reggie, in der Hoffnung, die Verantwortung abgeben zu können, aber Reggie hielt noch immer die Augen geschlossen und Guillaume starrte mich nur mit offenem Mund an.

So eine Scheiße. Ich hatte nur einen eintägigen Erste-Hilfe-Kurs gemacht, und das lag schon viel zu viele Jahre zurück. Wusste ich überhaupt noch, wie man eine Herz-Lungen-Wiederbelebung machte? Ich streckte meine Arme durch und legte die Handflächen auf den klammen Stoff, der Fizzys Brust bedeckte. Dann verschränkte ich die Finger und drückte kräftig, während ich im Kopf zählte.

Schon nach einer Minute war ich erschöpft, aber ich machte weiter. Ich war so fixiert auf meine Aufgabe, dass ich den winzigen Ruck in Fizzys Brust beinahe nicht bemerkt hätte.

Sie hustete.

Keuchend setzte ich mich auf. »Fizzy?«

Sie stöhnte und rollte sich auf die Seite, die Knie an die Brust gezogen.

»Fizzy, was ist passiert?«

Ihre Augenlider flatterten, aber sie antwortete nicht. Wenigstens atmete sie.

»Was zum Teufel ist hier los?«

Kip kam in vollem Tempo über den nassen Sand auf uns zugerannt. Er drückte mich zur Seite, hockte sich neben Fizzy und streichelte ihr das Gesicht. »Schätzchen ... Schätzchen ...«

Sie stieß einen leisen Schrei aus. Kip hob sie auf, als wäre sie eine Stoffpuppe.

»Sir.« Meine Stimme schraubte sich um eine Oktave hoch. »Ich denke, wir sollten sie lieber nicht bewegen. Warten wir lieber auf den Notarzt.«

»Notarzt? Nein, nein, nein, den brauchen wir nicht«, sagte Kip.

»Die Sanitäter meinten, es dauert ein oder zwei Stunden, bis das Boot hier ist«, sagte Guillaume.

»Wovon reden Sie?« Kips Nasenlöcher blähten sich auf. »Sanitäter? Das ist eine Privatangelegenheit. Rufen Sie sie noch mal an und sagen Sie ihnen, dass Sie sich geirrt haben.«

Verwirrt schaute Guillaume zwischen Kip und mir hin und her. Ich war entsetzt. Was, wenn Fizzy wieder ohnmächtig wurde?

Guillaume nickte langsam. »Ja, Sir.«

Anscheinend war Befehlsgewalt hier wichtiger als gesunder Menschenverstand. Er zog sein Handy aus der Tasche.

»Guillaume ...«, sagte ich, aber er schaute mir nicht in die Augen. Ich drehte mich zu Kip um. »Kip, sie braucht einen Arzt.«

Kip atmete aus und schaute auf Fizzy in seinen Armen. »Clarence Jeston wird wissen, was zu tun ist, und weiß Gott, er kann seinen Mund halten. Jemand muss ihm Bescheid geben.«

Der Regen lief mein Gesicht herunter und verschleierte mir die Sicht. Mir war so kalt, dass ich schon zitterte.

»Bringen wir sie nach Hause«, sagte Kip.

Fizzy lebte. Ich hätte erleichtert sein sollen, aber ich verspürte nur ein schwelendes Grauen. Der Mörder hatte schon wieder versucht, zu töten, aber er war gescheitert. Das bedeutete nur, dass Fizzy immer noch in Gefahr war.

~

Fizzy lag in dem runden Turm von Kips Villa schlaff auf einem der weißen Sofas ausgebreitet. Ein säuerlicher Geruch ging von der Stelle aus, wo sie sich übergeben hatte. Ich hatte es für ein gutes Zeichen gehalten, dass sie etwas aus ihrem Körper herausbekommen hatte, aber ich war mir eigentlich nicht sicher.

Reggie hatte auf Kips Anweisung hin Doc gesucht, der sich im Personaldorf aufgehalten hatte (er konnte ja auch nicht nach

Hause, solange keine Boote fuhren), während Guillaume ins Restaurant zurückgekehrt war, um es gegen den Sturm zu sichern. Kip hatte auch zu mir gesagt, ich solle gehen, aber ich hatte mich geweigert. Jetzt hockte ich neben dem Sofa und lauschte jedem Atemzug, den Fizzy mühsam tat.

Sie sah immer noch so blass aus, ihre Lippen waren beinah blau.

Ich schaute auf die Uhr. Wo war Doc, verdammt?

Kip musste dasselbe gedacht haben, denn er murmelte: »So eine winzige Scheißinsel und er findet nicht ...«

Ich drückte meine Finger in die Handflächen, die Nägel gruben sich in meine Haut. Ich wollte Doc hierhaben. Es war zwar nicht dasselbe wie ein Hubschrauber ins nächste Krankenhaus, aber wenigstens würde Doc vielleicht sagen können, was mit ihr passiert war.

In der letzten Woche war Kip auf meiner Liste der Mordverdächtigen nach unten gerutscht, vor allem seit ich von seinen gesundheitlichen Problemen erfahren hatte. Heute jedoch wirkte er auf mich nicht wie ein gebrechlicher alter Mann; ganz im Gegenteil. Hatte er Tessa umgebracht, um sie zum Schweigen zu bringen? Und hatte er versucht, mit Fizzy dasselbe zu machen?

Eins stand für mich auf jeden Fall fest: Ich wollte ihn nicht mit ihr allein lassen.

Die Rauchglasfenster der Villa und der stürmische Himmel draußen erzeugten in dem gewölbten Zimmer eine bedrückende Atmosphäre. Ich war gewohnt, dass das Reinigungspersonal immer alles makellos sauber hielt. Im Gegensatz dazu hatte die Villa von Kip etwas Verstaubtes, überall lag Papier herum.

Kip tigerte im Zimmer auf und ab, immer wieder. Ihm zuzuschauen machte mich noch beklommener, also zwang ich mich zum Hinsetzen. Ich musste dafür einen Stapel Papiere von einem Sessel räumen. Gedankenlos blätterte ich durch den Ausdruck einer Webseite über CBD-Öl, einen Antrag für ein Golfresort in

Madagaskar, eine Bestätigung für einen Flug nach Venezuela, einen Brief über Pay-per-Click-Werbung. Es mochte noch nicht auf Messie-Level sein, aber es hatte schon was von »Opa wirft nichts weg«.

Fizzy murmelte etwas vor sich hin, ihre Augenlider flatterten. Kip eilte zu ihr.

»Schatz, Schatz ... Sag mir, was du brauchst.«

Ihre Augen schlossen sich wieder, sie antwortete nicht.

Kip sank auf dem Boden in die Knie. »Bitte, bitte ... Ich kann das nicht noch mal.« Ich sah ihn nicht an und hörte nur das feuchte, schniefende Geräusch von jemandem, der versuchte, nicht zu weinen, und dabei scheiterte. »Es darf nicht so enden wie bei Meredith ...«

Gott, er war so erbärmlich. Für Kip ging es hier nur um ihn selbst. Menschen starben auf seiner Privatinsel und er tat nichts, um es zu verhindern. Was für Geheimnisse hatte er? Ich stand von meinem Stuhl auf und ging auf ihn zu.

»Was haben Sie mit Meredith gemacht?« Ich hatte keine Lust mehr auf Zurückhaltung und Diskretion; ich wollte die Wahrheit.

Er wandte den Kopf zu mir um, sein Gesicht war puterrot. Bevor er etwas antworten konnte, hörten wir einen Knall, gefolgt von einem Heulen des Windes.

Die Haustür war aufgeflogen. Der Doc trug diesmal keinen Filzhut, seine Brille war beschlagen.

»Na, na, was ist denn hier los?«, fragte er. »Hatten wir ein kleines Missgeschick?« Ich kannte seine hartnäckige Heiterkeit zwar schon, aber heute wirkte sie auf mich beunruhigend.

Doc schob sich mit quietschenden Schuhen an mir vorbei und zog einen Stuhl ans Sofa. Stille breitete sich im Zimmer aus, als er seine Tasche abstellte und begann, Fizzy zu untersuchen.

»Ich würde sagen, das waren Benzodiazepine«, sagte Doc.

Fizzy zuckte.

»Benzodi-hä ...?« Ich trat näher an Doc heran. »Was ...?«

»Valium, Xanax ... Hab' ich ihr selbst verschrieben. Viele Leute nehmen aus Versehen zu viele Tabletten, ohne es zu merken.«

Das war wirklich eine viel zu saubere Lösung. »Sind Sie sicher, dass es nicht ...«

Doc unterbrach mich: »Sie haben gesagt, sie hat nicht mehr geatmet?«

Ich erzählte ihm, wie Reggie sie am Strand gefunden hatte, und Doc sagte: »Ihre Atemfrequenz ist ein bisschen langsam, aber ich würde sagen, sie ist über den Berg. Aber natürlich muss jemand auf sie aufpassen.«

Kip klatschte in die Hände. »Sie braucht etwas Ruhe. Ruhe und Entspannung!«

Er schaute mich an und erwartete offensichtlich von mir, dass ich verschwand. Auf gar keinen Fall. Bevor ich antworten konnte, ging erneut die Haustür auf.

Es war Diara. In ihrer Eile stolperte sie beim Hereinkommen über den Rattanteppich. Regentropfen glitzerten in ihren Zöpfen; ihr T-Shirt war vollkommen durchnässt.

»Was ist passiert?« Sie war so außer Atem, als wäre sie gerannt.

Sie quetschte sich an Doc vorbei und hockte sich ans Sofa. Als sie beide Hände auf Fizzys Gesicht legte, begann Fizzy etwas zu murmeln, öffnete aber nicht die Augen.

»Süße, kannst du mich hören?«

Diara versuchte sie in eine aufrechte Position zu bringen, aber sie sackte immer wieder zusammen. Kip räusperte sich und machte einen Schritt auf die beiden zu.

»Sie ist zu kalt.« Diara schaute Doc an. »Warum sagt sie denn nichts?«

Doc war damit beschäftigt, seine Arzttasche wieder zusammenzupacken. »Sie ist ein bisschen durch den Wind ...«

Das war die Untertreibung des Jahrhunderts.

Diara fuhr Fizzy mit den Fingern durch die Haare. Sie drückte ihr einen Kuss auf die Lippen. »Wach auf, Liebes, wach auf.«

Kip stand mit verschränkten Armen da und beobachtete die Szene, die sich da vor ihm abspielte. Fizzy atmete lang und angestrengt aus. Sie sagte leise etwas, aber ich verstand es nicht.

»Lasst mich in Ruhe«, sagte sie, lauter diesmal.

Es herrschte eine benommene Stille. Diaras Gesicht verzog sich, und sie wandte sich ab und rieb sich die Augen.

Kip nahm eine karamellfarbene Decke von einem Sessel und legte sie über Fizzy, wobei er Diara aus dem Weg schob. »Hier sind zu viele Leute ... zu viele Leute.«

Fizzy stöhnte, ihr Körper verkrampfte. Sie übergab sich erneut in eine dekorative Muschel-Glasschale, die ich ausgeleert und dann neben sie gestellt hatte.

Blut. In ihrem Erbrochenen war Blut.

Diara beugte sich wieder zu ihr herunter, aber Fizzy wich zurück und rollte sich unter ihrer Decke zusammen. Nur noch ein paar Strähnen ihres schwarzen Haares waren zu sehen.

»Wir müssen sie ins Krankenhaus bringen«, sagte Diara, und ich stimmte ihr zu.

»Leichter gesagt als getan, bei diesem Wetter«, sagte Doc.

»Sie braucht nur Ruhe«, sagte Kip. »Und Stille.«

Im Zimmer war es jetzt schon so still wie in einer Leichenhalle. Die Sekunden zogen sich hin, und wir standen alle herum wie Trauergäste.

Schließlich schnappte ich mir die Kotzschüssel vom Boden. »Hilf mir mal kurz«, sagte ich zu Diara mit einem strengen Blick.

Diara stand schlaff da. Nur widerstrebend ließ sie sich von mir den Flur hinunterziehen. Ich ging mit ihr in ein Badezimmer und schloss die Tür hinter uns ab. Nachdem ich die Schüssel im Waschbecken ausgespült hatte, ließ ich das Wasser laufen.

»Das fühlt sich alles falsch an«, sagte ich.

Diara antwortete nicht. Sie saß angespannt auf dem Rand des Whirlpools.

»Warum sollte sie einfach so zusammenbrechen?«, fragte ich.

»Außer – durch Gift. Ich muss die ganze Zeit an Gift denken. Blaue Lippen? Blut im Erbrochenen?«

»Ich weiß nicht ...« Diaras Stimme war heiser. »Du denkst, jemand hat sie vergiftet?«

»Was denn sonst? Zwei Leichen in zwei Tagen. Ich ... ich hab' eine Scheißangst.«

Das Wasser sprudelte mit einem hypnotischen weißen Rauschen aus dem Hahn.

»Sie wusste viel«, sagte Diara. »Fizzy. Sie ist schon am längsten hier.«

»Wusste sie zu viel?«

Hatte ich nicht von Anfang an vermutet, dass Fizzy als Kips rechte Hand wusste, wo seine Leichen im Keller lagen? Jetzt schien das nur allzu wörtlich zu stimmen. Der Mörder hatte dieses Wissen für immer begraben wollen. Ich erinnerte mich an Kips seltsames Verhalten im Büro. Hatte er etwas in Fizzys Tabletten getan?

»Zu viel.«

Ich verstand Diara kaum, denn sie hielt ihr Gesicht in den Händen vergraben und hatte ihre Fingerknöchel in die Augenhöhlen gedrückt.

Fizzy wusste also zu viel, aber das war bei Diara und mir eigentlich nicht anders.

»Was machen wir jetzt?« Ein Schluchzen drohte aus meiner Kehle zu entweichen.

»Wir bringen sie weg von ihm.« Diara hob den Kopf und schaute mir mit kaltem Blick in die Augen.

~

Es bedurfte meiner größten Überredungskünste (gesenkter Blick, gedämpfte Stimme, »was immer Sie für richtig halten, Sir«), aber ich konnte Kip davon überzeugen, Fizzy in ihr eigenes Apartment verlegen zu lassen. Widerwillig blieb er zurück, während Doc, Diara und ich die Patientin ins Personaldorf brachten.

Doc hielt einen Regenschirm über uns, aber trotzdem spritzte uns der Regen ins Gesicht, während Diara und ich Fizzy aus dem Golfwagen hoben. Wir brachten sie ins Haus und legten sie in ihr Bett. Im Gegensatz zu den meisten Zimmern im Personaldorf, die einen gewissen Studentenwohnheim-Flair hatten, sah Fizzys Wohnung eher aus wie das Zuhause einer Erwachsenen, mit gestreifter Tapete und altrosafarbenen Vorhängen. Der Spiegel zu meiner Linken war mit bunten Papierstreifen verziert. Auf einem von ihnen stand: *Ich bin es wert, bewundert zu werden.*

Fizzy verkroch sich unter der Decke, als hoffte sie, die Welt so verschwinden lassen zu können. Ich war davon ausgegangen, dass Doc bei ihr bleiben würde, aber nachdem er noch einmal ihre Werte gecheckt hatte, schien er sie für stabil genug zu halten.

Er tätschelte sich den Bauch. »Weiß jemand, wo ein hungriger Mann hier einen Bissen Nahrung finden kann?«

»Sie gehen schon?«, fragte ich.

»Ich komme in ein oder zwei Stunden noch einmal nachsehen.«

Auf der anderen Seite des Zimmers beugte sich Diara über Fizzy und strich ihr mit einer Hand über die Wange. Fizzy wich zurück. Auf Diaras Gesicht war die Kränkung zu sehen.

»Lassen Sie sie besser in Ruhe«, sagte Doc, »sie will bestimmt schlafen.«

Diara ließ sich in einen Sessel fallen. Ihr Gesichtsausdruck war steinern geworden. »Ich gehe nicht weg.«

»Das verstehe ich«, sagte Doc, »sie hat uns einen ordentlichen Schrecken eingejagt, aber ...«

»Ich lasse sie nicht alleine.«

Ich war erleichtert. Diara würde Fizzy beschützen.

Doc schnaubte, widersprach aber nicht. Er nahm seine Ledertasche und verließ mit krummem Rücken die Wohnung. Ich war mir unsicher, ob ich bleiben oder gehen sollte.

»Pass auf dich auf«, sagte ich leise zu Diara. »Und schließ die Tür ab.«

»Vertrau mir.« Sie griff nach der langen Taschenlampe, die auf Fizzys Nachttisch lag, und schwang sie wie ein Schwert. »Wenn Kip hier reinkommt, bringe ich ihn um.«

35

Am nächsten Morgen wachte ich mit einem Schreck auf. Irgendwo summte jemand.

»Guten Morgen.«

Ich setzte mich auf, rieb mir die Augen und schaute hinaus in das graue Tageslicht. Auf der anderen Seite des Zimmers stand Diara. Anstatt ihrer Uniform trug sie heute ein khakifarbenes Top, unter dem ihre Tätowierung an der Schulter herausschaute. Sie war gerade dabei, Kleidungsstücke einzurollen und in einer Sporttasche zu verstauen.

»Regnet es immer noch?« Meine Stimme klang heiser.

»Hör mal genau hin.« Ein kurzes Lächeln huschte über Diaras Gesicht.

In diesem Moment bemerkte ich das düstere Heulen des Windes und das Hämmern des Regens gegen die Scheibe. Auch heute würde kein Rettungshubschrauber herkommen.

»Scheiße«, murmelte ich.

»Mag sein«, sagte Diara.

Ich wischte mir den Schlaf aus den Augen und schwang meine Füße aus dem Bett. Ich hatte Diara die falsche Frage gestellt.

»Wie geht es ihr?«

»Viel besser«, sagte sie.

»Oh.« Erleichtert atmete ich aus. Ich hatte mich auf schlechte Neuigkeiten gefasst gemacht. »Das ist doch großartig.«

»Die Frau ist nicht kleinzukriegen.«

»Wer ist bei ihr? Doc?«

»Nein, er frühstückt gerade. Den Mann hält nichts von seinen Mahlzeiten ab.«

»Ist sie allein?« Meine Stimme schraubte sich um eine Oktave hoch.

Es gab einen Knall. Irgendetwas – ein Ast? – schlug gegen das Fenster. Ich wandte mich um, aber Diara reagierte überhaupt nicht.

»Fizzy?«, sagte ich. »Sie sollte doch nicht unbeaufsichtigt sein.«

»Sie schläft.«

»Wir sollten hingehen und nach ihr sehen. Sie könnte in Gefahr sein, wenn sie allein ist.«

Wenn Fizzy sich langsam erholte, dann war sie für Kip eine noch größere Gefahr. Ich stellte mir vor, wie er sich genau in diesem Augenblick in ihr Zimmer schlich und ihr eine weitere Dosis des Gifts verabreichte.

Diara warf mir einen Blick von der Seite zu. »Es geht ihr gut.«

Ich stieg mit nackten Füßen in meine Schuhe und fuhr mir mit der Hand durch das vom Schlaf zerzauste Haar.

»Ich werde nach ihr sehen.« Ich ging durchs Zimmer, aber bevor ich die Tür erreicht hatte, stürzte Diara herbei und versperrte mir den Weg.

»Es geht ihr gut. Wenn du hingehst, wird sie das nur verunsichern.«

»Wovon redest du?«

»Das hat sie mir gesagt, gestern Abend. Sie hat die Tabletten absichtlich genommen. In dem Augenblick, als sie zusammengebrochen ist, hat sie es schon bereut.«

Ich wich zurück. »Sie hat versucht, sich umzubringen?«

Diara zuckte mit den Achseln.

»Nein«, sagte ich, »du musst dich irren. Es war Kip. Er hat versucht, sie umzubringen.«

Sie lachte spöttisch. »Das ist Unsinn.«

»Diara ... er war neulich in unserem Büro. Er hat ihre Pillenflasche ausgetauscht oder so. Ich habe ihn gesehen. Alles, was wir bisher rausgefunden haben ... das deutet alles auf Kip hin. Er ist der Mörder.«

Hier und jetzt erschien mir alles so offensichtlich. Kip hatte Fizzy gestern hochgehoben, als würde sie nichts wiegen; mit Sicherheit hätte er auch die Kraft gehabt, Moxham umzubringen. In der Nacht der Alice-Party hätte er Diaras Handy klauen und Moxham damit eine Nachricht schicken können. Der große Mann, den man in der Nähe des Bootshauses gesehen hatte? Kip. Er musste Tessa ermordet haben, als er herausgefunden hatte, dass sie Moxhams Komplizin gewesen war. Und als ihm bewusst geworden war, dass seine Geheimnishüterin Fizzy allmählich Verdacht schöpfte, hatte er versucht, auch sie zu töten.

»Er war es.« Ich stach mit meinem Finger in die Luft. »Und wenn wir ihn nicht aufhalten, wird er wieder versuchen zu töten.«

Ich wartete auf eine Reaktion von Diara, aber sie wirkte weiterhin teilnahmslos. Ihre Gelassenheit war zermürbend. Sie lehnte sich an die Tür und fummelte an ihrem Ohrring herum. Sie hatte sich heute für einen roten Vogel mit einem scharfen Schnabel entschieden. Irgendetwas ließ mich grübeln.

»Fahren die Boote wieder?«, sagte ich schließlich. »Können wir von der Insel?« Meine Stimme klang wehleidig. »Ich glaube wirklich, wir müssen weg.«

Diara schnalzte mit der Zunge. »Die Wellen sind drei Meter hoch. Heute kann niemand von dieser Insel weg.«

»Dann müssen wir uns schützen.« (Warum hatte ich nur Witze darüber gemacht, ein Messer aus der Küche zu klauen? Jetzt wollte ich ein Messer.) »Hast du noch diese Pistole?«

Diara stieß ein bitteres Lachen aus. »Hör auf. Deine Fantasie geht mit dir durch. Das sind doch alles nur Zufälle gewesen.«

Sie schüttelte den Kopf und ihre Vogelohrringe klimperten. Rote Vögel. Wie hießen die noch mal? Rotkardinäle.

»Das stimmt nicht«, sagte ich. »Es gibt Beweise. Der Schlüssel für den Jetski war noch im Bootshaus.«

Sie wandte sich ab. »Daran erinnere ich mich nicht.«

»Das Blut ...«

»Kip hat öfter Nasenbluten.«

»Aber im Bootshaus ist saubergemacht worden.«

»Shirley hat da eine Grundreinigung gemacht, nachdem Kip sich beschwert hat.«

»Das kann doch nicht alles sein. Die Fingerabdrücke auf der Glasscherbe ...«

»Irgendjemand wird eine Bierflasche fallen gelassen haben.«

»Warum sagst du das alles?«

Diara antwortete nicht. Sie wandte sich wieder ihrem Bett zu und schüttelte ein T-Shirt aus, das sie dann fest zusammenrollte. Ich konzentrierte mich auf das Tattoo auf ihrem Schulterblatt.

Es war ein Teufel.

»Dein Tattoo«, sagte ich. »Was bedeutet es?«

»Nichts. So ein Insiderwitz in meiner Familie.«

»Teufel. Hat Moxham dich so genannt?«

Es folgte eine lange Stille. Diara drehte sich um und schaute mich an, jede Freundlichkeit war aus ihrem Gesichtsausdruck verschwunden. Auf ihren Lippen lag nur noch der leise Hauch eines Lächelns, aber ihre Augen waren tot.

»Er hat über dich geschrieben«, sagte ich, »in seinem Notizbuch. Seiten über Seiten. Über dich.«

Ich erinnerte mich an die Wörter im Notizbuch. Träne, Pfau, Schlange. Kardinal. Das waren nicht irgendwelche Wörter. Es waren Beschreibungen, von Diara und ihren Ohrringen. Es waren Notizen darüber, was sie an den einzelnen Tagen trug, wohin sie ging, was sie tat.

»Stopp.« Sie zog den Reißverschluss der Tasche auf ihrem Bett zu. Der Verschluss klemmte, und sie zerrte daran, bis der Stoff riss.

»Er hat ... dich verfolgt.«

»Stopp.« Diara kam auf mich zu. »Du liebst es, deine Nase in Angelegenheiten zu stecken, die dich nichts angehen. Aber das wird dich eines Tages in Schwierigkeiten bringen.«

Sie schwang sich die Tasche über die Schulter und rammte mich dabei am Arm. Ich stieß einen Schmerzlaut aus, aber sie schaute nicht mal zu mir. Mit zwei Schritten war sie an der Tür.

»Diara, warte«, sagte ich.

Sie ignorierte mich.

»Bitte sag mir, was hier los ist.«

Die Tür schlug hinter ihr zu.

~

Ich hatte bisher gedacht, hier zu Hause sei ich sicher.

Jetzt drehte ich mein Kissen um und kramte in dem Kissenbezug nach dem olivgrünen Notizbuch. Ich hatte es hier versteckt. Welche anderen Hinweise hatte ich übersehen? Eine Zeit lang hatte ich überlegt, ob Diara und Moxham vielleicht eine Beziehung gehabt hatten, aber als ich herausgefunden hatte, dass Diara etwas mit Fizzy hatte, war diese Theorie hinfällig geworden. Aber Moxhams Notizen zu Diara hatten etwas Obsessives an sich. Wie von einem Stalker.

Das Schlimmste daran war, dass es mich nicht wirklich schockierte. Als Violet sich damals in Hongkong von Moxham getrennt hatte, war es auch heftig gewesen. Ich hatte den Eindruck gehabt, dass seine Liebe zu ihr in Besessenheit umgeschlagen war. Vielleicht war mit seinen Gefühlen für Diara das Gleiche passiert.

Ich schüttelte das Kissen aus dem Bezug. Wo war das Notizbuch?

Und wo waren eigentlich die USB-Sticks? Die hatte ich auch in dem Kissen aufbewahrt. Ich drehte den Bezug auf links. Rollte ihn zusammen.

Nichts.

Jemand hatte sie mitgenommen. Die Liste der Verdächtigen war nicht besonders lang. Diara hatte als einzige Person von dem Versteck gewusst.

Ich musste sie einholen und ihr noch weitere Fragen stellen. Ich zog mein Schlaf-T-Shirt aus und kramte eine Shorts und ein T-Shirt aus der Schublade. Während ich nach Socken suchte, fanden meine Hände ein klumpiges Paar alter Strümpfe.

Es war die Spionagekamera, die ich in meiner ersten Nacht in diesem Zimmer gefunden hatte.

Ich erstarrte. Das war das letzte Puzzlestück.

Die Kamera, die in diesem Zimmer versteckt worden war, hatte nicht mich aufnehmen sollen. Moxham war nicht von mir besessen gewesen, sondern von Diara. Schon lange vor meiner Ankunft hatte diese Kamera jeden ihrer Schritte gefilmt.

36

Ich schob die SD-Karte der Minikamera in meinen Laptop, auf dem noch immer die Reste von Moxhams vollbusigem Dinosaurier-Sticker klebten. Ich bekam eine Gänsehaut bei der Vorstellung, wie er Diara auf diesem Bildschirm beobachtet hatte.

Die Dateien auf der SD-Karte waren automatisch mit einem Datum versehen worden. Ich suchte den Einundzwanzigsten, den Tag von Moxhams Ermordung, und drückte auf Play. Die Kamerasoftware erstellte jeden Tag um sechs Uhr früh eine neue Datei. Ich hatte bereits das Filmmaterial aus der Zeit von Mitternacht bis zwei Uhr morgens durchgeschaut, aber was war mit dem Rest des Tages und der Nacht?

Ich hätte schon längst jede Sekunde dieser Aufnahmen ansehen sollen, aber ich hatte an Diaras Unschuld glauben wollen. Ich hatte geglaubt, sie sei meine Freundin. Das war mein größter blinder Fleck gewesen. Ich hatte nicht gewollt, dass sie eine Mörderin war.

Als sich meine Augen an das Schwarzweiß der Nachtsichtaufnahmen gewöhnt hatten, sah ich mein Zimmer und den Platz auf meinem Bett, auf dem ich gerade saß. Diara kam ins Bild. Im Schnelldurchlauf zog sie sich an und rannte durch das Zimmer, bevor sie es wieder verließ. Der Bildausschnitt wurde heller und dann wieder dunkler.

Diara betrat den Raum wieder um – ich schaute auf die Zeitmarke – 22:46 Uhr. Sie lief umher, sammelte Kleidungsstücke vom

Boden auf und schloss ihr Telefon ans Ladegerät an. Ich wollte gerade wieder auf Vorspulen drücken, als sie sich plötzlich umdrehte.

Es waren die ängstlichen Bewegungen eines in die Enge getriebenen Tieres. Sie war nicht allein.

Diaras Lippen bewegten sich; ich brauchte keinen Ton, um zu erkennen, dass sie jemanden anschrie.

Moxham kam ins Bild. Mein Herz setzte aus. Wenn es 22:46 Uhr war, dann war das etwa eine halbe Stunde, nachdem er mich in der Queen-Conch-Villa aufgesucht hatte. Er durchquerte das Zimmer und legte ihr die Hände auf die Schultern. Sie versuchte, ihn abzuschütteln, aber sein Griff wurde fester. Ich versuchte zu erkennen, was sie sagten. Diara verzog immer noch ihr Gesicht. Vielleicht versuchte er sie zu beschwichtigen.

Raus hier!, sagte sie vielleicht.

Hör zu, sagte er dann, *ich will, dass du mir zuhörst …*

Er schüttelte sie kräftig. Sie gab ihm eine Ohrfeige.

Mit einem Mal wurde die Situation gewalttätig. Auf dem Bildschirm herrschte ein einziges Gewirr aus Bewegungen. Moxham packte Diara am Hals. Ihr Gesicht verzog sich zu einem Schrei, aber er presste ihr seine andere Hand auf den Mund. Sie wehrte sich, trat mit den Beinen nach ihm, kratzte ihn mit den Fingern, aber er war stärker als sie. Er schubste sie auf das Bett.

Ich wollte nicht mehr weiterschauen. Meine Hand wanderte zur Stop-Taste, verharrte dann jedoch. Ich wollte es wissen. Ob gut oder schlecht, ich wollte wissen, wie es ausging.

Ich ließ das Video weiterlaufen.

Diaras Körper lag jetzt wie tot unter Moxham. Er richtete sich über ihr auf, hielt sie mit einer Hand fest und öffnete mit der anderen den Reißverschluss seiner Hose.

Bitte tu das nicht.

Ich hab' gesehen, wie du mich anguckst. Du willst es. Tu doch nicht so.

Bitte, bitte, bitte.

Ich stellte mir vor, wie Diara verzweifelt schluchzte, aber die Diara auf der Aufnahme hatte andere Pläne. Moxham war zu sehr mit seinem Schwanz beschäftigt, als dass er es bemerkt hätte, doch ihre linke Hand wanderte unter die Matratze. Sie zog die Pistole heraus und hielt sie schräg in der Hand. Mein Herz schlug mir bis zum Hals. Eine Schrecksekunde lang dachte ich, sie würde sie fallen lassen, doch ihr Griff um die Waffe wurde entschlossener. Sie schlug den Pistolenlauf hart gegen Moxhams Kopf. Er fuhr zusammen.

Diara krabbelte zurück, weg von Moxham, sodass sie mit dem Rücken gegen die Wand hockte. Mit beiden Händen umklammerte sie die Pistole.

Ich tu's. Ich schieß' dir ins Gesicht.

Eine Sekunde später war er wieder auf den Beinen. Er gestikulierte herum und sagte etwas zu Diara. Wie zur Antwort fuchtelte sie mit der Waffe in der Luft. Moxham wich zurück. Offensichtlich für Diaras Geschmack zu langsam, denn sie richtete die Waffe erneut auf ihn. Er redete immer noch. Und dann, mit einer einzigen entschlossenen Bewegung, war er verschwunden.

Was hatte er zum Abschied gesagt? Zweifellos eine Drohung, aber was genau?

Ich fühlte mich wie betäubt, während ich mir den Rest des Videos anschaute. Diara saß lange Zeit mit der Waffe in der Hand da, als Moxham gegangen war. Genau wie ich erwartete wohl auch sie, dass er zurückkäme.

Aber er kam nicht zurück. Fünfzehn Minuten später – die Zeitmarke zeigte 23:01 – zog sie sich eine Jeans an, steckte ihr übergroßes T-Shirt in die Hose und verließ das Zimmer. Beim Hinausgehen steckte sie sich die Pistole in den Hosenbund.

Gut eine Stunde später würde Moxham tot sein.

~

Die Luft im Zimmer fühlte sich geradezu zähflüssig an; die Bilder, die ich auf dem Laptop gesehen hatte, legten sich über den jetzigen Moment. Diara konnte nicht gewusst haben, wie besessen Moxham von ihr gewesen war – die versteckten Kameras, dieses ganze Stalker-Verhalten –, aber ein Instinkt musste sich gemeldet haben. Moxhams Starren, seine Distanzlosigkeit, die augenzwinkernde Art, mit der er ihre Zurückweisungen abgetan hatte; all diese Anzeichen mussten sie nervös gemacht haben.

Ich stellte mir vor, wie sie gesagt hatte: »Tut mir leid, aber ich bin schon mit jemandem zusammen.«

Und er würde dann erwidert haben: »Ich gebe nicht auf.«

Diara musste nach dem Angriff verzweifelt gewesen sein. Wenn sie zu Kip ginge, würde der ihr glauben? Wenn sie zur Polizei ginge, würde man sie da ernst nehmen? Und selbst wenn – sie wäre dann nicht mehr Diara. Sie wäre nur noch das Vergewaltigungsopfer. Und was dann? Sollte sie zusammen mit ihrem Angreifer auf einer Insel leben? Sie könnte woanders einen Job annehmen, aber warum sollte sie gehen, wenn er ihr Unrecht angetan hatte?

»Du verdammtes Arschloch!«, hörte ich von draußen.

Mein Körper verkrampfte sich. Irgendwo rief jemand. Ein Mann. Der Akzent klang australisch. Moxham war von den Toten zurückgekehrt.

»Ich versuch' hier zu schlafen, du Irrer.«

Nein, nicht australisch. Südafrikanisch. Tyson, der Sous-Chef. Ich hörte sein Lachen, brüchig und tief. Ganz anders als Moxhams Hyänenlachen.

Ich schluckte die aufkommenden Tränen hinunter und wischte mir mit dem Ärmel über die Nase. Nur irgendeine kleine Auseinandersetzung im Personaldorf.

Eine Erinnerung drängte sich mir auf. Tessa hatte gesagt, sie habe in der Nacht von Moxhams Tod Schreie im Dorf gehört. Diara hatte dem keine größere Bedeutung beigemessen. Aber die Schreie mussten von Diara und Moxham gekommen sein. Schon von Beginn unserer Ermittlungen an hatte mich Diara in die Irre geführt, hatte gegen mich gearbeitet.

Ich erinnerte mich an die taumelnde, betrunkene Diara, die ich am Abend der Alice-Party kennengelernt hatte. Jetzt wusste ich, dass es weniger als eine Stunde nach Moxhams Vergewaltigungsversuch gewesen war. Hatte sie ihre Betrunkenheit nur gespielt und währenddessen den Mord geplant? Am nächsten Tag hatte sie jedenfalls nicht besonders verkatert gewirkt.

Mit ihrer SMS war er zum Bootshaus gelockt worden. Bei der Aufregung über das Video hatte ich fast vergessen, dass Moxham ja nicht erschossen worden war. Er war durch stumpfe Gewalteinwirkung gestorben, aber hatte jemand währenddessen eine Waffe auf ihn gerichtet?

Und dann war da noch Tessa. Als Tessa von Diaras Schreien in jener Nacht erzählt hatte, hatte Diara da eingesehen, dass sie einen weiteren Mord würde begehen müssen, wenn sie den ersten vertuschen wollte? Wenn man erst mal zwei Menschen umgebracht hatte, wurde es dann einfacher?

»Fizzy«, sagte ich laut und rappelte mich auf.

Fizzy war in Gefahr.

Ich hatte gedacht, Kip würde sie ausschalten wollen, weil sie zu viel wusste. Was, wenn Diara sie aus genau demselben Grund umbringen wollte?

Bettgeflüster konnte gefährlich sein. Vielleicht hatte Diara sich ja eines Nachts – im Gefühl völliger Intimität – Fizzy anvertraut. Sie hatte sich von Fizzy eine Absolution erhofft – *Ich musste es tun, Baby, ich musste ihn töten* –, aber stattdessen war Fizzy entsetzt gewesen. Ich hätte diese Reaktion nur zu gut verstanden.

Wie konntest du nur? Ich weiß gar nicht, wer du wirklich bist.

Es musste so einfach gewesen sein. Einfach die Tabletten zerkleinern und in ihr Getränk mischen. Dann konnte man es eine versehentliche Überdosis nennen oder behaupten, Fizzy wäre selbstmordgefährdet gewesen.

Fizzys Genesung war vermutlich ein Rückschlag für Diara, aber es wäre einfach, sie ein zweites Mal zu vergiften. Diara war ja Fizzys Schutzengel. Sie war die ganze Nacht bei ihr gewesen und hatte ihr jederzeit ein weiteres tödliches Getränk in die Hand drücken können.

Trink das, Süße, dann geht's dir besser.

Ich warf mir eine Jacke über und riss die Tür auf. Der Regen peitschte mir ins Gesicht, während ich über den Platz rannte.

»Fizzy!«, rief ich.

Mit beiden Fäusten schlug ich gegen ihre Tür.

»Fizzy, mach auf.«

Ich klopfte fester, trat mit der Spitze meines Turnschuhs gegen die Tür.

»Sie ist schon weg.« Es war Tyson, der mir durch den Regen entgegenblinzelte.

»Wo ist sie hin?«

»Frühstück?«, sagte er schulterzuckend.

Der Buschpfad war von Schlamm überschwemmt. Mehr als einmal rutschte ich fast aus. Trotz meiner wasserdichten Kleidung war ich schon bald nass bis auf die Knochen, aber ich lief nicht langsamer.

Das Rauschen des Windes vermischte sich mit dem durchgehenden Brummen in meinem Kopf.

Ich musste sie finden. Ich musste sie in Sicherheit bringen.

37

Im Restaurant war alles erschreckend normal. Von draußen sah ich die Gäste miteinander plaudern, hörte das Klappern der Teller und atmete den Duft von gebratenem Speck ein. Als ich durch die Tür trat, begleitete Ethan gerade einen Gast hinein, wobei er ihn mit einem riesigen Schirm vor dem Regen schützte. Ethan sah hager aus, mit hohlen Augen, und doch war er es, der mich fragte: »Alles in Ordnung bei dir?«

»Ja, ja.« Ich lief an ihm vorbei.

Die Gäste hatten es anscheinend sattgehabt, die Wände in ihren Villen anzustarren, denn das Restaurant war gut besucht. Es waren mehr Angestellte als gewöhnlich hier. Sie zogen es wohl vor, hier im Trockenen zu sein und Däumchen zu drehen. Ich stieß gegen einen Kellner und warf dabei fast einen Teller mit dampfenden Eggs Benedict zu Boden. Wo war Fizzy? War sie hier?

»Noch einen Löwenzahntee, danke.«

Ihre Stimme wehte zu mir herüber. Da! In der Ecke, halb verdeckt von einer Topfpalme.

»Fizzy!« Erleichtert stürzte ich zu ihrem Tisch.

Sie saß allein vor einer weißen Teetasse aus Porzellan und einem Teller mit Croissants und Früchten, die sie noch nicht angerührt zu haben schien. In ihrem rosa gemusterten Sommerkleid sah sie auf den ersten Blick ganz normal aus. Aus der Nähe betrachtet waren ihre Augen jedoch dunkel, und ihre Haut hatte einen gräulichen Schleier.

»Lola, du siehst ja schrecklich aus.« Fizzys Stimme war heiser. »Geht's dir gut?«

Die Fenster waren beschlagen, der Regen prasselte gegen das Glas, aber das Rauschen des Windes wurde von unauffälliger Fahrstuhl-Popmusik übertönt.

»Mir geht es gut.« Ich lachte benommen. »Und dir geht es auch gut.« Ich wollte sie umarmen, aber sie wich zurück.

»Natürlich geht es mir gut«, sagte sie und griff zitternd nach ihrer Teetasse.

»Trink das nicht.« Ich schnappte mir ihre fast leere Tasse und schüttete den Rest in die Pflanze.

»Was machst du da?«

»Vertrau mir. Ich bitte dich. Ich weiß, wir hatten unsere Meinungsverschiedenheiten, aber du musst mir jetzt glauben.« Ich redete wirr, aber das war mir egal. »Wir müssen hier weg. Jetzt. Wir fahren ins Krankenhaus auf Tortola. Da bist du sicher. Bitte.«

»Was erzählst du da nur für Unsinn?«

Ich spürte jemanden hinter mir, und als ich mich halb umdrehte, stand Kip dort. Der Lärmpegel hatte nachgelassen. Die Gäste taten so, als wären sie in ihre Teller vertieft, aber viele der Angestellten starrten mit unverhohlenem Interesse zu unserem Tisch herüber.

»Aber, aber, was soll das hier?« Kip legte seine Hand auf meine Schulter.

Ich schüttelte sie ab. Natürlich wirkte ich wie eine Verrückte, aber wenn ich Fizzy überreden konnte, mit mir ins Krankenhaus zu kommen, dann würde alles gut werden.

»Das Krankenhaus«, sagte ich. »Bitte. Das Zeug könnte noch immer in deinem Körper sein.«

»Der Arzt hat sich gut um sie gekümmert«, sagte Kip.

»Sie ist fast gestorben.«

»Wir sollten jetzt nicht überreagieren.«

»Ich bringe sie ins Krankenhaus.«

307

Kip wollte etwas erwidern, aber Fizzy brachte ihn mit einem strengen Blick zum Schweigen. Er machte einen Schritt zurück.

»Lola, mein Schatz«, sagte sie, »die Boote können bei diesem Wetter nicht fahren. Und das ist wirklich schade, denn mir wäre es lieber, wenn du heute schon abhauen würdest.«

Sie verschränkte die Arme vor dem Bauch, als hätte sie immer noch Schmerzen. Doch als sie aufschaute und mir in die Augen starrte, war ihr Blick kalt.

»Was?«, sagte ich.

»Ich war etwas unpässlich, deshalb konnte ich den Papierkram bisher nicht erledigen. Normalerweise würde ich auf einem Treffen bestehen, aber die Umstände sind gerade sehr kompliziert.« Sie räusperte sich und festigte ihre Stimme. »Es tut mir leid, dir das sagen zu müssen, aber du bist entlassen. Mit sofortiger Wirkung.«

»Was?« Ich konnte nicht fassen, was Fizzy da sagte.

»Wenn es nur ein paar Flaschen gewesen wären, hätten wir vielleicht darüber hinwegsehen können. Aber wir wissen beide, dass es nicht nur ein paar Flaschen waren. Wir werten das als grobes Fehlverhalten.«

»Ihr feuert mich?« Meine Stimme war so laut, dass sich alle, die sich wieder ihren Mimosas und ihren Frühstücksgesprächen zugewandt hatten, abermals zu uns umdrehten.

Fizzys Lippen kräuselten sich. »Ja.«

Ich drehte mich um und sah Kip an, der immer noch mit verschränkten Armen bei uns stand, als wäre er Fizzys Leibwächter.

»Ihr könnt mich nicht feuern«, sagte ich.

»Wir sollten das nicht hier machen, liebes Mädchen.« Kip berührte mich sanft am Ellbogen. Ohne dass ich mich wehrte, führte er mich in die Küche.

Ich stand unter Schock. Ich hatte Angst gehabt, dass Fizzy mir nicht glauben würde; dass Diara sie davon überzeugen würde, alles sei in Ordnung. Ich hatte sogar überlegt, ob Diara versuchen könnte, mich mit Gewalt zum Schweigen zu bringen. Ich hatte nicht damit gerechnet, gefeuert zu werden.

Ich errötete, als wir an Guillaume vorbeikamen, der uns mit großen Augen anstarrte.

Kip schob mich durch die Tür in die Speisekammer. Fizzy folgte uns mit ihrem unvermeidlichen Kräuterduft.

»Das ist alles ein Missverständnis«, sagte ich, als die Tür der Speisekammer zufiel.

Drinnen war es kühl und dunkel. Meine Schulter stieß gegen ein Regal, auf dem zahllose Mehlsorten lagerten. Es wackelte bedenklich und Kip schnaubte genervt. Er versperrte die Tür mit seinem Körper. Als mir das bewusst wurde, spannten sich die Muskeln in meinen Beinen an.

»Du dachtest bestimmt, du bist wahnsinnig clever«, sagte Fizzy. »Wie du da bei der Inventur immer mal eine Flasche Wein mitgenommen und es dann als Bruchschaden abgetan hast. Den Gästen fünf Flaschen in Rechnung stellen, aber nur vier liefern. Wer merkt das schon? Muss ein hübscher Nebenverdienst für dich gewesen sein. Aber das ist eben auch Betrug.«

Ich starrte sie an. Ehrlich gesagt war ich beleidigt. Das war eine miese Masche. Ich hatte in der Vergangenheit schon einige Manager bei solchen Diebstählen erwischt und sie kurzerhand gefeuert.

»Ich hab' das nicht gemacht!« Ich sagte es zuerst zu Fizzy, aber ihr Gesicht war wie eine Mauer. Ich drehte mich um, meine Stimme wurde flehend. »Kip, ich habe das nicht gemacht.«

Er verzog bedauernd das Gesicht, eine Miene, die er vielleicht seit Jahren professionell aufsetzte.

»Ich fürchte, so ist die Lage«, sagte er.

Fizzy schaltete sich wieder ein. »Ich habe deinen Koffer durchsuchen lassen. Da drin waren zwanzig Flaschen versteckt, im Wert von jeweils fünfhundert bis fünftausend Dollar.«

»Die könnte jeder dort reingelegt haben! Ich war das nicht.«

»Außerdem habe ich deinen früheren Arbeitgeber angerufen«, sagte Fizzy. »Moxham hat sich vielleicht nie die Mühe gemacht, Referenzen über dich einzuholen, ich aber schon.«

Ihre Lippen verzogen sich zu einem zynischen Lächeln. Ich hätte ihr am liebsten eine reingehauen.

»Ein sehr seltsames Telefonat«, sagte sie. »In Hongkong hatten sie keine Ahnung, warum du einfach ohne Vorankündigung abgehauen bist. Sie checken ihre Unterlagen, um sicherzugehen, dass nichts fehlt.«

Ich blieb ganz ruhig und versuchte nicht darauf zu reagieren. In dem Hotel in Hongkong würde man nichts finden. Ich hatte dort nie etwas gestohlen, nie Geld gewaschen, nie die Bilanzen gefälscht. Wenn meine früheren Chefs allerdings tiefer gruben, konnten sie eine Spur entdecken, von Moxham über Shin zu Nathan. Und ich wollte, trotz allem, dass Nathan nichts passierte.

»Dieser Ort hier«, sagte Fizzy, »ist für mich mehr als ein Job, er ist mein Zuhause. Ich könnte nachts nicht schlafen, wenn ich das Gefühl hätte, irgendwas würde hier schieflaufen.«

Die Aussage brachte mein Blut zum Kochen: »Irgendwas läuft hier aber schief. Ich weiß nicht, ob ihr da alle unter einer Decke steckt« – ich warf Kip einen verächtlichen Blick zu – »aber es läuft verdammt schief.«

Kip erhob seine Stimme und redete, als hätte ich nichts gesagt. »Ich fürchte, ich muss die örtlichen Behörden benachrichtigen. Ihre Anstellung hier ist mit sofortiger Wirkung beendet.«

»Kip, ihr Funkgerät«, sagte Fizzy und deutete darauf.

»Wenn Sie so freundlich wären, es für mich abzunehmen ...« Er streckte die Hand aus, hielt aber kurz vor meiner Taille inne.

Ich nahm das Funkgerät ab, knüllte es zusammen und warf es zu ihm. »Da ist es! Ich bin so was von weg. Es gibt keinen Ort auf dieser Welt, an dem ich weniger sein möchte als auf dieser gottverlassenen Scheißinsel.«

Fizzy stieß ein kehliges »Hrm« aus. Einen Augenblick lang sah sie unglaublich zerbrechlich aus. »Wir sollten sie festsetzen.«

»Wir bringen Sie in meinem Gästezimmer unter, bis sich der Sturm gelegt hat«, sagte Kip.

»Was? Soll ich jetzt hier eingesperrt werden?« Gott, es gab keinen Ausweg. Ich war ihnen völlig ausgeliefert.

»Zimmerservice«, sagte er einladend. »Ein schönes, weiches Bett.«

»Das ist mehr, als du verdienst.« Fizzy sah mich an, als wäre ich Schmutz auf ihren Designerschuhen.

»Kommen Sie jetzt.« Kip streckte eine Hand aus, als wollte er mit mir spazieren gehen.

Ich wich zurück. »Fassen Sie mich verdammt noch mal nicht an.«

Er kam wieder auf mich zu, diesmal ohne zu lächeln.

Ich geriet in Panik. Diese Leute sollten mir vom Leib bleiben. Ich griff wahllos in die Regale um mich herum und schleuderte eine Tüte Mehl in seine Richtung. Sie zerplatzte an seiner Schulter.

Durch den Schock stolperte er zur Seite. Ich nutzte die Gelegenheit, um die Tür aufzumachen und aus der Küche zu fliehen, vorbei an Guillaume, der mir etwas hinterherrief.

Draußen regnete es noch heftiger als zuvor. Ich konnte kaum etwas sehen. Trotzdem rannte ich los, ohne zu wissen, wohin.

Wenn ich zurück in mein Zimmer im Personaldorf liefe, würden sie mich dort finden. Mich einsperren. Oder noch schlimmer.

Ich lief den gepflasterten Weg am Hauptstrand nach Westen. Wenigstens hatte ich hier festen Boden unter den Füßen und keinen Schlamm.

Ich musste mich irgendwo verstecken.

Ich musste weg von Kip, Fizzy und Diara.

Das sind alles Verräter, du wirst schon sehen.

Gab es auf dieser Insel noch irgendjemanden, dem ich vertrauen konnte?

38

Als ich Bradys Villa endlich erreichte, klapperten meine Zähne so stark, dass sie mir aus dem Schädel zu fallen drohten. Ich lehnte mich gegen eine heftige Windböe und hämmerte an seine Tür.

Was, wenn er nicht da war? Ich konnte mich nicht erinnern, ihn im Restaurant gesehen zu haben, aber vielleicht war er dort eingetroffen, als ich gerade gegangen war. Ich klopfte wieder, und die Tür schwang auf. Brady war nur mit einem Handtuch bekleidet. Sein Haar war genauso nass wie meines, die Tropfen auf seiner nackten Brust glitzerten, aber im Gegensatz zu mir sah er frisch und warm aus.

»Kann ich reinkommen?«

Überrascht musterte er mich von oben bis unten. »Du bist ja völlig durchnässt.« Er hielt mir die Tür auf. »Ich hol' dir ein Handtuch.«

Ich trat ins Haus und tropfte sofort den Kachelboden voll. Ängstlich warf ich einen Blick hinter mich, suchte in der trüben Landschaft nach Anzeichen dafür, dass mir jemand gefolgt war. Brady flitzte – das Handtuch um die Hüften festhaltend – die Treppe hinauf, wobei er zwei Stufen auf einmal nahm. Ich schloss die Haustür. Das Einrasten des Schlosses gab mir ein Gefühl von Sicherheit.

Als Brady wiederkam, trug er einen Bademantel und bot mir ebenfalls einen an. Ich hatte den Impuls, einen Witz zu machen – *Ich sollte diese nassen Klamotten ausziehen* –, aber ich war zu sehr neben der Spur, um zu flirten.

»Etwas zum Aufwärmen?«, fragte er. »Bloody Mary?«

Es war gerade mal neun Uhr morgens, aber durch den Sturm schien die Zeit ihre Bedeutung zu verlieren. Während Brady unsere Drinks mixte, ging ich in das Badezimmer im Erdgeschoss. Ich zog mir die Jacke und meine restliche Kleidung aus und hängte sie zum Trocknen über die Duschtrennwand. Der Bademantel fühlte sich himmlisch weich auf meiner kühlen Haut an. Er war mit einem Schlüssellogo und der Aufschrift *Keeper Island – Unser kleines Geheimnis* bestickt. Wenigstens hatte ich aufgehört zu zittern.

Als ich wieder ins Wohnzimmer kam, rollte ich mich auf dem weißen Sofa ein – das gleiche Modell, das auch in allen anderen Villen stand. Verstört nippte ich an meiner Bloody Mary, aber als ein Tropfen davon auf meinen Bademantel fiel, stellte ich das Getränk weg. Es erinnerte mich zu sehr an Blut.

»Soll ich dir was Lustiges erzählen?«, fragte ich.

Brady saß im Sessel und blickte durch die riesigen Panoramafenster auf das tobende Meer. Die Wellen brachen über die Felsen, weiße Gischt flog auf. Das unaufhörliche Donnern des entfesselten Meeres schnürte mir die Kehle zu.

Er schaute mich an. »Klar.«

»Ich bin heute gefeuert worden.« Ich versuchte ein »Shit happens!«-Grinsen, aber es gelang mir nicht.

»Was? Wie das denn?«

»Lange Geschichte.«

»Du bist verdammt gut in deinem Job, sie können dich nicht feuern.«

Bradys Faust schlug auf die Armlehne seines Sessels. Es rührte mich, wie empört er wirkte. »Ich werd' mit Kip reden. Der wird sich das noch mal überlegen.«

Ich schüttelte den Kopf. »Wird er nicht.« Als Brady etwas erwidern wollte, unterbrach ich ihn. »Kann ich mir kurz dein Telefon ausleihen?«

Ohne zu zögern, entsperrte er sein Handy und warf es mir zu. Mir entging die Ironie nicht: Noch vor einer Woche hatten mich Andrews Nachrichten auf seinem Telefon umgetrieben, und jetzt erschien das alles bedeutungslos im Vergleich zu Diaras Betrug und der Tatsache, dass Kip und Fizzy gemeinsame Sache machten.

Ich wählte die einzige Nummer, die ich auswendig kannte, und hielt das Telefon an mein Ohr. Es klingelte, dann ging die Mailbox dran: »Hallo, hier sind Allie und Flora, hinterlasst uns eine Nachricht oder schickt uns einfach eine SMS, wie normale Menschen.«

Ein Schluchzen stieg in meiner Kehle auf, als ich die Stimme meiner Schwester hörte. Ich wollte von ihr umarmt werden. Ich wollte ihr alles erzählen und die Wärme ihres Mitgefühls spüren. Ich wusste aber auch, dass ihr die Wahrheit schreckliche Angst einjagen würde.

»Hallo, ihr Lieben, ich bin's«, sagte ich in meinem fröhlichsten Tonfall. »Ich hoffe, alles ist schön bei euch in London. Wir hören uns bald.« Meine Stimme blieb mir in der Kehle stecken. »Hab' euch lieb.«

Ich legte auf, bevor ich zu weinen anfing. Als ich mein Gesicht verbarg, ließ ich das Handy aus Versehen zwischen die Sofakissen fallen. Brady setzte sich neben mich.

»Hey, hey, ist alles in Ordnung?« Er legte seine Arme um mich.

Ich wehrte mich ein paar Sekunden lang gegen seine Umarmung, drückte meinen Ellbogen fest gegen seine Rippen. Doch er umarmte mich fester und ich fiel in ihm zusammen. Meine Tränen und mein Rotz benetzten den Kragen seines Bademantels. Ich weinte und weinte, bis nur noch trockene Schluchzer kamen.

»Du scheinst ja eine ganze Menge aufgestaut zu haben«, sagte Brady leise.

»Du machst dir keine Vorstellungen.«

Wir saßen lange Zeit so auf dem Sofa und lauschten dem Tosen des Sturms. Trotz meines emotionalen Zustands genoss mein Körper Bradys Nähe. Ich wischte die letzten Tränen weg und lehnte mich an seine Brust. Das stetige Auf und Ab seines Atems beruhigte mich.

Der Bademantel hatte sich an meinem Körper verdreht und etwas geöffnet, sodass mein nacktes Bein herausschaute. Bei unserer Umarmung hatte Brady mein Knie gestreichelt, eine zarte Liebkosung. Jetzt wanderte seine Hand meinen Oberschenkel hinauf, seine Lippen streiften meine Schläfe. Ich zögerte. Ich sah das Grün in seinen Augen verschwommen aus dieser Nähe und wandte ihm mein Gesicht zu.

Tip, tip, tip.
Das Geräusch ließ mich aufschrecken.
Tip, tip.
Jemand war an der Haustür.
»Mach nicht auf«, sagte ich.

Brady schaute mich fragend an. Ich drückte mich näher an ihn ran und küsste ihn heftig.

»Bleib hier«, murmelte ich.

Das Tippen an der Tür ging in ein Klopfen über. »Brady, lassen Sie mich rein.« Es war Kip.

Brady war sichtlich verwirrt. »Mach dir keine Sorgen, ich schüttel' ihn ab.« Er gab mir einen Kuss auf die Lippen und stand vom Sofa auf.

Ich packte ihn am Bademantel. »Wenn du jetzt aufmachst, bin ich am Arsch.«

»Ich kann ihn doch ansprechen auf ...«

»Hör mir zu. Die denken, ich hätte was Falsches gemacht, aber das hab' ich nicht. Glaubst du mir?«

»Natürlich.« Mit einer halben Drehung befreite er sich aus meinem Griff.

Während er zur Tür ging, warf ich mich auf den Boden und krabbelte außer Sichtweite.

»Hallo, Sir!«

»Entschuldigen Sie die Störung«, sagte Kip. (Ich konnte ihn

nicht sehen, aber ich stellte ihn mir vor, wie er da in Regenkleidung stand und wie ein Angler aussah.) »Sie haben nicht zufällig Lola gesehen, oder? Unsere wunderbare Managerin.«

Ich hielt den Atem an, presste meine Wange gegen den Stoff der Sofalehne.

»Was ist denn los?«, fragte Brady.

»Es gibt da nur eine Kleinigkeit, die wir klären müssen.« (Ich stellte mir vor, wie Kip seinen Kopf durch die Tür streckte, um einen Blick in die Villa zu werfen.) »Ich dachte, sie hätte Ihnen vielleicht einen Besuch abgestattet.«

Meine Hände auf dem kalten Fliesenboden ballten sich zu Fäusten. Das war er: der Moment, in dem Brady mich verraten würde. Was bedeutete ich ihm? Reiche Leute hielten doch immer zusammen. Ich schaute zur Seite in Richtung der Glastüren, die hinaus zum Strand führten. Sollte ich jetzt hinausrennen? Zurück in den Sturm?

»Ich hab' sie nicht gesehen«, sagte Brady.

»Sind Sie sicher?«

»Ich bin ganz allein hier.«

»Also, im Restaurant ist gerade viel los, wenn Sie ein bisschen Gesellschaft brauchen ...«

»Vielleicht später.«

Ich atmete tief aus und sank gegen die Rückenlehne des Sofas. Brady hatte sich für mich eingesetzt.

»Wenn Sie das Mädchen sehen, sagen Sie mir aber Bescheid«, sagte Kip. »Unter uns gesagt, sie hat psychische Probleme und braucht Hilfe.«

Hitze stieg mir ins Gesicht. Psychische Probleme?

Brady und Kip verabschiedeten sich und die Tür fiel ins Schloss. Als Brady wiederkam, half er mir auf.

»Willst du mich aufklären?«

»Ich bin nicht verrückt«, sagte ich. »Die sind verrückt! Sie haben es auf mich abgesehen.«

Bradys Augenbrauen wanderten hoch bis zur Stirn.

»Ich weiß«, sagte ich, »genau das würde eine Verrückte sagen. Aber du musst mir vertrauen.«

Bradys Hand hielt meine immer noch fest. Er hob sie hoch und küsste meine Handfläche. Unwillkürlich spürte ich ein Zittern in den Beinen.

»Ich vertraue dir«, sagte er. »Aber jetzt musst du mir auch vertrauen. Sag mir, was hier los ist.«

~

Brady machte noch mal zwei Bloody Marys. Ich kippte meinen Drink gedankenlos runter, bevor mir einfiel, dass es vermutlich besser wäre, wenn ich nüchtern bliebe.

Draußen hörten wir einen Knall. Ich schrak auf.

»Das ist nur der Sturm«, sagte er.

Scheiße. Ich war immer noch ganz aufgekratzt von meiner Beinahe-Konfrontation mit Kip.

»Glaubst du, er kommt noch mal wieder?«

»Nein, du bist sicher.«

»Ja ... ja, wahrscheinlich hast du recht.«

Der gegen das Fenster peitschende Regen sah von drinnen aus wie Rauch. Ich zitterte. Ich wollte runter von dieser Insel, aber heute konnte ich unmöglich hier weg. Ich musste warten, bis sich der Sturm gelegt hatte.

Brady reichte mir einen weiteren Cocktail. Ich nippte diesmal nur daran, genoss die Wärme, die sich wieder in meinem Bauch ausbreitete, und zwang mich, ein paarmal tief Luft zu holen. Hier würde mich niemand suchen. Hier war ich sicher. Wir setzten uns wieder aufs Sofa, so nahe beieinander, dass sein Bein gegen meines drückte.

Brady sah mich mit durchdringenden Augen an. »Das hat alles mit diesem Moxham zu tun, stimmt's?«

Ich atmete tief durch. »Ich glaube, Moxham und Tessa sind beide ermordet worden.«

Meine Erzählung war ein völliges Durcheinander, aber Brady hörte aufmerksam zu.

»Er hat Leute erpresst ...«, sagte er. »Mein Kumpel Andy hat also recht gehabt.«

»Andy?« Ich tat so, als wüsste ich nicht, von wem er sprach.

»Er kommt regelmäßig nach Keeper Island. Durch ihn habe ich auch Kip kennengelernt. Als ich Andy vor ein paar Monaten in Manhattan getroffen habe, hat er mir diese verrückte Geschichte erzählt, dass ihn jemand auf der Insel mit einem Mikrofon aufgenommen hat, während er betrunken war.«

Ich nahm einen Schluck von meinem Cocktail und wischte mir den Mund ab.

»Und jetzt gibt es wohl diese Aufnahme, die angeblich ein Geständnis sein soll«, sagte er, »aber das ist alles Blödsinn, verstehst du? Der Kerl hat ihm den Text vorgegeben und dann behauptet ... ich weiß nicht mal, was er behauptet hat.«

Als ich Brady erzählte, worum es bei Andrews Geständnis ging, machte er große Augen.

»Wow, ich wusste ja, dass Andy Geld bezahlt hat, aber ... oh Mann, hat er das wirklich gemacht?« Er schüttelte den Kopf. »Ich weiß gar nicht mehr, was ich glauben soll.«

»Moxham hat da ein ziemlich ausgeklügeltes System am Laufen gehabt«, sagte ich.

»Tja, auf jeden Fall hat er nicht versucht, mich zu erpressen.« Brady rieb sich das Gesicht. »Wahrscheinlich bin ich ihm zu langweilig.«

»Ich glaube, der Mörder ... Ich glaube, es war jemand, der Moxham nahegestanden hat.« Trotz allem, was bisher passiert war, wollte ich Diaras Namen nicht aussprechen.

»Nicht jemand von denen, die er erpresst hat?«

»... Ich weiß überhaupt nichts mehr.« Der Alkohol hatte mir den

Verstand benebelt. War Diara für Kip so wichtig, dass er sie decken würde? Hatte ich die Puzzleteile richtig zusammengesetzt?

Brady legte seinen Arm über die Lehne des Sofas. »Wo ist das ganze Beweismaterial?«

»Lange Geschichte.«

»Weiß die Polizei schon davon? Ich könnte ein paar Leute anrufen. Ich weiß nicht, ob das NYPD hier unten irgendwas zu melden hat, aber wir könnten uns zumindest beraten lassen.«

Ein Teil von mir wollte jemand anderen die Sache übernehmen lassen, die Last auf andere Schultern abladen. Aber welche Zuständigkeit würde das NYPD hier schon haben? Brady war entweder naiv oder arrogant. Immerhin war er auf meiner Seite. Wir verfielen in Schweigen. Er zog mich zu sich heran, und es war beruhigend, mich in seine Arme zu schmiegen. Endlich fühlte ich mich warm, waren meine Haare trocken und meine Muskeln entspannt.

»Sobald sich der Sturm gelegt hat, müssen wir dich hier wegbringen«, sagte Brady.

»Glaub mir, das seh' ich auch so.«

»Sag mir einen Ort«, sagte er. »Ich bezahle dir das Ticket.«

Es klang verlockend. Einfach den nächsten Flug nehmen nach ... Singapur. Kapstadt. Medellín.

»Oder komm einfach nach New York«, sagte er, nahm meine Hand und drückte sie.

»Was soll ich in New York?«

»Was immer du willst.«

Ein mulmig-euphorisches Gefühl überkam mich. Ich zog meine Hand von ihm zurück und nahm einen weiteren tiefen Schluck aus dem, wie sich herausstellte, leeren Glas. Das Zimmer drehte sich. Alles fühlte sich unwirklich an. Vielleicht lag es an den Cocktails, vielleicht auch nicht. Mein richtiges Leben war in Hongkong gewesen. Das hier, das Hier und Jetzt, das war etwas anderes. Ich strampelte hilflos auf offenem Wasser. Und es war kein Land in Sicht.

Draußen zuckte ein Blitz.

Brady schob sich näher an mich heran, groß und fest, wie er war. Vielleicht würde er das Land sein, das ich brauchte. Zumindest für den Moment.

Sein erster Kuss war leicht wie eine Feder. Er roch nach Lebkuchen, und er war warm. So warm.

»Im Ernst«, sagte er. »Ich will mit dir zusammen sein.«

Diesmal küsste ich ihn, inniger als zuvor, und ich ließ meine Lippen an seinen Hals wandern. Seine Haut war salzig.

Ich könnte eins von diesen Mädchen sein, dachte ich. Eins, das einem Mann an einen neuen Ort folgte und dann sein Leben schmückte. So hatte meine Mutter ihre glücklichsten Jahre verbracht, hatte ein Zuhause für einen Mann geschaffen, der fast nie da war. Zuhause. Ich hatte ein wahnsinniges Verlangen, zu Hause zu sein. Ich wusste nur nicht, wo dieses Zuhause sein könnte.

»Du wirst es lieben.« Seine Stimme war rauchig, seine Hände spielten mit meinem Haar. »Die Stadt der Lichter.«

»Das ist Paris.«

»Gut. Dann eben der Big Apple.«

Ich drückte mich an seine Brust. Jede Trennung zwischen uns schien mir unerträglich. Unter dem weichen Bademantel konnte ich seine Muskeln spüren.

Ich legte meine Lippen auf die Stelle unter seinem Schlüsselbein, öffnete den Mund und tat, als würde ich hineinbeißen. Ich spürte, wie seine Haut nachgab.

Zitternd holte Brady Luft. »Mach das noch mal. Aber richtig.«

Diesmal biss ich zu.

39

Blinzelnd wachte ich auf. Das Sonnenlicht stach mir in die Augen, also schloss ich sie wieder. Ich drehte mich um, weg vom Licht, und stieß gegen seinen harten Körper.

Mit geschlossenen Augen atmete ich Nathans Geruch ein.

Nein. Falsch.

Ich blinzelte wieder und erinnerte mich, wo ich war. Es war Brady, sein blondes Haar und sein regloses, schlafendes Gesicht, in das ich schaute. Ich wandte mich ab, streckte meine Glieder. In meiner Benommenheit hatte ich das Gefühl, als schwankte das Bett auf dem Meer.

Draußen tobte der Sturm noch immer; der Wind heulte, die Wellen krachten. Die Sonne schimmerte durch die offenen Vorhänge, als würde sie gegen den Sturm ankämpfen.

»Hunger?« Bradys Augen waren nur Schlitze. Er zog mich zu sich heran.

Vorhin war ich in ihm versunken, jetzt passten unsere Glieder nicht richtig zusammen. Ich wandte mich von ihm ab und setzte mich im Bett auf. Schweißtropfen kitzelten mich am Haaransatz.

»Wie spät ist es?«, fragte ich. Wie lange hatte ich geschlafen?

Brady griff nach seinem Handy. »Fast vier.«

»Am Nachmittag?«, sagte ich dümmlich. Es kam mir vor, als wären ganze Tage vergangen, aber es war erst ein paar Stunden her, dass ich gefeuert worden war. Gott, war ich immer noch betrunken? Ich ließ mich in die Kissen fallen.

Brady begann meinen Hals zu küssen. »Ich. Bin. Am. Verhungern.«

»Dann iss was.«

»Ich will Rippchen.« Er drückte seine Daumen in die Haut unter meinen Brüsten, ich spürte sein gehauchtes Lachen heiß an meinem Schlüsselbein.

Ich drehte mich von ihm weg. Es half nichts. Was auch immer wir zuvor für eine Fantasie geschaffen hatten, verflüchtigte sich. Ich mochte Brady, aber wir wussten doch beide, dass diese Sache mit uns nicht echt war? Echt war der Mörder da draußen, der mich im Visier hatte.

Er gähnte, ohne sich den Mund zuzuhalten. »Ich geh' dann mal duschen. Dann können wir frühstücken. Abendessen, was weiß ich.«

Ich antwortete nicht. Dieses Geturtel ging mir langsam auf die Nerven. Das Bett erzitterte unter mir, als Brady aufstand und ins angrenzende Bad ging. Ich kämpfte mich aus dem Bett, nackt wie ich war, und hinterließ ein Knäuel aus weißen Bettlaken. Es war stickig hier drin. War die Klimaanlage ausgeschaltet?

Ich ging zu den Glastüren, um auf die Veranda zu gehen und frische Luft zu schnappen. Als ich die Tür öffnen wollte, schlug ein Windstoß sie wieder zu. Die Vorhänge blähten sich. Sie waren aus weichem, cremefarbenem Stoff, aber mein Zeh stieß gegen etwas Festes. Als ich nach unten schaute, rechnete ich damit, eine Uhr oder einen Schmuckgegenstand zu sehen, aber auf dem Boden lag nichts.

Bevor ich begriffen hatte, was ich da tat, zerrte ich an der Unterseite des Vorhangs. Der harte Gegenstand lag nicht auf dem Boden, er steckte im Saum des Vorhangs. Bei meiner Suche nach Moxhams Verstecken hatte ich eines von ihnen übersehen. Als ich vor etwas mehr als einer Woche in der Villa Copper gewesen war, hatte Brady mich bei der Suche gestört; ich hatte nie wirklich zu Ende gesucht.

Einen USB-Stick hatte ich gefunden, aber es war offenbar nicht der einzige, den Moxham hier versteckt hatte. Als ich jetzt am Saum zog, fiel mir ein weiterer in die Hände.

Ein Teil von mir wollte die Tür aufreißen und ihn in den Sturm schleudern. Wozu sollte ich noch mehr von Moxhams Erpressungsgeheimnissen erfahren? Wohin hatte es mich denn gebracht, diese Spur zu verfolgen?

Der andere Teil von mir musste einfach nachsehen. Ich erinnerte mich an das Gespräch mit Tessas Mutter, an ihr qualvolles Schreien. Wie konnte ich diesen Mord ungestraft lassen? Mit diesem zusätzlichen Beweisstück würde ich bestimmt herausbekommen, wer Tessa und Moxham umgebracht hatte.

Mit dem Stick in meiner Faust suchte ich nach einer Möglichkeit, mir den Inhalt anzusehen. Das Tablet! Jede Villa hatte eines.

Mit zwei Stufen auf einmal rannte ich die Treppe hinunter und machte einen kurzen Stopp im Badezimmer im Erdgeschoss. Meine Shorts und T-Shirt, die über der Duschwand hingen, waren trocken, und ich zog sie an. Die Jacke und die Turnschuhe waren immer noch völlig nass, und ich ließ sie zurück.

Das Tablet lag auf dem Wohnzimmertisch. Ich setzte mich und steckte Moxhams Stick in den USB-Port, und ein Browserfenster voller Fotos öffnete sich auf dem Bildschirm. Das erste Bild zeigte etwa ein Dutzend Männer, allesamt jung und stämmig, die vor einem imposanten weißen Gebäude mit einem Säulen-Portal posierten. Hastig wischte ich mich durch die Fotos. Auf manchen von ihnen waren die grünen Rasenflächen eines Campus zu sehen. Ich sah den Aufdruck »Attley College« auf einem Sweatshirt.

Ich blätterte immer schneller durch die Fotos und hielt abrupt inne, als mit einem Mal ein junger Mann mit Grübchen erschien. Brady. Er war glattrasiert, sein blondes Haar kurzgeschnitten. Seine Schultern hatten etwas Steifes, wie er da vor dem blauen Hintergrund posierte. Brady lächelte, aber seine Augen waren leer.

Ich schaute hinüber zur Treppe in dem Bewusstsein, dass Brady – mein Brady, nicht diese jüngere Version – jeden Moment mit dem Duschen fertig sein konnte. Es überraschte mich nicht, dass Moxham auch über ihn Nachforschungen angestellt hatte, aber diese Fotos waren so harmlos. Keine Gewalt. Keine Nacktheit. Kein Sex. Warum hatte Moxham sie überhaupt aufbewahrt? Ich suchte nach Hakenkreuzen oder White-Power-Tattoos, fand aber keine. Irgendwas übersah ich hier.

Als ich die Fotos ein drittes Mal durchging, entdeckte ich auf dem Gruppenfoto jemanden in der hinteren Reihe. Gerade Zähne, brauner Kurzhaarschnitt. Er sah genauso aus wie auf der Website seiner Anwaltskanzlei, nur ein paar Kilo leichter und ein paar Jahre jünger. Andrew Reisslenger.

Unter dem Foto befand sich eine Bildunterschrift. *Bestätigt! Mitglieder der Rites. Geheimgesellschaft von Attley.* Moxham musste einen Screenshot des Fotos aus dem Internet gemacht haben. Ich ging mit dem Tablet online und hatte innerhalb einer Minute die Original-Webseite gefunden.

Mörderischer Geheimbund! Die Wahrheit! Alles echt!

Ich überflog den Text. Ich hatte noch nie von den »Rites« gehört, aber meiner Internet-Recherche zufolge waren sie ein ausschließlich aus Männern bestehender Geheimclub, der am Attley College gegründet worden war. Ihr Einfluss reichte von der Wall Street bis zum Weißen Haus, und ehemalige Rites-Mitglieder verfügten anscheinend über unglaubliche Macht in den Eliten der Welt. Die Webseite deutete eine Verschwörungstheorie an, wobei mir die Situation viel banaler erschien. Natürlich kamen intelligente, ehrgeizige, weiße Männer weiter, wenn sie zusammenhielten. Das war doch nun wirklich nichts Neues.

Allerdings gab es da noch etwas: den mysteriösen Tod von jemandem namens Rory Palmer.

Ein vergrößerter Ausschnitt des Gruppenfotos, den Moxham gespeichert hatte, zeigte diesen Typen, Rory, wie er bucklig im

Hintergrund stand. Eine rote Haarsträhne war sein einziges hervorstechendes Merkmal. Er war anscheinend College-Student, hätte aber auch als Sechzehnjähriger durchgehen können.

Laut der Webseite war Rorys Tod in der Presse als »Folge einer exzessiven Partykultur« bezeichnet worden. Die Todesursache war »ungeklärt« gewesen, obwohl sein Alkoholpegel hoch gewesen war und es Anzeichen gab, dass er an seinem eigenen Erbrochenen erstickt sein könnte. Jemand hatte im Internet den Autopsiebericht in die Finger bekommen, in dem von kleineren Abwehrverletzungen und Schmutzpartikeln in den Atemwegen die Rede war. Niemand wurde jemals angeklagt. *Sie haben einen der ihren getötet und sind damit davongekommen*, schrieb der Blogger.

Der Regen peitschte gegen die Fenster; die Sonne war wieder verschwunden. Im oberen Stockwerk hörte ich Schritte. Ich hielt inne, aber Brady erschien nicht auf der Treppe. Ein Alarmsignal dröhnte in meinem Kopf. *Hau ab. Jetzt.*

Ich wusste aus Andrews Geständnis-Aufnahme, dass sie einem der Anwärter am College Alkohol eingeflößt und ihn lebendig begraben hatten. Vielleicht hatten Rorys Geheimbund-»Freunde« seine Leiche danach ausgegraben, sie saubergemacht und dann so getan, als sei das alles ein tragischer Unfall gewesen. Kein Wunder, dass Andy von Schuldgefühlen geplagt wurde: »*Ich denke jeden Tag daran. An den Blick in seinem Gesicht. Kurz bevor wir ihn ... getötet haben.*«

Wir. Die Rites. Sie alle haben Rory getötet. Also auch Brady?

Ich stand so ruckhaft auf, dass mein Stuhl mit einem Knall umkippte. Vorsichtig schlich ich, mit dem Tablet unterm Arm, ins Bad, um meine Schuhe zu holen. Ich schloss die Tür hinter mir, aber das automatische Licht schaltete sich nicht ein. (War der Strom ausgefallen?) Das Tablet war meine einzige Lichtquelle. Ich fand einen Nachruf auf Rory Palmer. Wenn ich das Jahr seines Todes herausfand, würde ich herausfinden können, ob Brady zu der Zeit in Attley gewesen war.

Meine Turnschuhe machten ein schmatzendes Geräusch, als ich meine Füße hineinschob. Ich konnte mich nicht entscheiden: Sollte ich weiterrecherchieren oder hier endlich abhauen? Wo sollte ich hin? Im Personaldorf würden die Leute nach mir suchen. Mein Freundeskreis auf dieser Insel war auf eine einzige Person zusammengeschnurrt. Beziehungsweise null Personen, wenn Brady mich angelogen hatte.

Auf dem geschlossenen Klodeckel hockend, umgeben von Finsternis, wandte ich mich wieder dem Tablet zu. In Rorys Nachruf – *ein technisches Genie und begeisterter Golfer* – war ein Bild von ihm mit seiner Freundin Jessica zu sehen. (Zitat: »Er hat immer einen Platz in meinem Herzen. Immer.«) Irgendetwas kam mir an ihr seltsam bekannt vor. Dunkles Haar. Blasse Haut. Große Augen.

Rory war vor fünfzehn Jahren gestorben; da war Brady zwanzig gewesen. Wie hieß Bradys Ex-Frau? Ich googlete sie und fand die Heiratsanzeige der beiden. Auf einem Foto sah ich dieselbe Jessica in einem üppigen weißen Kleid und Brady im Smoking.

Er hatte Rorys Freundin geheiratet. Das warf ein unangenehm kaltes Licht ins Dunkel. Hatte Brady Rory absichtlich getötet, um an Jessica ranzukommen?

»Scheiße.« Meine Hände zitterten, als ich mir meine Jacke anzog. Sie war immer noch nass, aber das war mir egal. *Verschwinde sofort von hier.*

Ich drückte die Badezimmertür auf, um dann durch den Flur und aus der Villa zu schleichen.

»Heyyy!« Brady zog mich in seine Arme. »Ich dachte schon, du wärst vor mir weggelaufen.«

Er war nackt und streckte die Brust heraus wie ein Pfau, als er sich zu mir beugte, um mich zu küssen. Instinktiv wandte ich den Kopf ab. »Ich muss ...« Meine Stimme klang dünn. Ich versuchte Brady mit dem Ellbogen wegzuschieben, aber seine Wand aus Muskeln gab nicht nach.

»Wohin willst du?« Brady lächelte breit. »Ich weiß nicht, ob du es bemerkt hast, aber draußen stürmt's ordentlich. Ich glaube, die Dusche ist ausgefallen.«

Ich hielt immer noch das Tablet fest umklammert. Als ich darauf hinabschaute, folgte Brady meinem Blick.

»Du arbeitest doch nicht etwa? Das Beste am Gefeuert-Werden ist doch, dass man nicht mehr arbeiten muss.«

Wie im Scherz nahm er mir das Tablet aus der Hand. Ich versuchte, es rechtzeitig wegzuziehen, aber ich war zu langsam. Das Hochzeitsfoto von ihm und Jessica war groß auf dem Bildschirm zu sehen.

»Was machst du?«

»Nichts.«

»Stalkst du mich etwa?« Brady klang immer noch amüsiert, aber eine Falte war jetzt zwischen seine Augenbrauen getreten.

»Ich war nur ... neugierig.« Ich griff nach dem Tablet, aber er drehte sich von mir weg und klickte sich durch die offenen Browsertabs. »Das war doof von mir. Lass uns zurück ins Bett gehen ... komm ...« Ich versuchte, sexy zu klingen, und fuhr mit den Fingern über seinen Bauch.

»Was zum Teufel?«

Mit einer einzigen Bewegung schmiss er das Tablet auf den Kachelboden. Ich versuchte, es mit einem Lachen abzutun – haha ... richtiger *Hulk Smash* –, aber Brady hatte seine Hände zu Fäusten geballt. Eine tiefe Röte stieg ihm in die Wangen.

»Du machst also da weiter, wo dieses Wiesel aufgehört hat, ja?«

»Nein ...«

»Ich wusste, dass du mit ihm unter einer Decke steckst.«

Er packte mich an den Oberarmen und schüttelte mich so heftig, dass in meinem Schädel alles zu wackeln schien. Er ließ mich los und hob das Tablet vom Boden auf.

»Hast du irgendwelche Beweise? Wenn du dich mit mir anlegst, solltest du besser Beweise parat haben.«

Strauchelnd machte ich ein paar Schritte rückwärts. Bradys

Blick schnellte von dem zerbrochenen Bildschirm hoch zu mir. Etwas hatte sich in seinem Aussehen verändert. Das schöne Gesicht war hässlich geworden. Ich erkannte ihn gar nicht mehr wieder.

Ich warf mich gegen die Tür. Mit einem Handgriff war sie offen. Ein Windstoß traf mich mit voller Wucht, Regen spritzte mir ins Gesicht.

Ich machte zwei stolpernde Schritte, dann rannte ich los.

40

Ich gelangte auf den breiten, gepflasterten Weg, der sich von einer Villa zur nächsten schlängelte. Er war das, was man am ehesten die Hauptstraße von Keeper Island hätte nennen können. Jetzt war sie menschenleer. Ich hatte das beklemmende Gefühl, alle anderen hätten die Insel verlassen und nur noch Brady und ich wären hier.

Ich schaute über die Schulter, um zu sehen, ob er mir folgte. Hinter den vom Regen verschwommenen Gebüschen, die die Villen diskret abschirmen sollten, konnte sich auch Brady verstecken. Ich holte tief Luft und setzte meinen Lauf mit schweren Füßen fort. Mein einziger Vorteil war, dass Brady sich erst würde anziehen müssen, um mich zu verfolgen. Das verschaffte mir einen Vorsprung von ein paar Minuten. Trotzdem war ich mir nicht sicher, ob ich vor ihm wegrennen konnte.

Ich musste an Moxhams gutgelaunte Stimme denken: *»Ich habe da grad einen schönen großen Fisch an der Angel.«* Als er Brady erpressen wollte, musste er gedacht haben, dass er wie sein Freund Andy in Tränen ausbrechen und ihn anflehen würde, nichts davon öffentlich zu machen. Stattdessen hatte Brady ... Ja, was hatte Brady getan?

Die Veränderung gerade eben in ihm war erschreckend gewesen. Innerhalb eines Sekundenbruchteils hatte er sich von sexy zu bösartig verwandelt

Meine Lunge brannte. Ich musste kurz stehenbleiben und mich

keuchend auf meine Knie stützen. Der Regen prasselte gegen meinen Kopf.

Ich hatte gedacht, seine Fußverletzung habe ihm ein Alibi für den Zeitpunkt von Moxhams Mord verschafft, aber jetzt erschien mir das dumm. Er könnte die Verletzung nur vorgetäuscht haben. Er musste Moxham ermordet und es wie einen Unfall aussehen lassen haben. (Der große Mann, den Ethan in der Nähe des Bootshauses gesehen hatte? Brady.) Als ihm klar geworden war, dass auch Tessa ihn in Schwierigkeiten bringen konnte, hatte er auch sie ausgeschaltet. Das erklärte auch sein Erscheinen auf Keeper Peak. (»Ich hab' gerade davon erfahren.« Und wie? Weil er seit Tagen gewusst hatte, dass sie tot war.)

Kein Wunder, dass er heute Morgen so interessiert an meiner Geschichte gewesen war. Er wollte herausfinden, wie viel ich wusste; ob ich eine weitere Komplizin von Moxham war, die er töten musste.

Meine Muskeln schmerzten fürchterlich, die nassen Haare klebten mir im Gesicht. Ich zwang mich, weiterzulaufen. Ein Versteck zu finden. Irgendwo weit weg von Brady. Das war das einzige, was ich jetzt brauchte. Einen Plan konnte ich mir später überlegen.

Ich hatte den Hauptkomplex erreicht. Das Schrägdach des Restaurants ragte vor mir auf, aber die Fensterläden waren geschlossen. Ich rüttelte an der Tür, in der Hoffnung, dass jemand auftauchen und mich reinlassen würde. Ohne Erfolg. Ich rannte um das Restaurant herum zum Büro. Die rosafarbene Tür, die normalerweise offen stand, war zu. Schlimmer noch, sie war verschlossen. Ich warf mich mit meinem gesamten Gewicht dagegen. Ich hatte nicht mal gewusst, dass man diese Tür abschließen konnte.

Scheiße, warum wurde es mir so verdammt schwer gemacht?

Der Wind blies durch die Bäume und schob einen Liegestuhl über das begehbare Vordach. Ich drehte mich um, voller Angst, dass Brady in diesem Moment um die Ecke gerannt kommen würde. Der Liegestuhl krachte so nah neben mir auf den Boden, dass ich heftig zusammenzuckte.

Ich bückte mich, hob einen schweren Stein aus dem Pseudo-Zen-Garten vor der Tür auf und hämmerte ihn gegen den Türgriff. Einmal, zweimal. Es hatte etwas Befreiendes.

Die Tür sprang auf und ich schlich mich ins Büro.

Es fühlte sich gut an, drinnen zu sein, im Trockenen, auch wenn die Tür nicht mehr richtig schloss. Mit dem Ellbogen betätigte ich den Lichtschalter. Es blieb dunkel. Ich ging zur Klimaanlage und legte den Schalter um. Nichts.

Der Strom war definitiv ausgefallen.

Ein Schauer lief mir über den Rücken. Hatte Brady die Stromleitung gekappt? Nein, das war Irrsinn. Es war heiß in dem Schlafzimmer gewesen, als ich eine Stunde zuvor aufgewacht war – damals, als Brady noch ein harmloser, neben mir schlafender Körper gewesen war. Der Sturm musste den Strom lahmgelegt haben.

Ein Lachen drang aus meiner Kehle. Es klang unerwartet laut in dem luftleeren Raum. Ich krümmte mich vor Lachen, es war ein langes, bitter-schrilles Gackern.

Ich war am Arsch. Ich war so dermaßen am Arsch. Kein Strom. Kein Weg runter von der Insel. Und ein Mörder, der hinter mir her war.

Das Adrenalin vom Rennen ließ langsam nach. Mit meiner letzten Kraft schob ich einen der Schreibtische vor die Tür, sodass er sie versperrte.

Hoffentlich würde das Brady aufhalten, wenn er überhaupt zu diesem Büro käme.

Das Regenwasser auf meiner Jacke spritzte, als ich mich in Fizzys Stuhl fallen ließ. Mein Blick fiel auf das Festnetztelefon.

Gott, warum hatte ich nicht schon früher die Polizei gerufen? Ich hatte mich darauf verlassen, dass Diara ihre Tante bei der Polizei kontaktieren würde ... falls es diese Tante überhaupt gab. Ich hatte nur an mich gedacht. In der moralischen Grauzone, in der ich mich in Hongkong bewegt hatte, war die Polizei nur dann von Nutzen gewesen, wenn man sie hatte kaufen können. Ich hatte den Einfluss von mächtigen Männern wie Kip und seinem Polizeichef-Kumpel Gordon Howell gefürchtet. Ich hatte nicht gewusst, wem ich trauen konnte.

All das schien mir jetzt wie eine schlechte Ausrede. Ich hätte an dem Morgen, an dem Moxhams Leiche entdeckt worden war, mit der Polizei sprechen sollen. Scheiß auf Kips Wunsch nach Diskretion.

Als ich den Hörer an mein Ohr hielt, gab es kein Freizeichen.

»Scheiße!« Ich schleuderte den Hörer quer durchs Zimmer. Die Telefonschnur zog sich in die Länge, bevor er gegen den anderen Schreibtisch krachte.

Eine Sekunde später sah ich Fizzys Arbeitshandy, das fein säuberlich neben einem rosa gesprenkelten Kristall auf ihrem Schreibtisch lag. Gott sei Dank. Mit dem Code 1-2-3-4 entsperrte ich das Telefon. Ich wurde fast ohnmächtig vor Erleichterung. Es hatte noch 8 Prozent Akku (*Sofort anschließen*) und einen Balken Empfang. Das war alles, was ich brauchte.

Ich hämmerte die 9-9-9 ins Telefon, obwohl ich mir nicht sicher war, ob das die richtige Nummer auf den Jungferninseln war. Das muss man sich mal vorstellen: so dumm zu sein, dass man nicht weiß, welche Nummer man wählen soll, wenn man von einem Mörder gejagt wird.

»Was ist Ihr Notfall?«, fragte eine Stimme mit einem beruhigenden Jungferninsel-Akzent.

Ich presste eine Faust gegen meine zitternde Brust. Diese Frau mit ihrer honigsüßen Stimme würde mich retten.

»Jemand ist hinter mir her. Ich muss von dieser Insel verschwinden.«

»Wo befinden Sie sich?« Die Stimme der Frau war leise geworden und wurde übertönt von einem Knistern.

»Keeper Island. Ich brauche ein Boot. Können Sie ein Boot schicken?«

»Es fahren keine Boote.«

»Aber ... für Notfälle. Es muss doch etwas geben. Dieser Mann ist ein Mörder.«

»Sie sagen, da ist ein Mann«, sagte sie, und ich konnte sie tippen hören. »Kennen Sie den Namen dieses Mannes?«

»Brady Calloway. Aber ich glaube, es ist nicht nur er. Kip Clement ist darin verwickelt. Ich weiß es.«

»Kip Clement?«

Ich erschrak darüber, wie sich ihre Stimme veränderte. *Kip hat nach Hurrikan Irma vielen Leuten geholfen ... Kip ist wichtig für uns.* Das hatte Diara gesagt.

Ich hörte ein Pfeifen in der Leitung, gefolgt von Stille.

»Hallo?« Ich sprang von meinem Stuhl auf. »Hallo!«

»Ja, Madam, ich höre Sie.«

Das Telefonsignal schien stärker zu sein, jetzt, da ich stand, neben einem Fenster. Ich suchte die Umgebung draußen nach Brady ab.

»Es hat einen Mord gegeben. Zwei Morde.«

»Jemand ist getötet worden?«

»Mike Moxham. Sie haben gesagt, es sei ein Unfall gewesen, aber es war Mord.«

»Mike Moxham?« Ihre Stimme war neutral, aber wieder waren die Tippgeräusche zu hören. »Sind Sie jetzt bei dem Verstorbenen?«

»Nein, das war vor zwei Wochen. Aber noch jemand ist vor ein paar Tagen gestorben. Tessa ...« Gott, ich erinnerte mich nicht mal an ihren Nachnamen. »Ich sage Ihnen, hier läuft ein Mörder frei herum.«

»Madam, ich verstehe Sie nicht.«

Draußen war ein Geräusch zu hören. Ein dumpfer Schlag, gefolgt von einem Knacken. Mein Gott, das war er. Er war da.

»Ich brauche ein Boot!«

»Wir bekommen stündlich neue Wetterdaten.« Zum ersten Mal war ein Hauch von Verärgerung in der Stimme der Frau zu hören. »Sobald die Boote fahren können, werden die Boote fahren.«

»Wann? Ich brauche jetzt eins!«

»Madam, ich weiß, dass Sie angespannt sind, aber es gibt im Moment viele andere Notfälle.«

»Das bringt mir gerade einen verdammten Scheiß!« Meine Stimme klang schrill. Wenn Brady draußen war, dann hatte er mich jetzt gehört.

»Bitte fluchen Sie nicht.«

Ich hockte mich hin und kroch unter den Schreibtisch. »Er könnte jeden Moment hier sein.«

»Wo sind Sie verletzt? Was hat er Ihnen angetan?«

»Nichts – noch nicht. Aber dieser Kerl ist ein Scheiß-Hulk.«

»Madam, ich bitte Sie, fluchen Sie nicht.«

Das Knistern fing wieder an. Ich konnte sie kaum hören.

»Ich habe nicht Sie angeflucht.« Ich grub meine Nägel in meine Handfläche. »Ich habe ganz allgemein geflucht. Scheiße, Scheiße, Scheeeeiiße.«

Ich erwartete, dass sie mich wieder tadeln würde. Es war beruhigend, wie wenn man in der Schule Aufmerksamkeit bekam, wenn man unartig war.

»Hallo?«, sagte ich ins Telefon.

Es war kein Knistern mehr zu hören. Nur Stille.

»Hallo!«

Nichts.

Unter dem Schreibtisch war es schmutzig, und an der Unterseite hingen die Überreste eines Spinnennetzes. Ich hielt mir weiter das Handy ans Ohr und hoffte, die Frau mit der Honigstimme würde sich wieder melden. Aber das einzige Geräusch war das Heulen des Windes.

Es würde kein Rettungsboot kommen und mich holen. Selbst wenn die Polizei meine bruchstückhafte Geschichte glaubte, konnte sie nichts tun. Als ich das Telefon von meinem Ohr nahm, blinkte eine Meldung auf - *Abschaltwarnung* - und es wurde schwarz.

Ich konnte nicht atmen. Der Raum wurde kleiner und kleiner und kleiner. Und ich mit ihm.

41

Seltsamerweise war es der Geruch von Salbei, durch den ich wieder zu mir kam. Wofür benutzte Fizzy den noch mal? Um Räume von schlechter Energie zu reinigen?

Ich holte tief Luft. Allie war jemand, der ein Bündel Salbei anzündete, es umherschwenkte und dann hoffte, es würde auf magische Weise alles Schlechte abwehren. Allie. Ihr Gesicht erstrahlte in meinem Kopf. Trotz meiner Verzweiflung musste ich mich daran erinnern, dass es ein Leben jenseits dieser Insel gab.

Es rasselte immer noch bei jedem meiner Atemzüge etwas, aber mein Herzschlag hatte sich beruhigt. Die Wände kamen nicht mehr näher.

Ich rappelte mich auf und kramte in Fizzys Schreibtischschubladen nach etwas Brauchbarem. Ich fand leider keinerlei Waffen, nur eine lange Taschenlampe. Aber es würde bald dunkel werden und ich würde sie brauchen.

Um jeden Preis wollte ich von dieser Insel verschwinden.

~

Ich schob das kleine Segelboot aus dem Bootshaus. Es war schwerer, als ich erwartet hatte, und ich war noch immer völlig außer Atem von dem langen Lauf vom Büro hierher. Der Regen war in meine Jacke gedrungen, und ich war durchnässt und zitterte. Der Regen schien jedoch etwas nachgelassen zu haben. Das versuchte ich mir zumindest einzureden. In der letzten halben Stunde hatte ich keinen Donner mehr gehört.

Es waren nur zwei Meilen bis zur benachbarten Virgin Gorda. Nur zwei Meilen musste ich segeln, um in Sicherheit zu gelangen.

Ich warf einen Blick über meine Schulter. Ich war so nervös, dass ich eine im Wind wiegende Palme für einen Mann hielt, der auf mich zurannte. Mit einem Blinzeln war die Täuschung verschwunden.

Ich musste mich beeilen.

Es gab eine Metallrampe, auf der ich das Dinghy an die Wasserlinie schieben konnte. Das Meer war ein einziges aufgewühltes Grau; der Himmel verdunkelte sich. Eine Windböe ließ das neongelbe Segel des Bootes wild herumschlagen. Ich klammerte mich an das Seil, aus Angst, das Boot könnte ohne mich davonschwimmen. Ich war bisher genau einmal gesegelt. Und gekentert.

Was zum Teufel dachte ich mir dabei? Meine Chancen, die andere Insel zu erreichen, waren genauso groß, wie zu ertrinken.

Das Seil zerrte an meinen Fingern und schnitt mir in die Handfläche. Am stürmischen Himmel verschmierte ein giftig aussehendes Gelb den Horizont; es war beinah schon Sonnenuntergang. Ich sackte gegen den roten Rumpf des Bootes und versuchte mir angestrengt einen Plan B zu überlegen. (Ein Versteck suchen? Zurück ins Büro rennen?) Mit meiner freien Hand schaltete ich die Taschenlampe ein.

»Lola!«

Ich drehte mich um, und da sah ich ihn im Licht der Taschenlampe stehen.

»Baby, ich habe überall nach dir gesucht.«

Seine Zähne blitzten weiß auf, sein Lächeln war spöttisch. Brady.

Er stand im Bootshaus, fünfzehn Meter von mir entfernt. Und er kam immer näher.

Ich stolperte rückwärts die Rampe hinunter und stürzte ins Meer. Alle anderen Fluchtwege waren mir versperrt.

Ich kletterte in das Boot. Eine Woge hob es hinaus aufs Wasser. Meine Finger rutschten an der Taschenlampe ab, aber ich bekam sie noch zu fassen. *Zzzzt.* Das knisternde Geräusch von Strom. Ich hatte aus Versehen einen anderen Knopf gedrückt. Das war nicht nur eine Taschenlampe. Es war auch ein Taser.

Ich fuchtelte damit in der Luft herum – ich könnte Brady tasern –, aber das Boot schaukelte unter mir wild umher. Um nicht umzufallen, klammerte ich mich am Mast des Dinghys fest und ließ mich von den Wellen aufs Meer reißen.

Brady erreichte die Rampe. Seine Schuhe wurden von einer Welle überspült und er wich zurück wie eine scheue Katze. Meine Brust füllte sich mit einem Gefühl der Erleichterung.

Zwei Meilen. Nur zwei Meilen musste ich schaffen.

Das Segel blähte sich auf und das Boot schoss voran, aber nur eine Sekunde später brach eine Welle über den Schiffsrumpf. Ein Schwall eiskalten Wassers klatschte mir ins Gesicht.

Wenigstens war ich unterwegs. Nur zwei Meilen.

Das Segel versperrte mir die Sicht. Ich riss am Ruder, aber es schien nichts zu bewirken.

Noch eine Welle erwischte mich von der Seite. Die Taser-Taschenlampe flog mir aus der Hand und war sofort verschwunden.

Das Boot kippte um.

Scheiße.

Wie toter Ballast fiel mein Körper ins Wasser. Die Kälte war überwältigend. Nadeln stachen überall in meine Haut.

Die Strömung zog mich unter Wasser, selbst als ich mit den Armen und Beinen strampelte. Um mich herum sah ich nichts als eine Mischung aus Blau und Grau.

Konnte ich zwei Meilen schwimmen? Ich war mir nicht mal sicher, ob ich zehn Meter schwimmen konnte. Ich riss meinen

Körper hoch und durchbrach die Wasseroberfläche mit einem schweren Keuchen.

Ich trat im Wasser umher.

Wie durch ein Wunder spürte ich mit einem Mal Sand unter meinen Füßen. Taumelnd stellte ich mich aufrecht hin. Die Flut musste mich wieder zurück ans Ufer getrieben haben.

Meine Augen brannten noch immer vom Salzwasser. Ich konnte nichts sehen, konzentrierte mich nur aufs Atmen. Sauerstoff! Ich liebte Sauerstoff. Ich konnte mir nichts Schöneres vorstellen, als nicht mehr unter Wasser zu sein.

Er packte mich am Genick wie einen Hund.

Ich zappelte, versuchte, mich zu befreien, aber er hielt mich fest.

»Ich dachte schon, ich muss dich mit 'nem Netz einfangen, du glitschiges kleines Miststück.«

Brady boxte mir ins Gesicht.

~

Als ich wieder zu mir kam, fühlte es sich an, wie wieder aufzutauchen. Ich keuchte. In meinem Kopf hämmerte es, was sich mit dem Geräusch des Regens auf dem Blechdach vermengte. Ich kniff die Augen zusammen und öffnete sie wieder.

Blauweißes Röhrenlicht flackerte über mir. War ich im Bootshaus?

»Ganz ruhig.«

Beim Klang seiner Stimme zuckte ich automatisch zusammen. In dem Moment begriff ich, dass ich an einen Stuhl gefesselt war.

»Ist doch angenehm, vor dem Regen geschützt zu sein, oder?«, sagte Brady.

Er stolzierte von einem Ende des Bootshauses zum anderen und wieder zurück. Sein weißes T-Shirt war unter dem Regenmantel trocken geblieben. Meine Kleidung klebte an meiner Haut und alle paar Sekunden durchfuhr mich ein Schauer.

»Ziemliche Show, die du da draußen abgezogen hast.« Brady klang munter.

Ich fragte mich, wie viel von diesem Südstaaten-Gentleman-Bullshit echt gewesen war.

»Ich hatte überlegt, ob ich reinspringen und dich retten soll«, sagte er. »Macht man doch als Kavalier so. Aber du bist so ein modernes Mädchen«, kicherte er. »Du kannst dich ja um dich selbst kümmern.«

»Fick dich.« Ich wand mich in den Stricken, mit denen ich an den Stuhl gefesselt war, und versuchte, meine Hände und Füße herauszuziehen. Es war sinnlos. Er hatte mich fest vertäut.

Wieso hatte er mich nicht ertrinken lassen? Ein beherzter Tritt und ich wäre in den Wellen untergegangen. Die Tatsache, dass er mich am Leben gelassen hatte ...

Die Gänsehaut auf meinem Körper hatte jetzt nichts mit der Kälte zu tun. Ich saß wirklich in der Scheiße.

Ich schrie: »Mach mich verdammt noch mal los!«

Er tat einen Schritt zurück und machte ein »Oh Scheiße«-Gesicht. Ich brauchte eine Sekunde, um zu begreifen, dass es nur gespielt war. Als ich ein zweites Mal mit heiserer Stimme schrie, stieß auch er einen Schrei aus. Es war ein hoher, verhöhnender Schrei.

»Alle sind bei Kip. Ist bestimmt zwei Meilen entfernt, oder?« Er formte seine Hände zu einem Megafon. »Hört mich irgendjemand?«

Die einzige Antwort war das stetige Tropfen eines Lecks im Dach. Ich stieß ein Husten aus und versuchte noch einmal, mich zu befreien. Wie eine Ratte in ihrer Falle.

»Ruhig.« Er legte seine Mitternachtsstimme auf, als wäre das hier ein Vorspiel. Er strich mir eine Strähne meines nassen Haares hinters Ohr. »Lola, ich will dir nicht wehtun. Also, entspann dich.«

Mein Magen drehte sich mir um. Der Lebkuchengeruch seines Parfüms vermengte sich mit dem Motoröl-Schimmel-Gemisch des Bootshauses und etwas anderem. Süßer Rauch. Ich hätte ihm am liebsten ins Gesicht gekotzt.

»Ich mochte dich gern, wirklich.« Er machte einen Schmollmund. »Ich dachte, du wärst anders. Aber du bist genau wie alle anderen.« Seine Stimme wurde kalt. »Eine kleinkarierte Lügnerin. Meine Ex, Jessica, die hat auch immer nur gelogen und gelogen und gelogen.«

Brady musste die Verachtung in meinen Augen bemerkt haben. Sein Gesicht wurde rosarot. Er richtete sich auf und kam nah zu mir heran.

Das Bootshaus war zugemüllt wie immer. Mein Blick huschte über die Regale in meiner nächsten Nähe. Wenn ich meine Hände freibekäme, gäbe es hier irgendetwas, das ich als Waffe benutzen könnte? Ich sah drei Steine, riskant übereinandergestapelt, wie von einem Postkartenmotiv. Aber zu klein, um genügend Schaden anzurichten, selbst wenn ich sie wie ein Cricketspieler werfen würde. Als ich die Augen zusammenkniff, erkannte ich, dass es Kristalle waren, einer rosa gesprenkelt, einer nebelweiß, einer schwarz. Daneben stand eine rosafarbene Keramikschüssel, die wie ein Fremdkörper in dem schmutzigen Bootshaus aussah. Sie kam mir irgendwie bekannt vor.

Etwas rührte sich in meinem Gedächtnis. Ich hatte das Gefühl, es liege mir auf der Zunge. Salbei, das war es, wonach es hier roch. Fizzy hatte in der rosa Schale Salbei verbrannt.

Klonk. Erschrocken wandte ich mich wieder zu Brady. Er hatte die Schaufel hervorgekramt, mit der die Vogelscheiße vom Pier gekratzt wurde.

»Die werd' ich noch gebrauchen können.« Er klopfte nochmals mit der Metallspitze auf den Betonboden.

Mein Rücken drückte sich gegen die Stuhllehne. *Nur keine Panik.* Ich verdrehte meine Handgelenke unnatürlich. Sie taten weh, aber jetzt konnte ich mit den Fingern an dem verknoteten Seil kratzen.

»Was willst du?«, fragte ich, damit er seine Aufmerksamkeit auf mein Gesicht und nicht auf meine Hände richtete.

»Ich will ... dass du mir ein paar Dinge erzählst.« Brady legte die Schaufel auf seine Schulter und kam auf mich zu. »Das kann gut für dich ausgehen oder schlecht.«

Er zögerte. Gerade lange genug, dass ich es hätte kommen sehen müssen. Dann holte er aus.

Das Metall traf meine Brust mit voller Wucht.

42

»Das passiert, wenn du mich anlügst.«

Alle Luft war aus meinem Körper gewichen. Ich kippte nach vorn, die Seile schnitten mir ins Fleisch.

»Was weißt du über mich und Rory Palmer?«, fragte Brady.

Der Schmerz pochte überall. *Du verdammtes Tier.* Ich versuchte, es laut zu sagen, aber der Schlag hatte mir die Luft genommen.

Die Metallspitze der Schaufel kratzte über den Boden. Ich zuckte zusammen, aber der Schlag blieb aus.

»Sag es mir«, sagte er.

Ich hustete. Es tat weh, Sauerstoff in die Lunge zu ziehen. »Ich weiß nichts.«

»Was auch immer du für Fotos oder Videos hast ... egal, was du über mich hast, ich brauche es.«

»Ich habe nichts.« Ich hob meinen Kopf und starrte ihn an. »Du bist eine Lügnerin.« Er spuckte das Wort aus. »Andy, diese kleine Pussy. Findet zu Gott und kann dann sein Maul nicht halten. Was hat er sonst noch so erzählt?«

Meine Hände zitterten so sehr, dass ich den Versuch aufgab, den Knoten in dem Strick zu lösen. »Ich weiß es nicht.«

»Und ob du es weißt«, sagte Brady.

»Das war Moxham, nicht ich.«

Moxhams Fehler war immer gewesen, davon auszugehen, dass jede Situation auf logische Weise ablaufen würde. *Ich gebe dir belastende Informationen im Austausch gegen Geld.* Ganz einfach. Er hatte bei dieser Gleichung jedoch die Gefühle der Menschen nicht berücksichtigt.

»Glück für mich, dass er gestorben ist, aber du ... Du musst überall herumschnüffeln, nicht wahr, Miss Lola?«

Brady hatte mich nicht umgarnt, weil er mich gernhatte; er hatte einfach wissen wollen, welche Beweise ich gegen ihn in der Hand hatte. Er und Andrew mussten über den Anruf von meiner fiktiven »Sophie Seymore« gesprochen haben. Als Brady mich heute Morgen bei seinen Nachforschungen überrascht hatte, musste sich sein schlimmster Verdacht bestätigt haben.

»Du hast Moxham getötet.« Ein Schluchzen drang aus meiner Kehle. »Du warst es. Tessa ...«

»Die Leute kriegen, was sie verdient haben. Daran glaube ich wirklich.« Brady klopfte zweimal mit der Schaufel auf den Boden. »Aber damit das klar ist: Ich hab' sie nicht umgebracht.«

»Ich glaube dir nicht.«

Ich war völlig durcheinander. Ich fühlte mich wie benebelt. Das hier war das Bootshaus, in dem Moxham gestorben war. War es mein Schicksal, auch hier zu sterben? Fizzy musste so sehr versucht haben, diesen Ort von der schlechten Energie zu reinigen, aber es hatte nichts genützt.

Brady stieß ein bellendes Lachen aus. »Lola, ich glaube, du verstehst nicht. Ich bin der Gute in dieser Geschichte. Hast du eine Ahnung, wie viel Geld ich an das Christchurch Hospital in Charleston spende? An Wohltätigkeitsorganisationen in New York? Du dagegen bist nur eine dreckige kleine Erpresserin.«

Wenn ich mich aus dieser Situation befreien wollte, dann nicht, indem ich meine Fesseln wie Houdini lösen und mich einfach aus dem Staub machen würde, während Brady mir den Rücken zukehrte. Ich musste verhandeln.

Moxham hatte Material über Brady gesammelt, aber dem USB-Stick nach zu urteilen, den ich heute gefunden hatte, war er dabei noch nicht sehr weit gekommen. Er enthielt nur Fotos, die man auch online finden konnte. Natürlich war da auch noch die Aufzeichnung von Andrews Geständnis, aber die hatte ich ja nicht mehr. Wer immer die USB-Sticks aus meinem Kopfkissenbezug gestohlen hatte, hatte mir auch jegliches Druckmittel in dieser Angelegenheit genommen.

Trotz dieser Tatsache musste ich mit Brady um mein Leben feilschen. Niemand würde kommen und mich retten. Das bedeutete, wie Brady höhnisch gesagt hatte, dass ich mich um mich selbst kümmern musste.

»Andrew hat deinen Namen genannt«, platzte es aus mir heraus.

Brady war auf und ab gegangen, aber jetzt blieb er stehen. »Er hat behauptet, du seist der Rädelsführer gewesen«, sagte ich. »Dass du Rory getötet hast, um an seine Freundin zu kommen.«

Brady schwang die Schaufel. Ich wich zurück, zog den Kopf ein, in Erwartung eines neuen Schmerzes.

Er kam nicht.

Die Schaufel krachte auf einen Jetski zwei Meter links von mir, Brady stach und hämmerte damit auf seine Hülle ein, bis sie zerbrach und Teile davon auf den Boden fielen.

»Diese verschissene Ratte.« Er schlug mit der Schaufelkante auf den Motor des Jetskis, als würde er ihn enthaupten wollen. »Dieses. Verdammte. Stück. Scheiße.«

Bradys Wut ließ mir die Haare auf den Armen zu Berge stehen.

Der Jetski lag in Trümmern. Ich wartete, dass sich Bradys Griff um die Schaufel lockerte. Er atmete ein paarmal zittrig aus, und es klang ein bisschen so, wie er nach einem Orgasmus keuchte.

»Du willst die Aufnahme?« Ich ließ meine Stimme kätzchenhaft klingen, als lägen wir gerade im Bett. »Ich kann dir den Stick geben.«

Er blickte mich mit glasigen grünen Augen an. »Wo ist er?«

»Ich hab' ihn versteckt.«

»Sag mir, wo.«

Meine Unterlippe war von dem Schlag vorhin angeschwollen, aber ich fuhr mit der Zunge darüber. »Bind mich los und ich bring' dich hin.«

»Netter Versuch.« Er ließ die Schaufel klappernd zu Boden fallen. Ich zuckte zusammen, die Seile um meinen Körper spannten sich.

»Ich habe ihn vergraben. Aber ich habe jemandem ... einer Freundin ... gesagt, wo er ist. Wenn ich nicht wiederkomme, wird diese Person ihn ausgraben, und dann wird die ganze Welt von dir und Rory erfahren. Also, glaub mir, du brauchst ihn. Ich zeige dir das Versteck.«

»Sag mir, wo er ist«, sagte er.

»Du wirst ihn nie finden, er ist gut versteckt.« Ich hoffte, ich klang nicht allzu verzweifelt.

Brady zögerte. Er schien offensichtlich seine Optionen abzuwägen.

Ich hielt den Atem an. Und betete. *Bitte sei nur ein kleines bisschen dumm, Brady.*

Er schlurfte durch die Jetski-Trümmer auf mich zu. Ich wich zurück, aus Angst vor einem Schlag. Stattdessen ging er in die Knie und band die Seile los.

Ich atmete tief aus; es war eine Wonne, mich bewegen zu können und die Möglichkeiten abzuwägen, die sich mir dadurch boten. Brady musste meine Erleichterung gespürt haben, denn er packte mich an der Kehle.

»Denk dran, dass ich dich mit einer Hand töten kann.«

43

Der Weg war glitschig. Brady, ein paar Schritte vor mir, zog ruckweise an dem Seil, das um meinen Hals geschlungen war. Es war dunkel, und er leuchtete uns den Weg mit seiner Handytaschenlampe, deren Lichtstrahl von den Bäumen reflektiert wurde. Meine Hände waren vor meinem Körper gefesselt, sodass ich die Äste nicht vor mir aus dem Weg schieben konnte. Der Regen hatte nachgelassen, doch noch immer tropfte es von jeder Oberfläche.

Meine Verletzungen machten sich allmählich bemerkbar. Mein Oberkörper schmerzte und mein Gesicht schwoll an. Beim Gehen stolperte ich mehr als sonst, blieb dauernd mit den Füßen an Baumwurzeln und Steinen hängen.

Brady beschleunigte sein Tempo, anscheinend aus keinem anderen Grund, als um mich zu zermürben.

»Nicht so schnell ...« Ich bemühte mich um einen süßlichen Tonfall, als wäre das hier ein prickelndes Abenteuer und kein Gewaltmarsch in die Gefahr.

Ich suchte zwischen den Bäumen jemanden, der mich retten könnte. Mit Sicherheit würde doch jemand nachts während eines Sturms einen entspannten Spaziergang durch den dichten Busch unternehmen ... Um mich herum war nur eine Wand aus Finsternis.

Wenigstens war ich raus aus dem Bootshaus. Jetzt eröffneten sich mir mehr Möglichkeiten zur Flucht. Meine Hände waren zwar an den Handgelenken gefesselt, aber ich streckte sie aus und strich mit den Fingern über Bradys Rücken.

Er schüttelte mich ab. »Welche Richtung?«

Wir waren an einer Weggabelung angelangt. Das hier war die kaum erschlossene Ostseite der Insel.

Willkürlich sagte ich: »Links.«

Ich hielt mich dicht an Bradys breitem Rücken, während wir nach links abbogen. Der Stoff seines weißen T-Shirts klebte mittlerweile auch ihm am Körper.

»Ich wette, Jessica hat sich nie von dir fesseln lassen«, sagte ich.

Er atmete schwer aus und seine Brustmuskeln spannten sich an. »Nimm nicht ihren Namen in den Mund.«

»Jessica, Jessica, Jessica«, sang ich vor mich hin.

Er drehte sich ruckhaft um und packte mich an den Schultern. »Nimm nicht ihren Namen in den Mund.«

Anstatt vor ihm zurückzuweichen, beugte ich mich näher zu ihm heran. Leckte mir über die Lippen.

Mein Gesicht war vielleicht geschwollen, aber meine Brüste drückten von innen gegen den durchnässten Stoff meines T-Shirts, und seine Augen wurden glasig. Er biss sich in die Unterlippe, anscheinend ohne es zu merken.

»Es war doch gut, was wir miteinander hatten, oder?«, fragte ich. »Ich habe nichts vorgetäuscht. Und du auch nicht.«

»Du bist eine Lügnerin.« Die Beleidigung hatte etwas Schwächliches, ich konnte sehen, dass sie nicht von Herzen kam.

»Wir sind beide Lügner«, schnurrte ich honigsüß. »Wir verstehen einander. Das Problem mit Jessica ...«

»Nimm nicht ...«

»Sie hat dich nie verstanden. Aber ich verstehe dich.«

Ich stellte mich auf die Zehenspitzen und küsste ihn. Meine dicke Lippe berührte seinen Mundwinkel. Es schmerzte. Und ich schmeckte Blut.

»Glaubst du, es interessiert mich, ob du jemanden umgebracht hast?«, fragte ich. »Mein letzter Freund war ein Mörder.«

Er schüttelte den Kopf. »Du bist echt ein harter Brocken.«

»Deshalb verstehe ich dich besser, als sie es je getan hat.«

Diesmal war er es, der mich küsste. Heftig. Er presste seine Lippen auf meine, in einer Hand noch immer das Seil, die andere gegen meine Brust gedrückt.

Es war ein schwindelerregender Moment. Zu erkennen, dass ich trotz allem noch ein klein wenig Verlangen nach ihm hatte. Dass ich es genießen konnte, ihn zu küssen, auch wenn ich mir seinen Tod wünschte.

Er drückte mich gegen den Baum und packte meinen Hintern. Das Seil glitt ihm aus den Händen und fiel zu Boden, und die Schlinge um meinen Hals lockerte sich. Meine gefesselten Hände lagen unbeholfen an seiner Brust. Ich konnte seinen Herzschlag spüren.

»Ich will dich berühren«, hauchte ich.

Er zögerte, dann begannen seine Finger an dem Knoten zu fummeln.

Als meine Hände befreit waren, zerrte ich seine Hose runter und nahm seinen Schwanz in die Hand. Sein Körper zitterte, und der Baum bebte so heftig, dass das Regenwasser von den Blättern auf uns herabfiel.

Ich zielte.

Und dann rammte ich ihm mein Knie in die Eier. Hart.

Jaulend krümmte er sich zusammen und hielt sich den Schritt.

Seine großen Fäuste schlugen nach mir, aber ich war zu schnell für ihn. Ehe er das Seilende ergreifen konnte, war ich schon in den Busch geflüchtet. Meine Lunge brannte, aber ich wusste, ich hatte noch Reserven in mir. Ich würde rennen, bis ich einen größeren Abstand zu Brady hätte, dann würde ich auf einen Baum klettern und mich dort verstecken. Ruhig und entspannt wie ein Faultier.

Rosa Stoff flatterte im Wind. Irgendjemand war im Busch.

Ich kannte diesen Regenmantel.

»Fizzy«, keuchte ich.

Ihre Anwesenheit verwirrte mich, aber mein Herz machte einen Sprung. Sie stand nicht auf dem Weg, sondern etwas abseits davon, mit dem Rücken zu mir, halb verdeckt durch das Baumdickicht, etwa fünfzig Meter entfernt.

Ich steuerte auf sie zu. »Fizzy, bitte hilf mir. Bitte ...«

Fizzy und ich hatten unsere Differenzen, aber sie würde mich nicht sterben lassen. Ich fühlte mich wieder wie ein Kind, das sich im Supermarkt verlaufen hatte. Meine Mutter hatte mir immer gesagt, wenn ich sie verlöre, sollte ich eine Frau suchen und sie um Hilfe bitten.

Frauen waren nicht auf dieselbe Weise gefährlich, wie Männer es waren. Frauen halfen einem.

Allerdings konnten Frauen auch töten. Wenn man sie in die Ecke drängte, waren sie dazu in der Lage.

»Fizzy!«

Sie hatte etwas Geisterhaftes an sich, ihre goldene Haut war totenbleich. Sie machte irgendetwas an einem der Bäume, als versuchte sie ihn zu messen. War das echt oder nur Einbildung?

Ich ging schneller, hielt mich an den Ästen fest, um mich voranzuziehen. Meine Beine waren puddingweich, und das Atmen fiel mir immer schwerer. »Fizzy ...« Ich hatte eigentlich schreien wollen, aber es kam nur ein Flüstern heraus.

Zu meinem Entsetzen wandte sie sich um, als ich noch zwanzig Meter entfernt war, und rannte los in die entgegengesetzte Richtung.

Innerhalb von Sekunden war ihr rosa Regenmantel nicht mehr zu sehen.

Ich stolperte ihr hinterher, ohne auf meine Füße zu achten.

Rumms. Ich fiel zu Boden.

Der Schmerz, der mir durch die Glieder schoss, war nichts Neues. Die Tatsache, dass ich in einer Schlammpfütze lag, störte mich mehr als das dumpfe Stechen in meinem Knöchel. Ich hievte mich auf die Beine und rannte weiter.

Mein linker Knöchel brach unter mir zusammen.

»Ah!«

Ich zog mich wieder hoch und versuchte, den Fuß zu belasten. Unmöglich. Der Knöchel war in einem merkwürdigen Winkel verdreht.

In diesem Moment hörte ich es. Das Knacken von Zweigen, und schwere Schritte.

44

Ich stand in einem Loch und grub mich immer tiefer.

Das Seil war um meinen Hals geknotet, und Brady hielt das andere Ende fest, wie einen Hund an der Leine.

»Diesmal machen wir es anders«, hatte er gesagt.

Ich grub schon lange. Bücken, Schaufel rein, Erde rauswuchten. Wieder und wieder und wieder.

Alles, was ich riechen konnte, war die dichte, schwarze Erde, und der Eisengeruch von Blut.

Mein Knöchel pochte immer noch stark, und ich musste mich gegen den Rand des Lochs lehnen. Aber jedes Mal, wenn ich aufhörte zu graben, packte Brady das Seil und zog die Schlinge um meinen Hals fest zu, bis ich keuchte und prustete – und bettelte.

»Bitte ... bitte tu das nicht.«

Wenn man sein eigenes Grab schaufelte, war es sinnlos, sich an seine Würde zu klammern. Ich bettelte um mein Leben.

»Ich werde es niemandem erzählen.« Ich beugte mich wieder vor, um weiterzuschaufeln. »Ich verspreche es.«

»Halt's Maul.« Er ruckte einmal träge am Seil, und es brannte an meinem Hals. Der Strahl seiner Handytaschenlampe leuchtete über mich hinweg.

»Bitte ...«

Ich dachte an Allie und Flora. Ich dachte an Nathan.

Brady spannte das Seil. »Knie dich hin und grab mit den Händen.«

Als ich mich nicht rührte, riss er abermals am Seil. »Gib mir die Schaufel.«

Er kletterte zu mir ins Loch. Mir kam mit einem Mal die Idee, ihm mit der Schaufel eins überzuziehen.

Doch schon als meine Hand zuckte, drückte er sich mit der Schulter gegen mich und riss mir die Schaufel aus der Hand. Zur Sicherheit schlug er mir mit der breiten Metallkante auf die Brust.

Ich ging strauchelnd zu Boden, fiel auf meine Hände und Knie. Der Schmerz in meinem Knöchel durchzuckte mich. Das Seil spannte sich und ich wurde gewürgt. Meine Finger krallten sich an meinen Hals, bis Brady es so weit lockerte, dass ich atmen konnte.

Atmen, atmen, atmen, einfach atmen.

Während er wieder hinauskletterte, setzte ich mich keuchend in die Mitte des Lochs. So umgeben zu sein von weicher, nasser Erde fühlte sich an, als würde ich versinken.

»Grab mit deinen Händen, du Ratte.«

Wie ferngesteuert steckte ich meine Arme ellbogentief in die weiche Erde und grub. Die einzige Person, die wusste, dass ich hier im Busch war, war Fizzy. War das wirklich passiert? Oder war es eine Halluzination gewesen?

»Du brauchst mich.« Ich atmete zitternd aus. »Wenn ich sterbe, wird die Aufnahme von dir veröffentlicht und die ganze Welt erfährt von Rory.«

Von oben her hörte ich Bradys Lachen. Der Strahl seiner Taschenlampe blendete mich, als er ihn nach unten richtete, um in das Loch zu schauen.

»Du bist eine Geschäftsfrau, Lola.« Seine Stimme war heiter, als würde er einen großartigen Witz erzählen. »Wie wär's mit folgendem Geschäft? Du sagst mir, wo die Dateien sind, dann begrabe ich dich lebendig. Und sobald ich sie gefunden habe, komme ich zurück und grabe dich aus. Dann hast du doch einen Anreiz, mir die Wahrheit zu sagen, oder?«

Ich biss mir auf die Zunge, damit er mein Schluchzen nicht hörte. Ich würde in diesem Grab sterben.

~

Der Tod war für mich immer etwas gewesen, das nur anderen Menschen passierte.

Meinen ersten Bungeesprung machte ich im Alter von achtundzwanzig Jahren bei einer Firma namens BungeeHey!.

Ich stand da inmitten einer Gruppe anderer Lebensmüder an der Dachkante eines Hochhauses in Macau, und wartete darauf, mich in den Abgrund zu stürzen.

Der Bungeesprung war Moxhams Idee gewesen. Als der Touristenführer, der nur ein paar englische Sätze beherrschte, mich gerade angurtete, lehnte sich Moxham grinsend zu mir herüber und erzählte mir, dass BungeeHey! dafür berüchtigt sei, seine Sicherheitsprotokolle nicht einzuhalten. Nur zwei Wochen zuvor sei das Seil gerissen und eine Schwedin in den Tod gestürzt. Es war alles vertuscht worden, um den Tourismus nicht zu gefährden.

Ich machte ein »Oh, das ist ja verrückt«-Gesicht. Vielleicht erzählte er nur Quatsch. Vielleicht auch nicht. In jedem Fall war mir diese Schwedin egal. Ich war mir sicher, dass ich nicht sterben würde. Nicht aus einem Glauben an eine höhere Macht oder einem Vertrauen in BungeeHey!. Wahrscheinlich nur aus reiner Überheblichkeit. Ich kam da nach meinem Vater. Mit Sicherheit war auch er fest davon überzeugt gewesen, dass seine Frau niemals etwas über die Zweit-Familie herausfinden würde, die er da ein paar Meilen weiter unterhielt.

Ich stürzte mich hinunter, mit aufgerissenen Augen, das ganze Blut im Kopf. Und überlebte.

Im Laufe meines Lebens war ich mit winzigen Flugzeugen in Entwicklungsländern durch die Luft gedonnert, neben Menschen, die sich an ihre Armlehnen klammerten und »OhGottOhGottOh-

Gott« vor sich hinsagten. Ich hatte an Wildnistreks teilgenommen und Verzichtserklärungen unterschrieben, damit meine Familie niemanden verklagen konnte, wenn ich von einem Bären gefressen wurde. Ich war leichtsinnig mit meinem Leben umgegangen, und es war immer gut gegangen.

Der Tod war etwas gewesen, das nur anderen Menschen passierte.

Jetzt, da ich in dem Loch kauerte und in die Erde einsank, wusste ich, dass ich mich geirrt hatte. Jede leichtsinnige Aktion war ein Strich auf meiner Liste gewesen. Ich hatte den Tod herausgefordert, und jetzt war er gekommen, um mich zu holen.

Von oben hörte ich das Kratzen von Metall in der Erde. Die erste Schaufel traf mich voll ins Gesicht. Ich schluckte Erde, würgte sie aus. Immer mehr davon regnete auf mich herab. Sie war in meinen Augen, in meiner Nase. Große Erdklumpen landeten auf meinen Schultern, auf meinem Kopf.

Ich spuckte den Schlamm aus und wischte mir mit dem Handballen die Augen aus. Ich versuchte verzweifelt etwas zu fassen zu kriegen, eine Baumwurzel, irgendetwas. Bradys Licht huschte über meinen Kopf. Ich zuckte zurück, als die Schaufel näher kam. Wenn ich stehengeblieben wäre, hätte sie mich im Gesicht getroffen. Stattdessen fiel ich keuchend und schreiend rückwärts im Loch auf den Boden.

Der Strick lag immer noch um meinen Hals und würgte mich.

Peng.

Als ich den Knall hörte, dachte ich zuerst, mein Gehirn sei gerade explodiert und ich sei tot.

Über mir zerriss ein Brüllen die Luft. Ich zuckte zusammen, immer noch einigermaßen überzeugt davon, dass ich sterben würde.

Das Seil erschlaffte. Bradys Handylicht wanderte vom Rand der Grube weg. Ich atmete tief ein und aus und hob den Kopf. Über mir sah ich nur Schwarz.

Peng.

Diesmal war der Knall lauter. Ich erkannte das Geräusch. Es war ein Schuss.

»Hilfe ...« Ich bekam erst nur ein Flüstern heraus, dann wurde es zu einem Schrei. »Ich brauche Hilfe!«

»Du hältst die Klappe!«, brüllte Brady, aber seine Stimme kam aus der Ferne, als sei er ein paar Schritte weggelaufen. Aus Angst.

Ich klammerte mich an die Seiten der Grube und zerrte mich hoch.

»Ich bin hier unten! Hilfe!«

Die Schüsse ließen mich zusammenzucken, aber was mein Herz wirklich zum Rasen brachte, war der darauffolgende Aufprall. Der Boden erbebte. Ich hörte ein Scharren, ein jämmerliches Stöhnen. Stampfende Schritte. Und schließlich –

Stille.

Ich wartete angestrengt auf weitere Geräusche, auf das Gefühl, dass dies die erhoffte Rettung war.

Nichts.

»Hallo?« Ich reckte den Hals nach oben. »Ist da jemand?«

Stille.

Ein Schluchzen entfuhr meiner Kehle. »Hilfe ...«

Schritte. Ich wich zurück, aus Angst vor Brady.

Ein Taschenlampenstrahl leuchtete in das Loch. Ich erkannte dunkle Haut, einen gelben Regenmantel. Klimpernde Ohrringe. Diara. Sie hatte eine Pistole in der Hand.

Es zeugte von ihrer unerschütterlichen Ruhe, dass sie, als sie mich dort schlammbedeckt und hyperventilierend sah, nur sagte:

»Warte, ich hol' dich da raus.«

45

Von Diara gestützt, stapfte ich durch den Busch. Ich musste halb hüpfen, weil mein kaputter Knöchel nicht zu gebrauchen war. Die Bäume schienen immer näher zu kommen. Der Strahl der Taschenlampe schien die Schwärze nicht durchdringen zu können. Irgendwoher kam ein wuselndes Geräusch, das Zwitschern eines Vogels.

»Es ist nicht mehr weit«, sagte Diara. »Wir sind gleich zu Hause.«

Ich war immer noch völlig verängstigt und hatte einen Schüttelkrampf nach dem anderen. Ich wusste nicht mehr, wo wir waren – es konnten noch zwei Meilen bis zum Personaldorf sein –, aber die Gewissheit in ihrer Stimme ließ mich beinah weinen vor Erleichterung. Vielleicht vertraute ich ihr nicht, aber jetzt war ich auf sie angewiesen.

»Wie hast du mich gefunden?«, fragte ich.

Ihre Stimme war ausdruckslos. »Gottes Wege sind unergründlich.«

Hinter uns gab es ein Geräusch. Ich schrie auf und schaute über meine Schulter. An meinen Wimpern klebten Erdklümpchen.

Das musste er sein. Brady war zurück.

Diara verlangsamte ihre Schritte und suchte die Dunkelheit mit der Taschenlampe ab. Der Wind zitterte in den Bäumen, die Äste stießen aneinander. Obwohl der Regen aufgehört hatte, fiel das Wasser aus einem Baum auf uns herab.

Ich rieb mir die Augen frei. Brady war nirgendwo zu sehen.

»Keine Sorge. Ich glaube, ich habe ihn getroffen«, sagte Diara.

»Du glaubst?«

»Ich weiß es. Er verfolgt uns nicht.«

Diara hob den Lauf ihrer Waffe. Ich wich zurück, aber sie nahm mein schlaffes Handgelenk und drückte mir die Waffe in die Hand. »Hier.«

Meine Finger waren glitschig vom Schlamm. Ohne nachzudenken, griff ich fest zu.

»Wenn er auftaucht«, sagte sie, »dann tötest du ihn.«

Wir gingen weiter durch den Busch, Diara leuchtete uns den Weg, ich hielt die Pistole fest.

»Was hat er dir angetan?«, fragte sie.

Ich holte ein paarmal tief Luft. Ich war immer noch mit Schlamm bedeckt, und der Geruch der Erde drehte mir den Magen um. Es war noch zu frisch, als dass ich viel von dem Geschehenen hätte verarbeiten können, aber es gelang mir, es bruchstückhaft zu schildern. Je länger ich redete, desto klarer fühlte ich mich.

»Was für ein Irrer«, sagte Diara.

»Er dachte, ich hätte mit Moxham unter einer Decke gesteckt und dass ich ihn wegen dem Mord an Rory erpressen wollte.«

»Das leuchtet ein.«

»Ach ja?«

Diara antwortete nicht. Das viele Reden hatte mich angestrengt, und sie zog mich mittlerweile geradezu hinter sich her. Als wir an einen umgestürzten Baum gelangten, half sie mir, mich hinzusetzen. Ein Schwindelgefühl überkam mich kurzzeitig, und der Schmerz verdoppelte sich in dem Augenblick, als ich nicht mehr darüber nachdachte.

»Wir sollten weiter«, sagte ich.

»Ruh dich noch einen Moment aus.« Diara suchte wieder die Dunkelheit mit ihrer Taschenlampe ab. Das erinnerte mich an den Taser, den ich in Fizzys Schreibtischschublade gefunden hatte.

Mein Hirn war ausgelaugt, aber die Puzzleteile fügten sich allmählich zusammen. Ich blickte hinunter auf die Waffe in meinen Händen. Mein Finger lag am Abzug. Er berührte ihn nur leicht, aber ich mochte das Gefühl.

Fizzy und Diara. Das heimliche Liebespaar, das alles füreinander tun würde. Das Video von Moxhams Vergewaltigungsangriff auf Diara schoss mir durch den Kopf.

»Brady hat ein Alibi für Moxham«, sagte ich. »Doc.«

»Er muss ihn bestochen haben, damit er ihm ein falsches Alibi liefert«, sagte Diara. »Das gibt's ständig. Schweigegeld.«

»Geld ... immer Geld.« Ich bewegte meinen Knöchel und zuckte vor Schmerz zusammen. »Moxham hat die Menschen nie verstanden, oder? Er dachte, sie wären Geldautomaten. Rationale Geldautomaten.«

Ich erinnerte mich an die Spuren auf Moxhams Gesicht. Sie mussten von Fizzys Taser gestammt haben. Rache.

Diara holte Luft, als wollte sie etwas sagen, aber sie blieb stumm. Ihr Blick fiel auf die Pistole in meiner Hand.

Ich strich über den Abzug. Mittlerweile hielt ich die Waffe nicht mehr einfach nur in der Hand, sondern ich richtete sie auf Diara.

»Er hat es nicht kapiert«, sagte ich. »Erpressung macht, dass Menschen den Verstand verlieren, dass sie ... alles verlieren. Die Person, die ihn getötet hat ... Das muss eine Person gewesen sein, die viel zu verlieren gehabt hat. So viel mehr als nur Geld.«

»Brady«, sagte Diara.

»Du weißt, dass es nicht Brady war.«

Diara stand auf. Die Bewegung war so plötzlich, dass ich automatisch mit der Pistole hochfuhr.

»Wenn du mich erschießen willst, musst du zuerst den Hahn spannen«, sagte sie und drehte mir den Rücken zu.

Ich ließ die Waffe sinken, bemerkte dabei zum ersten Mal die Metallwulst am hinteren Ende des Laufs.

»Das Feuerwerk war zu spät«, sagte ich.

Diara tat, als hätte sie mich nicht gehört.

»Das Feuerwerk war zu spät, weil Fizzy nicht um Mitternacht bei Reggie war, um ihn daran zu erinnern«, sagte ich. »Sie war im Bootshaus. Mit Moxham. Sie hat dein Handy benutzt, um ihn dort hinzulocken.«

Fizzy hatte mich nie hier haben wollen. Ich war eine Fremde, die herumschnüffelte, und dabei herausfinden könnte, was sie getan hatte.

Diara schüttelte irritiert den Kopf. Von irgendwoher ertönte das lange Seufzen eines Tieres.

»Hast du davon gewusst?« Ich versuchte vergeblich, von dem Baumstamm aufzustehen. »Hast du ihr geholfen? Hast du ihr gesagt, dass sie es tun soll? Bitte, ich will, dass du mir die Wahrheit sagst.«

»Wenn du schon länger hier wärst, würdest du es verstehen«, sagte sie. »Die Wahrheit ist immer das, was gerade passt.«

Als ich noch einmal versuchte aufzustehen, schoss mir der Schmerz das Bein hinauf. Schwankend stand ich da, die Pistole noch immer fest in der Hand. Ich war erschöpft.

»Ich dachte, wir wären Freundinnen ...« Ich weinte. Ich konnte nicht anders. Alles tat weh.

Die Geräusche um uns herum schienen lauter zu werden. Insekten zirpten, Vögel schrien. Irgendwo war ein Tier im Schlamm auf der Pirsch: Es schmatzte und gluckste.

»Wir sind auch Freundinnen.« Sie streckte die Hand aus.

Ich zögerte. Vertraute ich ihr? Vertraute ich überhaupt irgendjemandem?

Sie starrte mich flehend an.

Ich fiel ihr in die Arme.

»Ich wollte dir nie wehtun.« Sie weinte ebenfalls. Ich konnte es in ihrer Stimme hören. »Aber du musst verstehen. Die Wahrheit ... kann einen in Schwierigkeiten bringen.«

Rumms.

Ich schreckte herum und taumelte von Diara weg.

Es gab ein Brüllen, als würde uns ein Tier angreifen. Ich brauchte eine Sekunde, um die Worte zu verstehen.

»Lo. La.«

Es war Bradys Stimme.

»Grundgütiger«, murmelte Diara.

Ich schaute mich panisch um. Diaras Taschenlampenstrahl zitterte umher. Wo war er? Ich hatte die Waffe noch immer in der Hand. Ich zielte wild in die Gegend, fummelte währenddessen an dem Abzugshahn herum.

»Scheißescheißescheiße«, rief ich, während Diara ein Gebet murmelte.

Brady erschien im Schein der Taschenlampe, durchnässt und rotgesichtig.

Ich riss die Waffe hoch und richtete sie auf ihn.

»Keine Scheißbewegung.«

»Oder was sonst?«

Es war ein Knurren. Seine Augen schienen durch mich hindurchzuschauen. Er machte noch einen taumelnden Schritt auf uns zu.

»Erschieß ihn, erschieß ihn, erschieß ihn«, murmelte Diara jetzt. Ich fragte mich, wie ihr Gott darüber dachte.

Als ich nicht abdrückte, versuchte sie mir die Waffe aus der Hand zu reißen. Mit einer schallenden Explosion ging sie los.

Es war so laut und der Rückstoß so stark, dass ich die Pistole fast fallen gelassen hätte.

Brady wich wie angeschossen zurück, kam aber einen Augenblick später wieder zu sich. Die Kugel hatte ihn nicht getroffen. Er kam noch einen Schritt auf uns zu.

»Ich bring' dich um«, murmelte er.

Ich spannte den Hahn. Zielte wieder auf ihn.

»Nein«, sagte ich.

Ich würde ihn töten. Er hatte es verdient.

Unsere Blicke trafen sich. Für eine Sekunde wurde die Grimasse in seinem Gesicht zu einem Grinsen. Er wusste, dass ich zögerte.

War es das, was Nathan gefühlt hatte? Er hatte das Messer in Shins Brust gesteckt und dabei die Entscheidung getroffen.

Allies Gesicht kam mir in den Sinn; ihr lockiges Haar, ihre vom Lachen geröteten Wangen. Wie konnte ich ihr das antun? Allie würde nicht wollen, dass ich zur Mörderin wurde.

Ich ließ die Waffe sinken – und schoss ihm ins Bein.

46

Wasser sprudelte wie Champagner über meine Schultern. Ich ließ mich noch einen Zentimeter tiefer ins Wasser sinken. Unter dem Sprudeln des Whirlpools konnte ich das Klatschen der Wellen gegen die Holzstreben der Villa ausmachen. Der Sturm mochte vorüber sein, aber die See blieb wild.

Die Wärme und die Wasserstrahlen fühlten sich gut an auf meinem nackten Körper und lockerten meine schmerzenden Muskeln. In den zwei Tagen seit Bradys Angriff auf mich waren die Schwellungen in meinem Gesicht zurückgegangen, ein Auge war allerdings immer noch blutunterlaufen, und auf meinem Oberkörper waren noch einige blaue Flecken zu sehen. Gestern war ich im Krankenhaus auf Tortola untersucht worden. Es hatte sich herausgestellt, dass mein Knöchel nicht gebrochen war; er war schwer verstaucht, aber in ein paar Wochen würde er wieder verheilt sein.

Ich öffnete meine Augen einen Spaltbreit und griff nach dem Drink auf dem Whirlpoolrand. Man hatte mir Schmerztabletten verschrieben, aber ich zog meinen Painkiller-Cocktail vor. Ich schob mir einen Zartbitter-Florentiner nach dem anderen von dem Holztablett in den Mund, das neben meinem Drink stand, weniger weil ich Hunger hatte, sondern eher weil sie köstlich waren.

Beim Kauen bemerkte ich, dass ich das vertraute Knistern meines Funkgeräts vermisste. Es war friedlich in der Queen-Conch-Villa, die Palmenblätter über der Veranda wehten in der leichten

Brise. Als der Sturm etwas abgeflaut war, hatte ich von Guillaume erfahren, dass die Gäste massenweise abgereist waren. Unter anderem Eddie Yiu, der auch immer ein echter Quälgeist gewesen war. Ich wusste nicht, ob sie abreisten, weil ein vier Tage lang andauernder Regen das Paradies weniger schmackhaft machte oder weil bereits Gerüchte über Bradys Verhaftung umgingen.

Die Luxusvilla fühlte sich zu sauber an, zu schön, wo doch mein Kopf noch immer voller Schlamm und Schrecken war.

»Lolo, hör auf, dich zu verstellen.«

Heute Morgen hatte ich meine Schwester angerufen. Ich hatte nicht vorgehabt, ihr die ganze Wahrheit zu erzählen und sie damit in Angst und Schrecken zu versetzen, ich wollte nur ihre Stimme hören. Obwohl ich mein Bestes gab, fröhlich zu klingen, merkte Allie, dass etwas nicht in Ordnung war.

»Mir geht's gut.« Die Tränen drohten mich zu überwältigen, das Handy aus meiner Hand zu rutschen. »Gut ...«

»Sag mir, was los ist.«

Die ganze Geschichte purzelte aus mir heraus, und als ich damit fertig war, schluchzten wir beide völlig hemmungslos. Und dann sagte Allie zu mir: »Du musst nicht immer die Starke sein, Lo.«

Die Worte blieben mir im Kopf hängen. Ich sollte aufhören, Allie wie meine kleine Schwester zu behandeln; ich sollte ihr mehr zutrauen.

Ich blinzelte in die Sonne, die nur noch kurz überm Horizont hing. Ich musste mich bald anziehen. Ich war zum Abendessen verabredet.

Brady war im Gefängnis, aber es lief immer noch ein Mörder frei herum.

~

»Sie sehen schon besser aus«, sagte Kip.

Als ich mit meinen Krücken auf ihn zuhumpelte, beugte er sich vor und gab mir einen Kuss auf die Wange. Er trug einen Anzug mit gestärktem weißem Kragen und roch nach Zitrusfrüchten.

Die Veranda der Queen-Conch-Villa war eingerichtet für das, was wir hinter vorgehaltener Hand einen »Schmalz-Porno« nannten. Es gab einen weiß gedeckten Tisch für zwei Personen und kreisförmig auf dem Boden angeordnete LED-Teelichter, die zu leuchten anfingen, sobald das Sonnenlicht nachließ. Dieses Arrangement war beliebt bei einfallslosen Männern, die einen Heiratsantrag machen wollten (oder auch nur ihre gelangweilte Frau nach zwanzig Jahren Ehe daran erinnern wollten, dass sie irgendwann mal verliebt waren). Immerhin war der Geiger, der sonst für 900 Dollar umherscharwenzelte und dabei Tschaikowsky spielte, heute Abend nicht mit von der Partie.

»Seit meinem Unfall, meinen Sie?« Ich rang mir ein Lächeln ab.

Guillaume war der Erste gewesen, der es als Unfall bezeichnet hatte. In den letzten zwei Tagen waren einige Besucher zu mir gekommen. Ich war zu kaputt gewesen, um viel Konversation zu betreiben, also hatten diese Besuche meist darin bestanden, dass die Leute redeten und ich wie aus der Ferne zuhörte. Die Hostessen, Maria und Alex, waren gemeinsam gekommen und hatten über eine Apokalypse-Themenparty gesprochen, die sie für das Personal planten. Guillaume war bei seinem Besuch ungewöhnlich gut gelaunt gewesen. Offenbar hatte der Sturm seinem Freund in Lyon solche Angst gemacht, dass er jetzt besonders liebevoll war und seinen nächsten Aufenthalt auf Keeper Island plante.

Den Gerüchten auf der Insel zufolge war ich wegen meiner Entlassung sehr aufgebracht gewesen (ich war mir mittlerweile beinah sicher, dass Fizzy die Weinflaschen in meinen Koffer gelegt hatte, um mich loszuwerden). In meiner Verzweiflung war ich dann in den Sturm geraten und von herabfallenden Gegenständen getroffen worden. Nur Reggie sprach das Wort »Unfall« mit einer leicht zuckenden Augenbraue aus. Er hatte bei seinem Besuch dagesessen, einen Joint geraucht, wenig gesagt und war kurz darauf wieder gegangen. Diara hatte mich nicht besucht, genauso wenig wie Fizzy, die angeblich »etwas angeschlagen« war.

»Ja, Ihr Unfall.« Kips Stimme hatte jetzt etwas Verstörtes.

Er zog mir meinen Stuhl heraus, und ich ließ mich unbeholfen hineinfallen. Ich trug ein handgefertigtes kastanienbraunes Kleid (überhaupt nicht mein Stil), das Maria für mich besorgt hatte. Kip nahm meine Krücken und stellte sie hinter eine Topfpalme, die im Sturm die Hälfte ihrer Blätter verloren hatte. Vielleicht war es für ihn nur eine freundliche Geste, aber ich bemerkte, dass die Krücken jetzt außerhalb meiner Reichweite standen.

Ethan kam mit einer in eine Serviette gewickelten Rotweinflasche auf die Veranda geeilt. Nachdem er eingeschenkt hatte, nippte Kip an seinem Glas und schmatzte genießerisch.

»Ah, ja, ich glaube, der wird Ihnen gefallen.«

Ich erhaschte Ethans Blick. Er sah immer noch ausgemergelt aus, sein Gesicht fleckig. Er war ein paar Minuten vor Kip eingetroffen und hatte einen Arm um mich geschlungen. »Sieh zu, dass du ihn ausbluten lässt«, hatte er gemurmelt.

Ich nahm mir ein Stück ofenwarmes Brot und brach es auseinander.

»Warum hat die Polizei nicht mit mir gesprochen?«, fragte ich Kip.

Aus dem Augenwinkel sah ich, wie Ethan den Kopf neigte. »Meine Liebe«, sagte Kip, »es ging Ihnen wirklich sehr schlecht.«

Das Licht ließ nach, der Sonnenuntergang warf ein Meer aus Orangetönen auf die Veranda. Kips Gesicht versank im Schatten, doch als er mir in die Augen schaute, sah ich dort ein Gefühl aufblitzen.

Angst.

Kip hatte Angst vor mir.

»Sie wollten warten«, sagte ich. »Sie wollten zuerst mit mir sprechen.«

Ethan servierte zwei Teller mit knusprigem Kaninchen an Piccalilli-Sauce. Nichts deutete darauf hin, dass wir uns in der Karibik befanden. Unserer Speisekarte auf dem Tisch zufolge würde es heute Steak geben, gefolgt von Apfelkuchen. Kip bewirtete mich, als wären wir in seinem Privatclub in London.

Demonstrativ wartete er, bis Ethan den Tisch wieder verlassen hatte und im Haus verschwunden war.

»Jetzt, wo es Ihnen besser geht, können wir natürlich ...« Kip räusperte sich. »Wir können das arrangieren. Ein alter Freund von mir, Howell, wird Ihre Aussage aufnehmen. Er ist der Beste in solchen Sachen.«

»Und was ... genau ... soll ich sagen?« Ich hörte die Wut in meiner Stimme durchschimmern. Kips Gesichtsausdruck nach zu urteilen hörte er sie auch.

»Nun ... die Wahrheit. Darüber, wie dieser Calloway-Typ Sie malträtiert hat.«

»Also nicht die Wahrheit über Sie und Fizzy?«

Kip tat so, als hätte er mich nicht gehört.

»Ich weiß, dass sie Moxham getötet hat. Und ich weiß, dass Sie es vertuscht haben.« Ich lachte laut auf. »Schlecht vertuscht. Verdammt schlecht.« Kein Wunder, dass im Bootshaus noch Glasscherben und Blut waren; Kip hatte noch nie in seinem Leben geputzt.

»Und Tessa?«, sagte ich. »Ich nehme an, Fizzy hat auch sie getötet. Könnten aber auch Sie gewesen sein.«

Kip brach bei meinen Worten nicht zusammen oder flippte aus. Es schien sogar, als hätte er sie gar nicht gehört. Er schnitt ein Stück Kaninchen ab und kaute nachdenklich.

Hinter der Glastür war Geschirrklappern zu hören. Ich wollte, dass Ethan herauskam und erfuhr, was mit Tessa geschehen war, aber die Tür blieb geschlossen.

Endlich schluckte Kip. »Und dafür haben Sie Beweise?«

Die Glasscherbe mit dem Fingerabdruck hatte Diara mitgenommen. Vermutlich hatte sie sie vernichtet, zusammen mit dem Notizbuch und den USB-Sticks. Um Fizzys Taten zu vertuschen.

Meine Stimme wurde lauter. »Sie waren es, der sich hinter dem Baum am Bootshaus versteckt hat in der Nacht, als Moxham umgebracht wurde. Ethan hat Sie gesehen.«

»Ethan ist ein guter Junge«, sagte Kip.

»Seine Freundin ist tot. Ihretwegen.«

»Ethan wird befördert. Er bekommt einen Neustart in meinem Toskana-Resort.«

Ich klammerte mich am Tisch fest. Glaubte Ethan wirklich Kips Lügen? Oder hatte ihm Tessa niemals mehr bedeutet? War ihre Beziehung, ihr Leben weniger wert als eine Beförderung?

»Sie sind eine kluge Frau, Lola«, fuhr Kip fort. »Ich denke, auch für Sie wäre eine Beförderung angebracht, als Führungskraft, mit angemessener Gehaltserhöhung.«

»Glauben Sie wirklich, ich bleibe hier?«, fragte ich. »Auf dieser beschissenen Insel?«

»Ist es so schlimm hier? Wirklich?«

Da hatte er mich, und das wusste er. Ich liebte diese Insel. Die Wellen plätscherten gegen die Felsen unter uns. Ein scharfer Salzgeruch lag in der Luft.

Ich hatte mir alles zurechtgelegt: Ich könnte Kip verklagen. Ich könnte damit an die Presse gehen. (»Meine private Inselhölle«, inklusive einem Bild von mir im Bikini.) Ich könnte ihn auch erpressen, so wie Moxham es getan hätte.

Aber ich war nicht Moxham. Es gab wichtigere Dinge im Leben als Geld.

Hinter Kip sah ich draußen auf dem Meer einen weißen Hügel im letzten Abendlicht aufleuchten. Es war Meredith, die wieder einmal in der Flut ertrank.

War ihr Tod Selbstmord gewesen? Ich war mir sicher, dass Moxham sich auch mit dieser Frage beschäftigt hatte.

Und jetzt wusste ich auch mit Sicherheit, dass Kip in der Lage war, einen Mord zu vertuschen. Vielleicht war es nicht das erste Mal gewesen, dass er so etwas getan hatte.

»Warum haben Sie Ihre Frau umgebracht?«, fragte ich.

Kips Gesicht errötete. »Ich habe meine Frau geliebt.«

»Und wenn die Polizei ihren Tod untersuchen würde, wäre das alles, was sie finden würden? Liebe?«

Auf der anderen Seite der Veranda öffnete sich die Glastür mit einem Klirren.

Einen Moment lang war die Gestalt in der Tür ganz in Licht getaucht, bevor sie auf uns zukam. Ihr schwarzes Haar war ungewohnt wirr. Sie trug ein unförmiges weißes Kleid und sah aus wie ein Gespenst.

Fizzy.

Kip stand auf und trat zu ihr heran. »Liebling, du solltest dich ausruhen ...«

»Nein.« Sie klang heiser; ich musste mich anstrengen, um sie zu verstehen. »Ich möchte mit Lola sprechen.«

»Jetzt ist nicht der richtige Zeitpunkt.« Er legte einen Arm um sie, aber sie schob ihn weg.

»Du kannst jetzt gehen, Kip.« Sie setzte sich auf den Stuhl, in dem er gerade noch gesessen hatte.

»Ich bleibe hier.« Er streckte die Brust raus. »Ich habe mein Filet noch nicht gegessen.«

Ich lachte unwillkürlich, aber Fizzys Gesicht blieb ausdruckslos.

»Ethan wird es dir in deiner Villa servieren«, sagte sie. »Geh jetzt.«

»Das ist doch albern ...« Kip zupfte an Fizzys Arm, aber sie reagierte nicht.

»Geh weg, oder ich stürze mich hier und jetzt ins Meer.« Sie klang vollkommen ruhig. »Vielleicht wäre dir das lieber. Das wäre doch eine saubere Lösung.«

Es war zwar windig heute, aber das war nicht der Grund, weshalb ich zitterte. Der Felsvorsprung hinter der Veranda war in der Dunkelheit verschwunden, Meredith von den Wellen überspült.

Kip verzog sich und schimpfte dabei, er werde bald wiederkommen, um zu zeigen, dass Fizzy ihn nicht weggeschickt hatte, sondern dass er aus freien Stücken gegangen war. Sein Blick huschte währenddessen mehrmals in meine Richtung. Vielleicht war er erleichtert, meinen Fragen über Meredith entkommen zu sein.

Als Fizzy und ich allein waren, bemerkte ich, wie wächsern und seltsam sie aussah.

»Tut mir leid ...«, murmelte sie. »Ich wusste nicht ... Ich wusste nicht, dass Brady dir so was antun würde.«

»Tja, hat er aber.«

»Ich bin froh, dass es dir gut geht.« Sie versuchte ein Lächeln, aber es flackerte nur kurz auf und erstarb sofort wieder.

»Bist du das wirklich?«

»Es wäre ... es wäre einfacher gewesen, wenn du gestorben wärst. Aber: Es wäre nicht richtig.«

Ich lachte, ich konnte mich nicht beherrschen. »Das ist wenigstens ehrlich.« Gott, was für ein Abend. Ich hatte keine Lust mehr, um den heißen Brei herumzureden. »Willst du mir erzählen, warum du Moxham und Tessa ermordet hast?«

Es klang schnippisch. Ich rechnete eigentlich nicht damit, die Wahrheit zu hören, nicht von einer Serienlügnerin wie Fizzy, aber ihr Gesichtsausdruck fiel in sich zusammen. Ihre Nase lief. Sie wischte sich den Rotz mit dem Handrücken ab. Es war so unvornehm, dass ich mich fragte, wo die echte Fizzy abgeblieben war.

»Ich schätze, das alles fängt hier an.«

Sie holte ihr Handy aus der Tasche. Zum ersten Mal fiel mir auf, dass sie keine Armreifen trug wie sonst. Die Linien an ihren Handgelenken waren unverkennbar.

»Was?«

Sie zeigte mir auf ihrem Handy ein Foto von sich selbst.

Ihre Wange war mit blauen Flecken übersät, ein Auge war blutunterlaufen; es sah nicht sehr anders aus als bei mir gerade. Die Verletzungen in ihrem Gesicht waren jedoch nicht das Schlimmste. Das Schlimmste war die Wehrlosigkeit in ihrem Blick.

47

Für viele Menschen wäre es vielleicht das Schlimmste auf der Welt, wenn die Leute erfuhren, dass man die eigene Frau betrogen hat oder dass man gerne eine Windel trägt und so tut, als wäre man ein Riesenbaby.

Nicht besonders schön, klar. Aber es gibt noch schlimmere Dinge. Wenn man zum Beispiel fünfzehn Jahre lang vor einem Gewalttäter flieht und einem dann jemand damit droht, diesem Täter zu verraten, wo man wohnt.

Erpressung.

Ich konnte es aus Moxhams Perspektive sehen. Es widerte mich an, aber wir hatten da etwas gemeinsam. Unsere Weltanschauung. Wenn er ein Problem gehabt hatte, dann hatte er dafür gesorgt, dass es verschwand.

Und Moxhams Problem war Fizzy gewesen. Sie mussten einander das Leben schwer gemacht haben. Fizzy, die Lebenslängliche von Keeper Island, musste es gehasst haben, wie mühelos sich Moxham bei Kip eingeschmeichelt hatte. Sie mochte vielleicht Kips Ersatztochter gewesen sein, aber hatte ein Sohn nicht immer Vorrang vor einer Tochter? Moxham wiederum musste am Boden zerstört gewesen sein, als ihm klar geworden war, weshalb er nicht bei Diara hatte landen können.

Mir gefiel die Vorstellung von Moxham, wie er Diara und Fizzy während einer Party beim Küssen in einem kleinen Palmenwäldchen erwischte, obwohl ich auch wusste, dass ich meine eigenen

Erlebnisse auf diese Geschichte projizierte. Wie auch immer es passiert war, Moxham hatte mitgekriegt, dass ihm der Weg zu seiner wahren Liebe Diara versperrt war.

Wahre Liebe? Wohl eher Besessenheit. Auch ohne ein Psychologie-Diplom vermutete ich, dass Moxhams Gefühle für Diara über das romantische Getue hinausgegangen und geradewegs ins Pathologische abgeglitten waren. Also hatte er sich darangemacht, Fizzy aus dem Weg zu räumen. Und zwar mit seiner altbewährten Methode.

Erpressung.

Fizzy trug auf Keeper Island ihren Kindheits-Spitznamen, aber Moxham hatte als Geschäftsführer ohne Weiteres ihren Geburtsnamen herausfinden können: Elizabeth Rose Manolo. Mithilfe dieser Information war alles, was ihr widerfahren war, nur eine Google-Suche entfernt gewesen.

Fizzys gewalttätiger Ex-Freund, Grant, hatte für ihre Entführung, Vergewaltigung und Folter nur fünf Jahre im Knast gesessen. Vielleicht war er ein geläuterter Mann. Vielleicht auch nicht. Es wäre für Moxham ein Leichtes gewesen, ihm über die sozialen Medien eine Nachricht zu schicken. Ich stellte mir vor, wie er Fizzy verhöhnte: »Ein super Typ. Würde dich gerne mal wiedersehen. Hättest du da nicht Lust drauf?«

Wenn er das bei mir gemacht hätte, wäre ich sofort abgehauen. *Lauf weg.* Moxham musste erwartet haben, dass Fizzy genauso reagieren würde. Sie würde ihre Sachen packen und abhauen, und dann hätte er Diara – und die gesamte Insel – ganz für sich allein.

Aber Fizzy war nicht weggelaufen. Als die Erpressung gescheitert war, hatte sich Moxham trotzdem an Diara rangemacht. Wenn ich es wohlwollend betrachtete – und der Teil von mir, der ihn einst als Freund gesehen hatte, wollte wohlwollend sein –, dann vermutete ich, er war so von Diara besessen gewesen, dass er sich eingeredet hatte, sie sei auch in ihn verliebt. Als er in ihr Zimmer gegangen war und versucht hatte, sie zu vergewaltigen, hatte er sich eingebildet, es sei ein Akt der Liebe.

Oder er war einfach ein verdammtes Stück Scheiße.

~

Es war jetzt vollkommen dunkel, die LED-Teelichter auf der Veranda spendeten nur wenig Licht. Fizzy hatte beide Ellbogen auf den Tisch gestützt und das Kinn in die Hände gelegt. Es war eine Mädchenpose, als wären wir Teenager, die Geheimnisse austauschten.

»Das hier ist mein sicherer Hafen, weißt du.« Ihr Gesichtsausdruck war in Dunkelheit gehüllt, aber ich hörte das Lächeln in ihrer Stimme. »Keeper Island hat mir das Leben gerettet. Ein Freund hat mir den Job vermittelt. Kip wollte ein hübsches Mädchen, das seine E-Mails tippt. Ich war überqualifiziert, aber ich musste so weit wie möglich weg von Grant.

Ich erinnere mich noch an meinen ersten Tag, als man mir die Insel gezeigt hat und ich gedacht habe, *Ist doch egal, ich werd' mich eh umbringen.* Ich hatte beschlossen, bis zu meinem dreißigsten Geburtstag zu warten, und dann würde ich es tun. Mein Geburtstag kam und ging. Ich schaute hinaus aufs Meer und mir wurde klar, dass ich nicht mehr sterben wollte. Dieser Ort hier ist etwas Besonderes ... Er ist in meinem ganzen Leben bisher mein einziges richtiges Zuhause gewesen.

Und dann ist er gekommen. Und hat alles kaputtgemacht.« Sie ließ ihren Kopf fallen. »Ich wünschte ...«

Beim Einatmen bemerkte ich den Geruch von verbranntem Salbei. Wahrscheinlich haftete er an Fizzys Kleidung. Ich vermutete, dass sie in den letzten zwei Wochen immer und immer wieder ins Bootshaus zurückgekehrt war, um dort Salbei zu verbrennen, Kristalle umherzuschwenken und verzweifelt zu versuchen, den Ort zu reinigen.

Ich hatte Mitleid mit ihr, trotz allem.

»Was ist wirklich passiert ... in der Nacht der Alice-Party?«, fragte ich.

Über uns zogen die Wolken hinweg, und der Mond hüllte uns in silbernes Licht.

»Ich hatte Diara noch nie so gesehen.« Fizzys Mundwinkel zuckten. »Ich hatte sie bis dahin noch nicht mal weinen sehen. Aber in dieser Nacht ... hatte sie völlig den Verstand verloren. Konnte nicht aufhören zu zittern. Sie muss eine halbe Flasche Rum getrunken haben, bevor sie überhaupt reden konnte. Ich glaube, sie wollte mir eigentlich nicht erzählen, dass Moxham versucht hat, sie zu vergewaltigen. Die Frau ist zäh wie Leder, und sie würde lieber sterben, als Schwäche zu zeigen. Aber sie musste es jemandem erzählen.«

Ich sah Diara auf der Party vor mir, betrunken und unsicher, bevor sie ins Gebüsch fiel. Fizzy musste ihren Plan da bereits geschmiedet haben.

»Du hast Diaras Handy benutzt«, sagte ich.

»Ja, das war schlau von mir.«

Ein Lächeln blitzte in Fizzys Gesicht auf. Nicht das zittrige Lächeln von vorhin. Dieses Lächeln erfüllte ihr ganzes Gesicht. Es war furchteinflößend.

»Moxham kam ins Bootshaus«, sagte sie, »mit diesem selbstzufriedenen Grinsen. Dachte, er würde sich mit Diara treffen. Stattdessen stand ich da, mit einem Taser in der Hand. Du hättest seinen Blick sehen sollen.

Eigentlich war das Ganze ein klassischer Moxham. Er hat versucht, mich zu erpressen, damit ich die Insel verlasse. Es war schön, ihn seine eigene Medizin kosten zu lassen. Er sollte in ein Boot steigen und abhauen, noch vor Tagesanbruch. Oder ich würde allen von der Vergewaltigung erzählen und ihn damit in den Knast bringen.«

Mein Magen zog sich zusammen, als ich mir die Szene vorstellte. *Verschwinde*, wollte ich Moxham zuschreien. *Sie bietet dir einen Ausweg.*

Der Hauch eines Lächelns blieb auf Fizzys Lippen zurück, und mir lief ein Schauer über den Rücken. »Du hast nie wirklich vorgehabt, ihn laufen zu lassen, oder?«

»Ich habe ihm die Wahl gelassen. Er war großkotzig, hat die ganze Zeit Champagner getrunken. Hat mich nicht ernst genommen. Er hat mir sogar die Flasche gegeben, mir einen Schluck angeboten.

Der Mann war ein absoluter Psychopath. Er hat davon geredet, wie unglücklich es Kip machen würde, wenn er was davon erfährt. Wie ich ihn bedroht hätte. Meine Geisteskrankheit, meine tragische, tragische Vergangenheit. Wenn ich nicht abhauen würde, dann würde er Kip einreden, dass ich verrückt sei und er mich irgendwohin wegbringen lassen sollte.

Er hat immer die Wahrheit verdreht, immer zu seinem Vorteil. Und es hätte ja wirklich alles so laufen können, wie er es beschrieben hat: Kip würde mich wegschicken und er würde hierbleiben, mit Diara.«

Fizzy hatte in die Finsternis jenseits der Veranda gestarrt, aber jetzt schaute sie mir in die Augen.

»Ich konnte das nicht zulassen«, sagte sie. »Ich habe mit dem Taser auf ihn geschossen und ihn an der Wange getroffen. Er hat so aufgeheult, das war kaum noch menschlich. Aber der Taser hat ihn nicht davon abgehalten, mich anzugreifen, er hat ihn nur wütender gemacht. Also habe ich die Sektflasche nach ihm geschleudert, und die ist ihm seitlich gegen den Kopf geknallt. Dann ist er hingefallen – und beim Fallen muss er sich den Kopf aufgeschlagen haben.«

In mir verkrampfte sich alles. Ich brauchte sie nicht zu fragen, was dann passiert war; ich konnte es mir zusammenreimen. Jemand hatte den Jetski hinaus aufs Meer geschleppt – ich hatte das Licht des Bootes auf dem Wasser gesehen. An dieser Stelle hatten sie Moxhams Leiche ins Wasser geworfen; es wie einen Unfall aussehen lassen.

»Was ist mit Tessa?«, fragte ich.

Fizzys Stimme wurde scharf. »Sie war nicht besser als er.«

»Du hast irgendwann herausgefunden, dass sie zusammengearbeitet haben?«

»Ich hab' die kleine Schlange erwischt, wie sie in Moxhams Wohnung eingebrochen ist. Sie hat erzählt, sie hätte da einen Pullover vergessen. Es war nicht schwierig, die Wahrheit aus ihr herauszubekommen. Sie hat dann versucht, den Spieß umzudrehen, hat sich richtig aufgespielt. Von wegen sie würde zur Polizei gehen, wenn ich sie nicht ausbezahle.«

Tessa musste in den Tagen nach Moxhams Tod Panik gehabt haben, dass ihr Plan auffliegen würde. Sie hatte alle Kameras abgenommen und dann auch versucht, alle versteckten Beweise in Moxhams Wohnung in die Finger zu kriegen. Kein Wunder, dass Fizzy – oder Kip? – beschlossen hatte, ein Lagerfeuer zu Moxhams Ehren zu veranstalten.

Tessa hätte abhauen können, nachdem Fizzy sie zur Rede gestellt hatte, aber sie hatte von Moxham gelernt. Sie wollte einen Deal arrangieren. Ziemlich dumm.

Ich dachte an Tessa, an ihren Nervenzusammenbruch, als ich sie das erste Mal getroffen hatte. Sie war noch ein Baby gewesen.

»Und sie musste sterben?«

»Dieses Mädchen war eine Söldnerin, ihr war völlig egal, was ich durchgemacht habe, sie hat sich nur um sich selbst gekümmert ...«

»Du hast an der Seilbahn herumgepfuscht.«

Fizzy legte eine Hand auf meinen Arm. Ihre Finger waren kalt, die Nägel abgebissen, der Lack abgeblättert.

»Weißt du, was lustig ist?« Ihre Stimme hatte nichts Amüsiertes. »Ich hatte ihr schon Wochen vorher gesagt, dass sie die Seilbahn nicht mehr benutzen soll, dass sie nicht sicher ist. Aber sie war eben ein faules kleines Miststück, das nicht den Berg runterlaufen wollte.«

Mir war schlecht. Jeder hätte die Seilbahn benutzen können, nachdem Fizzy an ihr herumgepfuscht hatte.

»Du musst dich stellen«, sagte ich.

»Du klingst genau wie Diara.«

»Sie hat recht.«

Fizzys Finger strichen mir über den Arm und krallten sich dann zu einer Klaue zusammen.

Sie lehnte sich zu mir herüber.

»Sie haben es verdient.« Ihr Atem hatte etwas Säuerliches. »Das waren schlechte Menschen. Das verstehst du doch, oder?«

Ich rückte von ihr ab und griff mir mein Steakmesser vom Tisch. »Nein.«

Ich war allein mit einer Mörderin. Wo befand ich mich auf Fizzys Moral-Skala? Eher am guten oder am schlechten Ende?

»Willst du mich abstechen?«, fragte Fizzy zerstreut. »Ein Leben für ein Leben.« Sie stieß einen Seufzer aus. »Keine Sorge, ich bin schon in der Hölle. Ich habe bekommen, was ich wollte, aber der Sensenmann hat mir auch etwas genommen.«

Ihr Gesichtsausdruck war so leer, dass ich das unheimliche Gefühl hatte, sie sei damals am Strand wirklich gestorben, und das hier war nur ihre Leiche, die zu mir sprach.

»Ich geh' zur Polizei, wenn das alles stimmt ...«

Sie wischte meine Worte mit einem Kopfschütteln beiseite. Als sie eine Bewegung machte, zuckte ich mit dem Messer in der Hand zusammen, aber sie schob nur ihren Stuhl zurück, um aufzustehen.

»Ich wollte mich nur entschuldigen.« Sie sagte es höflich, als würde sie sich für einen Fauxpas beim Abendessen entschuldigen.

»Warte ...« Was immer ich von Fizzy und Kip gewollt hatte, ich hatte es nicht bekommen. Diese Insel barg noch immer viele Geheimnisse.

Ich versuchte ebenfalls aufzustehen und vergaß dabei meinen schmerzenden Knöchel.

»Was ist mit Meredith?« Mein Griff um das Messer lockerte sich. Ich stieß gegen den Tisch. »Was ist mit ihr passiert? Hat er sie umgebracht?«

»Nein.« Fizzy verschluckte das Wort beinah. »Dafür ist er zu schwach.«

»Er ist nicht ...«

»Er hat nicht die geistige Klarheit dafür.«

»Was ist mit ihr passiert?«

Fizzy zögerte, machte dann einen Schritt von mir weg.

»Bitte, sag es mir.«

»Ich weiß es nicht mit Sicherheit. Aber es steht alles in den Unterlagen. Man kann alles in dem langweiligen Kleingedruckten finden, das niemand liest. Der Teufel steckt im Detail.«

Das erinnerte mich an Moxham. *Mir sitzt der Teufel im Nacken.* Ihre Worte waren ein weiteres Rätsel.

Von irgendwoher hörte ich ein rasselndes Geräusch. Ich sprang auf, mein verletzter Knöchel stieß gegen das Tischbein.

Die Tür öffnete sich. Eine dunkle Gestalt trat in den Türrahmen, das Licht drang nach draußen.

»Ja, ja, ich komme«, sagte Fizzy, bevor Kip etwas sagen konnte.

Ich hatte noch mehr Fragen, aber ich wusste, dass ich von ihr nichts mehr erfahren würde. Erschöpft ließ ich mich in meinen Stuhl zurücksinken. Sie wandte sich ab. Als sie wieder sprach, wusste ich nicht, ob sie mit mir redete oder mit Kip oder mit sich selbst.

»Das hier ist wirklich mein liebster Ort auf der Welt. Ich verdiene ihn nicht. Ich weiß nicht, was ich verdiene ...« Ihre Stimme versank im schäumenden Meer unter uns.

Ich saß noch lange in der Dunkelheit, nachdem sie gegangen waren. Ethan brachte mir Apfeltorte mit Schlagsahne und verschwand dann wieder. Ich wollte ihm hinterherrufen, aber ich hatte keine Stimme mehr. Die Sahne zerschmolz zu einer weißen Pfütze.

Auf meiner Haut kribbelte die Gänsehaut, aber ich dachte nicht daran, hineinzugehen. Was hatte Fizzy von mir gewollt? Vergebung? Verständnis? Konnte ich ihre Perspektive verstehen? Wenn Moxham und Tessa mir das angetan hätten, hätte ich sie dann umgebracht? Der Gedanke waberte eiskalt in meinem Hinterkopf.

Draußen auf dem Wasser sah ich ein Licht. Es musste ein Boot sein, das gerade nach Virgin Gorda fuhr.

Ich konnte gehen. Endlich konnte ich nach Hause. Wenn ich jemals herausfinden würde, wo mein Zuhause war.

48

Die Welt ging unter, aber es war mir egal.

Ich war nur auf der Party, weil ich es nicht ertrug, allein zu sein. »Willkommen, Überlebende« stand in »Blut« auf einem weißen Laken über den Restauranttüren. Drinnen hatte man roten Stoff über die Lampen drapiert, was dem Ganzen einen Hauch von Atombunker verlieh. Plastikskelette, die von einer der letzten Halloweenfeiern übriggeblieben waren, baumelten von den Balken.

Maria und Alex hatten die Weltuntergangsparty bis ins letzte Detail geplant, hatten sogar Konservendosen aus dem Lagerraum geholt (ich konnte mir Guillaumes Abscheu nur allzu gut vorstellen). Ich schnappte mir eine Dosen-Chipolata, die mit einem Stück Ananas auf einen Stock aufgespießt war. Sie schmeckte nach Sägemehl.

Alles um mich herum hatte etwas von einer Halluzination. Ich schüttete mir zwei weitere Schmerztabletten in die Hand und spülte sie mit einem Schluck meines Painkiller-Cocktails runter. Die Kombination erzeugte in mir ein Gefühl, als ob Finger in meine Schädelhöhle griffen und mein Gehirn massierten.

Gestern Abend war ich zurück ins Personaldorf gegangen. Ich hatte mit Diara sprechen wollen, aber sie war nirgends zu sehen gewesen. In der Nacht hatte ich nicht schlafen können und war bei jedem sich bewegenden Schatten zusammengezuckt.

Um mich herum waren die Tische im Restaurant weggeräumt worden. Die Leute tanzten, aber ich konnte mich nicht auf den

Rhythmus der Musik konzentrieren. Stattdessen saß ich zusammengekauert auf einem Stuhl und blickte durch die offenen Fensterläden hinaus auf den Hauptstrand. Ein spektakulärer Sonnenuntergang warf Rot- und Orangetöne über den Sand. Ich fragte mich, ob ich den Sonnenuntergang auf Keeper Island heute Abend zum letzten Mal erleben würde.

In ein paar Stunden konnte ich auf dem Flughafen von Beef Island sein. Schon morgen konnte ich in London sein. War es das, was ich wollte?

Ich war weder für eine Party gekleidet noch für das Wetter draußen noch für den Weltuntergang. In dem übergroßen grünen Kapuzenpulli, den ich schon als Teenager hatte, konnte man sich gut verstecken. Gott, war ich müde. Ich würde genau hier einschlafen können.

Mir fielen gerade langsam die Augen zu, als mein Handy vibrierte.

»Halloooooo.« Ich war betrunkener, als ich gedacht hatte.

»Oh, mein Gott!«, sagte Allie.

Die Übelkeit, die schon den ganzen Tag in meinem Körper herumgeschwappt war, breitete sich in meinem Bauch aus.

»Was?«

»Ich fasse es nicht«, sagte Allie.

Ich presste das Telefon an mein Ohr; es war zu laut, um etwas zu verstehen. »Was? Was ist los?«

»Ich dreh' durch. Ich hab' gerade mit der Anwältin telefoniert.«

Ich hörte am anderen Ende der Leitung ein windiges Pfeifen, kurze Fetzen einer Sirene. Oh, Scheiße. In was für eine Scheiße hatte Allie sich da wieder reinmanövriert? Es musste was Schlimmes sein.

»Sie sagt, sie macht alles fertig. Sie arbeitet extra länger, weil es so dringend ist. Oh, mein Gott, Lo, das ist so unglaublich.«

»Was? Ich verstehe nicht ...«

Ich schlängelte mich durch die Menge, ohne mich darum zu kümmern, wen ich dabei mit meinen Krücken anrempelte.

»Die Wohnung«, sagte sie. »Danke, danke, danke!«

Ich stieß die Tür auf und taumelte hinaus, wobei ich mich in dem weißen Laken verhedderte. Leise hörte ich im Telefon Flora die Worte nachsingen. *Danke, danke, danke!* Ich stellte mir vor, wie sie mit wirbelnden Zöpfen Pirouetten drehte.

»Die Wohnung?«

»Das Auto ist nicht wirklich kindgerecht, aber ... ich meine, wow.«

»Allie ...« Ich stolperte und setzte mich auf die Gehwegplatten, die Krücken fielen klappernd zu Boden, mein verletzter Knöchel pochte. Ich war mir nicht sicher, ob ich noch wusste, wie stehen ging. »Ich kann dir nicht folgen.«

Es dauerte noch einige Minuten, bis ich Allie die Details entlockt hatte. Die Wohnung – die überteuerte mit viel Licht und Platz für ein Kunstatelier – gehörte jetzt ihr. Sie war die alleinige Besitzerin. Kips Angebot an den Eigentümer war mehr als großzügig gewesen.

Und das Auto. Ein flaschengrüner Aston Martin parkte draußen auf der Straße. Ein Geschenk für mich; es hatte sogar spezielle Nummernschilder.

Wann hatte Kip das alles gemacht? Das zu organisieren musste Tage gedauert haben. Während ich mich erholt hatte, hatte Kip Pläne geschmiedet. Er wollte mich kaufen.

Scheiße, wie sollte ich meiner Schwester erklären, dass wir das alles zurückgeben mussten?

»*Nein!*« Eine Stimme ertönte über die Bassline der Musik hinweg.

Um mich herum war es düster geworden. Irgendwo in meiner Nähe bewegte sich etwas, zwei Gestalten, aber ich konnte sie nicht richtig ausmachen. Meine Hand war nach unten gesunken, aber jetzt hob ich das Handy wieder ans Ohr.

»Allie, ich ruf' dich zurück.«

Ich stellte mir vor, wie sie auf den Zehenspitzen umherhüpfte. »Das ist so perfekt, alles ist fantastisch!«

»Ich ruf' zurück.« Ich legte auf.

Um mich herum knarrten und klapperten die Palmen in der Brise. Alles drehte sich.

»Nein, nein, nein!«

»Es musste sein.«

»Nein, ich hab' ...«

»Doch, das musste es.«

Die Stimmen flogen über mich hinweg. Ich konnte die Personen immer noch nicht sehen, aber ich wusste, wer es war. Diara und Kip. Ich konnte seinen kahlen Kopf im Mondlicht aufblitzen sehen, aber sie war durch das Gestrüpp am Wegesrand verdeckt.

»Wo ist sie?« Diaras Stimme war schrill und laut, ihr Akzent wurde stärker.

»Sie ist weg.«

Schwer auf meine Krücken gestützt, stemmte ich mich hoch. Ich humpelte ein paar Schritte näher. So nah, dass Kips Blick zu mir huschte. Diara bemerkte meine Anwesenheit nicht.

»Ich weiß, dass sie weg ist.« Sie zerteilte die Luft mit der Hand. »Aber wo hast du sie hingeschickt?«

»Venezuela.« Er schaute demonstrativ auf seine Uhr, die in der Dunkelheit kurz aufleuchtete. »Das Flugzeug dürfte jetzt schon in der Luft sein.«

Als Diara versuchte, ihn zu unterbrechen, erhob er seine Stimme und sprach in einem eindringlichen Tonfall auf sie ein, als sei dies ein Verkaufsgespräch. »Das Land ist im Kommen. Viele Arbeitsmöglichkeiten. Ich investiere da in ein paar Hotels.«

»Sie wollte sich der Polizei stellen. Du hast gesagt, du würdest ihr die Wahl lassen. Aber du willst immer alles kontrollieren.«

»Es gibt keine Wahl. Es gibt nur die Realität.«

»Du bestrafst sie.«

»Sie bekommt ein wundervolles neues Leben.«

»Sie braucht Hilfe ...«

»Ich habe veranlasst, dass sie Hilfe bekommt.«

»Es veranlasst.« Diara fletschte die Zähne. »Du veranlasst immer alles. Das macht mich krank.«

»Was ist denn die Alternative?« Kips Charme war verflogen; seine Augen traten hervor. »Gefängnis? Und für dich? Auch Gefängnis. Helferin nach der Tat, mein Mädchen. Wären wir denn im Knast alle besser dran?«

Kip wandte sich zu mir, wie auf der Suche nach einer Verbündeten. Schließlich bemerkte auch Diara mich. Ich sah das Glitzern der Tränen in ihren Augen. Sie schüttelte den Kopf, und ihre Ohrringe baumelten. Rotkardinäle.

Sie warf Kip einen letzten verächtlichen Blick zu und verschwand in der Dunkelheit.

~

Durch die Pillen und den Alkohol schlief ich in dieser Nacht wie eine Leiche. Ich wachte davon auf, dass Diara an meiner Schulter rüttelte. Als ich leidvoll aufstöhnte, legte sie mir eine Hand auf die Stirn.

»Ist nur ein Kater, ich sterbe schon nicht.« Meine trockene Kehle ließ meine Stimme besonders kratzig klingen.

»Okay, London-Girl, wollte nur sichergehen. Ich will nicht noch einen Menschen verlieren.«

Ich atmete tief aus und setzte mich im Bett auf. »Bist du jetzt langsam so weit, dass du mich nicht mehr anlügst?« Ich war zu müde für jegliches Taktgefühl.

Diaras Gesicht war nass von Tränen. Als sie meinen Blick bemerkte, rieb sie sich mit dem Ärmel die Wangen ab. »Komm schon.« Sie stupste mich an. »Schauen wir uns den Sonnenaufgang an.«

Draußen im Gebüsch krähte ein wilder Hahn, endlich mal zum richtigen Zeitpunkt.

49

Ich saß in der Hidden Cove, grub meine Zehen in den Sand und genoss die kühle Rauheit des Untergrunds. Der Verband an meinem verletzten Knöchel hatte sich gelöst und ich spielte mit einem ausgefransten Ende herum.

Diara lag neben mir, bewegungslos wie eine aufgebahrte Leiche.

»Wusstest du wirklich nicht, dass Fizzy Moxham umgebracht hat?«, fragte ich.

»Nein.« Diara setzte sich auf. »Jedenfalls lange nicht. Ich dachte, irgendwas war an Moxhams Tod faul. Wie hätte es auch anders sein können, bei einem Mann wie ihm. Aber ich wollte nicht glauben, dass sie etwas damit zu tun hatte.«

Der Himmel über uns war von einem satten Lila, wie ein Hämatom, aber am Horizont zeichnete sich das erste Licht des neuen Tages ab. Das Meer schien jetzt ruhig, nach diesen letzten verhängnisvollen Tagen. Geschützt, wie wir in dieser Bucht saßen, mit den Klippen an beiden Enden, konnte man denken, der Rest der Insel – der Rest der Welt – würde nicht existieren.

»Kip muss sie wirklich wie eine Tochter lieben«, sagte ich, »dass er sie so deckt.«

»Liebe.« Diara spuckte das Wort aus wie Gift. »Bei allem, was er macht, geht es immer nur um ihn. Er hätte ... sich besser um sie kümmern sollen.«

Diaras kräuselnde Lippen verrieten einen Hauch von Eifersucht.

Was hätte sie getan, wenn Fizzy stattdessen sie um Hilfe gebeten hätte? Ich dachte an den Anblick des Blutes auf Nathans Körper, wie es in den Duschabfluss lief. Für die, die man liebte, tat man, was getan werden musste.

Das Schweigen zwischen uns zog sich in die Länge. Der Himmel wurde heller, war schon rosarot am Horizont, die Sonne würde jeden Moment aufgehen. Der heutige Tag, so klar und kühl, hätte sich nicht stärker unterscheiden können von dem letzten Mal, als ich in der Hidden Cove gewesen war. Nebel. Fizzy, wie eine Statue, auf dem Rücken liegend im Sand.

»Die Tabletten«, sagte ich. »Hat sie wirklich eine Überdosis genommen oder hat Kip ...?«

»Was ich mittlerweile verstanden habe, ist ...« Diaras Stimme klang brüchig. »Mord ist nicht Kips Stil. Er kann Menschen auch auf andere Weise zerstören.«

Hatte er Meredith zerstört? Bis es keinen anderen Ausweg gegeben hatte als den Selbstmord?

Ein grelles Licht stach mir in die Augen, als die Sonne über dem Horizont hervorbrach.

»Elizabeth ist immer depressiv gewesen, das wusste ich«, sagte Diara. »Ich glaube, als Fizzy mit Tessas Mutter gesprochen hat, ist ihr klar geworden, was sie getan hat.«

»War sie so verzweifelt? Das klang gestern jedenfalls noch nicht so.« Ich erschauderte bei dem Gedanken daran.

Diaras Schultern waren nach innen gekrümmt, ihr Blick gesenkt, als könnte sie es nicht ertragen, den Sonnenaufgang anzuschauen.

»Ich muss ... ich muss glauben, dass sie verzweifelt war, dass es ihr nicht egal gewesen ist. Sie hat es so sehr bereut, dass sie versucht hat, Schluss zu machen. In dieser Nacht, nach der Überdosis, als sie aufgewacht ist, hat sie mir endlich die Wahrheit erzählt.«

»Und da hast du die Seiten gewechselt, und hast aufgehört, mir zu helfen.« Ich lächelte säuerlich und Diara lachte finster.

»Ich wusste nicht, dass ich dich damit in die Arme eines Verrückten treiben würde.«

»Was das angeht, sind wir quitt, weil du mir das Leben gerettet hast und so weiter.«

»Nicht der Rede wert.« Diara schaute mich von der Seite an. »Ich hatte einfach keine Lust auf eine neue Mitbewohnerin.«

Um uns herum zog sich die Dunkelheit allmählich zurück. Im Wasser spiegelte sich das Licht und färbte die plätschernden Wellen rosa.

»Ich gehe weg von hier«, sagte ich. »Heute noch.«

Diara schüttelte den Kopf, und zwischen ihren Augen bildete sich eine Furche. Bevor sie etwas erwidern konnte, fügte ich hinzu:

»Wie könnte ich denn hierbleiben? Im Ernst.« Ich erzählte ihr von der Wohnung in London, von dem Sportwagen. »Er denkt, er kann mich kaufen.«

Diara drückte mit ihrer Ferse eine Mulde in den Sand. »Du gehst also, und was tust du dann?«

»Noch mal von vorne anfangen.« Ich hasste, wie meine Stimme brach.

Immer wieder von vorne anfangen, immer in der Hoffnung, jemand Neues zu werden.

»Ich will nicht von ihm gekauft werden.« Ich schniefte und drückte die Tränen weg.

»Das kann er auch nicht, wenn du ihn nicht lässt.«

Ich wollte etwas entgegnen, aber Diaras eindringlicher Blick ließ mich verstummen. Sie packte mich fest an der Schulter.

»London-Girl, er ist dir schutzlos ausgeliefert«, sagte sie. »Halt dich einfach bedeckt, quetsch ihn aus, so gut es geht, und warte auf den perfekten Zeitpunkt für deine Rache.«

»Ist es das, was du tust?«

Ich verlagerte mein Gewicht und sie lockerte ihren Griff.

»Ich versuche nur, einen Ort zu finden, wo ich glücklich sein

kann. Es mag vielleicht seine Insel sein, aber es ist mein Zuhause.«
Sie atmete tief aus, und endlich wandten sich ihre Augen dem Sonnenaufgang zu. »Und ich fühle sie hier. Die guten Seiten von ihr, von uns.«

Ich stellte mir vor, wie Fizzy in Venezuela aus dem Flugzeug stieg und wie benebelt durch den Trubel in der riesigen Flughafenhalle schwebte. Ich hoffte, dass Kip keinen Mist erzählt hatte, dass es dort Unterstützung für sie geben würde. Ein Teil von mir fragte sich, ob er einer Wahnsinnigen ein glänzendes neues Leben verschafft hatte. Würde Fizzy wieder töten?

»Ich habe sie gesehen, weißt du.« Die Erinnerung kehrte plötzlich zu mir zurück. So vieles in dieser letzten Woche hatte sich unwirklich angefühlt, aber ich erinnerte mich jetzt. Ich erzählte Diara davon, wie ich Fizzy gesehen hatte, in der Nacht, als Brady mich mein eigenes Grab hatte schaufeln lassen.

»Ja, sie war da draußen«, sagte Diara. »Wir waren gerade alle in Kips Villa, dicht gedrängt. Draußen liefen die Generatoren. Ich dachte, Fizzy wäre oben und würde schlafen, aber sie kam völlig durchnässt und schmutzig durch die Haustür und sagte, du seist in Schwierigkeiten.«

»Also hat sie mich gerettet?«

Sie war der Grund gewesen, warum Diara losgelaufen war, um mich zu suchen. Ich lehnte mich zurück, der raue Sand grub sich in meine Handflächen, und dachte darüber nach. Ich war mir nicht sicher, aber ich glaubte, Fizzy war in den Busch gegangen, um sich umzubringen. Sie hatte irgendetwas an einem Baum gemacht. Daran erinnerte ich mich jetzt. Eine Schlinge geknotet, um sich zu erhängen. Als sie mich gesehen hatte, hatte sie eine Entscheidung getroffen. Sie hatte beschlossen, lieber mich zu retten, als sich umzubringen.

Ich erzählte Diara von meiner Theorie, und ihr ganzer Körper krümmte sich zusammen. Scheußliche Tränen, ein urtümliches Stöhnen. Ich schlang einen Arm um sie und drückte sie fest an mich, und es schien, als würde die Trauer ihren Körper in meiner Umarmung immer kleiner machen.

Als ich zum Horizont aufschaute, erhob sich die Sonne gerade in einem rosa Dunst. Es war ein weiteres alltägliches Wunder am schönsten Ort der Welt.

~

Ich hatte vor, an diesem Tag abzureisen. Und am nächsten Tag. Und am Tag danach.

Es vergingen zwei Wochen, und ich war immer noch hier.

Das Beunruhigende war, wie normal sich alles anfühlte. Die Sonne ging auf. Die Sonne ging unter. Die Gäste kamen an, erhoben Ansprüche wie gierige Kleinkinder, aber man wusste, dass sie auch wieder abreisen würden. Natürlich gab es Katastrophen, aber die ließen sich mit einem Lächeln und einem Cocktail ausbügeln. Mein Knöchel verheilte. Meine Blutergüsse verblassten. Die Sonne ging auf. Die Sonne ging unter.

~

Vor dem dunklen Himmel leuchtete das Lagerfeuer hell auf. *Plopp.* Ein Holzscheit zerfiel in den Flammen und ließ einen Funkenregen aufstieben. Reggie kam mit einer Tüte Marshmallows. Ich steckte einen davon auf einen Spieß und schwenkte ihn ins Feuer.

»Das ist der Beginn einer neuen Ära, ein Neuanfang«, hatte Kip heute Morgen beim Gesamtmeeting gesagt. Er mochte vielleicht ein Mörder sein – da war ich mir immer noch nicht ganz sicher –, aber er war auch ein guter Redner, das musste man ihm lassen.

Ich hatte mich noch nicht daran gewöhnt, dass in meinem Büro jetzt eine Batterie von Bildschirmen stand. Es war Moxham zu verdanken, dass überall Kameras installiert worden waren. Er hätte sich darüber amüsiert. »Sicherheit ist unser oberstes Gebot«, hatte Kip gesagt.

Für die meisten Menschen war Keeper Island kein Ort, den sie ihr Zuhause nennen konnten. Ich hatte in den letzten Monaten gelernt, dass ein Zuhause kein perfekter Ort war, der einem einfach in den Schoß fiel. Man musste sich sein Zuhause aufbauen, Stein für Stein. Man musste dafür kämpfen.

Und die Nummer vierundvierzig der Forbes-Liste an den Eiern zu haben ... Das war auch nicht gerade unpraktisch.

Diara tauchte neben mir auf. »Bereit?« Sie hielt einen Pappkarton in der Hand.

»So bereit, wie man nur sein kann.«

Sie zögerte, dann warf sie den Karton ins Lagerfeuer. Das olivgrüne Notizbuch verbrannte am schnellsten, die USB-Sticks brauchten länger. Sie glitzerten zwischen den Holzscheiten, verformten sich, bis sie nur noch verkohlte Klumpen waren.

»Hey, was macht ihr da?« Es war Tyson, benebelt vom Alkohol. »Hausputz«, sagte ich mit einem süßen Lächeln. Er schaute uns verwirrt an und ging weiter.

Ich hatte schließlich doch eine Aussage bei der Polizei gemacht. Das genügte, um Brady festzunageln, dem wegen meiner Entführung und des Mordes an Rory eine lebenslange Haftstrafe drohte. (Andrew hatte ihn auch verraten.) Auf eine gewisse, kleine Weise hatten Moxhams Machenschaften ein gutes Ende genommen. Ohne sie wäre dieser Mord nie ans Licht gekommen. Wenigstens erfuhr die Familie des rothaarigen Jungen jetzt endlich Gerechtigkeit.

Die Tode von Moxham und Tessa wurden letztendlich als Unfälle gewertet. Würde es Tessas Mutter besser gehen, wenn sie die Wahrheit nie erfuhr? Ich war mir nicht sicher.

Mein Marshmallow war goldbraun geworden. »Willst du ihn?«

»Warum nicht?« Diara nahm den Spieß entgegen. »Hey« – ihre Stimme klang dumpf; sie hielt sich eine Hand vor den Mund, während sie schmatzend den Marshmallow aß – »Haduvodeneuehehöö?«

Ich lachte. »Was?«

Sie schluckte und schenkte mir ein Grinsen, das zum Teil aus Marshmallow bestand. »Hast du von dem Neuen gehört?«

»Der Wachmann? Fängt morgen an, stimmt's?«

Diaras Augenbrauen zuckten. »Ich hab' seinen Lebenslauf gefunden.« Sie wedelte mit ihrem Handy in der Luft.

»Dann lass mal sehen.« Es hatte mich geärgert, dass Kip ihn einfach eingestellt hatte, ohne es vorher mit mir zu besprechen. Ich stellte mir den Wachmann als gestandenen ehemaligen Polizisten vor, der einfach mal für eine Weile in die Tropen wollte. Doch das Foto auf Diaras Handy zeigte einen gutaussehenden, lächelnden Chinesen. Seine Wangen hatten einen bronzenen Schimmer, der zum Kiefer hin in einen Schatten aus Bartstoppeln überging.

Auf dem Foto sah man nicht das Wellen-Tattoo, das über seine muskulöse Brust verlief. Man sah darauf nicht, wie er Kartentricks vorführte. Man sah nicht, wie er meinen Hals küsste und mich in geschmolzene Butter verwandelte.

Er hatte immer weiter nach mir gesucht. Und natürlich hatte er mich gefunden.

Mein erster Instinkt war, abzuhauen. Aber das konnte ich nicht. Ich wollte nicht mehr weglaufen. Mich nicht mehr verstecken.

Konnten wir hier zusammen glücklich werden? Das war sein Traum für uns gewesen; unsere eigene Welt, irgendwo, wo es heiß und schön war. Aber konnte ich ihm verzeihen? Konnte ich mir selbst dafür verzeihen, was ich von ihm verlangt hatte?

Trotz allem gab mir Nathan das Gefühl von zu Hause.

Ich wollte diesen Neuanfang, den Kip mir versprochen hatte. Das hier war jetzt meine Insel.

EPILOG

Sechs Wochen zuvor

Das Telefon klingelte, Shadow fing wie wild an zu bellen.

»Pssst«, zischte sie aus dem Mundwinkel. »Hallo?« Sie kannte die Nummer nicht.

Der Schäferhund beruhigte sich wieder und schnüffelte zwischen ihren Beinen.

»Du machst es einem nicht leicht, dich zu finden.« Die Stimme am anderen Ende war männlich.

»Wie bitte?«

»Es war ziemlich mühsam, dich ausfindig zu machen«, sagte er mit australischem Akzent. Sein Grinsen war deutlich zu hören.

»Sie haben sich verwählt.« Sie wollte schon auflegen, aber die Gewissheit in seiner Stimme hielt sie davon ab.

»Komm schon, lassen wir die Spielchen.«

»Ich weiß nicht, wovon Sie reden.«

Sie blickte sich in ihrem Wohnzimmer um, und mit einem Mal packte sie die verrückte Vorstellung, dass das alles nur künstlich war. Ihr gemütliches Chalet mit Blick auf die Berge war nur ein Filmstudio. Sie zwang sich, tief durchzuatmen, grub ihre Finger in Shadows Fell und kratzte ihn unter dem Kinn. Das hier war jetzt ihr richtiges Leben. Niemand konnte es ihr wegnehmen.

»Meine Frage ist«, sagte er, »weiß dein Mann, dass du noch am Leben bist?«

»Ich habe keinen Mann.«

Sein Lachen klang todernst. »Wenn er es weiß, dann ist er ein besserer Lügner, als ich dachte. Wenn nicht ... tja, dann macht dich das wirklich zu einer faszinierenden Frau, Meredith.«

Zehn Jahre lang war sie nicht mehr Meredith gewesen. Meredith war ein erbärmliches Wesen; belogen und betrogen, jahrelang. All die Schande, all die Demütigung. Ihr Tod war die ultimative Rache an einem Ehemann gewesen, der sie nie genug geliebt hatte.

»Nennen Sie mich nicht so.«

»Wie viel ist es dir wert?«

Es war die Art von Frage, die Kip gestellt hätte, mit seinem herzzerreißenden Lächeln auf den Lippen. Ihr Mann hatte nie verstanden, dass nicht alles einen monetären Wert hat.

Freiheit, zum Beispiel, war unbezahlbar.

Sie überwies dem Mann am Telefon das Geld, wider besseres Wissen. Was, wenn sie jetzt für immer an seiner Angel hing? Der Mann würde sich wieder bei ihr melden und dann mehr verlangen. Sie war schon mal erpresst worden – wenn auch auf eher unbeholfene Weise –, von dem Beamten in Caracas, der zugestimmt hatte, irgendeine aufgedunsene, namenlose Leiche als Meredith zu identifizieren. Mit Geld konnte man solche Dinge aus der Welt schaffen.

Wochen vergingen, und der australische Mann meldete sich nicht wieder bei ihr. Ihre Erleichterung war mit einer gewissen Unruhe vermischt, und einem Hauch von Erregung. Jetzt, da es schon einmal passiert war, war es nur noch eine Frage der Zeit, bis jemand anderes sie finden würde.

Sie konnte nicht für immer tot sein. Eines Tages würde eine neue, stärkere Meredith Clement wiederauferstehen.

DANKSAGUNGEN

Zuallererst möchte ich mich bei dir (ja, dir) für das Lesen dieses Buches bedanken! Wenn du gerne weiterlesen und Bonusmaterial zu diesen Figuren haben möchtest, melde dich doch bei meinem Newsletter an auf nicolamartin.com.

Ich bin allen Menschen Dank schuldig, die an der Bearbeitung und Veröffentlichung dieses Buches beteiligt gewesen sind. Meine Literaturagentin, Sandra Sawicka, hat einen messerscharfen Blick dafür, was an einer Geschichte funktioniert (und was nicht). Dieser Roman würde ohne sie niemals existieren.

Therese Keating hat dieses Buch einem Bootcamp unterzogen, und ich bin sehr dankbar für ihre geistreichen und präzisen Kommentare. Das ganze Team bei Raven Books und Bloomsbury war wundervoll. Ich danke Faye Robinson, Emily Jones, Josephine Lane, Lin Vasey, Isobel Turton, Beth Maher. David Mann hat eine Umschlaggestaltung erschaffen, die meine kühnsten Träume übertroffen hat.

Es war großartig, die Britischen Jungferninseln besuchen und einige ihrer Bewohner:innen kennenlernen zu dürfen. Ich kann nur jedem empfehlen, dort hinzureisen. Es ist ein herrlicher Ort für einen Urlaub, und es ist höchst unwahrscheinlich, dass man während des Aufenthaltes dort umgebracht wird.

Richard Georges war mein Cultural Sensitivity Reader, und ich bin ihm sehr dankbar für seine Arbeit. Jeder Fehler, der sich in diesen Roman eingeschlichen hat, geht nur auf meine Kappe.

»Ich will das nur kurz bei meinen YouTube-Leuten gegenchecken«, habe ich öfter über Menschen gesagt, die ich noch nie in meinem Leben getroffen habe. Vielen Dank an die Vlogger:innen der Britischen und Amerikanischen Jungferninseln, die so freundlich waren, ihr Leben mit der Welt (und mir) zu teilen, insbesondere Queen Sasha, Razor Empress, Charis Marie, Kariel Granger, Martina J und Andy Antonio.

Von Imogen Edwards-Jones und ihren anonymen Quellen in ihrer *Babylon*-Buchreihe, insbesondere *Beach Babylon*, habe ich viel über die dunklen Geheimnisse der Hotellerie gelernt.

Zu meinen Schriftstellerfreund:innen, die mir während des Schreibprozesses zu Teilen dieses Romans unschätzbares Feedback gegeben haben, gehören Nadia Morris, Helen Fell, Joanne Stubbs, Ruby Vallis, Sara Nunn und Molly Walker. Tara Mahoney verdanke ich einen Kohärenz-Check in letzter Minute.

Meine Eltern wünschen sich nur, dass ich glücklich bin, egal, ob ich meinen nächsten Roman fertig schreibe oder nicht. Meine Schwester, Holly, ist die Stimme in meinem Ohr, die mir sagt: »Könnte da nicht irgendwo was zu essen in dieser Szene sein? Könnten die nicht irgendwas Köstliches essen?«

Vielen Dank, Leute.

www.tropen.de

Susanne Tägder
Das Schweigen des Wassers
Kriminalroman
336 Seiten, Klappenbroschur
ISBN 978-3-608-50194-0

»Diese Autorin ist gekommen, um zu bleiben.« *Andreas Pflüger*

Ein Toter im See. Ein Hauptkommissar zurück am Ort seiner Kindheit. Eine Stadt, die zu schweigen gelernt hat. Scharfsichtig und spannungsgeladen bis zum Schluss zeigt Susanne Tägder, was geschieht, wenn Menschen um jeden Preis ihre Macht erhalten wollen. Inspiriert von einem wahren Fall.

»Ein Roman von einer ungeheuer subtilen Wucht, der einen einsaugt und nicht mehr loslässt, nicht mal nach der letzten Seite.« *Lucy Fricke*

www.tropen.de

Jean-Christophe Grangé
Blutrotes Karma
Thriller
Aus dem Französischen von Ina Böhme
608 Seiten, gebunden mit Schutzumschlag
ISBN 978-3-608-50248-0

Eine Stadt in Flammen. Ein Mörder auf Mission.

Während der Pariser Studentenproteste wird die brutal zugerichtete Leiche einer jungen Frau gefunden. Arrangiert in einer Yogapose. Ihr Freund Hervé und sein Halbbruder Mersch, ein Polizist, werden in die Ermittlungen verwickelt. Da taucht eine zweite Leiche auf: wieder in einer Yogapose, wieder eine Freundin von Hervé. Will ihm jemand eine blutige Botschaft senden? Die Spur des Mörders führt um die halbe Welt bis nach Indien. Doch die schockierende Wahrheit, die Hervé dort findet, reicht noch viel weiter.

»Eine ebenso blutige wie nervenzerreißende Verfolgungsjagd.« *Paris Match*